# 淬火军刀

## 热血新兵

兄弟联盟★著

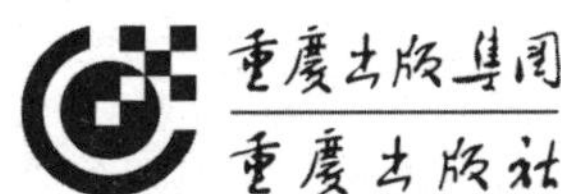
重庆出版集团
重庆出版社

图书在版编目（CIP）数据

淬火军刀：热血新兵 / 兄弟联盟著 .— 重庆：重庆出版社，2020.12

ISBN 978-7-229-15540-7

Ⅰ.①淬… Ⅱ.①兄… Ⅲ.①长篇小说－中国－当代 Ⅳ.①I247.5

中国版本图书馆 CIP 数据核字 (2020) 第 242509 号

**淬火军刀：热血新兵**

CUIHUO JUNDAO：REXUE XINBING

**兄弟联盟 著**

责任编辑：陶志宏 何 晶
策划编辑：冀 晖 俞凌娣
责任校对：杨 媚
封面设计：仙境设计

重庆出版集团
重庆出版社 出版

重庆市南岸区南滨路162号1幢 邮政编码：400061 http://www.cqph.com

大厂回族自治县德诚印务有限公司制版、印刷

重庆出版集团图书发行有限公司发行

E-mail：fxchu@cqph.com 邮购电话：023-61520646

全国新华书店经销

开本：787mm × 1 092mm 1/16 印张：22.25 字数：436 千
2020 年 12 月第 1 版 2020 年 12 月第 1 次印刷
ISBN 978-7-229-15540-7

**定价：53.00 元**

如有印装质量问题，请向本集团图书发行有限公司调换：023-61520678

# 向维护祖国统一的军人敬礼

兵魂，硝烟，战争！没有高高在上，没有尔虞我诈，没有大人物，没有美女柔情，只有生和死，铁与血，苦和累，沙漠与孤鹰，雪山与丛林。生存成了战争，活着为了使命，《淬火军刀》是小人物创造历史——士兵的天下，英雄的时代！

雄关漫道真如铁，男儿何惜身中血。

五湖四海来当兵，只为扬我中华魂。

一朝从军，一生为兵。我们是保卫祖国的军人，我们是蓝天的鹰，大地的虎，深海的龙，吞噬一切冒犯祖国威严的侵略者。我们没有名字，没有出身，只有一个共同的称呼——军人！

为了军人的荣誉，我们可以抛弃一切，为了国家，我们可以奉献一切！我们用鲜血扑灭燃烧的战火，用生命捍卫祖国的尊严。当战火重新燃起，我们会在熊熊烈焰中重生，继续未完成的使命，因为我们是军人，铁与血铸成的军人！

目

ONTENTS

录

# 目录

CONTENTS

# 楔子：　铁血威龙

## 一

边疆的这座小城市，今年冬天似乎格外寒冷。

刺骨的西北风夹杂着雪花在空中怒吼，犹如一片片刀锋，似乎要将整座城市割碎。

整条大街像遭遇了钢刀的刮削，处处显得生硬而冷酷。大雪给这座城市增添了几分沉寂，街道两旁的树枝上站着几只乌鸦，不时拍拍翅膀上的雪花，为这个白色的世界点缀上几点墨色。

“一二三四！”震天响的呼号声从这城市一角的某大队军营里传出。与外面形成对比，此时的军营内是一番热血沸腾、激情满满的景象。

今天是老兵复员的日子，一条条长龙般的队伍迈着整齐的步伐，伴随着雄伟嘹亮的军歌，正从营院的四面八方向大队操场走去。

操场主席台上，大队长李勇军双手叉腰，神情凝重。大队政委廖振华此时正拿着退伍战士的名单，一个个地往下看。

“政委，钟国龙要求复员的事情，大队党委怎么决定的？”少校中队长龙云焦急地跑过来，开口就问。“是这样的……”廖振华有些为难，“大队党委经过讨论，认为钟国龙确实家里情况特殊，也是不得已，最后同意了他的个人申请！今天他代表退伍老兵表决心。”龙云沮丧地看着廖振华：“什么？这么个全能尖子，怎么就……”

李勇军虎着脸，大声对龙云说道：“你以为我愿意让他走吗？一个尖子是那么容易就培养出来的？给我回去！”龙云还想说什么，看了看李勇军阴沉的脸，话到嘴边又咽了回去……这时候，各中队复员老兵已经集合到操场主席台前。

“向右看齐，向前看，稍息，立正！大队长同志，大队全体复员老兵集合完毕，应到231名，实到231名，请指示！军务股长刘鸣！”站在风雪中向大队长报告的军务股长刘鸣军姿挺拔。

“稍息！”大队长李勇军用他特有的大嗓门儿回复命令。

“是！”

“稍息！”

“老兵复员仪式现在开始。”站在主席台上主持的政委廖振华发言，“第一项，由大队长作老兵复员致辞！”

李勇军站在主席台正中向台下敬礼，努力把脸上的神情放轻松，“稍息！老兵兄弟们，这是我第一次这么称呼你们，那么下面，我也要第一次换个方式跟你们讲话，以前我是什么方式，你们都很熟悉了。在我心中，你们都是我的好兄弟，三猛大队的铁血队员。明天你们就要走了，就要离开曾经生活过、战斗过的老部队了……

“论年龄，我是你们的大哥，今天做大哥的，就在这里说上几句送别的话。以前我在你们的印象中肯定就是个黑面包公，凶神恶煞，现在这么和你们说话，可能大家会有点儿不适应。

“自你们从各个部队被挑选出来走进我们三猛大队的那一天起，就注定了要承受一般士兵不能承受的痛苦，付出数倍于一般士兵的血汗，做一般士兵不能做的事情！

“其实我都知道，你们背地里都在骂我，叫我李老虎，说我没人性，就因为训练时我往死里整你们。我想，到了现在，你们也许已经知道原因了。这个我也不多说了。明天你们就要走了，我知道你们舍不得，说实话我也很舍不得你们走，甚至会很伤心，但也没办法，铁打的营盘流水的兵啊！

“给大家透个老底吧，我从当新兵到现在23年，哭过23次。这23回眼泪都是因为和我曾经摸爬滚打、同生共死的战友要走了才流的。我们部队有句话说得好，‘流血流汗不流泪，掉皮掉肉不掉队’，但这个时候我更想说，‘男儿有泪不轻弹，只是未到情深处’。大家听到这些可能会有些伤感，但是现在在这里谁都不许哭，要哭回连队哭去！不然我罚他扛着沙袋跑30圈！

“你们都是三猛大队的功臣，虽然明天就要离开部队，回到地方，但是，三猛大队的历史上会留下你们光辉的一页，三猛大队永远不会忘记你们！

“我们是三猛大队的兵，特有的忠诚、勇敢、执着和忍耐是永远不会改变的。正是这份独有的特质，才使我们这个大队以猛攻、猛打、猛冲享誉全军！

“记住，回到地方，你们谁也不准忘记这种精神！因为，这种精神是多少代三猛铁血战士用生命和鲜血换来的，它已经深入我们每一个人的骨子里！假如，还有什么绝对不允许忘记的，那就是：国家、责任、荣誉！

“以上我讲的，不是什么命令，是大哥对兄弟的嘱咐和希望。下面，我要讲一个命令了，以免你们不适应！你们都几年没接触过女人了，这次回到家还不急红了眼？但是，都给老子记住，找媳妇也要给我看准了！不要一个个回到家心急得跟个猴儿似的，随便遇到一个就当宝儿，就给我往家里拉。那简直就是丢我们三猛大队的人，我们三猛大队的铁血士兵找媳妇也要高标准，得找心地善良、孝顺父母还会持家的。对！这个要给我记住喽，另外，你们谁要是结婚了，要是还记得我这个大队长，就给我个电话。礼我送不起，表个心意不过分吧？”

大队长刚说完这句话，队伍中立刻哄笑起来！

“听到女人你们笑了？”大队长故意面色一沉，冲队伍大喊，“钟国龙！”

“到！”丝毫没有被笑声吸引，正陷入沉思中的钟国龙全身猛地一震！

“你想什么呢？来！起个头儿！怕你们娶了媳妇就忘了部队，兄弟们再最后合唱一次我们三猛大队的队歌！”

“是！”

钟龙国用标准的跑步姿势跑到所有复员老兵前，两脚跨立，冻得通红的两手张开，用在部队练就的大嗓门儿起唱：“来无影去无踪，预备唱——”一阵阵排山倒海的声音从这个231人的方队中传出：

来无影，去无踪，如闪电，似清风。

单枪匹马闯敌阵，捕捉俘虏探敌情。

水深千尺能泅渡，山高万丈敢攀登。

猛攻、猛打、猛冲。

我们是无敌的特种反恐兵。

所有退伍兵与在场的部队领导，唱着这首他们这辈子甚至下辈子都忘不了的军歌，热泪盈眶。

钟国龙的脸上因为急速充血变得通红，眼泪情不自禁地流出来，顺着暴起青筋的脖子，渗到已经去掉肩章领花的冬常服军装上。

场面陷入一片悲壮，整个操场除了风雪声，就是这些老兵的抽泣声。

“呜——”

突然，急促的警报声传来，响彻了整个营院！在场人员突然心头一震。

“洞洞幺。”

“洞两两。”

“洞洞幺。”

“洞两两。”

大家一听，顿时心中明白，这是大队的一级战备，全装全员紧急出动代码！就在这时，大队通信员神情慌张地跑过来报告：“报告大队长，接到上级紧急通知，A乡政府遭到恐怖分子袭击，发生极端分子暴乱事件，恐怖分子劫持大量人质，拒绝谈判，欲造成国际影响，形势危急！上级要求我部三小时内迅速到达暴乱地点，执行作战任务！”在场人员心中一惊！

钟国龙突然向前一步，猛地一个军礼，声音几乎是吼出来的，“报告大队长！我要求参战！”

大队长略有些迟疑，钟国龙再次喊道：“报告大队长！我们还没有举行送军旗仪式，我还是三猛大队的一员！我坚决要求参加战斗！”

其他230位退伍兵齐声高喊：“对！我们还是三猛大队的队员，我们要求参战！”

大队长稍加考虑，猛地抬高嗓门儿下命令：“各中队队员以最快的速度迅速归队，解散！”

10分钟后，钟国龙所在的第一中队所有队员全副武装集结完毕。

中队长龙云站在队伍前面，神情严肃，用他略带沙哑的嗓音宣布命令：“全体队员注意！现在宣布作战命令，首先介绍敌情：我部前方150公里处，A乡乡政府突然遭到恐怖分子袭击，发生极端分子暴乱事件，恐怖分子及劫持人质数目不详。大队命令我中队担任先锋战斗队，要求我部两个小时内迅速到达暴乱地点，执行特种作战任务。本次行动代号‘沙鹰’！”

“现在是北京时间上午10点05分32秒，对表！现在我宣布中队命令，钟国龙！”龙云抬眼向钟国龙命令道。

钟国龙身着三猛大队特有的雪地迷彩作战服，肩膀上已经重新挂上了一级士官军衔，迷彩服外套着95式弹袋，内装4个95式弹夹，下方左右两侧各悬挂84式手雷两个，头上戴着QGF02芳纶头盔，内置单兵通信设备与头戴式热成像仪，手里紧握着95式自动步枪，枪口下方悬挂与之配套的榴弹发射器，全身上下透着一股逼人的英气，神情凝重。

“钟国龙！大队长亲自点名，由你带领一个尖刀小组，代号‘铁血’！乘坐WZ-10武装直升机，先期到达指定位置，务必于12点之前到达A乡政府附近，扫清外围障碍，执行前期侦察敌情以及监视任务，为后续到达部队提供敌情通报！小组成员8人，由你选定。是否清楚？”

“是！由我带领一个尖刀小组，代号‘铁血’！乘坐WZ-10武装直升机，先期到达指定位置，务必于12点之前到达A乡政府附近，扫清外围障碍，执行前期侦察敌情以及监视任务，为后续到达部队提供敌情通报！”钟国龙准确无误地重复了一遍命令，长期的特种作战训练使他具备良好的记忆力。

龙云又嘱咐：“记住，你的任务只是先期侦察，除了需要扫清外围障碍之外，没有命令不得擅自展开其他行动！可以执行了！”“是！”钟国龙向后转身，语言简短有力，“狙击手，陈立华。”

“到！”陈立华手持KUB88式5.8毫米狙击步枪，向前一步。

“重机枪手，刘强！副枪手，钱大海！”

“到！”

“到！”

“心理喊话员，黄勇亮！”

“到！”

“其他组员：李组强、赵新、齐正！”

“报告中队长！铁血小组全体8名队员，结组完毕，请指示！”

“登机出发！”

铁血小组迅速登上早已停在不远处的WZ-10武装直升机，直升机迅速启动，升高，向A方向全速开进！

## 二

WZ-10武装直升机迅速升到距离地面500米高度，在风雪中全速飞行。

钟国龙这个数次参加特种作战的老兵，此时已经完全进入作战状态，从容冷静的表情刻在了他冷酷的脸上。

担任小组心理喊话员的黄勇亮是进入三猛大队不到两个月的新兵，第一次参加作战任务的他，看着坐在他对面的铁血小组组长钟国龙，浑身上下散发着一股从未见过的杀气，顿时心中一颤。

钟国龙看了一下戴在左手腕上的特战队员专用手表，说道："大家注意，现在是北京时间10点13分28秒，对表！"

"是，时间准确！"

收到7名队员肯定的答复，钟国龙开始宣布队员代号："下面公布队员代号，我为01，陈立华02，刘强03，李组强04，钱大海05，齐正06，赵新07，黄勇亮为08。是否清楚？"

"清楚！"

"下面测试单兵通信装备，按照大队统一调频，大家将频道调试为中频32.45。开始测试！"

"现在检查武器装具！"

"一切正常！"

"现在是北京时间10点22分34秒，直升机预定北京时间10点45分到达离A乡10公里处进行超低空隐蔽飞行，并在A乡西侧5公里处降落，而后我组所有成员迅速奔袭至距A乡西侧1公里处疏散隐蔽，开始观察敌情和监视恐怖分子动态，没有我的命令不准开枪或擅自离开观察监视位置。是否清楚？"

"清楚！"

钟国龙此时稍稍思索一下，继续说道："兄弟们，强调一点，这不是演习，今天我们要执行的是一项真正的作战任务。上级任命我为铁血小组组长，是对我充分的信任。也许，这是我最后一次担任铁血小组组长，和你们一起冲锋陷阵，生死与共！你们7个，除了勇亮是第一次执行作战任务，其余都是我的老弟兄了！尤其是刘强和立华，都是一直跟我刀尖舔血闯过来的。我的脾气，哥儿几个都知道，在我钟国龙脑子里，就没有完不成的任务，没有打不败的敌人！就是死了，血也得冲着前方喷！"

"还有，作为组长，我决不允许我的战友、兄弟有一个牺牲的。咱们怎么来的，完成任务以后就得怎么回去！别他×事后让我伤心！"陈立华笑了笑说："老大，你放心吧！咱这又不是头一次了！"

钟国龙紧绷的脸上也露出了笑容，轻轻给了陈立华一拳，骂他："你小子少扯淡，你一根毛不少地回去，我才算放心！"

钟国龙伸出右拳，一脸豪情地看着其他兄弟，铁血小组其他6名组员立刻会意，站起来围成一圈将拳头顶在一起，黄勇亮有些发愣，但也学着大家把拳头伸出来。8名铁血男儿齐声高喊："国家、责任、荣誉！"

北京时间10点45分，直升机准时到达预定降落地点——距离A乡5公里处。此时雪已经停了！钟国龙最先跳下飞机，其他队员也紧跟着跳下，直升机原路返回。

钟国龙示意大家就地坐下，迅速从作战服上衣口袋中掏出作战区域地图确认位置，"大家注意，现在开始介绍作战区域基本情况。我们现在的位置是距离A乡西侧5公里处，我们的正前方5公里外树林位置就是A乡政府所在地。为隐蔽行动起见，需要我们奔袭至距离事发地点约500米处，就地利用有利地形，疏散隐蔽。现在是10点50分，要求15分钟以内到达！是否清楚？"

"清楚！"

"出发！"

8名铁血小组成员，全副武装，拼尽全力，就如8只捕食的猎豹，以最快的速度奔袭前进！雪地迷彩服良好的拟色效果使他们很快与周围的环境融为一体，消失于茫茫雪海中……

北京时间11点04分30秒，铁血小组提前到达指定地点，钟国龙顾不得喘息，猛地闭上眼睛，深吸一口气，示意大家利用有利地形就地隐蔽。

此时，铁血小组前方500米处有一大片茂密的树林，正是A乡所在地。

这片大概方圆5平方公里的树林，将A乡环绕在中间。

钟国龙卧倒在一个大约高80厘米的沙丘后面，用高倍军用望远镜仔细观察前方，努力从大树遮隐的建筑中搜寻着每一个可疑点。

前方似乎过于寂静，没有任何敌情动向。

"所有队员请注意，前方没有发现敌情，前方没有发现敌情，下面全组分为两个小组，交替掩护，前进至树林边沿大沙丘处隐蔽，我与06、07、08为第一小组，由我担任小组长；02、03、04、05为第二小组，由02担任小组长。是否明白？"

"02明白！"

"03明白！"

"08明白！"

"第一小组跃进！"

"第二小组掩护！"卧在地上的第二小组长陈立华用KUB88式5.8毫米狙击步枪高精度瞄准镜警惕地观察着前方，掩护第一小组跃进。

重机枪手刘强、钱大海抬着国产QZJ12.7毫米重机枪，迅速找到合适位置，瞄准前方。QZJ12.7毫米重机枪是我国自行研制的，世界上最轻的重机枪，但全重也达到26.5公斤！

钟国龙已经带领第一组跃进了数十米，他命令道：“卧倒，掩护！”

“第二小组跃进！”陈立华收起狙击枪，挥动手势。

两个小组交替掩护，逐渐逼近树林边缘。

钟国龙示意队员停下，他再一次拿起望远镜，冲前面的一个大沙丘匍匐前进。

这个沙丘有3米多高，持续的大雪使沙丘这一边冻上了厚厚的一层冰。

钟国龙似乎毫不在意体下的冰冷，缓缓爬了上去，用高倍军用望远镜更加仔细地观察着前面树林内的情况。

此时的树林已经近在咫尺，林中没有一丝动静，寒风吹过，树的枝叶和高高的杂草向一边抖动。

“不对劲！”眼前的这片树林出奇地静，反而使钟国龙感到不安，直觉告诉他，树林内肯定有情况！

## 三

“01、01，我是02，我是02，请问前方树林情况如何？”钟国龙耳机里传来陈立华略显焦急的询问。

“我是01，前方树林没有发现明显敌情，但树林的安静有些异常！凭经验和直觉，我认为树林内肯定有情况！有待进一步侦察！”钟国龙声音近乎冰冷，“现在变更作战小组，我与07、08为第一小组，04、06为第二小组，交替掩护进入前方树林侦察敌情，02迅速占领有利地点进行掩护，03、05提重机枪迅速占领我右前方向15米处小沙丘，是否清楚？”

“清楚！”其他队员几乎同时回答。

全组队员此时已经进入高度警戒状态，每名队员心里都很清楚，树林内可能有恐怖分子！

刘强和钱大海利用陈立华的掩护，已经悄无声息地爬上钟国龙指定的小沙丘背后，QZJ12.7毫米重机枪的3个支脚牢牢扎进沙丘顶部厚厚的积雪中。经过一轮的交替掩护后，钟国龙等5名队员已经顺利进入树林中！

这片树林主要以白杨树为主，因为树木间距很小，加上连日的大雪，整个树冠被压上了一层厚厚的积雪，林中光线很暗，进入深处，更显得黑暗，树林此时没有一点儿声音，安静得可怕，昏暗的光线下，林间似乎带着一股隐隐的杀气，令人毛骨悚然！

“沙……”

突然！大约100米远传来一个声响，虽然不大，但还是被高度警惕的钟国龙捕捉到。

“停！卧倒。”一丝短暂细微的声音传入每名作战队员的耳中，几人迅速卧倒隐蔽在树后，紧张得似乎彼此能听到对方的心跳声，整个世界仿佛凝固了一般！远处右前侧一棵巨大的杨树树干上，此时还在向下撒着雪粒，刚才的声音显然是树上有大块积雪突然掉落所发出。

“情况不对，大家迅速隐蔽！”命令的声音同样是细微谨慎的。

钟国龙示意其他队员不要轻举妄动，自己利用匍匐姿势，悄无声息地向右前侧那棵大树靠近。

爬到距离大树约80米处，前面有一大片高大的骆驼刺，此时被雪堆压成了一个天然的遮挡物，钟国龙迅速爬到骆驼刺后面，左手轻轻抬起，将头戴式热成像仪从头盔左上移至眼前，打开开关：在一片淡红色的视野中，树上一个淡红色的人形轮廓清晰地显现出来！

钟国龙马上向后面做出手势，示意发现情况，其他人心头一紧，趴在地上大气也不敢出，黄勇亮更是紧张得脸色发白。

为了进一步确认目标，钟国龙小心翼翼地收起热成像仪，重新掏出望远镜，稍微向旁边侧了侧身，以便获得更好的观察角度。

透过林中层层树干和枝杈，可以清晰地看见，在那棵高大粗壮的胡杨树树冠中，果然藏着一个人！

这个人将自己隐藏在树冠最茂密的地方，骑在一个较粗的树杈上，身上裹着厚厚的羊皮大衣，长满大胡子的脸冻得铁青，怀里抱着一支M16步枪。看他身上的积雪可以知道，他在树上已经坐了很长时间。此时，他身体侧背对着钟国龙所在位置，脸朝南边方向，头无力地耷拉着，显然是在打盹。

“真险啊！”钟国龙不禁倒吸一口凉气，“幸亏老子精明，不然我们就暴露了！”

幸亏这个大胡子的观测方向并不在钟国龙他们移动的方向，又因在打盹，才没有发现钟国龙他们的行动。

“哥们儿！你玩完了！”钟国龙心里想着，眼睛里已经射出骇人的杀气！

钟国龙想到自己手里所持的是95自动步枪，如果直接射击，有可能惊动其他恐怖分子，于是决定命令陈立华使用KUB88式5.8毫米狙击步枪，利用其噪声极低的特性击毙目标！

为了避免大胡子突然惊醒，钟国龙悄悄地缩下去，从装备袋中拿出军用GPS全球定位仪，迅速确定了大胡子的精确位置。

钟国龙用手捂在话筒周围，声音尽量压低，冷酷无情地命令：“02、02！我是01！听到回答，听到回答！”

“02收到，请指示！”陈立华回答，长期的协作使他立刻明白，钟国龙已经发现目标！

“02、02！目标位置37.103812° N / 79.997517° W树枝中间，迅速调整好狙击位置，马上歼灭目标！”

“02明白！”陈立华立刻锁定目标，迅速调整好狙击位置，通过已经放大9倍半瞄准镜透过层层树干清晰地看到了目标的头部，而后，打开狙击步枪保险，陈立华杀气立现，食指果断扣动扳机！

“咚！”随着一声闷响，大胡子后脑勺被子弹穿透，臃肿的身躯猛地一震，当场毙命！被震落的积雪上一片殷红！

钟国龙看了一眼卡在树杈上的尸体，对讲话筒说道：“老四，牛！”

“客气！”听筒传来陈立华的声音。

“大家注意！穿过前面这片树林，就是A乡政府了！现在进入战斗状态，请最后一次检查武器装具！向前搜索前进！”

“明白！”

“大家要高度警惕，注意一切动向，随时准备应付各种可能的突发事件！”为确保周围绝对安全，钟国龙再次用热成像仪仔细搜寻周围，确定没有发现其他目标之后，向队员发出指令：“各组注意，全部向我靠拢！全部向我靠拢！”其他7名队员迅速和钟国龙会合，刘强看了一眼那个大胡子的尸体，冲陈立华竖了竖大拇指。

陈立华轻笑一声，说道：“多亏老大了，我就是执行得好！”

钟国龙瞪了他们一眼，“闭嘴，注意警戒！”两个人再不敢说话。

这时候，钟国龙注意到黄勇亮正呆呆地看着大胡子的尸体，脸色苍白，身体不由自主地抖了起来。

钟国龙看了他一眼，低声说道：“怎么，怕了？以前在野战部队没杀过人吗？”

黄勇亮木讷地摇摇头，继续傻在那里。钟国龙拍了一下他的肩膀，冷冷地说：“兄弟，来了三猛大队，就得有这个思想准备！比这惨的还多着呢！害怕？哼，他杀你的时候可一点儿都不害怕！”

钟国龙掏出GPS定位仪，低头看了一下手表，时间已经是上午11点19分，距离他们最晚到达时间还有不到40分钟了，他迅速命令道：“所有人注意！时间已经不多了，现在我们马上交替掩护，向目标地快速跃进！大家要高度警惕，注意一切动向，随时准备应付各种可能发生的突发事件！”

“是！”

刘强拉了一把愣着神儿的黄勇亮：“走吧！”黄勇亮应了一声，跟着小组继续进发。

经过刚才的事件，大家再也不敢大意，精神高度集中，向着A乡政府跃进。

奇怪的是，一路上竟然出奇地顺利，没有再发现任何情况。

“01，是不是就这一个恐怖分子呀？”刘强低声说道。

“别废话！越顺利就意味着越危险！”

A乡政府紧挨着这片树林，穿过去就能看到全貌。出奇地顺利并没有使钟国龙放松谨慎。

北京时间11点48分，铁血小组到达距离A乡政府不到300米的位置。

一路上不时查看GPS定位仪的钟国龙突然停下来说道：“大家注意！穿过前面这片树林，就是A乡政府了！”

“明白！”

小组又前进了约100米，钟国龙示意大家隐蔽，这时候，树林外面嘈杂的哭声和叫骂声已经清晰可闻！

“啪啪啪！”突然，前方传来3声枪响，是AK-47步枪的点射声！

## 四

钟国龙脸色一变，命令道：“大家注意！已进入战场！现在迅速占领前方有利地形，进行侦察！”所有人员开始向前方树林的尽头前进，到达之后，陈立华换成背枪姿势，敏捷地爬上树林边一棵高大的树，眼睛盯着狙击步枪的瞄准镜，观察乡政府以及周围情况。

“02、02！我是01，我是01！迅速汇报现场情况！”钟国龙隐蔽在树下，询问陈立华。

“01、01！通报现场情况：事发地点是一座两层的楼房建筑，大院内发现两名恐怖分子，其中一名手持AK-47自动步枪，面前有一群群众，初步目测约有100人，该恐怖分子左侧约10米处有另一名恐怖分子，手持M16。此外，外围没有发现其他目标！通过望远镜观察，二楼正对楼梯口处大房间内，发现共有5名恐怖分子，其中3名持枪站立，2名靠墙坐着，有20余名人质双手抱头，蹲在房间里。”

“02、02！刚才的枪声是怎么回事？”

“具体情况不详，现场没有发现人员伤亡！”

钟国龙略加思索，马上又命令道：“02、02！马上用热成像仪观察楼内其他房间情况！”

站在树上的陈立华迅速打开热成像仪，仔细观测楼内情况，报告道：“01、01！经过观测，其他房间未发现有人！”

这个时候，突然又传来几声枪响，接着有一个人声嘶力竭地喊叫。

“02！怎么回事？”

“01！大院内手持AK-47的恐怖分子突然朝天放枪，好像是在强迫院内群众喊什么口号！”

钟国龙有些纳闷儿，当下命令专门学习民族语言的小组心理喊话员黄勇亮：“08、08！他在喊什么？”不远处隐蔽的黄勇亮这时候已经紧张到了极点，一时没有反应。

钟国龙生气了，“08！你他×的干什么呢？马上注意听院里的人在喊什么！”黄勇亮慌忙向前靠了靠，认真倾听了一会儿，回答道：“报告01。他们在喊分裂口号……好像还在威胁其他人跟着一起喊！”

钟国龙这时候迅速匍匐前进至一破土坯房内，院内一切情况尽收眼底。A乡政府建在紧挨着树林的一片平地上，位置较低，院子左侧有两辆绿色的吉普车，如陈立华所说，院子里果然有两名身材高大的恐怖分子，背对着大楼，在带领那些群众喊口号，但群众好像不是很积极，惹得其中一名恐怖分子很是恼怒，开枪威胁。

钟国龙命令：“03、05，马上从树林左侧迂回至大楼后侧300米处，占领有利地形，注意不要暴露目标。02继续原地警戒！其他人向我靠拢！”

所有人员到位后，钟国龙命令：“04！马上架设通信电台，将现场情况向大队汇报！”李组强熟练地架设起军用电台，将刚才陈立华的侦察情况向大队汇报。

突然，又是一阵枪声响起，钟国龙朝空地望去，一名群众已经倒在了血泊中！人群中立刻传来一阵哭喊声。

钟国龙大吃一惊，感觉到事态越来越严重，猛地从李组强手里抢过电台通话器，“总部！总部！我是铁血！现在情况突变，我请求与大队长直接通话！”

“喂！我是李勇军！发生什么情况？”

“报告大队长！我是钟国龙！现在恐怖分子已经杀害一名群众！为了防止事态进一步扩大，我请求提前行动！请您指示！”

通话器那头的李勇军考虑了几秒钟，冲钟国龙喊道：“不行！绝对不行！现在院内有100多名人质，楼内的情况不明朗，你们小组人员有限，万一出现闪失，大批人质的安全没有保障！请你原地待命！等待大部队到达！”

“可是……大队长！”钟国龙此时急得浑身冒火，眼睛快瞪爆了，“大队长，我还是坚持我的想法，请您再次考虑一下！我们会很快结束战斗！”

“考虑个屁！你钟国龙不要命了，老子还得为那些人质的生命考虑呢！执行命令！”那边大队长怒吼着关闭通话。

“01！你看，又一个群众被拉出来了！”赵新焦急地喊道。

钟国龙看了看表，12点08分，距离大部队到达还有不到半个小时！

“01、01！02呼叫！最新观察发现，二楼大厅靠门右侧角落，发现疑似炸药包物品！”

钟国龙猛地将95自动步枪一拍，大声骂道：“来不及了！”

“现在现场情况紧急！我决定提前行动！由我带领04、06、07、08，从我所在的土坯房中快速潜到大楼后面，准备进入大楼作战！03、05，你们用重机枪封锁大楼后侧！02，院内情况由你控制！你有没有把握快速击毙两名恐怖分子？”

“OK！”

“好！所有人员注意，因为大楼内外恐怖分子和人质混在一起，我们进入大楼后见到恐怖分子，必须果断击毙，迅速解决楼内的抵抗，否则后果不堪设想！02、02，听到楼内枪响，你同时展开行动，力求射击准确，一枪致命！然后利用火力，援助楼内战斗！所有队员是否清楚？”

“清楚！”“行动！”

钟国龙带领赵新、李组强、齐正、黄勇亮4人，利用土坯房周围的石堆、杂草做掩护，迅速跑到大楼的侧墙，背贴着侧墙，准备进入大楼后门。

“03、03！我是01，我是01，迅速报告后门情况！”“03收到，现在后门紧闭，门外未发现可疑目标！”

恐怖分子此时正用枪顶着一个群众的脑门儿，院内哭喊声一片，却成了铁血小组最好的掩护。

“01注意！01注意！后门内那名恐怖分子正在楼道中徘徊，请注意安全！”陈立华用热成像仪观察着。

“01收到！”钟国龙答应一声，“大家注意！进攻马上展开！我计划从后门进入，02、02！听到二楼枪声后，立刻击毙院内两名恐怖分子！03、05，严密封锁后门通道！”

“02明白！”陈立华关闭热成像仪，开始瞄准目标。

“03明白！”

钟国龙对着旁边的黄勇亮命令道：“一会儿我们到后门时，我去敲门，你用他们的语言诱使那个人开门，门开后，只要确定是恐怖分子，我马上将他击毙，我们迅速上楼进入战斗！”黄勇亮这时候神色慌张：“我……我怎么说？”钟国龙喝道：“你受的是专业训练，还要问我？”

黄勇亮点点头，手紧紧地攥着枪，豆大的汗珠淌下来。

钟国龙忽然猛地一个转身，从侧墙向后一个翻滚，马上又靠墙，脚步横移，已经到了后门的门口！其他队员马上跟进，分列在后门两侧。

钟国龙对着黄勇亮做个手势，示意他开始叫门，同时将枪后背，自己从小腿上拔出95式军刺！黄勇亮努力地使自己平稳下来，汗水已经湿透了全身，冲门内喊道：“嘿，快开门！自己人，有急事！”

钟国龙用手急促地敲着门，里面的恐怖分子正在后门楼道内警戒，听到同自己一样口音的叫门声，有些奇怪，盘问了几句，没有怀疑，走过来开门。

后门开了！那名恐怖分子还没有明白怎么回事，钟国龙已经像一只恶虎一般，夺门而入！左手用力捂住他的嘴，就势一拉，95式军刺的利刃已经划过了他的喉咙！

“嚓——”的一声，一道血箭喷到对面黄勇亮身上，黄勇亮顿时变成一个血人，吓得愣住。

钟国龙轻轻将恐怖分子放倒在地，拍了拍呆在原地的黄勇亮，打了个手势，其他4名队员迅速回了一个手势，示意明白，跟随钟国龙弓着腰悄无声息地走进楼内，向二楼摸去。

5人在二楼楼梯中段停下，钟国龙用热成像仪对大房间内的情况进行观察，果然，房间内所有人质都呈双手抱头状蹲在地上，房间右侧靠墙处站立两个人，正对门口站立一个，另外两个在房门左侧坐着，应该就是那5个恐怖分子！

钟国龙小声命令道："现在大家注意，屋内一共5个恐怖分子，每人负责歼灭一个，务必要求一枪击毙，否则后果不堪设想！我负责正对房门的那个，齐正负责房门右侧往里的那个，李组强负责往外那个。房门左侧靠右的，由赵新负责，靠左的由黄勇亮负责，是否清楚？"

"清楚！"

钟国龙点点头，又呼叫陈立华："02、02！我们将马上攻击！你听到枪声以后，立刻击毙大院内两名恐怖分子，是否明白？"

"02明白！"

"好，开始行动！"

钟国龙端起95式自动步枪，向房间门口矮身压过去，其他队员迅速跟进！到达门口以后，钟国龙示意大家分左右站在门两边，自己深吸一口气，猛然抬起一脚，向房门踹去，同时一个前扑，在空中瞄准目标开枪射击！也就在这时，站在门边的齐正、李组强、赵新、黄勇亮4人也闪电般瞄准、射击！

里面的恐怖分子甚至还来不及反应，就被钟国龙5人击毙！院外，陈立华早就等不及了，"咚，咚！"两声闷响，两个恐怖分子先后被他击毙，干净利落！几声突然的枪响和流淌了一地的鲜血立刻使房间内混乱起来，20多名人质惊慌失措，满房间地疯跑，尖叫……

"安静，安静！"钟国龙站在门口对着这些魂飞魄散的人质大吼……

房内依然混乱不堪，各种人类受到极度惊吓发出的奇怪刺耳的声音传入了钟国龙的耳中。钟国龙骂了一句，举起枪对着天花板射击，啪、啪、啪、啪几声枪响后，房内终于回归平静，被吓傻的人质蹲在原地看着门口的队员们。房子里此时寂静得只能听到人质急促的呼吸和高速心跳的声音。

就在这时，一名蹲着的假人质突然跃起，杀猪般地号叫着端起冲锋枪，对着正站在门口的钟国龙等人狂扫。齐正、李组强、赵新3名老兵发现情况迅速卧倒，黄勇亮一时吓呆了，惊慌中居然忘了躲避！

站在他身边的钟国龙一脚踹开黄勇亮，同时扣动扳机！

"砰，砰！"

恐怖分子的头部被打出一个大洞，轰然栽倒。钟国龙感觉右小腿一麻，屈膝蹲地，低头看见自己的小腿部被子弹打出一个小洞，鲜血流出。

看到房间角落里的那个未引爆的大炸药包，钟国龙长舒一口气，彻底放下心来……

此时，外面陈立华呼叫："01，01！外面已经解决战斗！01，01！大部队到达……"

## 五

三猛大队会议室，一张巨大的长方形桌子周围，坐满了中队长以上的干部。大队政委廖振华表情严肃，手里拿着钢笔，仔细看着眼前一张纸，旁边的大队长李勇军虎着脸，大口地吸着烟。

廖振华抬头扫视了一下，开口说道："同志们，刚才我已经向大家介绍了此次沙鹰行动的详细过程。关于此次行动中铁血小组组长钟国龙的战斗经过，大家也了解了，下面我们就讨论一下，对钟国龙同志未经上级允许，私自展开行动的行为进行最终评判，大家可以踊跃发言，谈一下自己的看法！"

一中队长龙云迫不及待说道："我谈谈我的看法，我感觉，钟国龙这次虽然违抗了上级命令，但是，因为他果断采取行动，在较短的时间内击毙了全部恐怖分子，挽救了100多名群众和20多位乡政府干部的生命，我觉得，应该功过相抵！"

三中队长陈凯冷哼了一声，说道："我不同意龙云的意见！功过相抵？他钟国龙违抗军令，擅自行动，根本没有顾及现场100多人的安危。最后的胜利，只是一个侥幸！我们不能因为他的侥幸取胜，就隐匿他犯的严重错误！假如有一个没死的恐怖分子扣动扳机，那，这个责任又由谁来负？"

"老陈！你……"龙云气得脸色发红。

陈凯扬起头，冲龙云说道："龙云，你别老袒护你的兵，我是就事论事，对你和钟国龙个人可没有意见！"

龙云看了一眼大队长，又说道："可是……钟国龙毕竟是在大部队赶到之前就取得了胜利，整个战斗过程干净利落，就算处分，给个警告就算了呗！"

"扯淡！"大队长李勇军忽然拍案而起，所有人心中一颤，等待着大队长的训斥，"警告？警告什么？我看，不但不用警告，还要给钟国龙请功！"

所有人都惊呆了！要知道，这次钟国龙可是直接违抗他的命令，依照大队长的脾气，非把钟国龙枪毙了不可！龙云惊喜起来，张大的嘴一时居然忘了合拢。

李勇军又点着一支烟，狠吸了两口，情绪有些激动，继续用他高八度的大嗓门儿吼着："这个问题，我和政委已经讨论过了，违抗命令，是军人的大忌。但是，也得看违抗了什么样的命令！当时，钟国龙向我报告，我只是考虑到现场有100多名人质，不能轻举妄动，却忽视了现场的实际情况！恐怖分子已经开始杀害人质，而且，那个有20公斤的大炸药包足可以证明，这伙恐怖分子就没打算活着走！你们想想看，假如我们大部队赶到，恐怖分子发现已经被包围，万一要是引爆了大炸药包，会是什么结果？20公斤TNT呀！足可以让现场的100多个人质死上8回了！就是我们的部队，也难免有伤亡！

"在这种情况下，我还命令铁血小组原地待命，这命令本身就是错的！要是处分，倒是应该先处分我这个大队长！

"钟国龙果断采取行动，在较短的时间内解决了战斗，指挥得当，安排周密，老子愣是挑不出什么毛病来！而且，他还舍身救了那个新兵蛋子一命，自己现在还躺在医院呢！

"你们说，这样的兵，我们还有什么理由处分他？还有什么理由不奖励他？违抗命令不假，但是，得看实际情况而定。在这种情况下，我李勇军宁可要一个违抗命令的铁血兵，也不要一个死板的呆子兵！"龙云没有想到大队长居然说出这样的话来，一时兴奋，居然鼓起掌来！

李勇军瞪了他一眼，"龙云，你起什么哄？"又转身向廖振华说道，"老廖啊，我还有一个想法，这样的兵，不能随随便便就让他复员喽！我请求大队党委重新考虑钟国龙复员的事情！"廖振华点点头，说道："大家对这件事还有什么异议？"

其他人纷纷表示同意大队长的意见，廖振华神色轻松地抬起头，说道："那就这么定了！给钟国龙请功！还有，大队党委决定派人去钟国龙的家中详细了解情况，钟国龙推迟复员的思想工作，我去做！"

某野战医院的一间病房里，钟国龙正无聊地翻看着几本他并不感兴趣的杂志，小腿已经包扎上了，好在恐怖分子的枪距离很近，又没有打中骨头，子弹从小腿肌肉中穿了过去，医生说并无大碍。

忽然，门悄悄地开了，钟国龙抬头看了看，发现并没有人，低头准备继续翻书。

"请问，这里是著名牛人战士钟国龙的私人病房吗？"

钟国龙猛地抬头，看见陈立华和刘强手里拿着一大袋子东西站在门口，钟国龙骂了一声，甩手将手里的杂志冲他们扔过去。

刘强一个夸张的高抬腿踹开杂志，两个人一个猛虎扑食，扑到病床上，闹着把钟国龙按在床上：“×的！受伤了还这么横？”

“疼，疼！”钟国龙忍着痛笑骂。

两个人松开他，坐到对面的空床上。

钟国龙问：“怎么有时间看你们老大来了？”

陈立华笑着说：“中队长特批的超级长假——3个小时，他本来也准备过来，被政委喊去有事，没来成。”

“哦。给老子看看，拿什么东西来孝敬老大了？”

陈立华打开袋子，把东西一件一件掏出来：“烧鸡、牛肉、烤肠……”

钟国龙皱皱眉头：“我说，你们就不能浪漫点儿？人家看望病人都买个花呀水果什么的，你看看你们，不知道的还以为是给食堂送熟食的呢！”刘强说道：“别介意，老大，我们知道你特喜欢吃这种东西，特意买来孝敬你的，要真拿束花来，那可就太不搭配了！”

几个弟兄嘻嘻哈哈地聊着，他们从小一起长大，不执行任务的时候，彼此没有任何拘束。

忽然，两个兄弟停止玩笑，陈立华说道：“老大，我听说昨天政委来看你了？”钟国龙也严肃起来，点点头。

刘强问道：“那你怎么想的？老大，我和老四可是一万个不愿意你复员！咱们兄弟在一起惯了，你要是一走，我和老四肯定没着没落的，你到底怎么想的？”陈立华也叹了口气，“强子说得对，老大，我看你还是好好考虑一下家里的事情，就算你回去，能马上解决得了？”

钟国龙神色凝重，自从昨天政委来过以后，跟他说了大队对这次战斗的处理决定，并就他复员的事情进行了耐心的沟通，本来也不情愿离开部队的钟国龙，心中一直在反复地斗争。

钟国龙说道：“我是什么样的性格，你们不是不知道，部队把咱培养成一名铁血战士，我对部队的感情已经到了一定的程度，我其实也不想走，可是……”

“呵，钟国龙人缘儿不错啊！”门口刚一个大嗓门儿传来，大队长李勇军已经闯了进来，后面跟着怯生生的黄勇亮。

“大队长！”陈立华和刘强慌忙站起来敬礼，钟国龙想起身，被李勇军的大手压了下去。

“没事，我正好要去军部，顺便来看看你，还有他，这个黄勇亮，我把他也带来了！”

黄勇亮这个时候有些怯怯的，显得很内疚，冲钟国龙一个敬礼，“组长，我……”

钟国龙笑了笑，“没事！都是从新兵过来的，第一次实战，能咬着牙冲上去就很不错了！”

“哎？这可不对啊！”李勇军打断钟国龙，“我今天带他来，不是让他给你当面道谢的，说实话，我本来是想把这小子退回原部队去。当兵就是为了打仗，为了保护人民生命财产不被侵害，不管什么新兵老兵的！后来我想到了你钟国龙，你小子新兵的时候就是个虎犊子，怕是没有怕过，但也是个愣种来着！我忽然想到啊，这兵千奇百怪的性格，什么类型的都有，但是，要个个成长为铁血战士，成长的路可不同，所以，我还是把他留下了，也想让他听听你的故事，看有没有触动，也许对他有帮助！”

说完，李勇军从兜里掏出200元钱来，说道：“来得急，没买东西，这个你让立华他们给你买点爱吃的。我有事先走了。好好养伤！”

不容钟国龙拒绝，李勇军就转身出门，忽然，他又转了回来，“对了！把这小子带来还有一个目的，你给他讲你的历史的时候，自己也回忆一下！你再考虑一下，部队把你培养成这样容易吗？希望你再重新考虑一下复员的事情！要是决定不走了，就来大队部找我，我那里有一盒子古巴雪茄，到时候送你一支，老贵了！”大队长头也不回地走了，钟国龙感动得眼睛有些湿润。

陈立华他们连忙拉着黄勇亮坐下，黄勇亮说道：“组长，前天的事情，给我的教训也挺大，您上次说得对，我要是对敌人软了，他们可就硬起来了！”

钟国龙点点头，说道：“这就是咱们三猛大队在一次次血战中得出的结论！为什么要猛攻、猛打、猛冲？就是因为只有咱们猛攻、猛打、猛冲，才能让敌人猛不起来，咱们硬成一把钢刀，敌人才会软成一个柿子！国家、责任、荣誉，需要咱们用铁血的精神来维护！”

黄勇亮若有所思地点点头，心中一动，问道：“组长，前天执行任务的时候，我发现你满脸杀气，特别吓人，我……我就做不到！”

钟国龙笑笑说：“兄弟，记住一点，杀气不是表现出来的，也不是天生就有的，更不是装出来的！而是一个铁血战士，经过层层磨难，通过层层升华，刻在骨子里的一种东西，这种东西一旦形成，带给敌人的，只有对死亡的恐惧！”陈立华和刘强也在旁边静静地听着，他们感觉，眼前这个钟国龙和参军前相比，已经是天壤之别了！冷酷、嚣张、无所畏惧、沉着等这些先天的东西还在，但是，就像一块顽铁经过烈火锤炼、打磨，最后变成一把钢刀，铁的特性虽然还在，但其威力，已经是刀锋所向，无坚不摧了！

黄勇亮急切地说："组长，你就给我讲讲你的故事吧！我特别想知道，到底是什么样的过程，使你变成现在的样子！"

钟国龙稍稍坐起来，右手轻轻地抚摩着受伤的小腿，脑海里一阵翻腾，自己几年的经历，逐渐浮上心头……

第一卷

# 灰色记忆

# 第一章　家有逆子

湖南株洲市某县，阴，下午5点。

“老七！家伙准备好没有？想着把上次那把砍刀拿来，我用着还挺顺手！”钟国龙嘴里叼着一个烟屁股，用脖子夹着电话，通知兄弟们把绷带都准备好，等下挂彩了，只要不是大问题，都自己解决，说完把一卷绷带塞进裤兜。

“老大，那……那砍刀别拿了吧！太凶，万一……”电话那头，谭小飞有些害怕。

钟国龙恶狠狠地骂道：“你他×少废话！今晚上和咱们对挑的可是县城最大势力，黑七早就怕咱兄弟名头盖过他，一直找咱们兄弟的碴儿，这次敲诈你钱不说，还把你打了一顿。我们能不为你出头下重手？咱们他×的拿着烧火棍去不找死啊！”

“那……好吧！”

钟国龙吐掉快烧到过滤嘴的烟头，刚把电话放下，电话马上又响了，不得不再次接起来。

电话那头传来老四陈立华的声音，“老大！老二、老五和老六都在我家了，老三说去买点儿药。你什么时候到？”钟国龙看了看墙上的挂钟，说：“我6点到，老七一会儿也到你家……你问问老二钱带得够不够，别等真有伤得重的到时候抓瞎！”

那边问了一下，说道：“二哥带了一万，今天他爸进货，没敢拿太多！”

“够了，不够再说！”钟国龙放下电话，又看了看表，有些激动。

晚上11点是他们和县城里最有势力的黑七团伙决战的时刻，在这个小县城里，他们这些“古惑仔”间最流行的决战方式是，在县城大草坪武斗，双方带齐人手，不计生死，最先趴下的那帮从此将没有“江湖”地位。

武斗的目的？不为钱，也不为地盘，就为了一个“县城老大”的名号。

钟国龙的父亲是县看守所所长，母亲是县一中的教师。家里条件中等，父母的职业决定了这个家庭的家教十分严格，对于家中的独子钟国龙，父亲恨不得每天耳提面命，将自己在看守所的见闻全用作教育他的反面教材。

然而，这种高压式的家教，非但没有起到任何效果，反而使钟国龙的性格变得十分叛逆，接连不断地惹出各种祸事来。脾气火暴的父亲一味用武力来教训他，反而使钟国龙越发叛逆。

母亲倒是有些创意，想尽办法在他高中毕业以后给他找了个计算机技校，钟国龙这次居然没有拒绝，可天真的父母哪里能想到，他没有拒绝的原因只是早就听说这所技校里混混多，美女多，有架打。

6点半，7个臭味相投的弟兄很快聚集到老四陈立华的家中。

钟国龙，身高一米七左右，国字脸，因为长期生活没有规律，体形有些偏瘦，为人极讲义气，一言九鼎。他打起架来下手十分凶狠，大家又尊称他“狠哥”。

老蒋，老二，狗头军师，外号“江湖神侃”。

王雄，长得牛高马大，和钟国龙是同学，脾气暴躁，打架非常勇猛，可以一敌数人，位列先锋老三。

老四陈立华，和钟国龙是从小穿开裆裤一起长大的兄弟。小伙子长得可算是一表人才，非常帅气，自称英俊潇洒无敌帅哥，绰号“华仔”。父母都在外地，家里就他自己住，这儿也就成了他们的基地。

戴着一副墨镜摆酷的是老五李兵，头大四肢粗，属于能两肋插刀的那种兄弟。

老六刘强，此人脾气怪异，对人好的时候他心都可以给你，发起火来却如火山爆发。

老七谭小飞，性格偏弱，但家里开五金加工店，提供武器得天独厚。

就是这么几个活宝，构成了这个所谓的组织。

谭小飞从后背拽下一个沉甸甸的牛仔背包，打开扔在桌子上，里面有两把砍刀，三根无缝钢管，两根铁条。

几人按照习惯拿了自己顺手的武器，钟国龙手里抄着那把最长的砍刀，说道："哥儿几个，今天是决定咱们兄弟在县城地位的大仗。那黑七可不是好惹的，今天晚上看咱们的了！绷带和药都带着呢，伤了自己包，要是重了就进医院。"

"混就混最牛的！干！"王雄拿着一根铁条，恶狠狠地喊。

钟国龙很欣赏他的勇猛，给了他脑袋一巴掌，转身问老蒋："齐老四他们约好了没有？"

老蒋点头，"你放心吧，没有问题！以前他们的事咱哥儿几个没少出头，这回用他们了，他们敢不来？定了，他带5个过来。"陈立华也说："王刚他们一共有9个人，我也跟他们打好招呼了！"

钟国龙点点头，从旁边床底下拽出一箱子啤酒，分给每人一瓶。他用牙咬开瓶盖，冲大家示意："兄弟们，过了今天晚上，要么咱就是县城第一大帮，要么就是县城第一草鸡！干了！"

7人举起酒瓶，一饮而尽！晚10点半，县城大草坪。

这里以前是县里的一个配件厂，倒闭以后，有家房地产公司买下来要建小区，结果建筑拆了，围墙也拆了，这老板反而车祸死了，产权在老板的老婆、父母、情人、合伙人之间纠缠不清，时间一长成了一片杂草遍布的荒凉之地，混混儿们看中这里比较隐蔽，远处的高速路有灯光射过来，就把这里当成打架、决斗的场所，美其名曰"大草坪"。

"老大，"李兵有些不耐烦了，"黑七不会玩咱们兄弟吧？怎么连个影子也没有？"

钟国龙说："急什么？还没到点儿呢！老蒋，你再给齐老四、王刚他们打个电话，怎么还他×没来？"

老二老蒋从腰里拿出手机，拨号……

"喂，老齐吗，你们怎么……什么？"老蒋脸色一变，冲钟国龙小声说，"他说他们今天晚上加课，谁也出不来！"

"真是！"钟国龙骂了一句。

老蒋又拨王刚的电话，"王刚啊，你们什么时候过来？啊，你说什么？被派出所盯着呢……"

钟国龙一把抢过电话，开口就骂："王刚！平时你有事找老子的时候跟他×孙子似的，我告诉你王刚，今天晚上只要我死不了，咱这兄弟就他×没得做了！"电话那头传来王刚惊慌的声音，"钟哥，钟老大，您别生气呀！今天下午黑七就来找我了……黑七势力太大，兄弟我不敢惹呀……我两头都不帮总可以吧？”钟国龙又骂了一声，把电话摔给老蒋，气得直咬牙。

“钟老大气坏了吧？看来你力度不行啊！”草场边上，一个身材高大的人走了出来，中分头，叼着烟，左扭右晃。

正是黑七！他身后黑压压一片，足有30多个人，手里拿着家伙，嚣张地晃来晃去。

黑七继续得意：“钟老大，实在不好意思，我兄弟太多，集中起来费时间，这不，怕迟到，连一半都不够就急着来了！”

钟国龙冷笑一声：“黑七！你别得意。现在这社会，讲义气的少，王八蛋多，谁都帮强不帮弱，等弱的变强了，又狗似的过来舔了！”旁边老四陈立华小声说：“老大，他们人太多，怎么办？”

钟国龙咬着牙说：“咱要是走了，以后还想在县里待吗？一会儿瞧准了黑七，给我往死里剁！大家机灵着点儿，别看他们人多，敢他×上挺的没几个！”王雄说：“老大，我和老五给你开道，你就冲着黑七砍！”几个人应了一声，各自抓紧了武器。

黑七的人已经把他们包围了。

黑七得意地说：“钟国龙，我本来挺看重你的，你说你小子也是个人物，早就让你跟着我混，你就是不听，今天还要挑我的梁子，我看你是不是活腻了？”

钟国龙冷笑：“黑七！今天你不会是找哥们儿说相声对台词吧？有话就说，说完咱开始！”

黑七忽然目露凶光，说道：“你小子还真是不怕死啊！就你们这7个鸟儿，也敢说打？”突然他大叫一声，“兄弟们一起上，砍死这个王八蛋！”钟国龙见状猛地抄起砍刀，也冲着黑七砍了过去！

其他6个人看老大动手了，也不含糊，各自找对手打去！……

# 第二章　流氓征兵

县公安局长成保华手里拿着电话，吃惊地说：“老钟，你说什么？那个钟国龙是你儿子？你现在在哪里……是吗？好，我马上过去！”成保华挂了电话，急匆匆地往县医院赶去。

病房里，成保华说：“老钟啊，你别上火，身体本来就不好，别再气出个好歹来！你刚才在电话里说小龙的事情，我仔细看了审讯结果，小龙这次是自卫伤人，但聚众斗殴还是得拘留一个星期。”沈素芳欣喜地站了起来，问道：“成兄弟，小龙真的没事？”

成保华说道：“是的，老钟、嫂子，你们知道我原则性很强，拿着人民的工资，就要尽职尽责。小龙砍伤的那个黑七，我们通过审问其他人，已经查出了他是两年前咱们县城摩托车铺被盗案的主犯。这次事情的起因是黑七勒索小龙同学钱来着。同学又被黑七带人殴打，打架时黑七想对小龙下狠手，小龙自卫的时候不小心砍伤了黑七。到时候你们家长通过学校，把他保出来就行了！”钟月民感激地说：“老战友，我真不知道怎么感谢你呀！小龙那个孩子不争气，让你看笑话了！”

成保华笑着说：“看你说的。当年一个班的战友，你还客气什么？年轻人嘛，总得有个血性，我家那个倒好，整天抱着书当馒头啃！你就好好养病，这件事我去办！让嫂子等我电话，到时去学校一趟。”钟月民又说道：“刚才我说的，想让他参军的事情，你看……”

成保华说道：“我去找下武装部刘部长，他比咱们晚4年，也是咱们老部队的兵。只要小龙体检没有问题，就应该可以！”

“这个你绝对放心！这混账东西体格好着呢！”

3天后，看守所里的钟国龙并没有感到有什么不自在，手撑在关押室的木板床上，拼命地练俯卧撑，腰部的伤并不重，只稍微有些疼。

值班的狱警小赵早就认识他，这时候跟他打趣：“我说小龙，你这是干什么呢，都这样了还锻炼身体呢？”

“怎么了，就兴你们这些大头兵锻炼，我就不能练了？”钟国龙没有停下动作，发狠地说，“老子听说真正监狱里的犯人都挺牛的！这回进去以后，还有的是仗打呢！”

小赵笑笑：“得了吧。就你这样的，真进去了也是个刺儿头，不打别人就不错了！”

“小鬼，这话我爱听。”

“你管谁叫小鬼？我可比你大好几岁呢！”

“嘿嘿。”钟国龙停下，一屁股坐在床上，开始观察外面岗楼上的武警。

“哎，赵哥，你打过枪吗？”

“废话！当兵的能没打过枪？”

钟国龙又问：“那……你杀过人吗？”

小赵摇摇头，说道：“和平年代，哪有那么多人杀？”

钟国龙顿时一脸不屑，“喊，当兵不杀人，你当个什么劲？”

小赵笑着说他：“当兵就非得杀人啊？这样吧，一会儿你想办法跑出去，我立马把你击毙，不就杀了人了，没准儿我还立功呢！”

“喊，我才不跑呢，要跑也先干掉你！”

跟小赵逗了会儿闷子，钟国龙又觉着无聊了。

这时候，钟月民虎着脸走了进来。

钟国龙看见父亲过来，还是有些拘束，不由自主地站了起来。

“爸……”

“钟国龙！”钟月民没有理他，板着脸大喊。

“到！”

“出来！”

小赵打开铁门，钟国龙表情很不自然地走了出来。

“钟国龙，刚才接到公安局通知，经过调查审问，你遭受黑七为首的犯罪分子勒索、殴打，自卫的时候用对方凶器砍伤黑七手臂的情况，已经证明属实，现在你已被释放！”

“啥？”钟国龙有些震惊。

小赵知趣地推了他一下，小声说：“还不快走？”

钟月民这时候说道：“签完字到我办公室来。”转身离去。

钟国龙云里雾里地签完字，走进父亲的办公室。

钟月民反锁上门，看着他，说道：“小龙啊小龙！你让我说你什么好？我和你妈哪点对不起你了？给你吃穿，供你上学。学你不上了，整天游手好闲，你妈又给你联系那个计算机技校，盼着你学点儿好。你可倒好，好没有学到，学到黑道火拼了！”

钟国龙站在那里，有一搭没一搭地听着，说道：“爸，您也别费劲了，我也这么大了。我知道自己在干什么，我不会忘了你和我妈的养育之恩，我会孝敬你们的。您只要少教训我，就算我的造化了。”

“混账东西！”钟月民举起手，钟国龙干脆眼睛瞪得老大，等着挨打。钟月民叹了一口气，又把手放下，说道，“小子！我知道我说什么你也听不进去了，你回家吧，你妈等着你呢。我今天办了这辈子头一件拉关系走后门的事情，希望这件事情能把你挽救过来！”

钟国龙说道：“爸，这件事情我还真得谢谢您。我本来以为这次怎么也得判几年呢！”

钟月民说道：“我说的不是这件。”

“那是哪件？”

“已经给你报名了，我给你找了个管你的地方！”

“管我，什么地方能管我？”

“部队！”钟月民猛地抬起头，盯着儿子，“也只有部队能教育你了。体检的时候会通知你，这段时间你哪儿也不要去。”

“什么？”钟国龙震惊，“你让我去当大头兵？我不去！”

钟月民大怒，“不去？我就把你绑到部队去！”

“我说不去就是不去！好好的我当什么兵？绑我去？你这叫拉壮丁！”钟月民气疯了，剧烈地咳嗽起来，手痛苦地捂住胸脯。

钟国龙怕把父亲真气出病来，上来扶住父亲，钟月民猛地甩开他。

钟国龙连忙说道："好好好，先不说这事了！我回家，我回家找我妈去行不行？"说完他赶紧从父亲的办公室走了出来。

"走啦，欢迎常来哈！"门卫小张逗他道。

"常来？常来你管饭啊！"钟国龙没好气地说，还特意扫了一眼小张的军装，想象着那军装穿在自己身上得多傻。

钟国龙心情不爽，一路溜达着往家走，对面的王刚正带着几个兄弟，在大街上嚣张地迈着"海步"，迎面一些小青年见到他无不点头哈腰，他一脸得意，却猛地看到对面的钟国龙，大吃一惊，转身就要跑。

"王刚！"钟国龙大吼一声。

王刚吓得一哆嗦，再也不敢动了，转身换作一脸媚笑，"龙……龙哥，您这么快就……出来了？"

钟国龙心情正不好，记恨他那天晚上临阵脱逃，存心要找他麻烦。

钟国龙上去一脚，踹在王刚肚子上。

王刚猛地被踹出去老远，捂着肚子不敢起来，嘴里战战兢兢地求饶："龙哥！对不起您，我错了！那天我真不够意思，我不是人！您饶了我吧！"

钟国龙冷笑一声，说道："龙哥，谁是你哥？你还记得那天晚上我说什么吗？"

王刚苦着脸说："记得……您说，再不跟我做兄弟了。"

"对啦！我钟国龙说话算话，从今天开始，老子见你一次打你一次！不是我兄弟的，就只能是我的敌人！"钟国龙说完扬长而去，不再理会王刚的哀求。

钟国龙感觉有些消气了，嘴里唱着歌："刀光剑影……"

"老大？"

一个声音响起，钟国龙停止歌唱，正看见王雄和李兵骑着摩托过来，两个人看见真是钟国龙，忙刹住车跳下来，"老大，你越狱了？怎么还敢在大街上这么走？"钟国龙笑着说道："越你个头的狱呀，老子这叫正当防卫，无罪释放！"王雄两个人一愣，"无罪释放？"

钟国龙这时候又不想回家了，"回头再跟你们说，我现在也迷糊着呢！他们呢？"

李兵说："他们这会儿都在老四家睡觉呢。弟兄们几天晚上没好好睡了，都想着怎么救你出去呢！"

"走，去老四家！"老四家就是陈立华家。

"老大，你不知道哇！这几天除了你被抓这档子事，其他人都快活着呢！"王雄有些喝多了，"自从咱兄弟7个打败了黑七30多个人以后，把这帮人全都镇住了！见到咱们，跟见到他们亲老子差不多！我都三天没自己花钱买烟了，好多人争着跟咱混，那帮人还给咱起了个外号……老四，叫什么来着？”“七剑下天山，血战大草坪！没文化！”陈立华喝了一口啤酒，鄙视王雄道。

钟国龙这时候也喝得舌头大了，嚣张地将旁边一个空酒瓶子摔到地上，“哥儿几个要的就是这个效果！咱们以后不但要做县城的老大，还要做全县的老大，全国的老大！”

“对，就这么定了！”刘强红着眼睛，好像全世界都是他们家的。

7个兄弟推杯换盏，喝得昏天黑地。

陈立华说：“大哥刚才说得对，咱兄弟这辈子都在一起了，永不分开！”

一句话正好触动钟国龙心中的难事，他笑了笑，猛干了一大口啤酒，说道：

“不过，老大我这回可算是遇到劫难了。监狱虽然没去了，但我那亲爹又给我找了个比监狱强不了多少的地方！”

“什么地方？”

“部队！”

“部队？”几个人一惊，齐齐看着钟国龙，“老大，你要当兵？”

钟国龙说道：“嘁，我才不想当大头兵呢！不过，这次老爷子像是来真的了，恐怕不好过，我这些年没少气他，今天他又被我气着了。我要是再不去，不好交代呀。”

老蒋缩了缩脖子，说道：“我听说部队可苦了，过的不是人的日子，每天跟个傻犊子似的背着砖头跑圈儿，不是好地方！”

钟国龙说道：“一会儿回去看情况吧，能不去我就不去。可是，今天老爷子说都给我报上名了呢，让我等通知体检。”

“那不就是真的了？”大伙立刻警惕起来。

陈立华说道：“老大，你要是当兵走了，我们怎么办？”

“对呀！那不成了六剑下天山了？少一个还下个屁呀！”王雄说。

钟国龙又喝了一口酒，说道：“看看再说吧，也许体检就过不去呢……不过，凭我这体格，悬！”

陈立华忽然站了起来，“不如这样吧！老大，你回去再探探你家老爷子口风，要实在不行，干脆咱都去当兵算了！”

“行啊！”刘强和王雄表示同意，“要么咱都不去，要么就都去，反正咱们不分开！”

“好，就这么定了！要去都去，要不去就都不去！”

“跑圈儿……这个……行，跑就跑吧，我就当自己是驴！”老蒋狠狠地说。

“就算不行，还当是一次免费体检吧！”

钟国龙摇摇晃晃走回家的时候，已经是晚上12点多了，钟月民和沈素芳还没有睡，见他回来，沈素芳忙走过去，“小龙啊，你怎么这么晚才回来呀？又喝酒……我和你爸正着急呢！”

“妈，没事，我都这么大人了……我困了，睡觉去了。”“你给我站住！”钟月民气鼓鼓地站起来，冲着儿子喊。

钟国龙看了看父亲的神色，只好一屁股坐在沙发上，等着父亲的训斥，十几年了，他早习惯了。

“我今天刚把你捞出来，你不说回家看看你妈，又出去鬼混，你知道你妈有多着急吗？你眼里还有我们吗？”

父亲这么一说，钟国龙顿时觉得自己理亏，但他向来不愿意服软，倔在那里不说话。

钟月民越说越气，“你看你现在，多潇洒呀，带着一帮兄弟，叱咤风云了是不是？那是个正道吗？这次你小子算是出来了，但你要是还这么混，早晚还得闯祸，还得进监狱，你还指望我有几张老脸供着你丢的？你呀你呀！你怎么就这么不让我们省心呢？你……”

“行了！不就是当兵吗？我去还不行吗？我等着体检还不行吗？我听话我乖还不行吗？我真困了。”钟国龙站起身走进卧室，倒头睡下。

钟月民和老伴愣在了客厅。

“这孩子今天是怎么了？”沈素芳纳闷儿道。

钟月民愣着，忽然说道：“好几年了，我记得有好几年了，这小子还从没有听过我的话。嘿嘿，有希望！”

“各位参加新兵体检的同志，各位参加新兵体检的同志！请大家排好队，不要乱挤，不要加塞儿！”

负责A县新兵招募的少尉龙云声嘶力竭地冲着100多号半大小子喊着，他威严的声音在整个县医院大厅回荡，但效果出奇地差。

这些半大小子很少有主动听从命令的，依然在大厅里挤挤闹闹，大声喧哗，个别的已经叼起烟卷，在那里起哄：“嘿，现在不打仗了，都来了精神了！部队伙食好，穿衣服不花钱，赶上运气好，还能挨着女兵驻地，复员直接领着老婆孩子回家！”

他极富煽动性的言论立刻引来一阵哄笑，甚至有几个鼓起掌来，“嘿嘿，老大说得对呀！兄弟们一起穿着军装泡妞儿去！”

龙云愤怒了，盯着说话的那个青年，那小子一身古惑装，一米七左右，国字脸，中等偏瘦身材，看上去特别嚣张。这身打扮来应征，显得十分另类。龙云脸涨得通红，欲言又止，转身冲同来的中尉左名友发牢骚：“也就这回了，也就这一回了！回去我就去找指导员，下次征新兵，谁爱来谁来！这打不得骂不得，一个个拿咱们当建筑工地招工的！”

他恨恨地坐在椅子上，把椅子差点儿坐趴架。左名友笑了笑，递给他一根烟：

“说话那小子我上次就注意到了，好像叫什么钟国龙，旁边那几个都听他的。”

龙云呸了一声，“钟国龙？混混龙！你看他那个样子，像当兵材料吗？现在这兵可不像咱那时候，胸戴大红花，一脸的激动，我头一次体检就把自己当兵看了！这些可倒好，倒像是来赶集的！老左，你说说看，以我的性格，这要是新兵，我非一脚踹飞了他！”

左名友继续笑，他了解这个和自己一年的老兵，脾气火暴，疾恶如仇，他带过的部队，个个都是精英。左名友笑笑，“你就消消气，人家现在可都是老百姓。依我看，咱们得重新审视这些‘80后’了，他们看着一个个很叛逆，其实骨子里都不是坏孩子，就是被这个时代给熏的！这些人大多两极分化，要么变成唯唯诺诺的乖孩子，性格自闭，要么就像那个钟国龙，性格叛逆，处处张扬。”龙云一脸的不敢苟同，“我说老左，你是不是太包容了？”

左名友猛吸一口烟，说道：“不是我包容，最近，我还真是仔细观察了这帮小子，这些人在入伍之前，和你我当年其实是一样的！你当年新兵时，不也因为脾气暴不服管理，被老班长，就是现在的团长整天批着跑圈儿吗？”

龙云被老战友揭了短，有些不好意思，辩解道：“我？我那时候只是不太适应集体生活，有些急躁，跟他们完全两回事！”

左名友摇摇头，说道：“我看是一回子事。老钱啊，咱们属于70年代的老兵了，和这帮小子整整差着10年！10年啊，这个社会会发生很多事情。依我看来，这些小子们和我们最大的不同就是，表现力和叛逆心理更明显！”

看着龙云一脸的迷茫，左名友继续解释：“打个比方吧！比如说……比如说一个老太太摔倒在马路上，要是换了你我，一定是忙着把老太太扶起来，然后嘱咐几句出门要小心之类的关心话。”龙云眉头一扬，说：“对呀，应该的呀！”

左名友笑了笑，说：“你猜他们会怎么做？我敢肯定，他们心里想的跟你我一样！但是，他们还要观望，会不会有人笑话我？会不会显得老子太温柔太有爱心？就算他们扶起老太太，大多嘴里也会说一句，‘大妈，没事您别跟这儿练武术，妨碍我走路知道吗？’嘿嘿，这就是区别。”龙云看着左名友，说道：“呵呵，没想到你对他们还挺有研究！”

左名友说道：“我这也是没办法，我是副指导员，连里新战士的思想工作都是我要做的，这80年代出生的兵，用不了两年，就会充斥整个部队，不研究行吗？”他们正议论，那边出事了。

钟国龙抓住一个青年的脖领子大骂：“你刚才骂谁呢？”

那青年也不示弱，“小子，这是在县城，我的地头儿！骂你怎么了？哥们儿叫人做了你，信吗？”

钟国龙大喝：“你要是有种，我放了你，你回去叫人去！半个小时你要是不回来做了我，你就是我儿子！县城怎么了，有什么了不起的？”

王雄怒气冲天地冲过来，上去就给了那青年一个大嘴巴，“敢骂我们老大，不想活了是吧，回去多找点儿人来！你一个人还不够咱们兄弟7个剁呢！”

钟国龙还真就放了那青年。

钟国龙也笑，大咧咧地冲挨打的小青年说：“我说这位狗兄弟，老子叫钟国龙，记住喽！你回去告诉那个什么黄狗黑狗的，他要是不服，地方他自己选，把遗书先写好，指不定咱们就得死几个！你他×的愣着干什么？再不走我先剁了你！那个什么黄狗的，你去把他叫来，我他×的要把他打成死狗！”

小青年没想到钟国龙胆子这么大，在他的地头上敢报名号，说起话来还这么狂，仔细一想，嘴巴突然大张，忍不住叫了起来，“啊，你是……你就是前几天砍断黑七手筋的龙哥？”钟国龙冷笑，“屁话，我就是你爷爷钟国龙！”

小青年顿时吓得面无血色，双腿发软，怯怯地走到钟国龙身边，从口袋中掏出一盒烟，“是，是，龙哥就是我爷爷，龙哥和各位大哥抽根烟，小弟是浑蛋，小弟有眼不识泰山，不用各位大哥动手，我自己来！”边说边抽自己的耳光。

钟国龙看着想笑，说道：“行了行了，滚吧！老子不怕硬的，碰见你这种装孙子的还真他×的不适应！”

“谢谢龙哥，谢谢龙哥，龙哥真是大人有大量！”小青年落荒而逃。

“大哥，就这么放过这小子了，起码也要教训他一顿！”一旁的刘强狠狠地说。

“打他？那咱好不容易攒的这点儿名头还不全毁了。”钟国龙嚣张地说。

这时候，旁边有个大夫模样的人正好走过，听见他们说打架，连忙说道：

“我说你们几个是打架来了还是体检来了？人家部队首长可看着你们呢。”

钟国龙把烟头狠狠地吐到地上，“打架来了怎么了？你这不是医院吗？还有比在医院打架更安全的地方吗？部队的怎么了？你以为老子自己愿意来吗？有部队的正好，也别体检了！咱们兄弟就现场表演一下，到部队不也是天天练打架吗，总不会去部队织地毯吧？”那大夫看他整个一浑蛋，摇摇头走了。

龙云看着他们，冲左名友说：“老左，我看你是白研究了，就这帮东西，整个一暴力团伙，到部队也是兵痞！”

左名友看得饶有兴致，说道：“不见得，你看那带头的钟国龙多嚣张。我看，当兵的就得有这个劲头！刚才他说得对，部队不是织地毯的，只是这小子对部队的理解还真是有问题……哎？老龙，你有没有兴趣挑战一下这几个兵？把他们从小混混改造成优秀的战士。”

龙云笑道：“得，这刺儿头兵我倒带过不少，最后不都成了我们大队的尖子，但是这样的，还真没敢想！”

左名友笑笑，“那是，你老龙带兵确实有一手。”

“哈哈！”龙云忽然豪爽地笑着，冲钟国龙他们招手，“你们几个小伙子，过来一下！”

刘强说道：“得，老大，八成是让咱们直接回家了！”

“管他呢，走，兄弟们，去看看。”钟国龙挥挥手，带着那哥儿6个跟着龙云走到了医院的一间房子里。

第二卷

# 野蛮新兵

# 第三章　优胜劣汰

龙云把几个人叫过来笑着说："你们几个是不是真想到部队去锻炼锻炼？"

"锻炼，不就是跑圈儿吗？我们老大去我们就去。"老蒋接话速度倒是很快。

"哈哈，都跟着老大走，你们老大是谁呀？很有人格魅力吗？"龙云大笑着说，其实他刚才就看出了钟国龙是这帮人的头儿。

"你们以为部队是施工队呀，什么人想去就去。部队征兵要经过严格的体检，政审通过，才能参军。你们感觉自己都能合格吗？"

钟国龙刚和那医生吵完架，心头怒气还没消，一听到龙云这么说话，怒气又涌上来，"你不就是个大头兵嘛！这里是咱兄弟的地头，你以为是部队呀？信不信我们兄弟几个今天叫你走不出医院大门？"

钟国龙这么一说，那哥儿几个马上表现得怒气冲天，一个个紧握双拳，瞪着龙云。

龙云似乎没有听见，笑道："呵呵，小伙子们脾气还不小嘛，我还真是有点儿喜欢了，来，这个房间不是打架的地方，要不咱们到后面院子的草坪上练练去？"说完，龙云转身就走。

“还挺横！兄弟们，今天让这大头兵尝尝我们的厉害！”钟国龙恶狠狠地说，转身带着其余的人向医院后院走去。走过楼道的时候，钟国龙还嚣张地冲排队的人喊道：“走啊！看哥们儿练这个大头兵去。”左名友微微一笑，也跟着他们走了过去。

医院后院的草坪上，钟国龙一群人将龙云围在中间，个个剑拔弩张。

龙云满不在乎地卷了卷迷彩服袖子，笑呵呵地说：“动手之前我们先说好了，如果等下你们之中有谁被我不慎打伤了，可是你们自己的事。”

“屁话，今天兄弟们废了你，上！”钟国龙说完就是一记重拳打去。

“呼”的一声！

钟国龙都不知道怎么回事，胸口就挨了重重的一脚。嘴巴发甜，身体重重地摔了出去，倒在地上吐出了一口鲜血。

龙云这时候大喝一声，左右开弓，那几个兄弟也一个个被他打倒，躺在地上痛苦地呻吟着，整个过程迅猛快速。钟国龙一下就惊呆了。

龙云拍拍衣服，点燃了一支烟，朝医院走去，突然回了个头，向钟国龙他们喝道：“你们几个小子要记住，强中更有强中手，混混的最后下场不是坐牢就是横尸街头，有缘分我们部队见！”

钟国龙用袖子擦了擦嘴巴上的血，强忍着胸口的疼痛爬起来追上了龙云。

“首长，兄弟几个没服过人，今天我们算是服了，你的功夫是怎么练出来的？”

“哈哈！”龙云笑着说，“你问这个干啥？”

“呵呵。”钟国龙手摸着头傻笑着。

“你看我穿的这身衣服，知道我是干什么的吗？”

“当兵的呀。”钟国龙不明白龙云为什么要问他这么傻的问题。

“既然知道我是干什么的，还问我的功夫是怎么练出来的，当然是在部队学的呀，还真是个愣头青！”

“真的吗？首长，那我们如果到部队，也会教我们功夫吗？”钟国龙用恳求的语气问着，这可不是钟国龙一贯的作风。

“那肯定呀，怎么，想到部队来学功夫了？”

“是，本来我爸叫我参加征兵体检我还很不情愿，呵呵，现在……”

“现在什么，你想当兵还要你爸叫你来？”龙云知道这小子有些服他，口气故意有些硬。

钟国龙一时间不知道说什么，脸有些红，心道：“怎么回事？老子平时天不怕地不怕的，怎么今天见这个当兵的有些发怵呢？”

龙云这个时候也不愿意跟他们多纠缠了，挥挥手说道："想当兵我说了还不算，你们几个先去体检。"

钟国龙无奈，又带着兄弟几个去医院大厅，刚走到排队的那里，本来熙熙攘攘的人群立刻安静了，人群自动给他们让出道来。钟国龙大摇大摆地排到了队伍第一的位置。

"姓名。"负责体检的大夫抬头看了他一眼。

"钟国龙！"

"称一下体重。"

钟国龙揉了揉刚才被龙云打疼的胸口，站到体重秤上。

大夫凑过去，仔细看了一下体重秤，摇摇头："不行，体重不达标！"

"什么？"钟国龙有些奇怪，"不达标，我哪儿不达标？"

"体重啊。军队要求，入伍战士体重要达到50公斤以上，你只有48公斤，不够！"

"不就差4斤吗？我身体结实啊，我灵活！部队不也得要身体灵活的吗？"钟国龙已经是很不愿意了。

大夫看着他，有些不耐烦了。

旁边王雄嚷嚷："大夫，我胖我胖！我匀给我们老大一些，我们两个一起称，保证200多斤！"

"这个小伙子，你起什么哄？这个还能凑啊？"女大夫有些生气了。

钟国龙想发作，转而一想，直奔着门外的龙云走过去。

龙云看他走过来，问道："你不体检，过来干什么？还想练练？"

"我说！"钟国龙睁大眼睛看着龙云，"我是打不过你，但是你也别得意，你在部队学过这个，我要是也学了，没准儿比你厉害呢！"龙云笑着说："呵呵，还挺有骨气，那你来干什么？"

钟国龙不想直接说要他帮忙，大大咧咧地说道："不干什么，就是想告诉你，我去不了部队了！我体重差4斤，不合格！"

龙云看着他，忽然装得很认真的样子，凑过去说："你渴不渴？"

"什么，我不渴！""笨蛋！你刚才都被老子打得吐血了，怎么还不渴？你得补水啊，你不补水，那血能自己长出来？"

钟国龙恍然大悟，"嘿嘿！你这么一说，我还真是感觉有些渴。"说完，头也不回地往外面商店跑去。

"老板，有可乐吗？大瓶的！"钟国龙甩出10块钱。

老板从货架上拿下两瓶可乐，钟国龙打开就喝，直到两瓶可乐全灌进去，打着嗝就跑回了医院。

体检还在继续，王雄他们已经在进行下面的项目了，钟国龙挤开人群，又跑进检查体重的屋子，大夫见他又来了，有些奇怪，“小伙子，不是说你不合格了吗，怎么又来了？”

“谁说我不合格？刚才你肯定没看准！”钟国龙狡辩。

“我没看准？不可能！你别捣乱，快出去！”

“就是没看好嘛！要不我再试试？”钟国龙一脸的无赖相。

大夫不想跟他纠缠，索性让他再上去称。

“哈哈，101斤！”钟国龙得意了，“怎么样，说你没看清楚吧！”

“见了鬼了！”大夫擦了擦眼镜，只得给他签字。

钟国龙又拿着体检单，到旁边量血压。

“嗯？”大夫有些奇怪，把气囊松开，又测了一次，“不行，血压超标。”

“不是吧。”钟国龙十分郁闷，不得不再一次走了出来。

龙云这个时候正跟左名友聊天，钟国龙看了一眼他们，没好意思再说话。

……

钟国龙站在医院门口的电话亭子前，给父亲打电话，“爸！这回可不是你儿子不愿意去，是体检不过关，医生说我血压高。”

“血压高？不可能啊，上个月去学校的时候，不是刚检查过吗……我告诉你小龙，你可别给我耍什么花招！”钟月民有些怀疑。

“我说了不骗你，真高！”钟国龙有些着急，“爸，你说怎么办吧！”

“你等等，你等等，让我想想……哦，你去二楼外科主任办公室，那个外科主任姓刘，我以前带犯人治伤认识的，我现在就给他打电话，你马上上楼找他去！”钟国龙只好挂了电话，去医院二楼找刘主任。来到二楼外科主任室，那个刘主任刚放下电话，见钟国龙进来，忙问道：

“你是钟所长的儿子吗？”

“叔叔好，我叫钟国龙。”

“年纪轻轻怎么就高血压了呢？”

“我也不知道，以前好好的。”钟国龙也有些奇怪，“哦，刚才我喝了点儿可乐，感觉脸有些烧！”

“喝了多少？”

“两瓶，一口气喝的！”

“嘿，难怪！”刘主任笑着说，“这个好办，你去用凉水洗个脸，再坐下休息一会儿就好了，我再给楼下打个电话！”

等钟国龙把所有体检程序顺利地进行完毕，兄弟几个正在大厅等他。

“怎么样，你们几个？我全部合格！”钟国龙莫名其妙有些兴奋。

陈立华说：“我和老六都合格了，他们几个没过。”

“什么，怎么回事？”钟国龙有些着急了。

“老蒋视力不行，王雄扁平足，李兵心律不齐，老七他×才92斤！”刘强说。

剩下几个都很沮丧。

“跑圈儿跟视力有啥关系呢？”老蒋自言自语。

“老大。”谭小飞问，“看着你也不胖啊，怎么就过了？”

“呵呵。”钟国龙有些不好意思，“我喝了些可乐——不过这招儿对你没用，8斤，还不把你喝死。”

“完了，这回咱们兄弟要分开了。”大家都有些伤感。

“其实……”钟国龙抬眼说道，“我也不瞒着，这回我是真想去部队看看，就冲刚才那小子三拳两脚把咱打倒，我也得去看看，学学功夫。兄弟们，我和老四、老六先去看看，行就待两年，不行我们立马回来！”

“好，老大！你们3个去发展部队，我们4个继续干社会！”王雄咬着牙，“干社会是不是扁平足无所谓！”

“我……我想念书。”谭小飞怯怯地说。

“念你个屁，混混多有前途啊！”大家骂着他，扬长而去。龙云看他们的背影，笑着摇摇头。

钟国龙和兄弟们又一起来到陈立华家，一阵的唏嘘感慨之后，王雄突然问：

“老大，你们3个要是参军走了，我们还混不混？”

“混，怎么不混？”钟国龙瞪着眼睛，“我们还能当一辈子兵？早晚还得回来，咱‘七剑下天山，血战大草坪’好不容易闯出点儿名头来，还指望你们哥儿几个坚守根据地呢！”

“嘿嘿，那敢情好！”李兵笑着说，“到时候，你们也教我打打枪！”

刘强挤对他，“谁知道能不能摸着枪，没准分到炊事班也不一定呢！”

“炊事班？老子不去！”钟国龙说，“老子是去学功夫练打枪的，让我去做饭，哪个王八蛋敢让我伺候？”

“我听说，部队里老兵经常欺负新兵……”谭小飞说，“你们去了，可得小心一点儿。”

钟国龙冷笑，“欺负新兵？哼，我看看谁敢欺负我！老四，你们两个到时候和我在一个班，谁敢欺负咱们？”

“对，咱分到一个班。”刘强说，“我也这么打算的，咱到时候还是每天在一起。”

“好了！”钟国龙站起来，“我得回家，我爸肯定又着急了。”

“都走吧，都走吧！老七，把你那个游戏机给我拿来。”陈立华伸了个懒腰，“我得抓紧时间多玩一会儿，到了部队可就没有这东西了。”

“我回家给你拿去。”谭小飞回答，“要不你带着，没准儿部队也让玩呢。”几个人各自回家。

钟国龙回到家时，已经是晚上7点，父亲果然在客厅着急，看见他回来，冲他就喊：“小龙啊，你什么时候能办完事先回家呀，你那几个兄弟能比你爸还亲？”

钟国龙这时候心情不错，笑嘻嘻地说：“您就唠叨吧，多唠叨唠叨，再过几天，您再想唠叨我，可就没有机会了！”

“什么，”钟月民惊喜地问，“体检通过了？”

“您儿子是谁呀？是您一手栽培出来的，还能不过关？妈——有吃的吗？”钟国龙喊。

沈素芳从厨房探出头来，说：“正包饺子呢，你等一会儿。”

钟月民高兴得直搓手，从裤兜里掏出烟来，自己点上一根，深吸一口，突然又拿出一根递给儿子。

钟国龙笑着说：“嗬，老爷子，打从我认识您，您好像今天是第一次瞅着我顺眼，这根烟我得拿到书画店裱上，留个纪念。”

“你小子！给你好脸了，是不是？”

县招待所饭店里，钟月民已经喝得有些脸红了，旁边成保华劝他：“我说老钟，你心脏可不好，少喝点儿，老刘也不是外人！”

武装部刘部长也笑着说：“是啊，都是一个部队的老兵，我还比你们晚几年呢！”

钟月民笑着说：“不行，那怎么行，你们两个老兄弟帮我那么大的忙，我怎么也得多敬你们几杯，小龙，给你两个叔叔都满上！”

旁边钟国龙殷勤地拿起一瓶“酒鬼”，给成保华和刘部长满上。

“来，咱们干！”钟月民端起酒杯，“今天我请两位来，不是为别的，就图个高兴，小龙这孩子，这次能参军，全靠你们两位老兄弟了！”

钟国龙这个时候想起一件事情来，连忙问：“刘叔，咱们这次都是招什么兵啊？”

刘部长想了想，说道：“这次咱们县一共要90个兵，有一个是深圳的，军区兵，条件好，招的又多，要45个呢。还有一个四川的，招汽车兵和通信兵，要40个……”

钟月民说：“嗯！这个汽车兵好，又学本事，将来复员当个司机什么的，也算一技之长！老刘，不行就这个吧。”钟国龙皱皱眉头，说：“刘叔，还有5个呢，去哪儿？”

刘部长说：“这个？嘿嘿，这个才有意思！就它要得少，还就它没人去，我还发愁呢！这个部队，叫6921部队，听说是野战部队，也没说要什么兵种，驻地在边疆某地，估计是个苦部队，可能是真正打大枪守边关的。”

钟国龙一听打大枪守边关，顿时来了兴趣，“好好好，我就去那个部队！”

“哈哈！”成保华忽然笑了，“老钟啊，你整天说你这个儿子没出息，我看出息大着呢，小伙子有志气！”

“嘿，保华，你就别臊我了！就这小子？他有个屁出息！他就是喜欢与众不同，到时候受不了苦，又得给我惹乱子。”

“爸，你怎么老这么看我？”钟国龙有些不满，“我这次是真的想找个苦点儿的地方，离家越远越好，好好锻炼自己呢！”钟国龙心里想：“汽车兵，能学武功吗？”

刘部长说：“哈哈！你看，孩子都这么说了，老钟你也别太小看年轻人了。他要是去那个什么6921部队，还算帮了我的忙了呢！”

钟国龙又说：“刘叔叔，还有那个陈立华和刘强，他们也去那里！”

“混账！你又要拉帮结派呀？”钟月民骂他。

“哪儿啊，我是想让他们也去艰苦地方锻炼一下，我们也有个照应。爸，我们这回可是去部队，部队还管不了我？这不是您说的吗。”

刘部长笑着说：“正好！新树乡有两个，加上你们仨，正好5个！哈哈，那部队家访的后天就来，你们都准备准备。来，咱们喝一杯！”

……

钟国龙坐在沙发上，左手拿着电话，右手用指甲刀剪脚指甲，“喂，老四，部队家访的人来了吗？”

那头陈立华焦急地说：“没有！我刚才问老六，也没有去他家。老大，是不是先去你那里呢？”钟国龙说：“没有啊，这都快中午了，还没有来呢。”这时候突然传来敲门声，沈素芳忙着去开门："谁呀？"

"你好，是钟国龙同志的家吗？我是6921部队的，来您这里家访。"

"来了！"钟国龙慌乱地从沙发上跳起来，"老四，我先挂了，你也准备！"这时候，沈素芳已经把那个军官热情地迎了进来，钟国龙光着脚四处找鞋。

"钟国龙，又见面了，哈哈！"军官爽朗地笑着。

"啊，是你？"钟国龙有些吃惊。

正是龙云！

龙云笑着说："怎么，很突然？先穿上鞋吧。"钟国龙尴尬地找到拖鞋穿上了。

"怎么，首长认识我们小龙？"沈素芳奇怪。

"哈哈，阿姨，我不是首长。"龙云接着介绍自己，"我叫龙云，中国人民解放军6921部队的一个排长，上次体检的时候我见过他。"

沈素芳忙招呼他坐，端上水："你们聊吧，我不打扰了。"说完就走进里屋，却仍不放心，在门口听着。

龙云看着钟国龙，问道："钟国龙，你怎么想的，要到我们部队？"

钟国龙嘴上不愿意服软，说："一共就三个部队，一个招城市老爷兵，一个招不扛枪的兵，我只好来你们这里了。"龙云问："说说吧，为什么要当兵？"

钟国龙突然问："让我说真的还是假的？"

龙云很欣赏他的胆子大，无所畏惧，笑着说："假的怎么说，真的怎么说？"

钟国龙说："要是假的，我就说保卫祖国，人人有责，身为祖国的热血青年，理当积极要求服兵役，为祖国国防献出自己的力量，同时也锻炼自己的毅力和精神力。要是说真话，我就是因为那天你打了我，说是在部队练的功夫，我不服，也想去学学！"

龙云忽然严肃起来，想了想，认真又严厉地说道："钟国龙，我跟你说实话，我其实并不讨厌你，甚至有的时候，我还有点儿喜欢你。但是，我告诉你，你的内心思想和对部队的认识，包括你的一些性格，和一个真正的军人还有很大的差距。不错，你是一块铁，但是一块掺杂了许多杂质的毛边铁，还远远不是一把钢刀。否则，你也不会说出刚才这么浑蛋的话来！"

沈素芳听见外面龙云好像急了，连忙跑出来说："小龙，你好好跟首长说话！"很奇怪，钟国龙这次居然没有生气，而是坐在那里若有所思。

龙云没有理会任何人，继续说道："要当兵，确切地说，你选择当兵，其实是很正确的一条路。因为军队是一个特殊的环境，它能带给你特殊的经历，特殊的本领和收获。但是，最终军队带给你的，却恰恰是最朴实的东西，那就是刚强、坚韧、自信和一种做人最需要的不服输的精神！”钟国龙彻底被震撼了！呆在那里有些沉默，他想象不到，眼前这个区区的小排长、小兵头儿，从哪儿学的这么些东西。这些话深深地触动了钟国龙，自己心目中模糊的军营概念，这时显得有些神秘。

龙云说道：“钟国龙，说心里话，我很愿意你参军，但是，你可不要以为我是欣赏你什么东西，你现在还真是没有什么让我龙云特别欣赏的东西。我之所以愿意你参军，是因为我感觉你现在正处在人生的十字路口，走对了是海阔天空，走错了就是万劫不复！因此，我才愿意你到军队，你刚才问我让你说真的还是假的，我告诉你，前面的，你说得不全面，后面的，简直是胡说八道！等你真正成为一个合格军人的时候，你才会明白，什么叫作军人，你才会懂得，成为一个军人的真正意义。”

钟国龙陷入了深深的沉思当中……

# 第四章　踏上征程

10天后。

钟国龙穿着一套草绿色的军装，站在家里大衣柜的镜子前面，左右端详。

这身军装穿在他略瘦的身体上，足足长出来一截儿，钟国龙左看看，右看看，问钟月民："爸！你看你儿子穿着军装帅不帅？"

当兵出身的钟月民这时候正给儿子打着背包，看了儿子一眼，说道："帅！比穿那牛仔装帅多了！"

"什么呀！"钟国龙自己都笑了，"我怎么看着跟偷来的似的，不合身啊！"沈素芳这个时候正在紧张地帮儿子收拾东西，看见儿子在镜子前面站着，走过来帮他整了整领子，问他："小龙，你这计算机课本还带不？"

钟国龙苦笑，"妈，部队又不缺卫生纸，我带它干什么呀？我看不懂。再说了，我这是参军，可不是进京赶考！"

"这孩子，怎么说话呢……"沈素芳又拿起一件秋衣，整齐地叠好，放进迷彩布的大包里，"长这么大还没出过远门呢，这就去边疆了……唉，小龙，你可得照顾好自己，这回可是真正自己过日子了。"

"我说你就别啰唆了！"钟月民使劲勒了一下打好的背包

带子，埋怨地说，“他又不是小孩了，有什么照顾不了自己的？部队还有班长和战友呢！快点儿吧，别去晚了。”

沈素芳仍旧不放心，在大包里翻腾几下，又转身找出一件绿横条的背心来，放到包里。

“妈，人家部队发衣服，那些破衣服我在家都不穿了，你还给我带着干吗呀？”钟国龙着急地说，“快点吧，陈立华他们都已经到了！”

“着什么急呀，武装部离咱家也不远，再想想还要带什么东西。”沈素芳还在四处转着，恨不得把自己也塞进儿子的背包里，好照顾儿子。

“行了，小龙，背上走吧。”钟月民把背包给钟国龙背上，又拽了拽，确保结实。

“爸妈，你们都别去了，我自己走吧！”钟国龙提着大包，有些言不由衷。

“那怎么行。”沈素芳说，“哪有儿子参军爹妈不去送的？你爸今天特意连所里都没去……”

“哎——我可不是因为这个啊，我是今天胃疼。”钟月民不愿意承认，其实他心里对儿子的关心绝对不亚于老伴，“走吧。”

沈素芳眼睛有些湿润了，连忙偷偷擦擦，又从厨房拿出一个大袋子来，“小龙，这个是给你带的苹果和鸡蛋，还有我早起包的饺子，我怕凉了，用保温桶装着呢。这桶你也带着，到部队别乱吃凉的。”

“不用了，妈，怪沉的……”钟国龙其实心里有些伤感，妈妈越给他多带东西，他心越软，虽然嘴上老是说不要带。

沈素芳没有理他，手里依然拎着袋子，右手想提那个大包，有些沉，忙冲老伴说：“我说你帮孩子拎着呀。”

钟月民故意皱了皱眉头，“让他自己拎。又不是小孩子，还要我这个老头子费劲啊。”说完点了支烟，自己先走出房门。

沈素芳还要唠叨，钟国龙过去拎起包，“妈，快走吧，真晚了！”

县武装部大院，已经聚满了新兵和他们的父母亲人。

钟国龙拎着包进去，那边陈立华和刘强马上跑过来，“老大，你怎么才来？都等你半天了！”

钟国龙打量着他们的服装，刘强的很合身，陈立华的跟自己一样，有些大。

“着什么急？不是还得一会儿呢吗？哎，他们几个呢？”

“老大，老四，老六。”

正说着，王雄、李兵、老蒋、谭小飞他们4个已经气喘吁吁地跑来了，每个人手里都拎着一大袋子东西，跑到跟前，把东西一股脑儿地往他们怀里塞。

这时候，钟月民和老伴看他们小兄弟们道别，也没有打扰，两个人去楼上找刘部长去了。

“老大，也没给你们3个买什么，就买了点儿路上吃的和日用的东西。”王雄喘着气。

钟国龙看着兄弟几个，有些感动，说道：“不用，我们路上又不吃，你们拿回去！”

老蒋又从怀里掏出一个信封，递给钟国龙，“老大，这是一万块钱。你拿着，到部队需要打点什么的就花，不够再给我打电话！”

钟国龙赶紧给他塞回去，“不用！老二，你把钱送回去，现在想想你爸赚钱也不容易，不需要就别瞎花。”老蒋还想说什么，被钟国龙给制止了。

钟国龙看着他们几个，说道：“兄弟们，我和老四、老六这次走远了，再回来就得一两年以后了，你们哥儿几个要互相照应，剩下的兄弟可就是你们打头了，可要照顾好。我回来小飞他们要是挨了欺负，我可饶不了你们。”

王雄说：“哪能呢，老大你就放心吧！我们兄弟会记住老大的话，要混就混最牛的。”

李兵说：“老大，你们到了部队，可得经常给我们写信打电话什么的，家里要是有事，也跟兄弟们说，千万别见外……”

“我跟你们见外什么。”钟国龙故意装得轻松。

谭小飞突然哭了，“老大！你们什么时候回来呀！”

“老七，别他×娘们儿似的！老大看了伤心！”李兵骂着谭小飞，自己也哭了。

一下子，这帮小弟兄都开始哭，一开始是小哭，后来都蹲在地上，哭得脸都变了形。

钟国龙忽然猛地站起来，使劲擦了一下眼泪，喊道：“你们这几个王八蛋，都给老子站起来！都别哭了！这么哭我还有面子吗？小飞！你再哭我踹你！”谭小飞哭着说：“老大，我听你话，我不哭了！老大，我忍不住！”

钟国龙又哭了，喊道：“再伤心也不许哭。都站起来！兄弟们，咱都别哭了，等到部队练好武功回来，咱们哥儿几个还能到一起！还能一起喝酒、唱歌、打架！”

他这么一说，几个人哭得更厉害了，钟国龙突然猛地把背包摔出去，一脚踹在王雄腿上，嘴里边哭边骂：“哭，哭，我让你们哭！我他×昨天想了一晚上今天不哭，都被你们这帮王八蛋给搅和了！都给我滚,滚！”钟国龙哭着把他们往院子外面踹，把他们带的东西都扔了出去。

王雄他们都哭着往外走，钟国龙扭头就回了大院……

新兵开始集合了，龙云和左名友带着自己部队的5个新兵，站成一队，向不远的火车站走去。

沈素芳哭哭啼啼地跟在后面，钟月民脸紧绷着，狠命地抽着烟。

到车站时，火车还没有开过来，家属们拉着自己的孩子，做最后的嘱咐。

钟月民和沈素芳站在钟国龙面前，沈素芳哭着拉着儿子的手抚摩着，刚刚哭过的钟国龙这个时候又想哭了，但看着妈妈这样，他强忍着不让自己落泪。

“小龙，到部队可不能由着自己性子来了，要听干部的话，要跟战友处好关系，多吃饭，部队训练可苦呢……”沈素芳一遍又一遍嘱咐着儿子。

钟月民一支又一支地抽烟，站在旁边说：“我说，你就别操心了，他也不小了，知道自己该怎么做！”

钟国龙看着父母，心中百感交集。这么多年，他从来没有让父母省过心，总感觉父母是自己的包袱，有了他们，就有许多不自由，现在想想，他越来越感觉到自己以前是多么的浑蛋。

龙云他们这个时候不愿意打扰家属的送别，站在一旁抽烟。

车站已经响起铃声，火车马上到站了。

钟国龙这个时候感觉自己好像永远不会再回来了，心中的伤感不断加剧，他从来没有感觉到自己像今天这样担心父母。

“妈，我走了以后，你和爸多注意身体，别让我惦记！”钟国龙说。

钟月民在旁边听到儿子这么说，手中的烟头有些颤抖。

“哎，妈知道，妈知道，你就放心吧，到部队了，就好好干，千万别不懂事……你要是想爸妈，就往家多打打电话，多写写信。你爸呀，他以前也是恨铁不成钢，总是骂你，你别放在心上，他其实挺惦记你的。那天晚上你说要参军，他高兴得一晚上没睡觉……”火车已经开过来了，一阵轰鸣，停在站台边上，乘客开始登车了。

钟国龙强忍住眼泪，对旁边的钟月民说：“爸，怎么今天看不出您伤心来？”

钟月民故作轻松，“我伤心？我儿子去参军，我省心了，我伤什么心！”

钟国龙忽然走过去，轻轻地抱了一下父亲，说道：“爸，以前您总骂我，我还是不学好，我是故意的。其实，有的时候，我还是觉得挺对不起您的。您年岁也一天比一天大了，多注意身体，少抽点儿烟。”钟国龙说完，转身头也不回地向车上走去。

钟月民被儿子突然的举动惊呆了，愣愣地站在那里，看着儿子上车，两行老泪再也忍不住流了出来。他努力扭过头去，不让火车里的儿子看见。

火车开始起动了，沈素芳哭成了泪人，钟国龙忽然从窗户里面钻出头来，冲父母大喊一声："爸！妈！以前我对不起你们了！在家注意身体！"

回到座位上，钟国龙猛地从袋子里掏出那个保温桶，打开盖子，大口地把妈妈包的仿佛还带着体温的饺子塞进嘴里，眼泪哗哗的，像一场伤心的雨……

火车已经开了6个多小时，钟国龙他们的心情已经平复下来，龙云和左名友与那两个新树乡的新兵坐在一起，这边是钟国龙他们3个，旁边是一个普通乘客，正眯着眼睛睡觉。

"老大！"陈立华忽然问道，"咱们这是到哪儿啊？"钟国龙也奇怪，"还真忘了问了，老六你知道吗？"

刘强摇摇头："我还想问你们呢，刚才光顾着哭了。"

钟国龙连忙站起来，问龙云："排长，咱们这是去哪儿啊？"龙云看了看他，说："终点。"

"终点，还要走多久？"

"早着呢。"

钟国龙显然对龙云的回答不是很满意，撇撇嘴，又坐回原位。

"老大，你说，咱们这么一走，那几个兄弟不会挨人家欺负吧？"陈立华问。

钟国龙眼睛一瞪，"谁他×敢？老子回去活劈了他！"

"老四，你就放心吧！"刘强正拿着一张不知道哪儿捡来的破报纸，装模作样地看，"就凭咱们兄弟闯下的名头，保证连老七也没人敢正眼瞧他！"

钟国龙有些得意，"那是，咱们是谁呀？'七剑下天山'！要这么容易就被人挑了，那还叫县城老大？黑七那熊样的还保持了3年呢！"

毕竟都是年轻人，3个兄弟很快忘记了刚才的离别之痛，开始高谈阔论起来，随着兴致的逐步提高，他们的音量也逐渐增大。龙云皱了皱眉头，刚想发作，转念一想，这些小伙子要坐很长时间的火车，又是刚离开家，索性不管了。

这时那个坐着睡觉的乘客忽然睁开了眼睛，异常烦躁地冲他们吼道："你们几个大头兵小点儿声行不行？别影响我睡觉！"正在口若悬河的钟国龙猛地被他打断，顿时怒火上涌，腾地站起来，瞪着眼睛冲那个人吼道："你他×说谁呢？你管谁叫大头兵呢？"

那个乘客也不示弱，站起身来，回敬道："你说呢！这车里不就你们几个吗？没出过门吗？不知道打扰别人休息多不礼貌吗？”

看着那个人眼中不屑的表情，钟国龙感觉受到了莫大的侮辱，张嘴就骂：

“老子没出过门，你他×教教我怎么出门啊！”说着就挥起拳头砸过去。

那个人没想到钟国龙说打就打，连忙躲过拳头，这时候刘强、陈立华也都站了起来，上去就要打。

“钟国龙！”一声厉喝，龙云站了起来，“给我住手！”

这时候，坐在外侧的左名友赶忙走过来，把钟国龙他们3个拉到一边。钟国龙眼睛血红，嘴里还在骂：“管老子叫大头兵子，我非废了你不可！”

左名友制止了钟国龙，不让他再骂，转过身来冲那个乘客道歉：“这位大哥，真是对不起，这几个小伙子不懂事，我是他们的接兵领导，替他们向您道歉，对不起！”

那个乘客本来已经吓得脸色苍白，这时候见左名友制止了他们，顿时趾高气扬起来，嘴里说道：“呵呵，兵当得不长，脾气还不小！说你们大头兵子怎么了，你们有什么了不起？没有我们老百姓养着你们这些饭桶，你们都得喝西北风去，没用的兵！”

钟国龙再也忍不住了，一下子从座位上跳起来，隔着左名友一脚踹过去，结结实实地踹到那个乘客的肚子上，又顺势头一低，敏捷地从左名友胳膊下钻过去，上去又是一脚！

那个人被踹出去足有两米远，在周围乘客的惊叫声中一头摔倒，杀猪般叫起来：“哎呀，解放军打人了！快来看啊，人民子弟兵打人了！”

钟国龙还想冲过去，被已经赶过来的龙云一把拉住：“钟国龙！你给我住手！”

钟国龙这个时候脾气已经上来了，大声叫骂：“这兵老子宁可不当了，先废了你！”

龙云有些生气了，一使劲把他按在座位上，吩咐也要动手的刘强和陈立华：

“给老子按住他！”

刘强他们看龙云真急了，也不敢吭声，改为按着像一头发狂的野狼似的钟国龙。

那个乘客看到龙云过来了，感觉救星到了，夸张地站起来，嘴里呻吟着：

“解放军打人了，解放军打老百姓了……”边说边等着龙云像左名友一样给他道歉。

龙云却没有理他，冲着满车的乘客，用他特有的略带沙哑的声音喊道：“各位乘客朋友，刚才的事情，大家都看在眼里。首先，我要说，我的兵不懂礼貌，打扰了这位乘客的休息，确实不对，我们副指导员已经过来向他道了歉。但是，我要问这位朋友，你刚才为什么还是挨打了呢？”那个人没想到龙云这么说，嘴里说道：“这些野蛮兵，打老百姓！”

龙云轻蔑地笑笑，说道：“那我倒要问问这位朋友了，你刚才说我们是饭桶，是没用的兵，对不对？所以你才被打了，对不对？”那个人猜不出龙云话的意思，有些愣了。龙云忽然厉声喝道：“要我说，打得好！”

一句话说出来，不但所有乘客愣住了，连左名友和钟国龙他们都愣住了！龙云继续说道：“你感觉当兵的没用了是不是？感觉白养我们这些饭桶了是不是？我问你，假如有敌人入侵，谁去冲在第一线保护国家和人民？发洪水时，冲在第一线抢险救灾的是谁？是当兵的！和平年代，你说我们没用了，我告诉你，假如没有我们这些人民的子弟兵，没有我们国家军事力量的强大，这个国家还能太平吗，你能过上安定太平的日子吗？你忘了八国联军了？你忘了日本鬼子了？打你的时候，你知道解放军不应该打老百姓，但是，你有没有真正尊重我们呢？不懂得尊重自己子弟兵的人，你有什么脸面说自己是老百姓，是中国人？”

那个乘客顿时涨红了脸，张嘴还要说话，没想到周围的群众不但没有支持的，个别还喊出“好”来！大势已去，那个乘客狼狈地坐到别的车厢去了。

左名友忽然笑着拍了一下龙云，小声说道：“我就说吧，一样的浑蛋！”

龙云笑了笑，坐到了钟国龙他们这个座位。

钟国龙没有想到龙云会说出这样的话来，当下对龙云的敬佩之情越来越深了。

“嘿嘿，排长，真他×过瘾！”钟国龙冲龙云伸大拇指。

“你小子下次别踹肚子。”龙云这么一说，大伙儿都笑了起来。“排长，问您件事……”陈立华忽然小声地说，“咱们部队附近，有没有女兵啊？”

“你小子！”龙云笑了，“怎么，还真想老婆孩子带回去啊？”

“嘿嘿，我就问问。”

“告诉你吧，去年，咱部队还有一头母驴来着，是战士值勤的时候捡的，可是那时候不知道你要来啊，就找到失主给还了，哈哈！”龙云的话，把大家都给逗笑了。

钟国龙感觉龙云与一般的领导不一样，与他想象中的那些一板一眼的领导相比，龙云有一种特殊的气质，这种气质他现在说不出来，只是在心中感觉和他更加亲近起来。

钟国龙问到自己最关心的事情，“排长，到部队能不能学到功夫，发枪吗，有没有真正的作战任务？”

龙云笑着回答他："呵呵，有，这些都有，但是，看你小子这浑蛋样子，我还真得跟连长建议一下，把你小子分到炊事班喂猪去！"

"别呀排长！"钟国龙着急了，"我可是奔着学功夫去的！"

龙云说道："还是那句话，功夫是可以学到，但是，不能为了学功夫而当兵。一个真正的士兵，有很多事情比这个更重要！"钟国龙他们几个听着龙云的话，陷入了深深的沉思。窗外，列车疾驶！

# 第五章　初入军营

“强子，强子！”钟国龙一觉醒来，看到窗外的景象，大吃一惊！

窗外，已经是黄色的世界。地上光秃秃的，很少的树木植物，远处的山也光秃秃的，几乎没有植被。

刘强和陈立华被叫醒了，3个人看到窗外的景象，都不禁纳闷。

“咱这是到哪儿了？”陈立华奇怪地问。

“不知道，这都坐了两天两夜了，怎么还不到地方？”刘强把手搭在眼眶上，看着外面。

“这回我们可惨了，这是什么鸟地方？山上别说长树，连草都没长几棵。你们看，那地上干得裂缝都这么宽，那人家住的房子，还没我们那儿农民养猪的房子好！完了，完了，首长，这到什么地方了？”

龙云这个时候醒了，看到他们的样子，说道：“怎么，听过‘春风不度玉门关’吗，这地方的环境就是这样！”

“那龙排长，还有多长时间到啊？都两天两夜了，我的腿都坐肿了！”钟国龙揉着浮肿的大腿。

龙云看了看表，说道：“嗯，快到一半了。”

“啊，快到一半了！排长，咱不会是去到天边当兵吧？”钟国龙有些急了。

“怎么了，坐几天火车你就受不了了？那你还怎么学功夫？部队可比火车上艰苦多了！”钟国龙倒吸一口凉气，“还有比坐火车更辛苦的，都哪方面？”

龙云笑笑说：“你现在火车上的日子，简直就是我们团士兵梦寐以求的神仙日子！”

“啥，这叫神仙日子？”

龙云忽然很严肃地说：“是的，咱们部队是一个驻扎在边疆的部队，各方面条件与内地都没有办法比。既然你们选择了这里，选择了来我们这支英雄的部队，这男子汉可就得当到底！你不会想做逃兵了吧？”

钟国龙顿时瞪眼睛，“逃兵？哼，我钟国龙才不会当逃兵呢！我倒要看看能有多辛苦！再说，只要能学到你那样的功夫，再苦我也忍了，就算我钟国龙在部队累死，也不会当他×的什么逃兵，那多丢面子！”刘强他们也点头，“就是就是！坚持到底，练就神功。”龙云调整了一下坐姿，说道，“好！那你们就坚持吧！”

整整五天四夜，天快黑的时候，列车终于到达了终点站。

几个人欢呼着跑出了车厢，钟国龙回头骂了一句：“×的，老子这辈子加起来也没坐过这么长时间的火车！啊，这空气好纯呀！”陈立华问龙云：“排长，到了是吧？”

龙云说：“快了，到门口坐汽车，还有100公里。”

火车站门口有十几辆解放141卡车停着，卡车的周围是一个个像他们一样的新兵，正在干部的指挥下列队集合。

“部队接新兵的车到了！赶紧走！”龙云招呼一声。

刚刚因为连续坐了几天几夜火车而疲惫不堪的钟国龙他们，一看这么大的场面，顿时激动起来，当下加快了脚步。

陆续从全国各地到达的新兵，有好几百人。

集合，登车！

十几辆解放141军车排成一个车队，匀速向前行驶着……

大家一开始还很兴奋，但毕竟都已经疲惫不堪，坐了一阵子之后，一个个感觉困意袭来，忍不住又打起瞌睡来，其他的新兵状况也好不到哪里去，整个车队除了发动机的轰鸣声，再没有别的动静。

也不知过了多久，大家正迷迷糊糊地坐在车上，突然外面传来一阵阵锣鼓声和鞭炮声，顿时把这些新兵惊醒了。

“老大，这是不是到部队了？”陈立华揉揉眼睛，边听外面的声音边问钟国龙。

“可能是。”钟国龙迫不及待地爬到解放141车厢前侧，掀开透气口的布帘往外看。

“嘿，真到了。老四、老六，快过来看，外面好多人在欢迎我们，你们看！”陈立华和刘强一听也激动地爬起挤过来，瞪着一双好奇的眼睛拼命地朝车厢外瞧着。

“嗬！那么多人，还有打鼓的，你们看，那些欢迎我们的都是老兵吗？”陈立华满怀激动地问。

钟国龙心里乐滋滋地想：“这部队还挺有人情味的嘛！以前还听说部队怎么怎么的，看这场面还不错。”

突然，车猛地一停，各车的带车干部从驾驶室里走下车，命令所有新兵下车集合。

钟国龙等人一下车，发现车外集合的人还真不少。军营大门两旁站着两排很长的队伍在鼓掌欢迎，在路灯照射下，他清楚地看到一个高大的水泥营门，门中间有一个金色的五角星，上面还有几个大字：6921部队。在营门两旁的院墙上，也分别有4个大字：严格正规，扎实过硬。

钟国龙意识到自己就要在这个陌生的环境和人群中去适应新生活了，不免有些异样的感觉。

“同志们，这就是我们的军营了！你们的部队生活，就要在这里开始！”一个30岁左右的干部，对着陆续下车的新兵喊着，“大家排好队！排队进军营！”在他的指挥下，314个新兵排成4队，乱哄哄地往营院里走去。要不是旁边的老兵们都微笑着鼓掌欢迎，他们这支新兵队伍，倒是像极了电影里刚被抓的俘虏在集合。

龙云带着钟国龙他们5个人往前走着，听见钟国龙他们几个叽叽喳喳边走边议论，不由得眉头一皱，吼道：“前后跟紧，不准说话！”“排长，我们这是去哪儿呀？”陈立华问。

“睡觉！现在才凌晨4点多，你们坐了几天车，也累了，先休息一会儿！”

“哦。”陈立华高兴地笑着，“终于可以美美地睡一觉了！我还以为一下车就要跑圈呢！”

钟国龙感觉自己好像还在车上，身体随着车身摇晃，头有点儿晕。但他现在对这个部队充满了好奇，忍不住四处地看，整齐的营房，来往的军车，甚至一棵棵白杨树都让他感到新奇，这里的一切都是陌生的。

一行人走到一栋房子前，门的左边站着两个哨兵，门上挂着一个牌子，上面写着：一连。

龙云走到哨台后那名哨兵面前，哨兵对着龙云敬了一个标准的军礼，然后笑着说道：“龙排长，想死你了，你终于回来了！”

“是吗，有多想？哈哈！”龙云笑着摸了摸那名哨兵的头，“连里安排这几个新兵睡在几班？”

“龙排长，连长昨天晚上点名的时候就安排好了，在2班！”哨兵回答道。

“嗯，好！”龙云对着傻乎乎站在旁边的钟国龙等5人喊道，“来，你们几个跟我来！”

钟国龙搓了搓冻得跟冰条般的手，边走边低声骂着：“这他×的是什么鬼地方，这么冷！”

龙云把5个人带到一楼的一间房子里，里面有5张上下铺式的床，床上的被子叠得四四方方，褥单一个褶皱都没有。钟国龙又往四下看了看，整个房间给人的感觉就是整齐划一，就连牙缸里的牙刷，也是统一地把头歪向同一个方向。

龙云看了看几个新兵，说道：“你们今天晚上就在这里休息，把背包都打开，盖上被子，别感冒了。”说完走出去洗脸。

连续几天的舟车劳顿，钟国龙几人早就疲惫不堪，各自把背包往床上一扔，枕着背包就躺在了床上。

钟国龙这个时候才感觉到，稳稳当当在床上躺着是多么舒服的事情。

实在是太累了，几个人很快就都睡着了。

龙云刚从洗漱间回来，看见5个新兵连衣服都没脱，躺在床上把背包当枕头就睡着了，摇了摇头，走上前去，先把正在呼哧呼哧打呼噜的刘强扒拉醒，又吼了一句：“都给我起来！”几个人刚睡着，正准备和周公相会，突然听到这么一声怒吼，一下子惊醒，新树乡的两名新兵吓得从床上跳了下来。

钟国龙把眼睛揉了揉，心也惊了一下，“没犯什么错误呀，龙排长想干什么？”

“龙排长，你这是干什么，不让人活了呀？刚才不是让睡觉了吗？”

“我刚才不是说了吗？叫你们把背包打开，盖上被子睡觉，怎么都一个个把背包当枕头，衣服都不脱就睡了。你们刚来又不适应这里的环境，感冒了怎么办？”龙云这么一说，几个人都好像犯了错误一样耷拉着头。

“龙排长，我们这不是怕把被子打开了，早上起床的时候打不好吗。”钟国龙说这话时心里想：这龙排长是个粗人，想不到还会关心人，以前在家也只有我爸妈会这么唠叨！

听着不打开背包原来是这样的原因，龙云忍不住笑了，“哈哈，几个傻小子，我现在发现你们有点儿可爱了，尤其是你这个钟国龙。哈哈，没事，再跟你们说一次，你们就放心地把背包打开盖上被子睡觉，早上起床的时候背包我来打，就这几个背包，早上我三分钟就能搞定！”

“是！”新树乡两个新兵马上打开了背包，听话地盖上被子重新躺在床上。

“三分钟？五个背包？是真的吗？龙排长，你可不能骗我们啊！”刘强用怀疑的眼神看着龙云。

“我骗你干什么？等过一阵子，你们也能这样了。赶紧睡觉！”龙云回答道。

钟国龙心想：“吹牛吧，老爸在我来的时候打我那个背包都用了十几分钟，你三分钟就能打好我们五个人的背包？”当下说道，“排长，您要说自己的拳脚厉害，我相信，兄弟们已经见识过了。但这叠被子打包的事情，我还真不相信！”龙云笑了笑，“呵呵，就你小子花花肠子多，不信是吧？起来！”

钟国龙从床上站起来，龙云走过去，三下五除二，就把他那个捆得结结实实的大背包给拆个七零八落。

龙云把袖子往上撸了撸，说道：“都给我看好喽！”

说完，双手齐动，钟国龙他们就像看电影快镜头一样，看着龙云不到30秒就把钟国龙的背包重新打了个整整齐齐。

几个人都傻眼了。钟国龙走过去惊奇地把背包拿起来左看右看，不但整齐规范，而且比刚才还结实。

陈立华吐了吐舌头，“排长可真厉害！”

龙云轻松地说：“怎么样？老子说3分钟打好5个背包，还留了富余呢！这就厉害了？这是当兵的基本功。跟你们穿衣服一样，在家里自己要会穿衣服，当兵就必须学会打背包、叠被子！”

钟国龙这时候不好意思地笑了，龙云上去在他脑袋上轻轻拍了一下，说道：

“你小子以后少给我七个不服八个不忿的，军营里让你不相信的事情多了！你就给我老实地当兵吧，睡觉！”

看着龙云走出去，钟国龙把背包打开，盖上被子，躺在床上，心想：“看来，这回是不会空手而归了，这部队，还真是有很多新奇的事情！我要学的确实还很多呢！”屋子里很快安静起来，只剩刘强那抑扬顿挫的呼噜声……

早上8点。

时差的缘故，边疆的大地依然沉浸在一片黑暗之中。

军营里的路灯已全部打开，整个军营顿时处在一片亮光的笼罩之下，在这个并不繁华的小城中显得有些另类。

嘟嘟……

随着营院扬声器里一阵号声响起，一连的起床哨声也紧跟着响起来。

“起床，起床！”

钟国龙正在梦里和兄弟们在家神吃海喝呢，突然感觉紧捂着的被子被人猛地掀开了，身上一凉，他开口就骂：“哪个王八蛋，别闹！”一睁眼睛，却看见龙云站在了他的床边。

“钟国龙，快点起床，等下就要集合了！”

“哦！”房子里顿时乱哄哄的，几个人刚刚穿好衣服鞋子，龙云就把背包打好了，叫他们都背上到连后门集合。

此时营院里已是人声沸腾。

龙云把钟国龙5人招到门口集合，钟国龙放眼望去，天际还是一片黑暗，被路灯照亮的操场上，一队队成建制的老兵们正在出操，呼号声接连响起，整个场面十分壮观，钟国龙他们站在那里，快看呆了。

外面依然一片漆黑，陈立华这时候才想起来看了看表，指针显示已经是早上8点了。“龙排长，这是什么鬼地方呀，八点多了还没天亮，是不是我的表错了？”龙云很不以为然地回答道：“这里和内地有时差。”

钟国龙这个时候也点点头，问道：“这是什么鬼地方，排长，这天还黑着，我们去干什么？”

“你哪来的这么多屁话！到了部队不要问那么多，军人的天职就是服从命令，听从指挥，听命令就行了！”

钟国龙不服地看着龙云，对龙云刚才严厉的教训很不满意，也不好发作，自己站在那里冷得跺脚。

龙云走到5个人面前，高声喊口令：“全体都有，稍息，立正，向右看齐！向前看！”这几个人傻子似的听龙云喊着口令，也不知道怎么执行，个个都有些尴尬。

龙云皱了皱眉头，嘴里唠叨了一声：“几个笨蛋。”然后示意全体向右转，跑步前进。

钟国龙等人步伐杂乱，跟着龙云跑到了营区操场，一个个气喘吁吁，钟国龙猛地吸了一大口气，冰凉的空气立刻把他呛得剧烈咳嗽起来。

此时在各个连队休息的新兵也陆陆续续被带到操场上集合。

钟国龙心里奇怪得很，“这就开始训练了吗？第一天，能干些什么呢？”“向右看齐！”军务股长齐克站在新兵队伍前，尽量把口令喊得清楚些。

新兵们乱了一下，大部分脑袋开始向右看，脚却没有动。

齐克皱皱眉头，只能继续喊道：“向前看！”大家动了一下脑袋，齐齐地看着他。

“都看我干什么？向前看，向前看懂不懂？”齐克不满地喝道，然后，标准的一个转身，向领导请示：

“副团长同志，湖南方向新兵集合完毕，应到314名，实到314名，请指示！军务股长齐克！”

“放背包坐下！”负责本次新兵营工作的副团长张国正用目光扫了一下这些新兵，下达命令。

“是！”

“放背包！”

新兵们乱哄哄地把背包放下。

“坐！”

大家左顾右盼地纳闷：“往哪里坐呀？”

钟国龙突然大声问道：“首长，这里又没有凳子，我们坐哪儿呀？”军务股长一听这话，真是又气又好笑。

“就坐在背包上，停，停！都站着不要动，等下听我的口令统一坐下！”

“坐！”

新兵们这才坐到背包上，一个个的坐姿千奇百怪，像一群民工聚集在火车站。

站在操场主席台上的副团长张国正，身材高大，表情严肃，给人一种不怒自威的感觉。

“各位新兵同志们，欢迎你们来到我们英雄的威猛雄狮团。今天是你们到部队的第一天，同志们今天凌晨才到，现在肯定都没休息好，但部队的节奏很紧凑，今天在这里集合开始分兵。等下听到我念你们的名字迅速起立回答‘到’，然后背上背包，站到相应的新兵连位置，大家清楚了吗？”

“清楚！”回答显得有些无力。

“好，现在开始！”

“新兵三连，李大力！”

“到！”一个与这个名字毫不相符的瘦弱新兵迅速起立，跑到了一个举着“新三连”木牌的干部身后。

“新兵三连，吴新水！”

“到！”

“新兵一连，牛奔！”

“到！”

……

冬天的边疆，天气非常寒冷，钟国龙坐在背包上不住地打哆嗦，悄悄地把手放在两脚之间来回揉搓，突然一阵尿意涌了上来，嗓子里痒痒的，烟瘾也上来了，他记得到现在自己已经两天没抽过烟了，还是在火车上的时候偷偷地在厕所里抽了几支。

“报告首长！”钟国龙“噌”地一下站了起来，引得所有目光齐刷刷向他看过来。

“有什么事？”正在点名分兵的副团长张国正看着这个有些唐突的新兵。

“报告首长，我想上厕所了！”钟国龙响亮地回答，引来一片笑声。

“哦，齐克！”张国正特意多看了一眼这个新兵。

“到！”军务股长齐克立即跑了过去。

“带这个新兵去上厕所！”

“是！”

齐克第一次接到这样的任务，他堂堂一个副营职军务股长竟然要带一个新兵蛋子去上厕所，自己想了想都觉得好笑。

“过来！”齐克对钟国龙大喊道。

钟国龙走过去，心里有些不满意，“这部队里的人怎么都这么冲，这个齐克好像很不情愿的样子。”

“报告首长，我们也想上厕所！”旁边刘强和陈立华也站了起来，喊完冲钟国龙偷偷撇了下嘴。

“懒驴上磨屎尿多！”齐克不满地看了看他们，“都过来！”说完，他将钟国龙他们带到一个连队门口。

“好了，就在这里，进去一楼最里面靠左就是厕所！”

“你们快点儿，我在门口等着！”齐克又交代道。

钟国龙回头答了声“哦”，带着刘强和陈立华就往厕所里面钻。

一进厕所，钟国龙十分利索地从裤子口袋里掏出一盒“精白沙”，给陈立华和刘强各发了一根，自己也点上一根猛吸了一口，刘强他们惊喜地接过烟点着。

“啊，爽呀！这里面还真暖和。”钟国龙惬意地抽着烟。

齐克在外面等了快10分钟，还不见他们出来，忽然闻到里面传来一阵烟味，跑进去一看，这几个小子正靠在厕所的暖气包上吸烟呢，顿时气不打一处来。

钟国龙看见齐克闯进来，吓了一跳，马上反应过来，笑嘻嘻地说："来，首长，抽根烟。"

"我抽你个大头鬼，你们几个小子挺鬼呀！说来上厕所，竟然是到这里取暖抽烟来了，搞得我还在外面等你们好半天。赶紧回去！"

钟国龙被他这么一骂，虽然心里不服，也不好再说什么了，仍挑衅地猛吸了几口，转身从厕所出来。

等钟国龙他们再一次来到操场，兵已经分得差不多了，操场上只剩下十几人。

齐克迅速跑上主席台，冲张国正小声说了几句。

张国正看了钟国龙他们一眼，没有说什么，继续念名单。

"小人！"钟国龙狠狠瞪了齐克一眼。

"新兵九连，古梦！"

"到！"

……

看着人一个个地都走了，就剩下他们3个人的时候，刘强顿时急了，朝坐在自己右边的钟国龙小声问："老大，不会是因为刚才的事情，部队不要我们了吧？"

"那个齐克真他×不是东西！管他呢，不要我们，咱们兄弟3个就回家，就当旅游了一回，见了个世面。唉，只可惜练不成武功了。"

"你们3个给我过来！"张国正威严的声音把他们3个震了一下。

"你们就是刚才去厕所抽烟那3个吧！""是，首长！"钟国龙无所谓地回答道。

"都叫什么名字？"

钟国龙大喊一声："报告首长！我叫钟国龙！他们一个叫刘强，一个叫陈立华。刚才的事跟他们没关系，是我的主意！"

张国正看着这个大胆的新兵，冷声说道："嗬，你还挺仗义的！你以为你是在混江湖吗？"钟国龙还是毫无畏惧，"报告首长！当兵的就不需要义气吗？"

张国正愣了一下，他还没有见过这么大胆的新兵，当下喝道："钟国龙是吧？我告诉你，来到这里，你最好放规矩些。你刚才已经在大家面前欺骗了领导，欺骗了战友，你还说什么义气？义气就是你们3个的义气吗？狗屁义气！齐克，这3个新兵就分到新兵十连，你带他们过去。"

"是！"齐克冷笑了一声，他知道，这回这3个小子可有罪受了。

# 第六章　班长龙云

副团长张国正背着手，看齐克把钟国龙他们带走，忽然冲正在旁边看着的龙云喊道："龙云，过来！"

"到！"龙云急忙跑到张国正面前，笔直地站着敬了个军礼，"副团长找我？"

"嗯，"张国正点了点头，说道，"小龙啊，这次团党委让我担任新兵营的营长，负责新兵营工作，我考虑了很久，有一个问题一直在我脑子里转。"龙云有些奇怪，没有答话，听副团长继续往下说。

"我们这个部队，每年都有各地的新兵进来，而且，每年新兵训练，都会有一些事情发生，有很多新兵并不是不符合训练要求，而是因为性格或者秉性，不适合我们的部队，也就是所谓的刺儿头兵。今年，我考虑了好久，心里有一个大胆的想法。"龙云不禁问道："您有什么想法？总不能提前就把他们淘汰呀！"

张国正摇摇头，说道："提前淘汰？不行！要是一概地提前淘汰，你小子当年还不被我淘汰了？"龙云不好意思地笑了，"老连长，您还记得这码子事情啊。"

张国正笑着点点头，忽然，他很坚定地说道："我计划组成一个新兵十连！"

"新兵十连？"龙云有些奇怪，没有听说团里有这个编制啊。

张国正接着说道："是的，一个特殊的新兵连！我昨天已经根据各个接兵干部反映的情况，将这些新兵中的刺儿头都了解了一遍。我的想法，是把这些刺儿头兵、混混兵，组成一个特殊的新兵连，派到你们侦察连去，和老兵一起合练。"

"和侦察连老兵合练？副团长，这……这行吗？"龙云有些摸不着老连长的心思，他当兵10年，还真没有听说过什么新兵和老兵合练的事情。

"有什么行不行的？现在是和平年代，讲究新兵训练，以前战争年代，刚俘虏的兵拉上去就打仗呢！这个想法本身没有什么，关键是怎么去做。做好了，可以为我团的新兵训练工作提供史无前例的案例，干不好，就是哗众取宠！所以，我决定把这个艰巨的任务交给你，有问题没有？"

"是，我保证完成任务！"龙云大声回答。

"我就是喜欢你龙云这股子冲劲！"张国正满意地拍了拍龙云的肩膀，"我还决定，这个特殊新兵连的连长、指导员、班长，都由你一个人担任！"

"啊？"龙云纳闷儿了，"副团长，我一个人？恐怕不行吧。一个连100多号人呢。"

"谁告诉你一个连必须100多人了？你们侦察连当年一路杀过来，就剩下一个班长，不照样把连队撑起来了？你的新兵十连，就10个兵！"

龙云有些哭笑不得，连长、指导员、班长由一人担任，而且一个新兵连只有10个新兵，这绝对是威猛雄狮团史无前例的事情。

"小龙，你知道我为什么挑你吗？"

"那是老连长看得起我，对我的培养！"龙云大声回答。

"哈哈，说得没错！你是我一手带起来的，你的脾气性格我很清楚，在带兵方法上也确实很有一套，就连我这个做老连长的都有些佩服！我可以告诉你，带好这10个兵，可比带好普通的一个新兵连还难。那个什么钟国龙是你接过来的吧？"

"是，老连长！"龙云以为老连长要责备他了，这样的兵都接。

"嘿嘿，那个钟国龙的情况，昨天左名友跟我详细说了一下，我一听，马上就想起了当新兵时候的你！你小子当年比他强不到哪里去，用名友的话说，一样的浑蛋，哈哈！这样的新兵虽然个性强了点儿，但是很有血性，别人都说这是刺儿头兵，我看不尽然，关键就看你怎么培养了，培养好了就是尖兵，搞得不好那就是部队的祸害，你明白我为什么把他们交给你了吧？"

"哈哈，原来是这样。老连长，你早说呀！"龙云笑起来了。"好了，不说了，你明白就好，你还要干好工作，和你同年度的兵现在大多数当副连了，你也不要多想，工作干好了，你自己不用去考虑，团党委会为你着想的！”

“是！”

“好了，那你过去吧。对，为了减轻你的工作压力，还给你配了个副班长，你们侦察连代理二排长赵黑虎。”龙云笑着说：“黑虎啊，嘿嘿，和我一个德行，我看行！”

钟国龙3人跟在军务股长齐克的身后，心里感觉纳闷儿：“刚才我们这批人分兵的时候没听到说有谁分到新兵十连呀。这十连……”

齐克将他们3个带到一个独立的小院子门口，这里有一栋三层楼，院门口牌子上写着“侦察连”。这个连队似乎和他们刚才看到的连队有些不一样，院子里吊了很多沙袋、木桩和很多他们没见过的训练器材。此时院子里人声鼎沸，喝声不断，火热的训练场面使人能在寒冷的冬天感到血液一阵沸腾。

“首长，这些都是老兵吧？”钟国龙奇怪地问齐克。

“是呀，怎么了？”

“这里和我们刚才看到的那些连队不一样呀！”

“哦，哈哈！以后你就会知道这里为什么不一样了。”齐克的回答使钟国龙3个人感到这里的一切都十分神秘。

“哎哎，老齐，送新兵过来的吧？”后面一个军官带着7个新兵拍了齐克一把。

“哦，是老李呀，怎么，你也是带新兵过来的？”齐克微笑着回答。

身后这个军官正是作训股长李平，他们是同年度兵，又是老乡，一个火车皮拉过来的，关系特别好。

“是呀，哈哈，这几个，哈哈……副团长这次搞这个试点我看还不错，也为我们各个新兵连减少了负担……”两个人带着这10个新兵边走边聊，十分开心。

钟国龙已经非常不满意了，心里想：“说什么呢，说老子们是负担？”刚要开口，已经走到了连队门口。

“许连长！”齐克大声喊道。

侦察连连长许风忙从训练队伍中跑出来。“许连长，张副团长跟您说了吧，这就是那几个新兵！”齐克指了指后面10个人。

许风是个北方人，人高马大，说话也痛快，大着嗓门子说道：“讲了讲了，不就是龙云和黑虎他们两个带？我已经把一楼大屋腾出来了。全连集合，欢迎新战友！”许风冲后面喊，正在训练的老兵们迅速集合起来，排成两排，热烈鼓掌。

钟国龙他们顿时感觉到很温暖，微笑着走进院子里。

许风又喊："黑虎，出列！"

"到！"一声大吼，老兵队伍中走出来一个精壮的黑脸庞汉子，一米八的大个子，穿着一件迷彩背心，结实的肌肉从背心中鼓出来，浑身冒着热气。

钟国龙看到这个黑虎，心中暗想："怪不得叫他黑虎，就冲着这大冷天敢穿一个背心，就他×够猛的！"

许风说道："你的兵来了，安排他们进房间整理一下！"

"是！"黑虎转身从单杠拿下外衣穿上，走到这10个新兵面前，喊道，"自我介绍一下，我叫赵黑虎，以后是你们的副班长，现在，大家跟我进屋！"说完转身就进到楼里，好像很着急，钟国龙他们连忙跟上去。钟国龙心里想："副班长，那班长、连长都是谁呢？"

进了一楼，向右转，看到一个大房间，门口有一个用毛笔写好的"新兵十连"的木头牌子，赵黑虎稳稳当当地坐在屋里正对面的椅子上。

钟国龙刚要说话，旁边一个东北口音的新兵忽然闯了进去，大声嚷嚷着：

"哎呀，这里还挺不错哈！"说完，冲着赵黑虎走过去，嚷嚷道，"我说，俺们就住这里是不？"赵黑虎微笑着站起来，说道："是啊，是啊，你们就住这里。"

东北新兵刚想再说话，赵黑虎忽然抬起脚，冲着那个兵一脚踹过去。

"砰"的一声，东北新兵硕大的身躯横着飞了出去，一声惨叫，重重地撞在门外正对面的厕所门上，连人带门口的水桶一起滚了进去。钟国龙他们傻了，刘强小声问他："老大，怎么比咱们还狠呢？"

钟国龙琢磨了一下，学得乖巧了，一个立正，喊道："副班长同志！请问，这里是我们的宿舍吗？"黑虎马上又恢复了笑脸，笑嘻嘻地说道："对对对，没错，快进来！"钟国龙他们小心翼翼地走进去，生怕冒犯他。

赵黑虎却出奇地热情，招呼着："来来来，快把背包都放下。你们渴了没有？来，水我已经预备好了。"说着，还真拿起屋子里的一个暖壶来，找出茶缸，给每个人倒了一杯水。

那个东北兵这个时候揉着屁股走了进来，"报告副班长，俺们都是新兵，对待俺们的差距咋就这么大呢？"

赵黑虎黑着个脸，瞪着他喝道："现在知道我是副班长了，不是'我说'了？知道喊报告了？礼貌，礼貌你懂不懂！"

东北兵恍然大悟，说道："明白了，明白了！副班长，这会儿俺明白了……请问副班长，我是在这个宿舍住不？”

赵黑虎开心了，“对呀，刚才就告诉你了，你就是这个屋的。快，过来喝水！刚才踹疼了吧？”钟国龙上下瞄着赵黑虎，心想：“真他×是个怪人！”

龙云这时候到了门口，看见屋子里面赵黑虎正在给新兵们倒水，大家此时正坐在床铺上，互相介绍着自己，钟国龙正和刘强、陈立华有说有笑地神侃。

“全班集合！”龙云大吼了一句。

正在房间里坐着的新兵吓了一大跳，钟国龙心想：“谁又犯病了？”回头一看原来是龙云，顿时激动地站了起来。

“龙排长，我们真有缘分呀，又见面了！你是来看我们的吗？”

“少跟我扯淡！给我站好，全班人员按照大小个的顺序站成一排！”龙云没有理睬钟国龙。

这10个新兵慌忙站起来，你看我我看你，终于找到了自己该站的位置。刚才被踹出去的东北大个儿足有一米九，站在队列第一个，钟国龙站在第六的位置，刘强第三，陈立华第七，副班长赵黑虎站在队尾。

龙云知道这些刚到部队的新兵暂时都听不懂口令，也就没下整队的口令，当下大声吼道：“都站直喽，不要动！那个小个儿你动什么动！腿抽筋还是小儿麻痹？”

站在赵黑虎旁边的小个儿新兵看到龙云严厉的眼神，马上挺直了背，乖乖地站好了。

龙云继续说着：“从今天开始，我们新兵十连就成立了。你们10个人，就是新兵十连所有成员。首先我做个自我介绍，我叫龙云，飞龙在天的龙，云霄的云，湖南人，是新兵十连的连长兼指导员和班长！”

“哈哈！”队列中的钟国龙突然笑了起来。

龙云大怒，“钟国龙，你笑什么笑？吃了蜜蜂屎了？”

钟国龙忍住笑，说道：“报告连长，报告指导员，报告班长！没什么事情……只是你一个人占这么多职位……我们一个连队就10个人？人家可都是100多人呢！”

“谁告诉你一个连必须100多人了？10个人就不能是一个连了？我们侦察连当年一路杀过来，就剩下一个班长，不照样把连队撑起来了？我们的新兵十连，就10个兵！”龙云复制着张副团长的话，朝钟国龙大吼。

钟国龙这时候不敢说话了，其他新兵更是吓得直哆嗦。

“那个高个子，”龙云看了一眼排头仍在揉屁股的大个子东北兵，“你揉什么呢？痒痒啊，脸怎么还青了？”

大个子新兵这回乖了，“啪”地一个立正，回答道：“报告连长，报告指导员，报告班长！我……我刚才不小心撞门上了！”

龙云皱了皱眉头，说道：“不要那么麻烦了，以后叫班长就行了。撞门上了？屁股和脑袋一起撞的？”

“报告班长！我踹的……他刚才非常没有礼貌！”赵黑虎喊道。

龙云想笑，强忍住，模棱两可地说道：“嗯……下次注意。”

钟国龙这个时候实在是忍不住笑了，正好烟瘾又上来了，喊道：“报告班长，我要上厕所！”龙云喝道：“你毛病还挺多，出列！”

钟国龙一步跨出队伍，龙云走过去，问道：“你，大便还是小便？”

“报告班长，大便！”

“你分开说！大便是吧？给你两分钟时间，快！”

“报告班长，我闹肚子！”

“闹肚子是吧？那就是拉稀喽，1分钟！”

钟国龙傻了，又说道：“报告班长，1分钟实在不够！”

龙云没有说话，猛地抓住钟国龙的裤子，熟练地把他裤兜里的烟和打火机掏了出来，说道：“好吧，那就5分钟！”

“报告班长，突然又不想去了！”“那就给老子滚回队伍中去！”龙云怒了，大骂道，“钟国龙，我告诉你，我不管你以前在家里多么霸道，来到部队，就得给我想明白喽！你是想真正成龙，还是成一条虫，别人帮不了你，只有你自己先想通。”钟国龙这时候不说话了。

龙云扫视了一眼这10个刺儿头兵，忽然温柔地说道：“对不起，我是个急脾气，你们别见怪。大家知道吗？团里把你们几个单独组成新兵十连，不是看你们多么优秀，也不是部队领导发神经，而是想把你们这些所谓的刺儿头兵、混混儿兵，变成一个个铁血的合格战士！你们有那么特殊吗？我告诉你们，在我龙云眼里，就没有特殊的兵，就没有新兵这个概念！大家来到这里，就都是我的兄弟！”

10个新兵这时候都感动地看着龙云，连钟国龙都有些动情，感觉自己刚才的举动是多么可笑。

“这个龙云，还真是看不透他。一会儿是个铁疙瘩，一会儿又跟自己的亲哥哥差不多！”

龙云这时候又笑着说：“好了，大家以后就是一个班的兄弟了，都做做自我介绍吧。从排头开始。要介绍一下自己当兵前是干什么的。”

那个东北大个儿站出来，大大方方地说道：“俺叫李大力！嗯……李元霸的李，大……大鹏展翅的大，力大无穷的力！东北的，当兵之前跟俺爹卖大力丸！”

李大力的介绍很快引起其他人的哄笑，他居然有些害羞，连脸青的那块都泛起红晕。

第二个新兵操着一口山东腔，介绍道：“俺原来叫赵亮亮……后来俺嫌名字不牛气，就改名叫赵四方了！山东德州的，当兵以前刚跟对象黄了，俺把她爹给打了，俺爹就让俺当兵来了！”又一阵哄笑。

第三个刘强站出来，“我叫刘强，湖南株洲的，无业游民，靠打架锻炼身体！”

“张海涛，也是东北的！在网吧给人照看过场子。”

“伞立平，河北的，在家开发廊，破产了。”

钟国龙站出来，傲慢地指了指刘强，“钟国龙，其他跟刘强一样，我是他老大！”陈立华笑嘻嘻地说：“我叫陈立华。刘强是老六，我是老四！”龙云不满意了，大声喝道：“什么老大老二的？混混儿光荣是不是？”陈立华吐了吐舌头，退了回去。

剩下3个兵，钱雷四川的，余忠桥湖北的，最后那个小个子是河南的，名字很怪，叫胡晓静，惹得大家哈哈大笑。

龙云的心情却有些沉重，这些家伙果然没一个好货！基本上都是当地的小混混，对于从哪里着手工作，此时龙云心里还真是没底。

龙云等大家介绍完，又站到队伍前面，宣布基本纪律：“大家都要注意，现在你们刚来，还什么都不懂，但到了部队就得有部队的规矩和纪律。从今天以后，只要是出这个门，就必须向我请假，包括上厕所，如果我不在就向副班长请假，必须得到我们的同意之后才可以去。只要我或者副班长点到你们的名字，就必须立正答‘到’。大家要维护班集体的荣誉，军人的天职就是要服从命令，听从指挥。要绝对服从我和副班长的命令，大家都清楚没有？”

“哦，知道了。”

“不行，从今天开始，不要给我讲什么知道了，要回答‘是’！清楚没有？”

“是！”

“大声点儿，都清楚没有？”

“是！”

龙云相对满意，点点头。这时候，外面传来吃饭的号声，龙云看了一下手表，喊道：“现在我们去吃饭，全班门口集合。”一行人跑步往食堂赶去。

到食堂的时候，其他连队已经集合好了。

大食堂门口，新兵队伍的杂乱和老兵队伍的整齐，形成鲜明对比。

老兵们轮流响亮地唱着歌，不时偷偷往这边的新兵队伍看一眼，目光中很是奇怪，“当年，我也是这样吗？”

新兵十连的到来，立刻引起所有人的兴趣，12个人的队伍，高低不平，李大力的绝对身高与胡晓静的将将一米六形成强烈的对比。

旁边新兵已经开始小声议论起来，钟国龙忽然感觉有些尴尬，虎着脸瞪着眼睛冲别的新兵小声地骂：“看什么看？没见过特种部队吗？”龙云还是听见了钟国龙的声音，跑过去瞪着他，“钟国龙，老实点儿！”

新兵暂时没有那么多规矩，按顺序进场，有些乱哄哄地坐下，饭已经端了过来。

钟国龙他们3个看着大盆子里泡得发烂的面条，一点儿食欲也没有。

李大力狼吞虎咽地吃着，看了钟国龙他们一眼，含着满嘴面条嚷嚷道：“你们咋不吃呢？”

“这他×是人吃的吗？”钟国龙瞪了他一眼。

“咋不是呢，这不都吃着呢吗？”

龙云走过来，看着钟国龙，“钟国龙，怎么不吃饭？不饿还是等着上肉呢？部队就这个条件，现在不吃，一会儿饿了可没地方吃去！”钟国龙不愿意惹他，低下头，捏着鼻子吞面条。

# 第七章　桀骜不驯

新兵第一天，除了参观军营，没有安排其他活动。晚上睡觉时，钟国龙被安排和龙云一个上下铺。

钟国龙躺在床上，怎么也睡不着，第一次身处离家这么远的地方，这么陌生的环境当中。他不知道以后会是怎样，甚至不知道下一秒钟会发生什么事情，因为部队对他来说实在是太陌生了。

但是，来到部队的这两天，在他的心中又引起了很大的震动。可以说，部队的点点滴滴已经深深吸引了他。

钟国龙是个不服输的人，不管什么事情，钟国龙都要排在最前面，他要混，就要做老大；现在他来当兵，他就要当最强的兵。

钟国龙发现，自己和这些兵相比，还有很大的差距，特别是和龙云相比。一开始，他佩服龙云的功夫，来部队的一个最主要的念头也是学功夫，但是，他越来越发现，自己和龙云的差距远远不只是身手拳脚上的。龙云的严厉、刚正、深明大义，龙云的谈吐、思维、人生观、价值观、世界观，好多地方，钟国龙很明显地感觉高于自己，不是一个境界，但又说不出最根本的原因在哪里。

难道，这原因就是当兵和不当兵？

部队的苦，钟国龙已经有了初步的体验，寒冷、偏远、伙食差……这些对于从小生活在县城又习惯了衣来伸手、饭来张口的钟国龙来说，还真是不小的困难，更不用说部队严格的管理和铁的纪律了——这对自由散漫的钟国龙来说，简直是天大的困难！

就这样放弃吗？

“不能放弃，我也绝不会放弃！既然来了，我钟国龙就要活出个人样，不能让人看不起。我要看看，到底我哪里不如这些老兵！”

也许实在是太累了，这些想法在他脑袋里遨游了一番后，又回到了起点，钟国龙睡着了。梦中，他看到了爸爸妈妈，看到了在家的兄弟，看到了哀号的黑七……

一大早6点多钟，钟国龙就醒了，本来好多天没休息好了，晚上又休息得很晚，按理来说他应该睡得爬不起才对。他从床上坐起来，借着外面的雪光看了看宿舍里，除了龙云和赵黑虎两个睡得很香，其他几个新兵都睁着个贼咕隆咚的大眼睛呢！

“你们怎么都醒了？”钟国龙小声地问。

“不知道，就是睡不着了！”陈立华小声回应，“老大，要不我们出去转转？”

“转个屁！外面冷着呢！躺着吧……”一个多小时过去了……

突然一阵号声响起来，龙云和赵黑虎像忽然被启动了开关的闹钟，腾的一下从床上坐起，快速有条理地穿衣服。

钟国龙他们还蒙着呢，看着龙云快速穿戴完毕，一阵小跑出去，紧接着就是一阵哨声。

“起床！”龙云跑回来大喊，“赶紧起床集合了！”

新兵们这才反应过来，手忙脚乱地开始往身上套衣服。

“快，快，抓紧时间！”赵黑虎也在催促他们了。

冬天的衣服又多又不好穿，整整穿了七八分钟，钟国龙才将衣服穿好。

“新兵十连集合！”刚从床上下来，又是一阵急促的哨声。

“怎么这么快，我裤子还没穿好呢！”李大力边系着裤子边往外跑。

操场上，老兵们已经开始跑步了。

龙云冲掉了一只鞋的李大力大骂：“裤子系上了，鞋丢了，你就不怕丢脸丢人，穿上！”

李大力羞愧地从胳肢窝下拿出胶鞋，坐地上拼命往脚上套，总算是穿进去了。

龙云简单地整了一下队，沉着脸吼道：“从今天早上开始，我们开始出操。根据你们现在的实际情况，今天我们就活动一下身体。围着环形跑道跑上3圈，回来再活动一下就行了。”

“向右转！”

“跑步走！”

10个新兵，杂乱地围着操场跑起来。

刚跑了不到1000米，钟国龙就气喘吁吁，感觉两腿发软，胸口憋闷得快爆炸了一般，很快掉到队伍后面去了。

龙云一看，大声吼道：“钟国龙，跟上！”

“不行了，班长，我跑不动了，你让我歇歇吧！”钟国龙边喘边喊。

“不行！你小子不是很猛吗？到了部队就没有什么不行的，副班长，给我把他拽上！”

“是！”赵黑虎跑到钟国龙身边，不由分说，拽着钟国龙就跑。

又跑了不到200米，钟国龙已经不像是在跑了，脸涨成猪肝色，胸腔好像随时都能爆炸一般地起伏着，两条腿完全迈不开步子。

“副……副班长……我不行了，真……不行了，你放开我吧。”钟国龙居然求饶了。

“跑！什么不行？越不跑越不行！”赵黑虎继续拽着他。

“你让我死了吧！”钟国龙双腿一软，几乎跪到跑道上。

赵黑虎倔劲又上来了，大喝一声：“死也得跑完了死！”当下一用力，把钟国龙扯起来，几乎是拖着他往前跑。

3000米的后半段，钟国龙是被拖过来的。

一到终点，钟国龙像一条死狗一样，再也不想动了，瘫倒在跑道上。

“钟国龙，不能停下，再走走！”龙云担心地喊。

钟国龙基本没有反应。

赵黑虎拖着他跑了1000多米，多少也有些累，这时候又走过去，再一次抓起钟国龙，强带着他继续在跑道上走。刘强和陈立华也累坏了，稍微缓过点儿劲来，看钟国龙那样，连忙走过去也要扶着。赵黑虎摆摆手，让他们回去。

足足有半个小时，钟国龙的呼吸才算平稳下来。

龙云走过去，说道：“钟国龙，看你挺精神的，怎么体能这么差？”

钟国龙叹气：“抽烟喝酒太多了。”

“体能是新兵训练的第一关，你一定要坚持下去，怎么样，有困难吗？”龙云问道。

“没有！”钟国龙不肯认输。

龙云把所有新兵集合到一起，说道：“同志们！今天是我们第一次训练，你们的水平让我很吃惊，不是吃惊你们的优秀，而是太差劲了！10个人跑3000米，有9个用了足足20分钟，还有一个被拖回来的。看到差距了吗，假如像老兵那样背上几十公斤的装备，你们哪个能行？”

“好了，原本还准备做些其他的活动，时间来不及了，先准备吃早饭。”

新兵们像得到了解脱一般，奔向食堂。

到食堂的时候，其他连已经快吃完了，几个人灰溜溜地坐下，钟国龙看着盆里的馒头加咸菜，实在没有什么胃口，简单扒拉几口，站起身来去刷饭盆。

“喂，钟国龙，捎带把我的也刷了吧。”

钟国龙诧异地回过头去，是那个湖北的余忠桥，正拿着饭盆冲钟国龙笑。

钟国龙大怒，看了看旁边的龙云和赵黑虎，没敢发作，想了想，忽然笑着说：“嘿嘿，对不起啊，我刷碗向来不干净，要不，咱们一起去？”余忠桥撇了撇嘴，大大咧咧地站起来，跟着钟国龙向水房走去。

水房里面，别的连队吃完饭的都在刷饭盆，钟国龙看了一眼余忠桥，仍然微笑着问道：“我说，你刚才为什么让我给你刷饭盆？”

“自己不愿意刷啦。”余忠桥说，“你又吃得快，嘿嘿，你跑得不快，吃得倒是很快哈！”

钟国龙微笑着上前一步，忽然脸色一变，手里的饭盆猛地抡起来，狠砸在余忠桥的脑袋上。

“让老子给你刷饭盆？”

“咣”的一声，余忠桥结结实实地被砸了一下，脑袋上顿时鲜血直流。

钟国龙体能不行，打架也绝对不是高手，但他就是狠，一旦狠起来就什么都不管了，就是要置人于死地。

“你他×敢打我？”余忠桥也不是省油的灯，抄起桌子上一个菜碟对着钟国龙头上就是一下狠砸，随着瓷碟的破碎，钟国龙的头被砸开一个洞，鲜血立马泉涌般流到了脸上。

钟国龙用舌头舔了一下，手往脸上摸了一把，顿时大吼一句：“血！”

钟国龙就是一个见不得血的人，尤其是自己的血，此刻他完全变了，变得像一头发狂的狮子，满脸是血，眼睛通红，心里想的就是一个字：“杀！”血红的双眼看到什么就抄起什么朝余忠桥身上猛砸，饭盆、碗、凳子，余忠桥很快招架不住了，夺门就逃。

旁边的战士一看打起来了，连忙把已经发狂、血人模样的钟国龙死死拉住，钟国龙高声叫骂：“今天老子非宰了你不可！你们今天谁都不要拦我，谁拦我我砍谁！”那边余忠桥已经跑远了，钟国龙拼命挣脱战友，跑到旁边的厨房。

炊事班做完饭后把门锁了，钟国龙猛地对着门踹了两脚，铁门纹丝不动。他往旁边看了看，看到旁边窗户开着，窗户离地面也并不是很高，一下子就爬了进去，走到炊事班放刀具的刀具台上抄起两把菜刀，看了看，感觉不够，把手里的两把菜刀装进作训服裤子口袋里，又从刀具台上拿起两把菜刀从窗户上翻了出来，一路狂奔，大声号叫：“余忠桥，老子今天要你小命！”

余忠桥看见钟国龙抄着两把菜刀追杀过来，撒腿就跑，转眼不见了踪影，钟国龙此时满脸是血，像一只中了枪的野狼，嘴里号叫着：“余忠桥，有种你就别跑！看你钟爷爷非剁了你不可！”

钟国龙一路追下去，却没了余忠桥的踪影，当下不甘心，直奔新兵十连的宿舍而去。

宿舍里，龙云他们已经吃完饭了，正在组织新兵们打扫宿舍卫生，刘强和陈立华不见钟国龙，正有些奇怪，宿舍门“咣”的一声被踹开了。血已经顺着脸流到上衣的钟国龙，手里拿着两把寒光闪闪的菜刀，血红的眼睛瞪圆了，蹿进屋里，发疯似的狂叫。

“余忠桥，给老子滚出来！”钟国龙狂吼着，四处寻找。

“老大，怎么了？”刘强和陈立华看见钟国龙的样子，眼睛也直了。

正在教新兵整被子的龙云猛地见到钟国龙的样子，知道又出事了，一个箭步蹿过去，左手抓住钟国龙拿刀的右手，一个标准的擒拿，将钟国龙压在身下，把他手里的两把菜刀夺过来，大吼：“钟国龙，你他×的疯了？”

“你少他×管闲事！放开老子，今天老子要杀人！”钟国龙已经杀红了眼睛，忘了周围的一切，也忘了对方是龙云，心中就只有杀余忠桥一个念头了。

刘强和陈立华看见老大被人压在身下，也失去了理智，扑上来就要跟龙云动手。

“反了你们了！”龙云大怒，“这是在部队，不是你们那县城，给我站到一边去！”

龙云的一通大吼，使刘强和陈立华马上清醒，是啊，不对啊，这可是在部队！当下两个人呆住了，站在门边不知所措。

钟国龙趁着龙云骂刘强他们分神，猛地就地一滚，逃脱了龙云抓着他的双手，又从裤兜里掏出另外两把菜刀，号叫着就往外冲！

龙云是真急了！扑上去飞起一腿，将钟国龙从后面踹倒在地，又一个反手擒拿，再一次控制住钟国龙："虎子，把他给我捆起来！"

旁边的赵黑虎也不是吃白饭的，闷声答应，顺手扯过背包带，将钟国龙反手绑在一起，猛地一拽，拎起他就往后扯，一直扯到床对面的暖气管子上，牢牢地绑在最粗的竖铁管上。

钟国龙现在大脑已经容不下任何东西了，只有杀气，他使劲挣扎着，把手腕都勒破了皮，嘴里发狂地吼着："放开我，放开我！让老子先剁了那个王八蛋！刘强你们是死的呀！给老子解开，放开我……"

刘强和陈立华看了看同样红了眼的龙云和赵黑虎，站在那里不敢动弹了。

"哐！"

门再一次被人踹开，龙云抬头一看，又一个血人冲了进来，手里拿着一把部队上劳动用的铁锹，进屋就骂："钟国龙，你牛，老子也不是好惹的！老子今天一锹拍死你！"

门口站着的刘强和陈立华终于找到发泄的机会了。刘强上去一个绊子，余忠桥没有防备，猛地向前扑倒，陈立华和刘强上来就一阵拳打脚踢，"敢跟我们老大叫板，今天打死你个狗娘养的！"

余忠桥措手不及，被这哥儿俩打得满地乱滚。

"造反了！"龙云大怒，两脚踹开刘强和陈立华，一把拎起余忠桥，"黑子，把这个畜生也给老子绑上！"

赵黑虎又拿了条背包带，三下五除二地把余忠桥绑在龙云对面的铁架子床上。

仇人相见，分外眼红，两个人张嘴怒骂，挣扎着用脚去踢对方。

"把他们的腿也给老子绑上！"龙云大叫着上去，和赵黑虎一起把两个人捆成粽子，指着钟国龙吼道："你们两个再叫，再叫我今天一枪毙了你！"

钟国龙拼了命地挣扎着，大叫："放开我！龙云，你他×放开我！让我杀了这王八蛋，你再枪毙我！"

余忠桥也大吼："放开我！是骡子是马咱来一场！""来就来，今天不死一个不算是男人！"

赵黑虎转身从床柜子里拿出一卷宽胶带，用嘴扯下来，把钟国龙和余忠桥的嘴给粘上了，两个人还不罢休，尤其是钟国龙，眼睛通红，像要瞪出血来，嘴里呜呜叫着，身体拼了命地往外挣。

龙云这时候坐在床边上，看着不顾一切野兽般凶猛的钟国龙，嘴角露出一丝不易察觉的微笑，心里想：这个浑小子，跟9年前的老子还真有几分像，让他们安静安静吧，他们需要一个过程，这个过程可能会很漫长，之后才能成为一名真正的军人。

龙云心中这么想，却不能这么说，站起来说道："都跟我到操场上去，把门关上，别让别的班以为我们新兵十连在杀猪呢。"

"班长……我们老大怎么办？"刘强怯怯地问。

"狗屁老大！这里是部队，部队有老大吗？在部队，命令就是老大。纪律就是老大！"龙云大怒，"怎么办？好办！让他们两个江湖老大在屋里练习用眼睛杀人吧。都给我出去！还有，黑虎拿纱布先给两位止血，真死了人可就没意思了。"

一群人再不敢说话，跟着龙云走了出去。赵黑虎拿出急救包，给他俩包扎好伤口，也走了出去。

屋子里，余忠桥的气焰已经消了大半，站在那里不再动弹，钟国龙还在拼命地挣扎，血红的眼睛盯着已经有些怯懦的余忠桥，好像真的要用眼睛活剥了余忠桥的皮……

下午时分，赵黑虎进来了，这时两个人都已经不再挣扎了，赵黑虎先解开余忠桥，又解开钟国龙。钟国龙红着眼睛又要打，被赵黑虎拦住，"别急，别急呀！班长让我来带你们过去，就是要让你们决一雌雄的。先别急，目标，操场，跑步前进！"

操场上，新兵十连站成一排，龙云看着两个已经很疲惫的新兵，鼓掌，说道："啊哈——两位老大来了哈！上午的这场龙争虎斗，真是精彩呀！现在，整个营区都知道咱们十连来了两位江湖老大，黑道霸王。我龙某人也是脸上光彩照人，你们可给我争了大脸啦！"

钟国龙和余忠桥站在那里，知道班长说的是反话，心中顿感愧疚。

"怎么，不好意思啦？"龙云走过来，继续说道，"你们还知道不好意思，你们还知道这里是部队？你们可真了不起啊！钟国龙，有一套啊，两把菜刀不够使，裤兜里还预备两把？你可比当年咱们贺龙贺老总两把菜刀闹革命要多上一倍的武器呢！余忠桥，也不简单啊，手舞大板锹，跟关公似的冲进来，嗯，很勇猛嘛！"

"狗屁，两个浑蛋！"龙云忽然改变了语气，怒吼着，"你们知不知道，你们现在是什么关系，是战友！什么是战友，你们懂吗？我告诉你们，战友就是可以同生死、共患难，关键时刻可以帮你挡子弹的人！然而你们在干什么？在互相残杀，在犯罪，在不把战友这个词当回事！你们以后会明白的，一个班的战友有那么大的仇恨吗？你们要真有骨气，真有血性，有让你们挥洒的时候！你们将来可以去杀敌！现在，自己人倒打起来了，你们没有感觉这样很可耻吗？你们对得起谁呢？你们连畜生都不如！”整个操场异常寂静，没有人说话，满场回荡着龙云的怒吼声。

“你们不是都精力充沛吗？不是要争个高低吗？好啊！那我告诉你们一个办法，你们就在这训练场上争个高低。让大家看看哪个是英雄，哪个是狗熊！副班长卡表，其他人当啦啦队，为我们这两位英雄加油鼓劲！钟国龙、余忠桥，稍息，立正！科目：5公里。要求：以最快的速度跑完全程。”

钟国龙和余忠桥大吃一惊，但两人谁都不服谁，听到龙云的口令，都如离弦之箭向前飞奔。

“浑蛋，快速跑！快速跑懂不懂？没长耳朵吗？快，快，快！”龙云再次怒吼。钟国龙感觉自己从来没这么快过，身旁的一切似乎都不存在了，只有自己的身体在快速地运动着，心里想的就是3个字——不能输！操场上，两个挣扎的身影，在龙云的怒吼声中，拼命地跑着……

# 第八章　初现兵魂

操场上，钟国龙和余忠桥正在拼命狂奔，陈立华和刘强大声呐喊为钟国龙加油。

操场这边，龙云的视线随着两个新兵的挣扎而移动，最后定格在钟国龙的身上。龙云的心中忽然涌出一种特殊的感受：钟国龙，一个早上跑3000米都让赵黑虎拖了一半多的人，他的体能远远不如短小精干的余忠桥，而且又经历了一天的“战斗”，现在却跑出去足足有3000米以上了，看他瞪得通红的眼睛，咬牙前进的样子，分明是靠着一种精神在跑。这种精神，今天的龙云已十分熟悉。这似曾相识的感觉，也把龙云的思绪带入了回忆中，眼前的钟国龙逐渐清晰起来——不错，那正是当年的自己啊！自己在新兵的时候，同样具备这种不服输、不畏难、不甘于人后的精神。

但龙云知道，这种精神，与真正的铁血战士的精神相比较，还不能等同。这只能算是一种性格精神，一种个性使然。但最起码，龙云从跑道上拼死前进的钟国龙身上，看到了一个铁血战士天生就应该具备的潜力。所谓狼行千里吃肉，狗行千里吃屎。钟国龙这个小子，看来是吃肉的！

龙云的心中，对钟国龙的看法正在悄悄改变着，甚至他已经确认，自己有些欣赏钟国龙了，这个桀骜不驯甚至一身匪气的江湖小混混儿，内心中却具备一种常人不能达到的坚韧和狠劲！

雪一直在下，这个时候突然又大了起来，跑道上的积雪是早上刚扫过的，这时候又厚厚地堆上了一层。与别的地方不同，边疆的严寒使雪不会消融，而是下一层冻一层。两个新兵不断地滑倒，又不断地爬起来继续跑，手等裸露的部位已经被冰雪刮破了皮，划出了血口子。

毕竟实力有差距，3000米后，余忠桥已经把钟国龙拉开有二三百米。钟国龙摔倒的次数逐渐多了起来，速度也越来越慢，但从他紫红色的脸上，似乎看不出一丝放弃的表情。

此时的钟国龙，大口喘着气，脑子里没有别的念头，一双虎眼盯着前面的余忠桥，拼命地追赶。

“不能输，不能输！我钟国龙不能输！就算跑死了，老子也不能输！”

时间在一分一秒地流逝，跑到第四圈，两人间的距离也拉得越来越远了，钟国龙再一次重重摔倒在地上，他突然猛地大吼了一声，站起来，边跑边脱身上的衣服，外套、棉衣、绒衣，跑道上一路落下钟国龙扔下的衣服。

此时的钟国龙上身赤裸着，浑身依然不断地冒着热气，脚步也变得更快了，发狂了一般一路边喊边跑。漫天的大雪，边疆的严寒，对于他，仿佛已经不存在了。

跑道旁正在进行队列训练的老兵们在值班员一声“休息10分钟”的口令后，都瞪着眼睛看着这个跑道上疯子般的新兵，手里不自觉地鼓起了掌，嘴巴上也大声喊起了加油！

“钟国龙，把衣服穿上！你不要命啦！”赵黑虎冲着他大喊。

“虎子，别管他，你让他跑去，受点冻，死不了人！”龙云制止了赵黑虎，脸上忽然露出一种莫名其妙的微笑，他大吼一声，“钟国龙！加油！”一阵哨声突然响了。

“稍息！”

“立正！”

“副团长同志，七连老兵正在组织休息，请指示！”一个肩膀上扛着中尉军衔的干部跑步向正朝操场上走着的张国正报告。

“继续休息！”

“是！”

张国正看到跑道上跑步的两个新兵，其中一个光着膀子的似乎在哪里见过。张国正想了想，嘴角露出了一丝微笑，两手后背着朝跑道另一边的龙云走去。

龙云看到张副团长走过来了，心里一惊，连忙起立。跑步向张副团长报告：

“副团长同志，新兵十连正在组织训练，请你指示！”

“训练？什么训练，新兵营开训动员都没开，你们新兵十连搞什么训练？”张国正黑着脸略带质疑地训喝龙云。

龙云笑了笑，“张副团长，是这样的，今天两名新兵较上了劲，都说自己厉害，主动提出要比一比，我就满足了他们的请求，进行一次小型的评比竞赛，这样还可以提高大家的训练热情。”

“嗯，这样啊。”张国正也向龙云笑了笑，“那个光着膀子的小伙子是钟国龙吧？”

“是，副团长！”

“我听说今天炊事班被人抢了4把菜刀，是不是这小子干的？”张国正问道。龙云一愣，想到这已经是震动全团的事情了，瞒也瞒不住，只好老实回答：

“是，副团长，这次新兵斗殴事件，我有责任！”张国正并没有说话，眼睛眯着，看着跑道上的钟国龙。

已经是最后一圈了，钟国龙仍旧拼命地追赶着余忠桥，两人距离在一点一点地缩短，操场上观战的众人，此时已经忘了喊加油，都在瞪大双眼，看这两个新兵拼命。

龙云吼了一声旁边流着眼泪傻看着的刘强和陈立华：“你们两个！平时不是称兄道弟的？赶紧去准备热水，再拿两床被子来！”刘强二人如梦方醒，撒丫子就往营房跑。

余忠桥距离终点还有不到400米，钟国龙此时距离他还有200米左右。操场上加油声再次震天地响起，张国正和龙云二人的表情也紧张起来。

所有人的心跳都跟着这两个不要命的新兵跳动着。

300米，200米……

“啊——”

钟国龙忽然发出一声怒吼，闭上眼睛仰着头，向前面冲过去，速度居然比刚才还要快！余忠桥大惊，自己也加快速度，不时地回头看越来越近的钟国龙，朝着终点猛冲。

“好！22分50秒！”赵黑虎掐表。

余忠桥一下子跪在地上，大口地喘息着，旁边的新兵赶紧跑过去扶起他。

“咚！”

随着一声闷响，距离终点还有100米的钟国龙重重地摔倒在冰雪覆盖的跑道上，一个翻滚，赤裸的上身直接砸在坚硬的冰地上，胳膊肘、肩膀全蹭破了皮，鲜血顿时流了出来。

钟国龙头上的绷带也被这一下子给摔掉了，刚止血不久的脑袋，这时伤口崩开，又流出了血，鲜红的血混合着脸上的汗水、雪水，一滴一滴地落到跑道上。大个子新兵李大力吓哭了，对龙云说："班……班长，要不我们过去扶他？"

"扶个屁！扶过来他就不是钟国龙了。"龙云瞪了一眼李大力，忽然转头，向倒在地上爬不起来的钟国龙发狂地大吼，"钟国龙！你他×的干什么呢？要赖是不是，装孬种是吗？给老子起来！钟国龙，你别忘了，你是一个兵了，以后这样的事多着呢！你想到战场上也这么趴着不动弹了是不是？你要是个男人，你要还有血性，就给老子站起来！就是爬，也得给我爬到终点！"

所有人的心都收紧了。趴在跑道上的钟国龙身体猛地一震，再次大吼一声，挣扎着要站起来，他脸上的血水已经迅速地冻上了，而头上又冒出血来。

"扑通！"钟国龙终于没有支撑住身体，再一次扑倒。

这次的钟国龙，没有停顿，猛地抬起头，咬着牙，一步一步地向终点爬过来！

钟国龙的肚皮，直接裸露着，紧贴在冻冰的跑道上，头上、胳膊上、手上的鲜血滴落，被肚子一扫，在身体后面迅速凝结成冰。肚子很快也蹭破皮了，整个跑道，红白分明，一道长长的血痕。

"钟国龙，加油！钟国龙，好样的！"操场上的兵越聚越多，新兵被震撼了，老兵被震撼了，张国正和龙云，也被震撼了！已经取得胜利的余忠桥，此时也惊恐地看着拼命的钟国龙，眼中早已没有取得胜利的得意。钟国龙，这个可怕的对手，让他在心中已经认输了。

"不能输，不能输！我钟国龙不能输！就算跑死了，老子也不能输！"

此时的钟国龙，脑子里已经没有了和余忠桥的比赛，他瞪大双眼，咬着牙，忍住疲惫、疼痛、冰冷，一步一步往前爬，整个身体似乎不再是他的了，带血的手，拼命抓进厚厚的冰雪里。

"我钟国龙，不是孬种。永远不是！老子就是死了，也要死在终点线上，老子就是血流干了，这血也得往前喷！"

50米，30米，20米……

钟国龙已经忘记了距离，忘记了一切，身体麻木了，眼睛睁不开了，向前，向前！终于到了终点，钟国龙使完了最后的力气，眼前一黑，晕了过去。

整个操场沸腾！

那些久经沙场的老兵，也禁不住为这个新兵叫好鼓掌，"钟国龙，好样的！"这场面震撼了整个军营。

“你们两个愣着干什么？热水，棉被！”龙云冲刚刚跑来的刘强、陈立华吼道。

二人慌忙过去，把钟国龙用棉被包起来，钟国龙浑身是冰血，面色发紫。

这个时候，张国正的眼睛也有些湿润。

军队狠吗？这些刚刚告别父母、告别家乡、告别优裕生活的新兵，来到军队，面对铁的纪律，面对严厉的军官，面对着这生命的考验。

对于眼前的这个钟国龙，张国正心中充满了赞赏。他感觉这个新兵与众不同，他没有普通新兵的怯懦、柔弱，却多了十分的野性。

对于这样的兵，军队要做的，不是把他棱角磨平，使他中规中矩，因为他的性格注定不是一个平庸的士兵。军队要做的，是让他保持这份野性，最重要的是，合理引导他这份野性，使他的这种性格能得到升华，最终转变成所向无敌的铁血兵魂！

众人七手八脚地拥簇着钟国龙，撬开他咬得死死的牙关，灌进热水。钟国龙微微睁开双眼，说道：“我输了吗？不行，再跑！”说完，头一歪，再次昏睡过去。

“把他抬回宿舍，叫卫生员来！”龙云吩咐着，众人把钟国龙抬回去了。

“副团长，我是不是有些过了？”龙云看着张国正，心里有些没底。

“恰到好处。”张国正神色凝重，“走，一起看看去！”

“是！”龙云敬礼，跟着张国正向宿舍走去。

操场上，寒风凛冽，大雪依然飘飞……新兵十连宿舍里，众人手忙脚乱地把钟国龙放到床上，这时候的钟国龙浑身哆嗦，脸上紫青色，伤口的血还在丝丝地往外渗。

陈立华马上又从水房里打来一大盆子热水，沾湿毛巾后敷在钟国龙额头上，边敷边哭，“老大呀老大，咱这是何苦呢？咱大老远地过来，就是为了往死里跑圈？”

钟国龙已经疲惫得说不出话了，咬着牙，忍受着寒冷和浑身的疼痛，只有布满血丝的眼睛还在闪着亮光，盯着上铺的木板，不知道在想什么。

门开了，张国正和龙云走了进来，众人连忙敬礼。

“卫生员找来了吗？”张国正看着龙云，让旁边的新兵再给他加床被子，新兵又抱过来一床被子，盖在钟国龙身上。

“副班长已经去卫生队了。”刘强回答。

张国正点点头，没有再说话，转身示意龙云跟他出去。龙云应了一声，又看了一眼钟国龙，转身跟张国正出门。

赵黑虎和卫生员小张正急匆匆赶来，看见张国正，赶紧敬礼，“副团长！”

“进去吧。”张国正还礼。

门外，张国正背着双手，对龙云说道："龙云，这个钟国龙还真是个有血性的新兵，说心里话，我非常欣赏他那股不服输的劲头。但话又说回来，从分兵撒谎到厕所抽烟，再到食堂里拿菜刀追杀战友，今天又用自己的狠劲，给所有新兵老兵上了一课。这小子，恐怕还不能算是个合格的兵，还差得远呢！顶多是一个具备好兵潜质的一个与众不同的兵。"

龙云点点头，说道："是啊，老连长，说实话，我对钟国龙的看法，也有了一些改变，有些时候，这小子让我恨得牙根痒痒，恨不得上去一脚踹死他！但有的时候，我又能看见他骨子里那股让人叹服的劲儿，这个时候，我又十分喜欢他。"

张国正说道："是的。所谓'人分九等，不一而同'，这兵，也不是只有一种。我之所以让你带这个特殊的新兵十连，也是出于这样的想法。对于像钟国龙这样的兵，要有一个特殊的方式来带。要有一个原则，他本身的血性不能磨灭，不但不能磨灭，还要使这种血性完全爆发出来，而因为他的野性造成的一些偏离的方面，还要及时矫正。所谓扬长避短，火候要拿捏得恰到好处！"龙云站在那里，若有所思。

张国正拍了拍他身上的雪，说道："龙云，关于怎么带这群兵，我不会过多干涉你，我也相信你有这个能力。怎么带，你自己看着办。我还是那句老话，兵熊熊一个，将熊熊一窝！"

"是，请首长放心！我保证完成任务！"龙云敬礼，眼神中透着坚定。

"好，我走了。"张国正说完，转身走，又回头，"那个钟国龙，我非常看好，你回头要多跟他谈谈，必要的时候，要多给他点儿小灶吃吃！"

"是！"

龙云知道副团长的意思，在这支部队，所谓"开小灶"，不是说网开一面，而是表示要多练练，多给些苦吃。

龙云又走进宿舍，小张已经给钟国龙打上点滴，钟国龙睡着了，面色稍微好些，身体也不那么哆嗦了。

"小张。"龙云把卫生员叫到一边，悄声问道，"怎么样，严重吗？"

小张说道："没事，他出血过多，体能也消耗太大，轻微脱水。休息一两天就没事了。只是头上的伤很容易感染，我刚才给他重新包扎了一下，打了一针破伤风，输液里也加了消炎药。还有，这是我给他开的药，你回头派人去领下，按时吃，有问题马上到卫生队找我。"龙云松了口气，笑着说道："嘿嘿，小张，真是谢谢你啦！"

小张白了他一眼，说道："你们这些带兵的，心也够狠的，把人往死里练啊！万一体能透支过大，造成严重脱水，就没那么简单了！"小张说完，背起医务箱走了。

龙云又看了看钟国龙，嘴角带着一丝微笑，伸手在他额头上摸了摸，已经有些温度了，这才放心。他转头对赵黑虎说道：“虎子，你带着其他人学习一下条令条例。”赵黑虎应了一声，示意大家到一旁，龙云一个人搬了把椅子，坐在钟国龙旁边，抬头看了看输液瓶子，还有大半瓶呢。

过了一小会儿，钟国龙忽然身体猛地震了一下，大吼一声：“不能输！”

所有人吓了一大跳，钟国龙又喃喃地说道：“我……不能输……死也不能输！”

龙云笑着示意大家他在说梦话，伸手把棉被往上提了提，钟国龙身子一动，醒了，眼睛睁了一下又闭上，声音微弱，但很清楚：“班长，我的成绩是多少？”

龙云心中大乐，脸一板，说道：“睡你的觉吧！就你那速度也好意思问成绩？”

“嘿嘿！”钟国龙睁开眼睛，“班长，我把你气着了吧？”

龙云笑笑，说道：“钟国龙，你气不气着我无所谓。我想，你通过这件事应该明白一个道理，在部队，没有人会同情一个弱者，你也别指望别人同情。不是说部队上的人都是石头脑袋铁做的心，是因为大家明白，同情了弱者，就等于不再给他机会了，其实是在害他。你想想，要是在战场上，敌人会因为你跑不动而不杀你吗？会因为你拼不过刺刀而饶了你吗？”

其他人听见龙云说话，也停止了学习，龙云索性站起来，说道：“同志们，都说军队是一个大熔炉，可究竟为什么这么说，大家还不是很理解。这句话，除了说明受过军队锻炼的人能逐渐变得坚强、优秀之外，我想，它还有另外一个含义，那就是说，既然是熔炉，进去的可能是铁，可能是木头，也可能是土疙瘩。但铁会被去掉杂质，烧成铁水，而木头可能被烧化，变成灰尘。土可能烧来烧去，终归还是土，但是这个熔炉出来的，就只能是钢！”

所有人都静静地体会着龙云所说的话，钟国龙躺在那里，脑海里一阵翻腾：

“我钟国龙到底是铁、木头，还是土呢？”

此时的钟国龙，还不知道自己的一系列表现是对还是错，他朦胧的思想里，只感觉应该按照自己想的去做，这些年，他也确实是这么走过来的。他总感觉人活一辈子，就应该活出个人样来，什么事情就应该争个第一，至于为什么要争这个第一，他还真是没有仔细想过。

就像他在县城里争老大，并不是为了什么利益，如果非要说有什么，无非是混混儿崇拜他，不敢惹他，好人怕他，不敢正眼看他。他因此终日乐此不疲，东打西杀。

自从他认识了龙云，接触了部队，自己朦胧的思想就像是一条混浊的河，被冲进来一股清水。随着清水不断增多，原本混浊的水开始慢慢发生了变化，而这种变化，此刻正在猛烈地冲击着他的思想。

眼前的龙云，好像对自己的内心了如指掌，像是一位技术高超的牧马者，挥舞着长长的套马杆，在他这匹桀骜不驯的野马出格的那一刹那，准确打中他的软肋，使他不知不觉地回到规范的范围内。

他感觉龙云这个貌似粗野的汉子，有着极深的内涵，这种内涵，他钟国龙没有，而正是这种内涵，使钟国龙对龙云从一开始的不屑逐渐转为钦佩，以至有些折服。

龙云看着钟国龙一脸心事的样子，冲他说道："钟国龙，别胡思乱想了，你现在的主要任务是把伤养好，再把身体恢复好。5公里徒手跑算不了什么，还有比这个更难的呢！你要是坚持不住，就随时跟我说，别自己闷着，好像我虐待你似的。"

钟国龙有些不好意思，尽管他自己都不知道为什么不好意思，嘴上却说：

"哪能呢，我说能坚持，就能坚持。班长你等着吧，我不会总爬着冲过终点的！"

"好！"龙云笑着说，"钟国龙，记住，要永远保持你这个不服输的性格。不过，当兵不是光跑圈，要想成为一名合格的兵，光跑第一不行，咱们不需要马拉松冠军，更重要的是把脑袋里的东西理顺喽。你好好休息，等你伤好得差不多，咱们就专门再解决一下脑子的问题。跑圈把肚皮整破皮了，真有你的！"大家笑起来，钟国龙也笑了，一笑，肚皮和脑袋都疼。

# 第九章　动员班会

两天以后，新兵十连宿舍，钟国龙已经恢复得差不多了，头上依然包着纱布，全班10个人围着宿舍的桌子坐成一圈。

龙云坐在正中间，旁边是赵黑虎，所有人表情严肃。

"同志们，"龙云扫视了一眼众人，说道，"今天，我们新兵十连'加强班'召开第一次班务会，这次班务会我们有两个内容，一个是要对这几天发生的事情做一个总结；另外一件事情，就是更重要的训前动员会，开完这个会，我们的新兵训练也就正式拉开序幕。"

龙云看了看钟国龙，这小子面无表情，大眼睛睁着，不知道想什么呢。又看了一眼余忠桥，余忠桥迅速回避了龙云的眼神，低下头。

龙云继续说道："这几天发生的事情，大家都在场，我不再详细地介绍了。其中有两件最'辉煌'的事，震动整个军营，影响力可谓深远。一个是菜刀战铁锹事件，让全团首长和战士见识了什么叫惨烈。另一个是徒手5公里跑事件，也让全团战友见识到了什么是壮烈。咱们十连有光彩哈，两个事件的两位主角，都来自我们这里。下面，就请他们二位发言，对自己的这两件事先做做自我评价。余忠桥，这次你先说说。"余忠桥站起来，看了看龙云，又看了看钟国龙，低声说道："打架这件事情，我犯错误在先，我不该嘲笑钟国龙，还让他给我刷饭盆。打起来以后，我也不应该拿锹进来报复。至于5公里的事情……我挺佩服钟国龙的，都那样了还坚持下来，这一点上，我认输。”龙云点点头，又问钟国龙：“钟国龙，你说说吧！”

钟国龙看了看余忠桥，说道：“打架是我先动的手，拿人家菜刀也是我先干的。跑圈我输了，输了就是输了，等有机会再比！”

“说完了？”龙云问。

“说完了。”钟国龙点头。

“嗯，你倒是不啰唆。”龙云看了他一眼，又说，“好，那现在大家轮流发言，说说自己对这件事情的看法。”

赵黑虎清清嗓子，说道：“我先说。新兵打架这件事情，我有责任，吃完饭只顾自己回去，没有及时发现制止。我认为，战友之间打架，不管因为什么，都是错误的。至于5公里跑，我认为钟国龙同志精神可嘉，最后受伤了，还坚持到终点，这是好的。完了！”

其他人互相看了看，都表示同意副班长的意见。大家眼睛全看着龙云，等着他发言。

龙云喝了口水，说道：“既然大家都同意副班长的意见，我也不再一一问了，但我希望以后的班务会，不要养成这个臭毛病——有意见就说，有想法就提，要都是同意这个同意那个的，干脆我跟副班长两个人开得了！”

“好，大家都说完了，我说说我的看法。刚才两个当事人都说了自己的想法。对与错我不评价，我就想说4个字：战友、团结。李大力，给我说说什么是战友。”

李大力站起来，摸着脑袋说：“战友就是战友呗，我们大家都是战友。”他的话引起一阵小声的哄笑。

龙云让他坐下，又问陈立华：“陈立华说说，什么叫团结？”

陈立华站起来说：“团结就是心往一处想，劲往一处使，大家齐心协力。”

“那你和刘强帮着钟国龙打余忠桥叫不叫团结？”龙云问。

陈立华看了看余忠桥，不好意思地摇摇头，坐下。

龙云站起身来，大声说道：“既然这样，我就给大家说说，我对这4个字的理解。首先说战友，从字面上理解，可以说是当兵时的队友或者朋友，好像和同学、队友没有什么区别。要我说，区别大了去了！战友，不光是队友或者朋友，还应该是战斗中的生死朋友，生死兄弟。我的理解，战友应该是在战场上能替对方挡子弹的人！”

所有人精神一振，看着龙云。龙云忽然解开自己的军服，露出胸前的一个深深的疤痕，激动地说道：“大家知道我这个疤的来历吗？这个疤，离我的心脏要害不到两厘米，是一颗M16自动步枪的子弹打出来的。我今天想给大家讲讲这个故事：那是8年前，我龙云当兵还不到两年。那天下午，我所在的连忽然接到上级命令，要去边疆某地剿灭一股恐怖分子暴乱。部队一秒钟也没有耽误，迅速到达目的地，战斗进展很顺利，我们全连猛追猛打，迅速消灭了持枪反抗的恐怖分子。战斗很快结束了，我们班奉命打扫战场，确认敌人的死亡人数。我的一个战友叫黄强，是个新战士，第一次执行任务有些紧张，正在他全神贯注打扫战场的时候，一个没死的恐怖分子突然跳了起来，举枪就打！”龙云说到这里，眼睛有些湿润了，声音低沉下来。

“几乎是同时，我和班长一起扑了过去，挡在小黄的身前。距离太近了，子弹从班长的胸膛穿过去，又打中了后面的我。我和班长双双倒下。等战友击毙了那个王八蛋扶起我们的时候，班长已经奄奄一息了，他声音微弱地说：‘小黄呢，没伤着吧？你们快去救龙云！’小黄哭着说班长我没事，班长你这是何苦呢？班长又说了5个字就牺牲了，这5个字我龙云一辈子忘不了，他说：‘咱们是战友！’”全班人都被感动了，连钟国龙也低下了头。

龙云说道：“怎么样，听着像拍电影是吧？告诉大家，这是真实的事！班长叫李永军，他的烈士墓，就离我们这座军营不到50公里，那里的老乡每到过年过节，都带着自家酿的酒，去墓前祭奠他。从那以后，我龙云每年都会去那里看他。从那以后，已经退伍的小黄，一到班长牺牲的那天，不管千里万里，都要来看看班长，看看我，看看两个为他挡子弹的人，两个他的战友！战友是一辈子的啊，同志们！

“我再说说团结。陈立华刚才说对了一半，他说团结就是心往一处想，劲往一处使，大家齐心协力。没错！但还有另外一半，就是这心往一处想，劲往一处使，大家齐心协力，为了什么，目的是什么？是帮着兄弟打架，是合起伙来拿战友开练？那不是团结，是盲从，是狼狈为奸！要想真正的团结，就要明白是为了什么而团结。当咱们的国家、民族遭到敌人侵害的时候，我们需要团结起来，一齐和敌人战斗，这叫团结。当我们这个集体面对荣誉的时候，大家团结起来，为集体争光，这也叫团结。当我们面临人生一个又一个磨难的时候，大家挽起手，挺起胸膛，一同渡过难关的时候，也叫团结。作为一个集体，一个部队，甚至一个国家一个民族，需要的是这种团结！”

所有的战士都忍不住鼓起掌来，他们为班长这段精彩的发言深深地折服了。余忠桥不好意思地走到钟国龙面前，说道：“钟国龙，我那天确实错了，我当着大家的面，给你道歉！”

钟国龙这个时候再也没有了不服气，尴尬地伸出手，拍了拍余忠桥的肩膀，说道：“怪我。都是战友了，以后咱们要团结。”龙云笑骂道：“钟国龙，你小子学得倒快！是真心的吗？”钟国龙很郑重地点点头，说道：“班长，这次是真心的。”

“那就好！”龙云大声说道，“意识决定行为，解决了这4个字，新兵十连的问题就解决了一大半！这里我也不偏激，钟国龙前天的那种不服输、敢于拼搏的狠劲，确实也值得我们每一位战友学习。明天，咱们的新兵训练就正式开始了。我希望大家牢记刚才我们讨论的结果，大家同为一个班的战友，只要团结，只要努力，咱们就一定能成为一个优秀的集体，咱们每一个人都能成为一名优秀的战士。你们这群狼，别光在自己窝里抢肉吃，有本事就把别的狼嘴里的肉给老子抢回来！都清楚没有？”

“清楚！”

龙云满意地笑了，说道：“清楚就好，咱们这次班会到这里，还算很成功啊，下面解决一件小事情，不过也蛮严重的。”所有人好奇地看着龙云，到底是什么事？

“哈哈……”龙云笑道，“钟国龙，你小子一会儿跟我去炊事班给人家道歉去！踹了人家的门，抢了人家4把菜刀，人家每天还得供着你的病号饭，炊事班长找我三回了。再不去，你小子以后别想在饭盆里见着肉，你一个人没肉吃也就算了，到时候不要因为炊事班对你有意见，搞得我们全班都没肉吃，那我就要找你麻烦了！”

“哈哈哈哈……”宿舍里笑声一片，钟国龙不好意思地红了脸。

“是，为了让全班有肉吃，我一定诚恳地向炊事班道歉。”钟国龙摸着头傻傻地笑道。

“好了，坐下！下面我们开始今天班务会的第二项议题，我们新兵十连的开训动员。大家来到部队也有几天了，部队一些基本的规章制度和环境大家也有了初步的了解，但是，这还不够，非常不够。在以后的训练生活中，还需要你们自己去多学习、多体会，部队不是你们想象的那么简单，在这个大熔炉中，还有许多你们要去学习的东西。说实话，作为你们的新兵班长和副班长，我们只能为你们起到一个引路指导的作用，在部队这两年中，想成为一块铁渣还是精钢，就要看你们自己的了。好了，其他的不多说了，你们自己去考虑，从明天开始，新兵训练正式开始。新兵营的训练进度表已经制发下来了，新兵训练为期3个月，学习和训练内容我向大家宣布一下，主要为以下几项：思想政治教育，条令条例学习，九项技能训练科目以及平时的体能训练……”

“报告班长！你说技能训练分为九项，是哪九项呀？”性格偏内向的胡晓静忽然站起来问道。

“嗯，坐下。”龙云微笑着说道，“这九项技能训练是：队列训练、战术基础、自救互救、自动步枪操作、手榴弹及手雷投掷、防护、战备基础、内务以及我们平时的体能。大家都知道了吧？”

几个新兵第一次接触到这些专业名词，顿时兴奋起来，私下里议论纷纷。钟国龙听见里面有“自动步枪操作、手榴弹及手雷投掷、防护”，也是大感兴趣，和刘强在那里讨论。

“停。”龙云制止他们，皱了皱眉头，“都开什么小会呢，感觉简单还是复杂？钟国龙，你议论什么呢？”

钟国龙站起来说道：“班长，咱训练的时候，用的是真枪、真手榴弹吗？”

“废话，不用真枪还用鸟枪啊？”龙云顶他。

“嘿嘿，那就好，那就好。”钟国龙的脸笑得跟一朵花似的。

“我说钟国龙，你好像对枪啊炮的比较感兴趣？”龙云看着他得意的样子，不禁问道。

钟国龙点点头，说道：“是的，我就喜欢枪啊炮啊啥的，对了班长，这武功，应该是在那什么战术基础里学吧？”

龙云站了起来，走到跟前，说道：“自己都知道分类了。错了，格斗训练是在体能训练里面。体能训练，钟国龙，有些意外吧？就你那体能，到时候能不能抡得动拳头还不一定呢。看你得意的样子！你怎么没看看别的？内务、队列这些，怎么没见你小子感兴趣啊？”

“内务队列，这有什么好感兴趣的？不就是把被子叠规矩点儿，地扫干净点儿，站队站整齐点儿吗？”钟国龙的内心，确实没把这些当回事，不就是熟能生巧嘛。

龙云看了一眼其他人，眼神中透露出来的信息基本上都是苟同。他冷笑一声，说道：“呵呵，我算是看出来了，这新兵一年跟一年不一样，想的可都差不多，看来你们平时看电影，净看拿着枪架着炮的场面在那里过瘾了，是吧？我得告诉大家，什么叫没有规矩，不成方圆。先不说别的了，就先说这内务，大家都知道要干净些，整齐些，规矩些。但具体要干净到什么程度，可能你们还很陌生，整齐规矩到什么程度，也不知道。所以，明天我们的训练一开始，我和副班长就告诉大家每一项的标准。”

“还有一条，我龙云做事情，讲究要争个先，我从明天开始，要求的这个标准，没准儿比咱们部队的规定要高那么一些，还要严格那么一些，我希望你们也要做好思想准备。在部队的生活，我希望大家永远不要忘了一件事情，就是集体荣誉。这个集体荣誉体现在各个方面，不管是真正的战斗，还是平时的内务、队列、技能，我们都要走在所有连队的前面！

“大家有幸来到咱这个特殊的新兵连，就得有这样的觉悟，因为我们的新兵训练与普通新兵连是不一样的。到时候，我们还要根据实际情况制定我们自己的训练进度表，并加上一些内容。我们新兵十连必须要在一个半月内学完上面我说的那些内容，后面一个半月，主要和我们住在一栋楼里的团侦察连老兵进行一些科目的合练。我们的训练量还是比较重的，所以说，从现在开始，我们每个人都要做好吃苦受累的心理准备。我丑话说在前面，如果到时候有谁跟不上，拖我们新兵十连的后腿，给我们新兵十连抹黑，不要怪我和副班长采用土方法、土政策。记住，我们每名成员，只有为新兵十连增光添彩的义务，没有给新兵十连抹黑丢丑的权利！

“我所说的这些，都是作为一名合格士兵最基础的东西，最基础是什么意思都知道吧？就像你们平时自己穿衣服，这是最基础的技能吧？拉屎自己脱裤子，这是最基础的吧？没有这些最基础的东西，就别提你的战斗力到时候有多强了。咱们看电视，都知道从古到今哪个部队最能打仗，哪个部队最让敌人胆寒，但是，这些部队，没有一个不是纪律严明、作风严谨的。”大家听龙云讲到这些，神情再也没有刚才那么轻松，这些新兵第一次知道，原来在部队里面，不光是那些打打杀杀的东西，还有好多方面关乎他们平时的生活，而这些，跟他们以往的生活是不一样的。

龙云继续说道：“新兵营到时候有4面流动红旗，分别是军事训练、内务卫生、作风纪律、政治学习流动红旗。同志们，这才是咱们真正的目标啊！卫生优秀从哪里看出来，得看红旗挂在哪个连的墙上！这4面红旗，就是对一个新兵连各项训练指标完成度的最直接评价。咱们一共10个连，只有这4面红旗，大家说说，怎么办？”

“好好训练，把红旗得过来呗！”刘强说道，“10个连呢，这叫狼多肉少，咱怎么样也得有一份啊！”

龙云问大家：“大家说，刘强的观点对不对？”

“对！”大家齐声喊道。

“对个屁！”龙云火了，“还狼多肉少，怎么也得分一份？我告诉你们，咱们新兵十连，虽然人数少，但是也代表一个连队！分一份？这种想法根本不是咱们十连的性格！咱十连的性格是什么？这4面小红旗呀，就都得挂在咱们的墙上！别的连，就让他们每天刷白墙去吧！”

大伙张大嘴，看着狼似的龙云。龙云又问：“你们说说，我龙云是不是在吹牛？我吹不吹牛，看大家的了，大家表现好了，我就不是吹牛，要是表现不好，我龙云这牛就吹大了！当了兵，就必须得把集体荣誉感放在前面！”

“好了，我就不多说了，下面咱们开始讨论，一个一个给我说，咱们怎么样才能得到这4面红旗？从陈立华那边开始。”

坐在最左边的陈立华想了想，说道：“我感觉吧，班长说得太对了，这4面红旗呀，就得挂在咱们这里……”

“你小子废话少点儿，继续说！”龙云白了他一眼。

陈立华不好意思地笑笑，说道：“我感觉，咱要是想得到这4面红旗，就必须各方面都做得比别的连要强——班长，我这个不是废话吧？至于怎么强，我觉得，刚才班长也说了，咱们的标准，平时就定得比别人高。这样，咱们只要努力达到标准，就一定没有问题了！我说完了。”

赵四方说道：“对对对！我觉得也是这样，就说我当兵前打我对象她爹这事儿，我要是处处都比别人强，还用得着打他爹吗？他爹还不主动把他闺女给我送来？”大家一阵哄笑，龙云也笑了，说道：“话糙理不糙，有点儿意思。这4面红旗，咱也把它们看作新兵营的4个大闺女，哈哈……咱虽然不敢打副团长，但努力抢这红旗还是可以的。张海涛，你说说。”

张海涛大大咧咧地说：“我吧，以前是给人看场子的。人家为什么让哥们儿给看场子？哥们儿罩得住呗！为啥能罩住？就是因为咱最强，是不？管他呢，好好干呗！”

伞立平也说：“对！就跟前两天钟国龙似的，咱就是不服输。我没啥意见，大伙怎么做，我就跟着怎么做。”刘强和李大力、胡晓静也点头表示赞同。

余忠桥这个时候看了一眼钟国龙，说道：“我感觉小伞说得对，我和钟国龙不打不相识，现在，我也特别佩服他的那种劲头。我觉得，只要咱们大家齐心合力搞好训练，就没有完不成的任务！”

“啊哈，钟国龙还成偶像了。”龙云笑着说，“钟国龙，这回你说说吧？”

这个时候，钟国龙表情有些严肃，说道：“刚才班长都说了，咱都得有集体荣誉感。我一个人逞英雄，算不了英雄。大家得都成为英雄，处处不落在别人后面，要做就做第一，要不就别出去丢人现眼。”

龙云心中涌上一阵喜悦，他没有想到钟国龙能说出这样的话来，看来自己对这个小子的思想提升速度有些低估了，但钟国龙这个劲头一定得保持住，千万不能又反复。

赵黑虎最后一个发言，他说道：“我认为钟国龙说得很好。我当初也是从新兵过来的。集体荣誉感这个东西，说起来像是套话、虚话，但要是做起来，其实是很难的。但只要是大家做到了，心里都有了这个荣誉感，才能真正形成战斗力。这也是‘1+1’为什么大于‘2’的道理。”

龙云频频点头，站起身，高声说道：“今天，咱们这个班会开得很成功，我也挺高兴的。但是，光说不练假把式，这个李大力应该清楚，哈哈！那么，从现在开始，咱们的新兵训练就算正式开始了，刚才说的一切，就得一点一点地做到了。我只说一点，希望大家到时候不要觉得受不了严格的标准。这点，大家有没有问题？”

“没问题！”一屋子人大吼。

“哈哈，一开始这气势就不错，你们几个小子跟别的新兵还真不一样。”龙云很满意，“好了，不多说了，今天的班务会到此结束！”

“班长，接下来咱先干什么？”陈立华问。

“学习打扫卫生！”龙云回答。

# 第十章　卫生标准

大家看着龙云，不知道这打扫卫生有什么需要学的。

龙云明白这些新兵的意思，说道："都看着我干什么？打扫卫生不需要学是不是？那我看这样吧，先让副班长教一下大家怎么叠被子，然后我来分配每个人负责的卫生区域。我先不说标准，你们按照自己能想到的最干净的方式来打扫咱们这个宿舍，然后我检查。虎子，你开始吧！"

龙云坐到椅子上，低头喝水，赵黑虎答应了一声，把大家带到床前。

"大家先看看自己的被子吧。"赵黑虎表情严肃，指着每个人床上的被子开始评价，"看钟国龙这个，像一辆坦克似的，下面宽出来，上面又窄了，前面还伸出来一块，还有那边的那两个，整个儿是两个大馒头，还有李大力的，怎么那么长？像块面包。"

大家看着自己被子的造型，忍不住发笑。赵黑虎把自己四四方方的被子拿了过来，说道："下面我说一下被子的规范：真正的被子应该是方方正正，平平整整。尺寸要求，宽40厘米，高18厘米，长50厘米，多或少1厘米都不行。有谁不服气的，咱们找尺子量量。"

大伙都没说话，神色凝重，谁也没说话，也没人想真找个尺子量，副班长既然这么说了，必定是有十足把握，这几天军营的见闻，使这些新兵开始相信一些他们以往决不相信的东西了。

赵黑虎弯腰把自己的被子拆散，又抖了抖，深吸一口气，双手平摊，将被子使劲一搓，左右折叠，再用手前臂在被子四分之一的部位使劲一砸，两边合拢，翻转，整理四角，不到30秒，刚才散乱的被子重新变成了一个方方正正的“豆腐块”，整个动作一气呵成，熟练到了极致。

“动作要领大家都看见了，现在开始，咱们的主要任务就是练习叠被子，一遍一遍地练，一个一个地过，一人3次机会，要是再不合格，我就直接把被子给他扔到水房里，那你们想盖自己的被子就难了。我可不是开玩笑，我这个人不喜欢开玩笑。今天晚上的科目也是这个，谁叠的不合格，谁就叠一晚上。下面大家自己开始练习，有什么不明白的赶紧问我！”赵黑虎表情冰冷，跟龙云如出一辙。

新兵各自回到自己的床上，开始练习叠被子。赵黑虎挨个指导动作要领，钟国龙学着赵黑虎的样子，发狠地砸着被子，把床铺震得直响。

“钟国龙，你跟它有仇啊？”赵黑虎皱着眉头走过来，“砸也不能乱砸，被子不是人，砸两下害怕就听话了，你得砸对地方。”说完，赵黑虎给钟国龙示范了一遍，刚才在钟国龙手里横竖不对的被子，现在已经成了豆腐块。

钟国龙这个人看不得自己不如别人，越这样他劲头越大。当下把被子拆开，又重新学着赵黑虎的动作流程开始操作。

“副班长，这瘪犊子玩意儿软乎乎的，老出不了直角，有啥诀窍不？”李大力发愁地看着自己眼前的“面包”问赵黑虎。

“诀窍？也不是没有。”赵黑虎笑笑走过去，大伙一听有诀窍，赶紧围过来。

赵黑虎说道：“诀窍就是，首先，用水倒在被子的打弯部位，再找一个杠铃，沿着被子折叠的地方，把被子压平。”

“班长，那被子上有水，还怎么盖呀？”李大力苦着个脸。

“所以啊，只有两个办法，一个是多叠，叠时间长了，被子就会自然形成折叠痕迹，叠起来就舒服多了。而要想快，那就得用这个办法。”赵黑虎嘿嘿笑着说。

“副班长，哪里有杠铃？”钟国龙急切地问，“我就用这个办法了！”

“你有受虐病？”赵黑虎笑着说，“你还是先正常练习吧，熟练了不难叠，这个太基础了。”大伙又转身跟自己的被子较劲去了，整整一个上午，一直到中午吃饭，新兵十连的床上，总算出现了12个“豆腐块”，尽管还有些小毛病，好在基本合格了。

午饭号声响了，龙云站起来说道：“叠被子就先到这里，晚上还有时间呢。先去吃饭，下午打扫卫生！”

钟国龙他们走出去集合时，满脑子都是叠被子。

午饭过后，龙云把大家集合到一起，开始分配任务：“按照上午说的，我们开始打扫宿舍卫生。上午说过，我先不说标准，你们自己看着打扫，要做到自己平时在家打扫卫生时候的最高标准，清楚没有？”

“清楚！”这帮子新兵，在家的时候一个个谁打扫过卫生啊！听龙云这么一说，心里都有些犯难。

龙云继续宣布分工：“刘强、陈立华、余忠桥，你们3个打扫大房间；李大力、赵四方，你们两个负责打扫楼道；张海涛、伞立平，你们负责到门口打扫积雪；钱雷，你负责洗漱间；胡晓静，你去打扫一楼到二楼的楼梯。你们几个都清楚没有？”

“清楚了！”

“班长，我干啥？”钟国龙站在那里。

“嘿嘿……”龙云笑道，“我怎么能忘了你钟国龙呢？你的任务最艰巨了，你负责打扫厕所！”

钟国龙看了看不到5平方米的厕所，心想这是最艰巨的？当下很满意，答应一声就走进厕所。

所有人开始忙碌起来，赵黑虎问道：“班长，我去帮帮他们？”

龙云摇摇头，笑嘻嘻地说：“不用，你去找双白手套，一会儿检查。”

钟国龙走进厕所，说实话，部队厕所并不像别的公共厕所那么脏臭，平时都有打扫，已经很干净了。钟国龙有些得意，仔细地擦了擦地，把坐便器冲了几遍，又找了块抹布，把厕所里的坐便器、排风扇、洗手池、便纸盒、墙上瓷砖，通通仔细地擦了一遍，一共不到半个小时就搞定了。他走到龙云面前，说道：

“班长，我打扫完了，要不您先检查我的？”

“这么快呀？钟国龙果然是名不虚传。”龙云皮笑肉不笑地看着他，“不着急，一会儿我一块儿检查，你可以先休息一下，也可以再去检查检查。”钟国龙想了想，感觉龙云笑得有些不怀好意，自己又进去，把厕所里面又擦了一遍，这才得意扬扬地坐到桌子旁边，看别人忙碌。

陈立华忽然转身往厕所走。

“哎，哎——老四，你干什么去？”钟国龙紧张了。

“撒尿呗！”陈立华笑笑。

“先憋着！”钟国龙虎着脸，又看了看龙云。陈立华无奈地提了提裤子，回去继续扫地。

龙云没理他，坐在那里拿个本子写东西。

一个多小时以后，这帮新兵都回到宿舍，宿舍内外果然焕然一新，大家看着自己的劳动成果，都有些喜悦。

“打扫完了？”龙云合上本子，抬头看着他们，几个人频频点头。

“虎子，咱看看去！”龙云起身往外走，赵黑虎笑嘻嘻地跟在后面。

“门口谁负责？”龙云站在门口。

“报告，是我们俩！”张海涛、伞立平回答。

“嗯，让你们干什么来着？”龙云问。

“扫雪啊！”两个人回答。

“扫雪？怎么还有雪呢？”龙云指着地上一些不到指甲盖大小的白色。

“班长，这也算啊？”张海涛为难了，“这些冻上了，也不多……”

“废话，冻上了就不是雪了？不冻上还化了呀？那不成扫水啦！”龙云说完蹲下身，用手在小块雪上抠了几下，本来没有多少的雪被抠下来。

两个人傻了。

龙云又走进楼道，李大力、赵四方紧张地跟在后面。

“你们俩猜猜，我能从楼道里发现杂物吗？”龙云笑嘻嘻地说，“比如我正前方约两米地上那个小纸片？”

两个人不好意思了，龙云大声说道：“打扫楼道的标准就是，别让我看见有一丁点儿杂物！一丁点儿，明白吗？死蚂蚁也算！”楼梯口，龙云对赵黑虎说：“虎子，戴上手套，走一个！”

赵黑虎戴上雪白的手套，沿着扶梯蹭了一下，白色手套上立刻出现一条不太明显的黑迹。

“擦拭的标准是，一尘不染，白手套蹭过去，没有一点儿痕迹！”

最后，龙云来到宿舍里，赵黑虎戴着白手套在窗户框、窗户缝、床栏杆、椅子腿上蹭了一遍，手套很快出现黑色的痕迹。刘强、陈立华、余忠桥也傻眼了，尤其是赵黑虎在窗户玻璃与框的缝隙间蹭那一下，3个人对视一眼，十分震惊。龙云说道：“地面和需要擦拭的部分，标准我已经说了，你们全不合格。”

龙云又检查了洗漱间，全都不合格，最后朝着厕所走去，钟国龙跟在后面，也有些紧张。

这次龙云从赵黑虎手里又接过一只新的手套戴上，在瓷砖和坐便器等地方蹭了几下，翻开手，居然真的干净了，钟国龙得意地笑了。

龙云看了看他，说道："钟国龙，你笑啥？感觉自己合格了？"

"是！"钟国龙继续得意，"按照班长的标准，地面没有杂物吧，擦拭的部分也没有黑东西吧，这不就是合格了？"

"看把你美的。"龙云看看他，"知道为什么让你来打扫厕所吗？知道为什么说厕所的打扫最艰巨吗？因为，厕所除了那两个标准，还有一个标准，当然，这个标准是我加上的。"

龙云笑看迷惑不解的钟国龙，忽然问道："坐便器里面擦了没有？"

"什么？"钟国龙更纳闷儿了。

龙云也不说话，转身走出去，找了一块干净的新抹布，又拿过自己的水杯，蹲下身子，把抹布伸进坐便器里面冲水孔的位置，开始里外用力地擦，擦几下，冲水，洗洗抹布，再擦。整个坐便器内腔，龙云擦了足足有10分钟，最后一次冲水完毕后，龙云把杯子伸进去，从坐便里面舀了半杯水，仰脖子就喝了下去！所有人都傻了！

龙云擦擦嘴角，说道："知道为什么加上这一项吗？第一，我要求我们的卫生标准，要绝对干净；第二，对自己的劳动成果，要绝对有信心！钟国龙，像你刚才那样，你自己敢喝吗？"

钟国龙彻底被震撼了，呆在那里，不再说话。

"总结刚才，我制定我们十连的卫生标准如下：擦拭，要一尘不染；地面，要找不到一丝杂物；摆放，要绝对统一整齐。你们打扫过的地面，自己就得有信心躺着睡觉；你们擦过的地方，就得经得住白手套检验；你们打扫过的厕所，就得有信心能喝里面的清水！都清楚没有？"

"清楚！"

"给我重新打扫！"龙云大吼，"陈立华，你可以撒尿了，撒完钟国龙按照我的要求重做一遍！"

"是！"

早上8点，大雪又下了起来。

起床号响过之后，新兵们手忙脚乱地穿好衣服，集合到操场出操。还是跑圈，不过经历了前几天的那次"壮举"之后，钟国龙的感觉稍微好些，尽管他还是比别人差，好歹不用副班长再拖着了。

早饭后回到宿舍，龙云命令大家迅速打扫室内卫生，整理内务，新兵们通过昨天的训练，再也不敢马虎，陈立华趴在地上，耳朵几乎贴到地面，侧着眼睛看向地面。

“老四，你找什么呢？”刘强奇怪地问他。

“没找什么，我是想在水平的角度观测一下有没有杂物，有没有扫干净。”陈立华很有心得地四处查看。

钟国龙走出厕所，得意地冲屋里喊：“谁喝水？谁喝水？进来自己舀，保证新鲜无脏物！”大伙笑了笑，谁也不敢过去喝。

龙云四处检查了一下，稍微满意，喊道：“好了，今天先到这里，全班到门口扫雪去！今天雪大，不用要求那么严，但必须给我扫干净！”新兵们拿着工具跑了出去。

“北国风光，千里冰封，万里雪飘，望长城内外……”陈立华摇头晃脑，忽然忘了词，转过头问刘强，“强子，下句什么来着？”

“你问我呢？”刘强瞪着大眼睛，莫名其妙地看着他，“歌词我还行，他老人家的东西，我还真没研究过。”

“俩文盲！”钟国龙鄙视他俩，“小学的时候老子就学过了，谁让我妈她老人家是人民教师呢！”

“那下句是啥？”陈立华问，“就下句，后面射大雕的我就熟悉了。”

“嘁，我早忘了！”钟国龙笑。

“仨文盲！”龙云笑骂他们，“得了得了，别穷斯文了，赶紧干活，扫完雪还得训练！”

“班长，咱拿扫出来的雪堆10个雪人吧，这么大的雪，材料绝对够用！”余忠桥提议。“不用，不用！”龙云诡异地笑着，“一会儿咱到操场上堆去。快干活吧！”众人七手八脚地把院子打扫干净，回屋戴帽子，扎腰带。这时哨音响了。

“集合！”龙云在门外大喊。

队伍迅速集合完毕，队列比以前强些，但还是不齐。

“目标操场，向左转，跑步走！”

操场上，其他新兵连也开始集合训练了。这10个人看着旁边100多人的连队，感觉有些怪怪的。

龙云站在队伍前面，高声说道：“同志们，今天我们开始进行第一次队列训练，目的是规范我军的队伍动作、队列队形和队列指挥，正确实施队列训练，培养良好的军姿、严整的军容、协调一致的动作、严格的组织纪律性，以适应技术、战术训练和增强战斗力的需要。制订队列条令，内容：一、稍息，立正，跨立；二、停止间转法；三、行进与停止；四、行进间转法；五、步法变换；六、脱帽戴帽；七、敬礼礼毕；八、蹲下、坐下与起立。第一天主要进行站军姿和稍息、立正、跨立的训练，要求：服从命令，听从指挥，严格按照动作要领完成。有什么要求要打报告，听清楚没有？”

“清楚！”

“好。下面我们就进行第一项，立正和稍息。立正的动作要领：抬头，挺胸，收腹；头要正，颈要直，口要闭，两眼平视前方，下颌微收；两肩要平，稍向后张，两臂自然下垂，两小臂夹紧，五指并拢，四指微屈，拇指尖紧贴食指第二关节，中指紧贴裤缝线；两腿挺直，夹紧，两脚跟靠拢，两脚尖向外分开约60度；身体微向前倾，使重心落于两脚掌之间。清楚没有？”

“清楚。”这次，声音没有那么洪亮，几个人偷偷地对视一眼，心想就一个立正，怎么这么多规矩？

“我知道你们不清楚。”龙云忽然面带微笑，“不清楚没有关系，咱有的是时间。赵黑虎出列！”

“是！”赵黑虎应声向前跨出一步。

“下面让副班长给大家做个示范。”龙云说道，“赵黑虎，听口令，向左转，齐步走……立定，向左转。稍息，立正！”

赵黑虎“啪”的一声，笔直地立正在队伍前面。

“大家都看到了吗？副班长的姿势，就是标准的立正姿势。”龙云又重复了一遍立正的动作要领。

“都看见了吗？”龙云看着队伍，“好，下面大家按照副班长的标准，听口令，立正！”

新兵们立刻全身用力，尽量站得笔直。

“哎哟哟——”龙云撇着嘴，走到排头，看着这奇形怪状的立正队伍，“看看你们，这叫立正？李大力，你肚子挺那么鼓干什么？过了过了，肚子没了，屁股出来了！钱雷、余忠桥、胡晓静，你们那腿形撒尿正合适！还没到跨立呢！刘强，我说你肩膀怎么还一个高一个低呀？还有陈立华，让你五指并拢，四指微屈，拇指尖紧贴食指第二关节，中指紧贴裤缝线，你看看你那手，跟鸭掌似的，你腰疼啊？钟国龙这个还不错……可惜，站斜了，张海涛、伞立平、赵四方还不错，但还不是很标准。”

“全体都有，稍息！”

新兵们终于放松，只有李大力还笔直地站着。

“李大力，稍息！”龙云又喊了一声口令。

“班长，啥叫稍息？”李大力目冲前方，大声问道。

龙云哭笑不得，说道：“其他人除了动作不规范，还知道稍息大概是什么样子，你老人家倒好，愣不知道。大家注意，稍息的动作要领是，左脚顺脚尖方向伸出约全脚三分之二，两脚自然伸直，上体保持立正姿势，身体重心大部分落于右脚，稍息过久可自行换脚。”

“下面听口令，立正，稍息！立正，稍息……”龙云一次喊了足足5分钟，赵黑虎挨个儿地矫正动作，又练了半个多小时，队伍这才像个样子。

最后，龙云再次下达口令，等大家立正后，走到后面，照着后腿弯的位置，每人踹了一脚，扑通扑通，10个新兵摔了个乱七八糟。

“都看看，都看看。”龙云说道，“动作是规范了，两腿挺直还是没有力度。都起来，继续练！”

众人龇牙咧嘴，站起来继续随着龙云的口令立正，个个后腿绷直，龙云有些满意了，“你们还就是比别人学得快，我当年见过练了一个星期的。”

钟国龙笑了笑。龙云看了他一眼，没有理他，站在队伍前头，说道：“刚才扫雪的时候，李大力说要堆雪人来着，好啊，现在雪下得正大，咱们就学学站军姿，顺便堆雪人。要求：成立正姿势站立，时间：半个小时。全体都有，稍息，立正！”众人傻眼了，站在那里，心中直打鼓。

龙云笑嘻嘻地说：“都别紧张，动作只要规范，没有什么难度的，才半个小时，下午咱们练习完别的，再站上1个小时！但是有一点，除了眨眼睛，谁要是敢动一下，那可就得现在照着两个小时给我站了。虎子，去找点儿纸片，给大家夹在两腿间，纸片要是夹不紧，也算不合格！”赵黑虎答应一声，很快找来10张纸，给每个新兵腿上都夹了一张。

10分钟过去了，雪开始在新兵的头发和衣服上堆积，10个人很快成了半个雪人。

别的连队开始休息，大家看着操场上这10个人笔直地站着，一个新兵悄悄对另一个说：“这班长是人吗？幸亏咱没到那个班！”

“人家那是一个连！”另一个新兵笑笑，“听说都是特殊人物，你看中间那个个子不高的，叫钟国龙，就是那天带着血爬到终点的那个。人家，不一般！”

20分钟过去了，钟国龙有些受不了了，浑身已经积满了雪，头上的雪被嘴里的热气吹化，又在衣服上冻上，冷得要命。双腿也逐渐发酸发疼。

“都哆嗦什么？”龙云看了看新兵，“再哆嗦就堆不成雪人了！要不先跑5公里回来再站？”

所有人大惊失色，强忍住寒冷，一动不敢动，钟国龙也咬牙坚持着：“不行，我不能什么都不如别人，一定得坚持！”

难熬的30分钟终于过去了，10个新兵果然都成了雪人，龙云看看表，宣布：“稍息！”

扑通！一声巨响，身材庞大的李大力晕倒在雪堆里。龙云眉头一皱，让赵黑虎把他背回去。赵黑虎走过去，扛着李大力就走，李大力双腿始终没有弯曲，夹着的纸片还在腿中间晃动。

“大家跺跺脚，跑几步，别冻僵了！一会儿我们继续训练别的科目！”

# 第十一章　体能训练

让人难受的一天终于过去了。晚上吃过饭，十连的新兵们拖着几乎不会打弯的双腿回到宿舍，一个个直挺挺地躺到床上。龙云和赵黑虎去营部还没有回来。

“老大，你累不累？”陈立华挣扎着探过半个脑袋，看着在床上喘粗气的钟国龙。

“废话，我又不是驴！”钟国龙没好气地说道，“驴拉磨还得休息呢。”

旁边余忠桥裹着被子蹭过来，笑着说道：“钟国龙，你体能怎么这么差？”现在他们关系不错，钟国龙看了他一眼，无奈地说道：“本来呢，我的体能很不错来着，后来整天抽烟喝酒，我又不怎么爱睡觉，熬着熬着就瘦了，身体一直没恢复过来，现在指望着能跟电视上似的，大口嚼牛肉，把身体变壮些，这可倒好，整天白菜豆腐！”

“白菜豆腐才养人呢！”李大力探过身子，说道，“我在老家，一到冬天光吃这个。”

“拉倒吧你！”钟国龙学着他的东北腔，“那你怎么还晕了？”

“啥呀，我那是姿势要领不对，班长都说了，我太用力了，全身绷着跟抽筋似的，一稍息我一时没适应过来。我体力好着呢！”李大力解释，“我搁老家的时候，卖大力丸，经常扛着石碾子到处走。”“吹吧你，多大的石碾子？”刘强问。

“嘿嘿，空心的。”李大力笑笑，发现大家鄙视，马上又解释，“空心的也有四五十斤呢。”

“哎，我说胡晓静，”钟国龙看着旁边不爱说话的胡晓静，“你体能不错啊，那天跑圈你就是第一，今天也没见你怎么累，你吃什么长大的？”

胡晓静一口河南腔，说道：“俺没有吃啥。俺从小喜欢练武术，经常去少林寺。”

“那你一定会武术了？”钟国龙很感兴趣。

“俺不会，俺学人家和尚挑水练体力，后来就当兵来了。”胡晓静有些不好意思。

钟国龙很扫兴，说道：“你说你，得天独厚啊！不练武功，你练挑水。”

“钟国龙在这里吗？”门外忽然有人大喊，一个兵走了进来。

“在呢，在呢！”钟国龙勉强坐起来，不认识这个人。

“你说说你，怎么不告诉家里人你的连番号呢？我这一通好找。”来人从挎包里取出两封信来，递给钟国龙，“你的信，老家来的。”

“啊？”钟国龙大叫，“我的信？”

“是啊，你的信，你不叫钟国龙？”送信的兵奇怪道。

“哈哈……”钟国龙一把抢过信来，“我就叫钟国龙，谢谢啊！”

送信的转身离开，钟国龙兴奋极了，他长这么大，还第一次收到信呢！

“老大，快看看，谁写的？”陈立华跑过来，刘强也跑了过来。

钟国龙兴奋地拿起信封，第一封字迹秀丽，是他妈的笔迹，第二封比较乱，字也大，不知道是谁寄来的。封面上都写着地址，只是在名字前面都写着“新兵”。

“这个是我妈写的，先看这个！”钟国龙笑着撕开信封，陈立华和刘强也凑过来。

一行行秀丽的字迹展现在眼前：

小龙：

我是妈妈。跟武装部老刘问到的你的地址，没有你那里的电话，也不知道你能不能收到信。本来是让你爸写的，他不写。你爸那脾气你知道的，好像给你写信多丢他面子似的。其实，他比我还想你，一回家就去你房间转悠。那天送你时，他后来也哭了。

小龙，我听说你那里很艰苦，很冷，是不是？你怎么样？适应吗？吃饭吃得好吗？你听妈的话，一定要多注意身体啊！吃饭的时候多吃，别像跟家里似的，一不爱吃了就闹着不吃。衣服也得多穿，部队肯定发衣服，你再把我给你拿的那几件秋衣套里面，外面看不出来，多穿点儿不冷。还有，别喝凉水，别瞎吃生东西，你胃不好。

小龙，你在部队里，可一定要听领导的话呀，领导怎么说，你就怎么做，千万别不听话。部队可不是家里，别老耍小脾气。还有，跟战友处好关系，多交朋友，可千万别又混，别跟人家打架，你爸和我最担心你这一点。你现在是解放军了，应该是大人了，什么事情多想想。

小龙，本来妈还有好多话跟你说，你爸又唠叨我呢。我也不知道你收到信没有。你要是收到，就快给妈回信，对了，能寄几张照片来更好，妈想你的时候，就可以看看我儿子穿军装的照片了。小龙，在部队好好表现，别让爸妈惦记着，想家了，就想办法给家里打电话、写信，要是有了探亲假，就赶快回家看看，妈天天都想你呢！

不多写了，妈又哭了。儿子，你可一定要好好表现啊！妈等着你的回信。

钟国龙看着母亲的来信，眼睛湿润了，眼泪不争气地流了出来。

陈立华和刘强也都哭了。

"老大，你哭了。"刘强说道。

钟国龙擦了擦眼睛，故作轻松："我哭了？没有吧。你俩哭啥？"陈立华说："本来没事，看见咱妈写的信，我就忍不住想家了。"钟国龙也是心里难受，强忍着。

"老大，第二封是谁写的？"刘强问，"不记得你有对象啊？"

钟国龙撕开第二封信，一张大纸掉出来，上边的字歪歪扭扭，十分潦草，钟国龙仔细一看，高兴地大叫："是王雄他们！"

"啊？"刘强和陈立华兴奋了，3个人很快忘了刚才的悲伤，挤过来看信。

"老大，快念念，看这几个兔崽子说啥？"钟国龙笑着拿起信，念了起来……

钟国龙边念边笑，陈立华和刘强也笑疯了，宿舍里其他人看着这哥儿仨一会儿哭一会儿笑，都莫名其妙。

"老大，咱赶紧回信吧。"陈立华问钱雷，"钱雷，你不是还有剩下的稿纸？借给我点儿！"

钱雷大方地拿出稿纸和圆珠笔，递给陈立华，"这里还有一个信封，也给你吧。"

"老大，你说我写！"陈立华说道，他知道钟国龙也不怎么爱写字，"先给咱妈回。"

钟国龙笑笑说："咱妈的我还没想好呢，再说，我得先照相去。先给他们写！"

"好！你说吧！"陈立华笑着说，"我和刘强补充。"

……

钟国龙说完又坐下，心里忽然感觉有点儿不对劲，自己看他们的信的时候，虽然很高兴，但总觉得，他跟这些在家的兄弟，思想上稍微有点儿不一样，但又说不出来哪里不一样，自己的回信也是，老感觉应该再说些什么，但又无从说起，心里一阵纳闷儿。

这时候陈立华和刘强又补充了几句闲话，信算是完成了，陈立华检查了一下，叠上信，装进信封里。

给父母的信，钟国龙一时不知道怎么写，索性先等等再说吧……

第二天，又是一天的队列训练。

晚上7点，龙云又把队伍集合到操场的一角，这里陈列着单杠、双杠等训练器材。

经过两天的队列训练，队伍明显整齐多了。

龙云站在队伍前面，大声说道："同志们，晚上让大家集合，是因为我们新兵十连和别的新兵连有些不同，我们必须要比别的连提前一半时间完成所有训练项目，最后一个半月跟侦察连老兵合训，所以，今天晚上这段时间，我们要提前开始基本体能训练，而且，以后的基本体能训练，我们都安排在晚上进行，大家有没有困难？"

"没有！"新兵们惊讶。

"怎么这回声音不够响亮，有没有困难？"龙云又问。

"没有！"

"好，有困难也不行，谁让你们是十连的呢？谁有困难，就想想流动红旗，再想不明白，就趁早滚蛋！"龙云霸气地扫了队伍一眼，继续说道，"现在，咱们先活动一下身体，围着操场中速跑3圈，再回到这里。全体都有，稍息，立正！向右转，跑步走！"龙云带队，赵黑虎垫后，12个人沿着跑道跑了3圈。

这次速度不是很快，钟国龙勉强坚持下来了，但还是跑在了最后，累得喘大气。

队伍重新集合，龙云说道："体能训练是我们进行各科目训练的基础。咱们部队有句老话，说'体能不过关，技能全白练'。作为一个军人，要是没有良好的体能，就等于一辆坦克没有足够的柴油，再先进也跑不动。体能是新兵的一大难关，所以，我希望大家能真正重视起来，不要在将来的训练比武中，给十连拖后腿！"

龙云说到这里，特意看了钟国龙一眼，这小子还在喘，但目光冷峻。

"今天，我们主要进行两项练习，第一项是双手撑地俯卧撑，要求：两分钟内，50个为合格。现在按队列顺序，逐个进行，虎子卡表！"

第一个是李大力，这小子以前练过这个，趴下去，很快完成50个，时间1分40秒。

接着是赵四方、钱雷、刘强，虽然超时，但勉强都完成了。胡晓静更是厉害，50个做完，时间不到一分半，龙云满意地夸赞了一句。

轮到钟国龙了，他硬着头皮，双手撑到冰冷的地上，开始费劲地进行，一开始十五六个还可以，到了后面，基本上光剩屁股还一上一下地运动了。

“钟国龙，”龙云喊道，“给我规范做！重来！”

钟国龙有些尴尬，没有说话，瞪着眼睛，费力地一上一下，龙云给他数着：

“1、2、3……31，钟国龙，给我坚持住！32……”

钟国龙咬牙做到第40个，再也起不来了，身体又要趴下去，龙云又喊：“钟国龙，就剩下10个了，你要是再趴下，我还让你重来！”

钟国龙不好再趴下，地面冰冷，结着一层冰，双手很快冻麻了，当下深吸一口气，几乎是拼了命，才把50个做完，一下子趴在地上喘粗气。

“4分20秒。”赵黑虎卡表，“钟国龙，你小子体能不是一般的差呀！”钟国龙没说话，站了起来。其他人接着做，成绩一般。

“都看见没有？你们的差距还大着呢！咱们团最好成绩，不计时间，做了2000多个，最后是要开饭了，才没继续做！”龙云说道，“尤其是钟国龙，你小子还真是当老大当惯了，4分20秒啊，兄弟，回去自己练练！”

龙云教训完钟国龙，又继续说道：“下面进行第二项，单杠引体向上。要求每人做12个，顺序不变……钟国龙，你先休息一下，最后做！”钟国龙红着脸，欲言又止。

这次难度比较大，除了李大力和胡晓静勉强完成之外，其他人都没有做完，又轮到钟国龙了。

钟国龙硬着头皮站到单杠下面，使足力气往上一蹦，单杠因为天冷，上面结了一层冰，钟国龙跳的高度不够，手一滑，没有抓住。

众目睽睽，钟国龙再次跳起来抓住单杠，很快又滑了下来，再跳，还是抓不住，人群中有人小声地笑。

“我的老天爷呀！”龙云无奈，让赵黑虎把他扶了上去。

钟国龙抓紧单杠，双眼瞪圆，两膀用力，大喝一声，身体在单杠上猛地晃动一下，没上去，又掉了下来！

龙云怒了，大骂：“钟国龙，我就没见过你这么废物的兵，不但上不去，你连抓都抓不住？你呀你呀，你说说你哪样行？跑步你跑不动，俯卧撑你在那儿磨叽，现在单杠你连抓都抓不住，你都创纪录了！我告诉你，你要是再抓不住，今天晚上你就在这里吊着吧！”

钟国龙本来脸就挂不住，龙云这么一骂，一下子把他激怒了，他回头对赵黑虎说道：“副班长，你帮我，抓住我的腿，抬起来，老子还不信了！”

钟国龙一使劲，抓住单杠，赵黑虎走过去，把他的两腿抬起来，钟国龙的身体与单杠几乎成直角，这个时候，他全身的重量都在双手上，只要一松手，非得头朝下摔下来不可。

足足有4分钟，钟国龙吃不消了，双臂开始发抖。

“钟国龙，你行不行？不行赶紧下来！”龙云在旁边激将。

“行！”钟国龙咬着牙，双手已经被冰冷的单杠冻僵了，手上的热气融化了单杠上的薄冰，手慢慢变凉，冰又重新冻住，把手牢牢地冻在了单杠上。

10分钟了，陈立华喊：“老大，差不多了，下来吧！”钟国龙咬着牙，还在那里坚持着，龙云也不说话。

足足过了十二三分钟，连赵黑虎举着的手都有些酸了，龙云这才说道：“好了，下来吧！”

钟国龙已经说不出话了，此时完全是不要命地硬扛着，一说话恐怕就得掉下来。龙云示意赵黑虎放下，赵黑虎慢慢放下钟国龙的双腿，钟国龙还在上面吊着。

“嗬，钟国龙，这回来劲头了，大力神附体了？下来吧！”龙云喊。

钟国龙面色发紫，从牙缝里挤出话来：“冻上了！”

龙云哭笑不得，刚要过去帮他，钟国龙大喊一声，从单杠上硬扯下来，倒在地上，双手的手皮硬是被他撕下来一层！

“你急什么？”龙云有些心疼。

绝对寒冷的情况下，手上一旦有水，很容易造成这种伤害，龙云看着钟国龙冻伤的手，眉头皱了皱，看看时间差不多了，这才宣布解散，叫赵黑虎去卫生队找值班卫生员。

# 第十二章　铁血无情

宿舍，钟国龙的手这个时候才开始感觉到剧痛，手掌掉了一层皮并开始渗血，整个人疼得冷汗直冒。

卫生员小张又来了，龙云有些不好意思地说道："小张，真是麻烦你了。"

"客气了，龙排长。"小张走进来，一看，埋怨道，"哎哟，怎么又是你呀？你叫钟国龙是吧？上次跑圈跑脱水的那个。今天这又是干什么了？"钟国龙有些尴尬，忍着疼说道："练单杠，手给冻上了。"

小张皱皱眉头，从医药箱里找出药来，擦干了钟国龙的手，开始给他上药，钟国龙疼得牙咬得嘎嘣嘎嘣直响。

"你们这些新兵啊，我还头一回见你这么不要命的，好像不是自己的身体似的，看看你这手！"小张有些于心不忍，小心翼翼地上完药，给他用纱布包扎上，从药箱中找出一个瓶子，倒出药来，又拿出纸来，写了几行字，说道："我这里只有止痛药了，其他的这几样一会儿让你战友跟我去拿。你这手没好之前不要沾水，小心别感染。"钟国龙点头答应，小张站起来要走，陈立华跟她回去拿药。

龙云坐到钟国龙跟前，说道："怎么样，有什么感受？"钟国龙笑笑，说道："没什么感受，挺疼的。"

龙云说道："疼就对了。不过，钟国龙，你可别指望谁会同情你，心疼你。我告诉你，你一上去我就知道你手得冻上，但是我没有提醒你手要稍微动几下，省得冻上。你是不是特别恨我？恨也没用，我告诉你，我以后让你恨的地方还多着呢！要想不恨我，别指望从我这里找原因，你自己变强了，处处优秀了，知道自己保护自己了，自然也就不恨我了！当兵不是上幼儿园，生活上我做班长的，关心你们是应该的，但是在训练上，你不行就是不行！我不会有任何多余的关心。不光是你，所有人都是如此，这就是部队！"

钟国龙听着龙云的话，心里不知道什么滋味，咬着牙说道："班长，我知道怎么做了！"

"知道最好！"龙云站起身来，"明天开始，厕所先由胡晓静替你打扫，你的内务副班长帮你做，吃饭你要是拿不了筷子，我可以喂你，但是，训练你给我照常进行！"

"是！"钟国龙大声答道。

熄灯号响了，钟国龙躺在床上，手还是疼，他睁大眼睛，心中一遍一遍告诉自己："钟国龙，你一定要坚持住！不能放弃，不能输！"直到半夜，他才沉沉睡去，梦中，妈妈眼睛里含着泪，在给他写信……

"老兵怕号，新兵怕哨。"哨声响过之后，新兵们再次集合到操场出操。

新兵十连队列里，钟国龙眼睛布满血丝，双手戴着大手套，纱布从里面露出来。

龙云站在队伍前面，说道："同志们，今天我们继续进行体能训练，大家看到了，别的新兵连，早上的科目都是3000米匀速跑，咱们新兵十连不一样，今天我们的科目是徒手5公里快速跑！要求完成时间24分钟。钟国龙，你有没有问题？"

钟国龙不愿意龙云每次都这样说话，当下大吼一声："没问题！"

"好，现在开始训练！全体都有，向左转，跑步走！"龙云喊完口令，和队伍一起沿着跑道快速跑去。

跑了不到两公里，钟国龙又落在了后面，脚步也开始踉跄起来，龙云回头一看，放慢脚步，跟钟国龙平行，喊道："钟国龙，又不行了？"钟国龙喘着粗气答道："行！"

"行就跑快点儿！我跟你一起跑！"龙云喊道。

又坚持了不到1公里，钟国龙实在跑不动了，速度跟走差不多，脸上憋得通红，龙云跑到他后面，喊道："钟国龙！坚持住，坚持住！"

钟国龙挣扎着，一步一步往前挨，龙云火了，从后面照着他屁股就是一脚。

"跑！"

钟国龙挨了一下，咬咬牙又快跑了几步，龙云不管他，只要他慢下来，上去就是一脚，大声喊着："钟国龙，你今天必须给老子坚持住！跑，跑，跑！"

钟国龙被他打急了，眼睛瞪得老大，大喊一声，往前拼命地跑，这小子的体能实在是太差了，跑到最后1公里的时候，任凭龙云踹他，终于还是跑不动了，这时候他感觉眼前发黑，大口喘着气，真比死了还难受！

"钟国龙我告诉你，这一关你要是过不了，你就别想当好兵。你不是处处都要强吗，你不是老大吗？那你就别拖十连的后腿！"龙云也有些气喘，边跑边喊，"钟国龙，我告诉你，你参军的时候我就告诉过你，你将来是成一条龙，还是成一条虫，就看你自己的了。要不你就别来部队，来了，你就得给老子当好这个兵，不然你趁早滚回去，我龙云手底下没有软蛋子兵！"

钟国龙听着龙云教训，自己拼尽了全力，速度却还是上不去。龙云这时候真的急了，四外看看，跑到操场边上，顺手从树上折下一个树枝来，又跑回去，照着钟国龙屁股就是一下子。

"哎呀！"钟国龙疼得大叫一声，紧跑几步，又慢了下来，龙云上去又是一下子。

"钟国龙，丢人吧？你还别生气，你打也打不过老子，跑也跑不过老子，你自己跑得慢，就别怪我用赶驴法子对你，这样不行，老子下回就用针扎你！受不了吗？受不了你趁早滚蛋，我把你退回去还来得及！"钟国龙咬着牙大喊："我不回去，我行！"

龙云上去又是一树枝，钟国龙再次大叫一声往前跑。

"你爱回不回，回去你就是孬种！跑，跑，跑！给老子跑！"

钟国龙心中升起一种极度耻辱的感觉，但这时候的他忽然不想发作，不知道为什么，狂傲的钟国龙对龙云没有所谓的恨，只是觉得龙云像另一个自己，一个站在高处的自己，他处处比自己强，又处处逼迫到自己的能力底线，使他总会从内心深处发出一种力量来，这种力量不是苟同，更不是屈服，确切地说，是一种挑战！龙云总能把他的这个东西逼出来，强迫自己跟自己挑战。操场的另一头，余忠桥第一个到达终点，22分51秒。其他人也陆续到达，所有人看着拼命向前的钟国龙，还有后面拿着打得剩了一半树枝的龙云。

"老四，这还是咱们老大吗？"刘强喘着气看着同样发呆的陈立华，"老大脾气大变啊。"

陈立华看着钟国龙，忽然叹了口气，说道："是他，没变。老大看来是遇着伯乐了。"

“伯乐，什么意思？”刘强还是有些不明白。

“嘿嘿……难道你没看出来班长喜欢咱们老大？”陈立华神秘地说道。

刘强说道：“喜欢？有这么喜欢的？搞不懂！”“所以啊，你成不了千里马。”陈立华笑了笑。

这边，钟国龙终于拼到了终点，已经快喘不过气来了。

“31分19秒，行啊钟国龙，成绩上升很快呢。”赵黑虎卡表，“比上次可快多了。”钟国龙没理他，陈立华和刘强过来扶着他在操场上走。

龙云也有些气喘，问赵黑虎：“虎子，谁第一？”

“余忠桥，22分51秒。”赵黑虎回答。

“不错，比我当年强。”龙云扔掉树枝，看了一眼钟国龙，嘴角忽然露出一丝得意的微笑。

这边，刘强和陈立华扶着钟国龙，刘强小声说道：“老大，要不，你还是装几天病吧。你本来也有病，手上的伤不是还没好呢，休息两天再跑吧。”钟国龙气喘得稍微匀了些，摇摇头说道：“没事。”

“老大，这体能不是一天两天能练出来的，强子也是为你好，你休息好了再练，耽误不了什么，反正评比的时候，也不比跑圈。”陈立华也有些于心不忍，“班长也是恨铁不成钢，我看其实他也够心疼你的，只是没有台阶下。你请假，估计他也不会说什么。”

钟国龙瞪了他一眼，说道：“都给我闭嘴。我说没事就没事。我就不信我跑不动！”这边，龙云招呼大家集合了，3个人才急匆匆地跑回去。

晚上，其他人都睡着了，钟国龙趴在床上，大眼睛睁着，不知道在想什么。

龙云忽然翻了个身，摸索着从外衣兜里掏出烟和打火机。钟国龙迅速地从褥子下面掏出烟来，打火机预备着，等龙云那边一按，自己的打火机同时按响，过瘾地抽起来。

正在抽烟的龙云没有发现钟国龙的举动，这一招钟国龙反复演练过，屡试不爽。

钟国龙比龙云早吸完，迅速把烟头掐灭塞进早准备好的空烟盒里。龙云吸完，掐灭烟头，忽然小声说道：“钟国龙！钟国龙！”

“嗯……”钟国龙假装被叫醒。

“你他×的装什么深沉？我知道你没睡着！”龙云说道，“你吸烟吗？我可是头一回破例。”

“不吸，我戒了。”钟国龙心中发笑。

“戒了？”龙云有些意外，“戒了好，就你那破体能，少吸点儿好。钟国龙，这几天，你有什么想法没有？”

“没有！”

“真的没有？”

“没有！”

“嗯，有也没用，除非你跟我说，你要放弃，你不行了。”龙云说道，“不过，我感觉这种话你钟国龙说不出来，是吧？”

钟国龙没有说话，过了一会儿，钟国龙忽然问道：“班长，你有沙袋吗？”

“我有的是！”龙云回答。

早上不到7点，钟国龙摸索着起床，缠着纱布的手费力地穿好衣服，又悄悄整理好内务，从床底下拿出晚上跟龙云借的沙袋，绑在自己的腿上，4个沙袋绑完，钟国龙走了出去。

门外的寒风吹得钟国龙忍不住打了个寒战，钟国龙看了看天，又整理了一下腿上的沙袋，往操场跑去。

安静的操场上此时还没有人，钟国龙在路灯的照耀下，费劲地沿着跑道跑了起来，跑道依然冻着一层冰，钟国龙不时滑倒，每次滑倒，钟国龙都是马上爬起来，再发狠地猛跑几步……

8点钟，起床的哨音响了，新兵们急忙爬起来穿衣服。

“老大呢？”刘强看着钟国龙空荡荡的铺面，奇怪地问。

“嘿嘿，八成是逃了吧？”赵四方笑着说。“你跑了他都跑不了！”刘强恶狠狠地瞪了他一眼，赵四方刚要说话，赵黑虎喝道：“刘强，注意说话素质！”

刘强没说话，这时候门开了，钟国龙疲惫地进来，浑身冒着热气，坐到自己的床上，解下绑腿，又跑了出去。

门外，新兵们都陆续出来了。

“老大，你都这样了，还要跑双份儿啊？”陈立华小声问。

“我没事！”钟国龙闷声回答。整队，新兵十连往操场进发。

队伍前面，龙云面色冷峻，说道：“同志们，今天早上，我们继续跑5公里，跑操结束后，回宿舍整理内务，今天我们主要进行政治思想学习。”

“我的娘啊，终于可以休息一天了！”李大力很兴奋，小声嘀咕。

龙云下达口令，5公里快速跑开始，钟国龙已经绑着沙袋跑了大半天了，这时候一开始就慢了下来，当下又咬着牙拼命地赶，龙云今天没管他，好像今天钟国龙也不用管。

早饭回来，新兵们开始打扫卫生。

扫楼道的赵四方往房间里看了一眼，对着李大力小声说道："嘁，你看早上刘强那个熊样子！好像他们老大多了不起似的。"

"嘿嘿，有啥了不起的，还不是跑都跑不动。"李大力笑着附和着。

"哼，我看钟国龙，就是不行。加练就行了？体能是一天两天就能练起来的吗？我看哪，八成得拖咱们班后腿。哼，不行就是不行，还装什么横。"赵四方低着头继续说。

李大力忽然没有搭话，赵四方抬头，看见了钟国龙端着水盆子，喷火的双眼盯着他。

"你敢议论老子？"钟国龙大吼一声，上去就要打。

"钟国龙！你属狼的？"一声断喝，龙云站在门口。

"钟国龙，你横什么横。说你不行怎么了？你不就是不行吗。"龙云大吼，"你说说，你钟国龙除了脾气，哪点比别人优秀了？自己没能力，还管得着别人说吗？你自尊心很强是不是？狗屁！这是在部队，成绩说话！成绩上不去，你还就是不行！"钟国龙瞪着眼睛，不再说话，转身进门。内务整理完毕，全班坐在桌子周围，赵黑虎给每个人发了一本新兵政治学习手册。

龙云说道："同志们，今天我们进行政治思想学习。首先我要说的是，一个优秀士兵应该具备的四个方面，那就是政治思想强，军事技术精，作风纪律严，完成任务好。这四项，第一项就是政治思想强。唯物论告诉我们，意识决定行为，我们作为共和国的战士，首先要搞明白，我们是为了什么来当兵，我们当兵干什么。要是不知道这一点，部队就会乱套，就无法正常履行我们的职责和使命。今天我们学习的内容是'如何走好军营第一步'，下面，我具体讲一下……"龙云开始讲解小册子里面的内容，新兵们听着听着，开始犯困，一个个低下头去，打起瞌睡来……

砰！哗啦！

一声巨响，把新兵们猛地震醒了，龙云拍案而起，桌子上的水杯被他震到地上。

"你们都很困是吗？"龙云大骂，"你们以为坐下来学习，就是休息了是不是？你们以为我给你们唱催眠曲呢是吧？好，既然大家都感觉这样学习太困难，好办，都给我起立，到操场集合。把书都给老子拿上！"

操场上，龙云虎着脸，看着这帮新兵。

"刚才让大家在屋里学习，大家状态不是很好。那咱就换个学习方式，咱们边跑边学，省得你们困。省得你们感觉没意思！现在就有意思啦。全体都有，稍息，立正！科目，徒手5公里快速跑，向左转，跑步——走！”龙云一声令下，新兵十连围着操场跑去。

“把书给老子拿起来！边跑边看，边跑边读，一会儿到了终点我提问，谁回答不上来，就再跑5公里！”龙云大吼，“李大力你用脑门子看书吗？”

操场上，10个新兵，手里拿着书，踉跄着边跑边看，场面有些滑稽。

“浑蛋，给我快点儿跑！”

又一个5公里下来，这帮人基本上累傻了，尤其是钟国龙，他现在感觉自己就快死了。

龙云面无表情，站在队伍前面说道：“怎么样，还有困的没有？”

“没有了！”新兵们答道。

“嗯，声音好像不大，全体都有，再跑5公里！”

“没有了！”这下子，声音震天！

龙云点点头，说道：“好，既然这样，咱们回去继续学习。困了你们就说话，咱们还可以再做几百个俯卧撑。我告诉你们，十连就是十连，跟别的连就要不一样！谁受不了，趁早说话，我龙云不伺候大爷兵。回去！”宿舍里，新兵十连全体官兵精神抖擞，认真地学习着……

晚上，龙云和赵黑虎去营部开会，钟国龙趴在地上，浑身是汗，发狠地练着俯卧撑。

“钟爷，我可真服了你了！一天跑了3个5公里，您还有精神练这个，都说您体能不好，我斗胆问一句，您是不是卧底的特种兵啊？”伞立平端着一缸子热水，坐在床边看着钟国龙。

“我有病啊？来你们这里卧底，你们有什么让我卧的？”钟国龙吃力地站起来，瘫倒在床上。

“他是怕你偷学他理发的技术。这河北小子，精明着呢！”陈立华笑着说。

“拉倒吧，就他那技术？”张海涛撇着嘴，“自己都能干黄喽，还值得别人关注？”

伞立平很伤自尊地站起来，申辩道：“我告诉你张海涛，你可以侮辱我的人格，但不能侮辱我高超的技术。只能说我纯朴的性格无法适应诡诈的商道，干不下去是另有原因的。”

“那到底是怎么黄的？”刘强感兴趣地问。

伞立平从床柜子里拿出一个电动剃头刀，一脸悲痛地说道：“那是一个月黑风高的夜晚。我辛苦了一天，正在数钱，忽然，门外一阵嘈杂，几十个彪形大汉冲了进来，把我的发廊砸了个稀巴烂。”

“谁呀，为什么砸你的场子？”张海涛很气愤，“我最恨砸场子的，职业习惯。”

伞立平说：“白天，他们其中一个来我这里理发，赶上我高兴，多饮了几杯，人家要中分，我一剪子下去，整短了，没办法，就给整成平头了。他闹，我就把他打了一顿，没想到这小子还真有人！”

“活该你！”张海涛笑道，“那你呢？有没有为了保护你的场子跟人血战一场？”“我傻呀？”伞立平白了他一眼，“人家几十号人呢！混乱中，我拿了这把心爱的电推子撒腿就跑，总算保住了我这条小命！”大家一阵哄笑。

伞立平又走到钟国龙床边，给他揉着腿，说道：“你说，那时候要是我们钟爷在，‘七剑下天山’，没准儿我还能抢出几把椅子来！”这几天，通过陈立华的激情演绎，大家对钟国龙的历史都已经十分熟悉了。

钟国龙笑着说：“要是我在，直接就把你的鸟店给烧了！”大伙又是一阵大笑。

“说什么呢，这么高兴？”龙云和赵黑虎推门进来。

“报告班长同志！我们正在讨论要是早学习了政治思想，我的发廊也不会倒闭了！”伞立平说道。

“哈哈……”龙云大笑，“正好，我正准备理发呢。来，展示一把你的技术吧。”

伞立平有些激动，说道：“班长，我太感动了，今天算你半价！”

“狗屁！”龙云笑着坐下，“不收你练手费不错了。”

# 第十三章　新兵评比

又是新的一天，操场上，新兵们例行跑完5公里，再一次集合到一起，龙云站在队伍前面，宣布今天的训练科目。

“同志们，今天是周五了，明天，我们就要进行新兵训练第一周的评比，也就是前几天我们说的夺红旗！今天我们还有最后一个训练科目，就是停止间转法训练。停止间转法是停止间变换方向的方法，分为向右转、向左转和向后转，需要时也可半面向左（右）转。

“停止间转法的动作要求：转体快，两臂夹紧，身体不要晃动；靠脚时稍有停顿，不要跺脚，手臂不要外扫。通过训练，使同志们掌握三面转法的动作要领并养成良好的军姿，养成不怕苦、不怕累的精神，从而增强服从命令、听从指挥的服从意识，为以后的训练和工作打下良好的基础。说清楚些，就是向左、右、后转，之所以把它安排在最后一天，是因为我觉得这个科目太简单了，动作要领也容易，大家只需要做到整齐划一就可以了，怎么样，有信心没有？”

“有！”大家高喊。

十连现在的精神面貌是龙云比较欣赏的，他点点头，说道：“下面，我说一下动作要领……”

“以上，都明白了吗？”

“明白！”

“好，首先我们进行个人体会，自己下口令体会动作，个人体会开始！”队列中响起一阵杂乱的口令声，一个个开始不停地做着歪扭的动作，虽然很不标准，但是大家都很用心。

“停！”龙云看大家体会了约10分钟后，猛地下了一个口令，所有人立刻停止动作，站成一列。

“向右看齐，向前看，稍息！刚才大家对动作都进行了体会，已经基本了解了动作要领，下面我们进行模仿练习，由副班长当示范兵，他做一个动作，大家跟着做一个动作，明白吗？”

“明白！”

“赵黑虎出列！”

赵黑虎出列，站在队伍前面，背对着队伍。

“首先让副班长给大家演示一遍，赵黑虎，听口令：立正！向左——转！向左——转，向右——转，向右——转，向后——转，向后——转！”

赵黑虎随着口令，准确无误地在原地转了两圈，动作干净利落，行动有力。

“都看清楚没有？”龙云示意赵黑虎归队。

“看清楚了！”

“好，现在我们操演一次。全体都有，稍息！立正！向左转！”有了前面训练的基础，大家动作规范了许多，队伍“啪”的一声，向左转去，只有李大力这个排头居然转到了右面，动作力度还不小，和第二的赵四方差点儿撞上。李大力一看不对劲，急忙又转了回去。

龙云皱皱眉头，新兵第一次因为紧张转错方向，并不是什么奇怪的事情，当下没有发作，继续喊口令：“全体都有，向右——转！”

“啪！”

队伍转回原位，李大力再一次转到了相反的方向，硕大的屁股对着龙云，他一看又错了，慌忙要转过来。

“李大力，别动！”龙云吼了一声，看了看队伍，说道，“钟国龙，这次动作做得最好，不容易啊！还有伞立平、余忠桥、胡晓静，都不错！刘强转得有点儿过劲了，其他人，动作力度不够，身体上身不能动，保持立正姿势。”

钟国龙自打训练以来第一次受到表扬，十分得意。龙云走到了李大力面前。

“大力，你整反了你知道吗？”龙云皱着眉头。

“报告班长！我知道。”李大力回答，“可是不知道咋回事，我看着你，老把你的左面当成左面，结果就整反了！”

“你看我干什么，你自己分不清左右吗？”龙云问。

“报告，我有时候知道，有时候不知道！”李大力回答，“这个是天生的，我左右分得不是很清楚，为这个我爹还打过我两回。”队伍里传来哄笑。

龙云皱皱眉头，示意他转过来，然后喊道：“李大力出列！”李大力向前跨了一大步。

“李大力，给我说一下动作要领！”

“是！”李大力把刚才的动作要领复述了一遍。

“好。”龙云说道，“你刚才不但转反了，身体也十分僵硬，姿势要标准，身体也不要绷得那么紧，知道吗？现在听我口令，向左转！”李大力果然又转到了右面。

“李大力，又错了！”龙云有些恼火了，从衣兜里掏出打火机和圆珠笔，分别塞进李大力的左右手里。

“李大力，打火机跟圆珠笔能分清吗？”

“能！”李大力回答。

“好，现在你左手拿的是打火机，右手拿的是圆珠笔，我说往哪边转，你就往哪边转，给我重复三遍！”

“是！我……我左手是打火机，我右手是圆珠笔；我左手是打火机，我右手是圆珠笔；我左手是打火机，我右手是圆珠笔。”

“这回记清没有？”

“清楚了！”

“听口令，向——左转！”

李大力停顿了一下，终于没有转错，又转了回来。

“你别停顿啊！”

“报告班长，我得想想。”李大力也很苦恼。

“想想？”龙云着急了，“明天就评比了，你小子还得想想啊？你这一想不要紧，咱队列训练的红旗可就没了！你再给我听口令：稍息，立正，向后——转！”李大力高度紧张，听到龙云说向后转，憋足了力气，转过去时由于身体过度僵硬，加上转速过快，当场坐到了地上。

全场哄笑，尤其是钟国龙，捂着肚子快蹲下了。

龙云这次再也忍不住了，大吼一声：“赵黑虎，把这小子给我拽一边去，单个教练！练不明白，别给我吃饭！”

“是！”赵黑虎上前，把李大力叫到操场一角，开始单个教练起来。

龙云看了看，摇摇头，说道：“其他人继续练习！一直练到我挑不出毛病为止，谁要是再转不对，就给老子跑5000米再回来接着转！”

其他人不敢马虎，跟着龙云的口令，一遍又一遍地转过来转过去，到中午的时候，李大力终于学成归来，龙云又连着让他转了几圈，总算没有再错。下午回到操场，全体新兵又把明天评比的所有训练科目综合演练了几十遍，直到龙云满意了，才全连带回。

晚饭后，新兵十连全体人员坐在宿舍里开班会。

龙云扫视一眼大家，说道：“养兵千日，用在一时，咱们新兵十连自组建以来，虽然还没有千日，但明天，就是部队领导第一次检验我们训练成果的时刻了。我记得咱们第一次班会时，我说过的十连性格，大家还记得吗？”

“记得！”

“钟国龙，你说一下，什么叫十连性格？”龙云问。

钟国龙站起来，大声回答：“十连性格就是，所有的荣誉，我们都要最高的，所有的评比，我们都必须拿第一，要让所有的红旗都挂在我们十连的墙上，别的连队只能刷白墙！”

“好！”龙云欣赏地点点头，继续说道，“明天就进行新兵评比了，一共10个连，只有4面红旗。明天的评比，一共是4项。卫生评比，从咱们早上集合之后，营里的干部开始逐个宿舍进行检查。检查的各项内容你们都已经很清楚了，我就不多说了。队列训练评比，从明天早上9点开始，每个连都要抽自己最好的班进行大会操，咱们十连就这一个班，营首长特别要求，十连必须全部参加会操，少一个也不行！再有就是思想政治学习评比，咱们班胡晓静的学习总结稿已经上交营部了，到时候各连一起进行评比。至于作风纪律学习，不是咱们决定的，是营部根据各连平时的表现进行综合打分。下面大家自由讨论一下，看怎么办？”

副班长赵黑虎清了清嗓子，说道：“依我看，后面两项评比已经不能改变什么了，主要是前面两项，卫生评比和队列会操。这两项完全要靠咱们明天的临场发挥了，我建议，咱们主攻这两项。”

“我同意副班长的意见。”陈立华说道，“卫生评比就是个细致活，咱们今天晚上先好好做一遍卫生，反复地做，咱们内部先评比一下，明天早上咱们提前起床，再做一遍，确保卫生没有问题。”

“这个办法好，班长不是说过，咱们平时的卫生标准就比营部要求的高一大截，只要咱们按照平时班长要求的做，就应该没有问题。”余忠桥说道。

龙云点点头，说道：“可以，估计其他连队今天晚上也闲不住。”

伞立平笑着说：“其实咱们的卫生评比肯定没有问题，现在钟国龙打扫厕所那是一绝啊！不行明天咱在坐便器上留个纸条，上面就写：请首长放心饮用。”

“保准完蛋！”钟国龙笑道，“要写也可以，下面得署名‘伞立平’。营首长秋后算账好找着是谁呀！”

“别扯淡！”龙云制止他们开玩笑。

钱雷说道：“班长，我感觉李大力最危险了。万一明天再趴下一回，咱会操准完蛋。”

李大力尴尬地涨红了脸，站起来说道：“别小看人啊，我左手是打火机，右手是圆珠笔，这辈子我都忘不了了。大家放心，绝对错不了。”

大家一阵哄笑，伞立平说道：“那不行啊，你明天会操的时候，总不能手里还攥着这两样东西吧？”

“是啊。”龙云笑道，“你小子今天晚上还得给我记住左右，别一紧张又忘喽。其他项目我看过别的连训练，咱们还是有信心胜出的，最担心就是这停止间转法，我原本以为这个最简单呢，早知道咱们提前多练练。”

李大力忽然转向钟国龙，问道：“钟国龙，你平时训练挺生猛的，这次有啥好主意没有？给我支支招啊。”

钟国龙说道：“要是换我，我就找一根大头针，在自己左手心上扎一下子，到时候记住，疼的一方是左边，不疼的一方是右边，不就行了？”

“嘿，这个办法好啊，老李你等着，我给你拿针去！”刘强站起来要去找大头针。

“你得了吧！”李大力看看自己的手心，“我还是自己多念叨念叨吧，钟国龙这套野兽派训练法，我还真整不了。”

“好了，就这样。”龙云站起来说道，“下面大家开始打扫一遍卫生，然后早点儿休息，明天会操的时候都给我打足精神。谁要是给我丢了人，别怪我把他给退回去。”一阵哄笑，大家站起身来，开始打扫卫生。

晚上，龙云躺在床上，心情还是有些激动，自打接受任务，带训十连以来，压力是很大的，这次会操，终于到检验自己平时训练结果的时候了，这帮子特殊新兵会不会惹什么麻烦呢？

“左手打火机，右手圆珠笔……”旁边李大力睡在下铺，嘴里唠叨着梦话，忽然一个激灵，“扑通”一声从床上掉了下来。

赵黑虎醒了，看见李大力掉了下去，连忙把他拽起来，“李大力，干什么呢？”

李大力还在蒙眬中，喃喃道：“我……我向右转呢！”

“右边是啥？”伞立平也醒了，小声问道。

“右边？右边圆珠笔啊！”李大力重新躺到床上，呼噜声又起。

周六上午9点整，新兵营全体官兵集合到操场。

其他9个连队伍整齐，看到十连包括龙云在内一共就12个人，都忍不住想笑。

“我说同志们，你们是十连还是十班啊？”旁边九连的一个大个子新兵偷偷问道。

钟国龙抬头盯了他一眼，恶狠狠地说道：“找事是不是？”那新兵早知道这个祖宗，吓得吐吐舌头，没敢再说话。

“钟国龙，别说话。”后面赵黑虎低声说道。

操场正前方主席台上，副团长张国正和其他新兵营领导已经就座，张国正扫视了一下全场，眼神停在人数最少的十连，最后定格在龙云的脸上，龙云表情严肃，牙关紧咬，目视前方。

各连队开始整队，将自己连队应到实到数量上报给值班员。

“全体都有，稍息——立正！”新兵营值班员跑步到主席台前，大声喊道，“副团长同志，新兵营全体集合完毕。一连，应到104人，实到104人……十连，应到12人，实到12人。请您指示！”

“稍息！”

张国正站起身，走到主席台前，大声说道：“新兵同志们！今天，是你们来到部队以后，第一次参加会操评比。这次评比，将是对你们这段时间以来训练成果的一次重要考核。你们来自五湖四海，原本都是素不相识的年轻人，来到部队以后，重新组建成一个大集体，那么，这次也是考验你们团结的一次大好机会！不管是东北兵也好，四川兵也好，湖南兵也好，现在，你们是一个整体，属于你们各自所在的连队，没有地域之分。其他的我不多说了，希望你们都能取得一个良好的成绩。可以开始了！”

“是，立正！各连队注意，现在会操评比开始，按照连队顺序，依次进行，科目：稍息立正，停止间转法，齐步的行进与停止。下面各连按照会操前部署，成‘口’字形排列！”

各连开始进行队列调整，极短的时间内，10个连的新兵东一面，西一面，南一面，和主席台形成一个“口”字形。中间留出一大块场地，用作代表各个连队的新兵班进行会操展示。

“一连一班，稍息，立正——齐步——走！立——定！向左转……”随着一连串的口令，新兵一连一班的战士集合到空地中央，一班班长大声汇报：“首长同志，新兵营一连一班集合完毕，应到11人，实到11人，请指示！”“开始！”

“是！”一班开始进行队列展示，稍息，立正，两次左转，两次右转，两次后转，齐步走，立定，向后转，齐步走，再立定，步调十分整齐。3分钟左右演示结束，四面传来掌声，一班带回，二连六班又上。

十连的新兵们看着别的班表演，个个表情严肃。

“都听好，一会儿该咱们班上的时候，注意力都给我集中！都看见别的班表现了吧，确实不错，但跟咱们班比，他们还差得远呢！只要自己别出错，咱们赢定了！”龙云小声地鼓舞士气，“李大力，你要特别注意，千万别再出错！”

“班长放心吧，错不了！”李大力应了一声。

龙云这么一说，原本有些紧张的大伙，顿时精神气十足。

会操还在紧张地进行，到八连三班的时候，还真出现一个战士转错了方向，全场立刻传来一阵哄笑，八连所有人脸红到了脖子根儿，太丢人了！

“李大力，看见了吧？你可别成第二个！”赵四方小声说。

“算了，别说他了！越说他越紧张，再趴下就更出名了！”伞立平小声制止赵四方。

“闭嘴！”赵黑虎喝道。

九连二班上场了，队伍精神抖擞，队列也是出奇地整齐，赢得了越发热烈的掌声，连主席台上的张国正都忍不住微笑着点点头，二班兴奋地带回。

“新兵十连！稍息，立正——”

所有人的目光顿时被吸引过来，龙云的嗓门儿太大了！整个操场几乎被他给震翻了一般。十连12个人随着龙云响亮的口令声，集合到场地中央。

龙云整好队伍，转身汇报：“副团长同志，新兵十连参加队列会操，应到12人，实到12人，请您指示！”

“开始！”

“是！”龙云大吼一声，向后转，十连的战士们一个个精神抖擞，看着龙云几乎冒火的眼睛，整个人不禁为之一振！

“十连，稍息——立正——稍息——立正！”龙云的口令声响彻整个操场，整个十连的动作，愣是整齐得一点儿毛病没有。

主席台上，新兵营副营长低声冲张国正说道：“副团长，你这个办法还真灵。这10个混混儿兵，还真让龙云给带出来了，龙云这小子，带兵就是有一套！”张国正微笑着点点头，心中其实松了一口大气。龙云，果然没让他失望。

十连的表演越来越精彩，李大力这次一点儿错误没犯，场外其他连队不得不佩服地鼓起掌来。

“立——定！向后——转，齐步——走！1——2——3——4！”龙云大吼。

“1——2——3——4！”12个人的队伍，发出洪亮的口号声。

“立——定！稍息，立正！”龙云总算也松了口气，喊着口令，将自己的十连带回，全场又是一阵热烈的掌声。

会操结束，主席台开始忙碌起来，评判员迅速收集统计各个评委的打分。这时候，负责卫生检查的人员也将统计好的分数送上主席台。

场下十分安静，所有人屏住呼吸，等待评判结果。

“班长，咱们连这次应该没问题了吧？”李大力得意地小声问龙云。

龙云没有说话。

“老大，你说现在班长想什么呢？”刘强悄悄问钟国龙。

钟国龙说道：“想那4面红旗呢！”

大约20分钟，主席台上的成绩终于统计完毕，所有评比结果集中到张国正手里。张国正站起身走到台前，看了看全场，“现在我宣布这次新兵各项评比结果！”

全场紧张起来，寂静得连彼此之间的呼吸声都能听到。

“首先宣布会操得分。一连一班：8分；二连六班：8.4分；三连五班：8.8分；四连一班：9.2分……八连三班：6分；九连二班：9.8分！”张国正忽然停顿了一下，大声喊道：“新兵十连，满分！”

“噢——”十连沸腾了，个个忍不住跳了起来，龙云也笑了，还是示意大家安静。

张国正停止鼓掌，笑道：“这次会操的第一名是新兵十连，也是近10年来新兵会操的第一个满分！”

全场又是一阵热烈的掌声。钟国龙此时兴奋异常，他天生就具有这种性格，什么事情都必须拿第一，这次自己的连绝对胜出，对他的鼓舞是其他无法企及的。张国正继续宣布其他评比结果：“卫生评比，第一名：十连！”此时，连龙云都咧着嘴笑开了。其他连队看着这12个小子在那里欢呼，心中真是又羡慕又敬佩！

“下面我宣布思想政治学习评比的结果。”张国正也是十分开心，“这次思想政治学习评比，是要求每个班都上交一份新兵广播稿，营部根据广播稿的内容进行评比，在宣布第一名之前，我们听一段团广播站播音员朗读的这份第一名演讲稿。”

场内安静下来，齐正跑上主席台，打开扩音器，里面传来响亮的朗读声：

“首先，感谢各位领导能给我这样一个机会，让我能代表新兵同志们，来表达我们一颗颗火热的赤子之心。记得从小我们就有一个愿望，那就是穿上一身军装，做一名真正的热血男儿，听从党的召唤，到祖国最需要的地方去，保家护国，用青春和热血谱写人生豪壮的诗篇……”

“哈哈！”十连又沸腾了。刘强和伞立平把胡晓静给抱了起来。

“谁写的？”张国正示意关掉扩音器，笑着问道。

“十连，胡晓静！”这帮小子扯着脖子喊。

“胡晓静，过来！”张国正大喊。

众人放下胡晓静，胡晓静跑上主席台对着张国正敬了个不很标准的军礼。

“首长好！”

“嗯，胡晓静，带稿子了没有？”张国正问道。

“报告，带了！”胡晓静有些紧张，从兜里掏出稿子。

“好，你自己把你的广播稿念一遍！”

“是！”胡晓静打开稿子，大声朗读起来：

> 今天，我们的愿望终于实现了，因为我们穿上这身军装，成为一名名副其实的军人。虽然我们来自五湖四海，虽然我们大家刚刚走在一起，但我们拥有年轻，拥有共同的信念，那就是穿上军装，我们就要做一名合格的军人，做一名人民的军人。
>
> ……

场下掌声不断，平时内向的胡晓静也放开了，声音越来越大，越来越富有感情。下场以后，张国正说道：“我昨天反复看了这篇演讲稿，一个刚入伍不到半个月的新兵，能写出这样的稿子，我看这个第一名啊，是名副其实！”全场掌声。

张国正示意大家安静，又宣布：“刚才十连已经拿了3个第一。最后一项，是作风纪律评比，这次该别的连也尝尝第一的滋味了。”十连所有人心头一紧！龙云更是黑了脸。

“经过这段时间对每个连队平时作风纪律的观察统计，营部讨论决定，将这面红旗，给予新兵一连！”一连的官兵顿时欢呼起来！

十连傻了，钟国龙涨红了脸，站起来大喊道：“副团长，为什么给了一连？”全场安静，所有人的目光投向钟国龙，又是这小子！大家小声议论，这小子怎么胆子这么大呢？

张国正看了看，说道："你叫钟国龙是吧？好，我就给你解释一下。说实话，营部在讨论作风纪律评比成绩的时候，曾经在十连和其他几个连之间犹豫过。最后之所以没有给你们十连，就是因为你钟国龙和余忠桥在新兵连第二天的打架行为！"

钟国龙一下子语塞，想了想，仍不服气地喊道："我和余忠桥打架，是怪我个人不冷静，部队处分我一个人就行了，关十连什么事？"

"混账话！"张国正怒了，"你一个人？你们是一个集体！你是集体的一员，你个人的行为，跟集体是分不开的，是息息相关的！你做的每一件事情，都会关系到集体的荣誉！要是在战场上，你们连因为不团结导致战斗失败，付出的绝对不是你钟国龙一个人的生命！"

钟国龙低下头，不再说话了。

"钟国龙，回去班会上再讨论，你瞎咋呼什么！"龙云也生气了。

"好，今天的评比就到这里，各连留一名干部到营部开会，其他人员带回！"张国正宣布各连带回。

# 第十四章　周末测验

营部，龙云笑嘻嘻地领了3面红旗。

“老龙，你小子这次发财了。都以为你整了10个活祖宗，结果让你白捡了10个宝贝疙瘩。”九连连长看着龙云，不无嫉妒地说。

“命啊，这就是命。我龙云今年走旺运，有什么办法？”龙云故意气他。

“得了吧，还得说龙云这小子有本事。这10个家伙，一翻家访档案，哪个是省油的灯？别的不说，单就那个钟国龙，换个软的还不被他给训了呀？”一连连长说道。

其他人纷纷点头附和，会议结束，大家陆续回到自己连队。

“龙云，你等一下。”张国正叫住龙云，龙云留下，关上门。

张国正示意龙云坐下，递给他一支“玉溪”，点着吸一口，张国正说道：“怎么样，龙云，什么感觉？”

龙云笑着说：“高兴呗！三项第一，我带过几年新兵都没得过这么多！”

“没问你这个！”张国正皱皱眉头，“我是说，作风纪律的事情。”

龙云说道：“这个，是挺可惜的，不过，钟国龙和余忠桥他们也就那一次，早和好了，其他人也都没犯过错误，现在这几个小子信心倍增，也没有不听话的。违纪的事情，不是也没有再发生过吗？”

张国正点点头，说道：“那就好。龙云啊，说心里话，我这次真的十分高兴。你总算没有让我失望，队列训练，我早知道是你小子的长项，你得第一一点儿都不稀奇。卫生内务评比，我特意关照干事，对你们十连加个等级标准，结果呢，你们十连愣是没有什么毛病！就凭这点，我很欣慰。不过，你一会儿回到连队，关于作风纪律这方面，还要加强教育。要知道，像钟国龙这样的兵，带好了比谁都强，稍微缰绳一松，指不定就惹什么乱子出来！”

“是！您放心吧，我心里明白！”龙云坚定地回答。

“嗯，你回去吧！”张国正满意地点点头，“对了，那个胡晓静，文笔不错，你要多从这方面培养，部队也缺宣传方面的人才啊。”

“是！”龙云告辞。

十连宿舍，所有人坐在椅子上，表情严肃，完全没有刚才得了3个第一的欣喜，尤其是钟国龙，眼睛瞪得老大，却低着个头。

宿舍门开了，龙云走了进来，手里拿着3面红旗。

“副班长！”龙云朝赵黑虎看了看。

“到！”

“把3面流动红旗挂到墙上去！”

“是！”赵黑虎起身接过龙云手上的流动红旗，挂在了早已钉好钉子的墙上。

龙云看着赵黑虎挂好流动红旗跑进队列，黑着脸说道：“同志们，看见墙上挂着的那3面流动红旗了吗？”

“看见了！”全班人员一脸自豪地大声回答了一句，声音很齐。

“那代表着什么？”龙云接着问。

“荣誉！”

“对，荣誉。军人以荣誉至上，今天挂在连队墙上的那3面流动红旗，代表的就是荣誉，我们新兵十连的荣誉，这不是我龙云一个人的功劳，而是全班人员努力的结晶。这3面流动红旗也是同志们这一个星期以来各项工作努力的证明。在这里尤其要提出表扬的就是胡晓静、李大力，还有钟国龙！”钟国龙听到班长表扬了自己，还以为自己听错了。

“胡晓静的功劳，大家都看到了，这思想政治学习红旗，完全是他的功劳。李大力同志，能够克服自己的不足，积极训练，最后会操的时候没有出任何错误，保证了咱们十连的荣誉没有旁落。至于钟国龙，我要表扬的是，钟国龙知道自己的体能不行，坚持每天早起提前训练，晚上加练力量，这种精神，值得大家学习！”钟国龙有些不好意思，站在那里不说话。

龙云忽然话锋一转，说道：“在你们刚到新兵十连的时候我就说过，什么是我们新兵十连的性格，那就是事事要拿第一，流动红旗有4面，那我们就全部都要拿到，作风纪律流动红旗我们为什么没拿到，同志们心里都很清楚，但这也不全是钟国龙和余忠桥两个人的责任，我这个当班长的要负很大一部分责任。在我们部队，有这么一句话：‘没有带不好的兵，只有不行的班长。’所以这次同志们要怪就怪我没管好自己的兵，不要怪他们两个！”

此时，站在队列中的钟国龙和余忠桥感觉自己的脸在发烧，头埋得更低了，龙云越是这么说，钟国龙就越自责。

“你俩怎么了，脑袋装了铅了？给我抬起头！”龙云看着低头的钟国龙和余忠桥，大声喊道，“我们是军人，更是一个个男子汉！昂首挺胸才是男子汉，这低着头干什么，忏悔？那没用，事情已经发生了，你们就要勇敢面对，但自己要记住，这是部队，如果战场上你做错了一点儿，那后果谁也承担不起，你的战友也许就会为此而牺牲。现在你们已经是一名军人了，什么事情可以做，什么事情不可以做，自己心里要有个底，不要一时意气用事，事后才感觉自己做错了，没用，凡事三思而后行。”

“报告班长，我有话要说！”钟国龙突然说道。

“好，你有什么话就说！”

“我觉得这次的事情是我一个人的错，是我当时太激动先动手的，害得我们这次没拿上流动红旗，我愿意接受处分！”

钟国龙还没说完，余忠桥迫切地接道：“班长，是我的错，是我不该叫钟国龙给我洗碗，才……”

“好了！”龙云突然大吼了一声，“知道错了是吗？知道错了就好！你们这时候的心情全班人都能理解，是人就会犯错，犯了错就得改！以后你钟国龙再想尥蹶子的时候，就多看看3面红旗下空着的这一块白墙！”

“是！”钟国龙和余忠桥大声回答。

“好，不错。当初我们新兵十连组建时，我心里还没有底，副团长说你们是全新兵营的刺儿头兵，但到现在，我说不是，你们都是好样的。墙上的这3面流动红旗就是见证，以后每次经过这里时，我要求每个人心里都要对着这3面流动红旗敬个礼！这次是3面，下次我们就要把4面全部挂上，让新兵营4面流动红旗不流动，钉死在我们新兵十连的墙上，大家有没有信心？”

“有！”全班人员高声大吼了一句，10个人高昂的声音在营区回荡着，住在房子里的侦察连老兵听着这声音，都走到窗户旁往外看，不敢相信这是10个人发出的声音，这哪是10个人，这简直就是10匹嗷嗷嚎叫的野狼……

“好了！”龙云满意地点点头，忽然说道，“现在全班都跟我到操场集合！”所有人都纳了闷，又不得不服从命令，十连全体战士迅速跑到操场集合。

龙云站在队伍前面，忽然有些得意，笑眯眯地说道：“明天是周日，大家可以自由活动了，今天上午，我们又取得了评比的好成绩，下面，我们将进行休息前的最后一件重要事情。”

“报告班长，不会是发奖吧？”李大力讷讷地问。

龙云摇摇头，说道：“发奖倒不是，不过在这项活动后也许有些同志就有奖了，今天我们新兵营进行了队列会操，我们新兵十连从今天开始就要立一项规矩，那就是以后每个星期六要进行各项训练的评比，这个星期我们主要训练的是队列和体能，队列营里已经评比过了，我们连队也取得了不错的成绩，所以我们今天评比的内容主要是体能，副班长！”

“到！”赵黑虎大声回答。

“去把训练成绩登记册和笔拿过来！”

“是。”赵黑虎似乎明白班长下一步要做什么了，一溜小跑回到房子里去，不一会儿就出来了，手上拿着一个小册子和一支笔。

“立正！”龙云猛地一道口令把全班人员吓了一跳。

“稍息！科目：体能考核。内容：5公里、100米、俯卧撑、仰卧起坐、组合训练、单杠双杠、立位体前屈、单腿伸蹲起。标准：除5公里和100米外，其他的按照新大纲标准翻上一倍！合格的有奖，不合格的明天取消休息，给我单个加练！”

龙云刚说完，伞立平“啊”了一声。龙云一听，脸色一沉，厉声问道：“伞立平，你啊什么啊，抽风了？”

“不是，我只是想问班长，为什么我们每次都要跑5公里？我听说别的连队新兵都是跑3公里。”

龙云扫视了一下全班人员，然后用几乎可以杀人的目光盯着伞立平喝道：

“你叫什么名字？”

“报告班长，伞立平！”伞立平有些不解地回答道。

“所属连队？”

“报告，新兵十连！”

“十连连长姓名！”

“报告，龙云！”

“你知道自己是十连的？那你就不应该问这种问题！十连就是十连，十连就是要比别的连苦，比别的连累，比别的连不近人情！想知道原因吗？就因为我们是十连，十连的性格你不是不知道吧？我告诉你们，我龙云带的部队，就这个脾气！受不了你就一天也别在十连待！都清楚没有？”

“清楚！”

“好，我还要宣布一条，从今天开始，在你们心中，‘新兵十连’这个番号彻底取消！以后，你们心中只有一个番号：老兵十连，精兵十连，铁血十连！都清楚没有。”

“清楚！”

龙云满意地点点头，“下面周考核开始。在开始前给大家5分钟时间准备，该解决生理问题的就解决，该换什么的就赶快，稍息，立正，解散！”

5分钟后，全班人员集合完毕，个个摩拳擦掌，整装待发，瞪着眼睛看向龙云。

龙云清了清嗓子说道：“首先进行第一项，徒手5公里。副班长记成绩，我卡时间，5公里起跑线准备！”

龙云站在起跑线边上，手里拿着秒表，待所有人准备完毕之后，龙云大喊一声：“预备——跑！”

10个新兵，像10颗出膛的子弹，快速弹射出去，一路猛跑起来。

一开始大家借着刚才的精神头，个个奋勇争先，跑到2000米以后，就开始拉开距离了，余忠桥、胡晓静、张海涛、钱雷跑在第一集团；身后100米左右，刘强、陈立华、李大力跑在第二集团；他们后面300米左右，钟国龙居然跑在前面，后面是伞立平和赵四方。

“这叫什么事啊！”伞立平边跑边抱怨，“天天这样跑下去，早晚得累死！这不挣房子不挣地的，也不比别的连多挣钱，每天比人家累这么厉害，真是……”

“我说你就别唠叨了，跑吧！”赵四方气喘吁吁地跟上来，边喘边说，“你看人家钟国龙，还每天绑沙袋加练呢！”

“嘁，我可没那么要强！”伞立平越跑越慢，跑到起跑线附近的时候，忽然“哎哟”一声，停下脚步蹲在地上。

“伞立平！怎么回事？”龙云大喊。

“班长，我肚子难受死了！我要上厕所。”伞立平表情十分痛苦。

“早干什么去了？刚才不是给你们时间了吗？”龙云怀疑地看着他。

“我也不知道，刚才没啥感觉，这会儿突然就疼，班长，我忍不住了。”龙云看了他一眼，说道：“去吧！回来重新跑。”

“是！”伞立平挣扎着往厕所走过去。

队伍继续行进，钟国龙经过几天的加练，明显有了进步，这时候又把赵四方甩在后面，眼看快赶上第二集团了。

快跑完3000米的时候，龙云又冲着新兵们大喊：“再加速，再加速！太慢了！照这样跑下去，跟走差不多了！坚持住，都坚持住！”

所有人咬着牙，拼命地往前冲，钟国龙毕竟基础太差，越跑越吃力，但仍然坚持加速跑着，两只手紧握成拳头，脖子上的青筋绷了起来。

“哎呀！”一声大叫，刘强身体一滑，摔倒在地上。正好蹭在一片干地上，膝盖出血，陈立华立刻停下来扶起他。

“陈立华不要停，给我继续跑！刘强，还能不能跑？”龙云在远处大喊。

“能！”刘强咬牙答应一声，一瘸一拐地跑了起来，陈立华拍了拍刘强的肩膀，只好自己又往前跑。刘强的速度明显降了下来，钟国龙已经赶上来。

“老六，行不行？”钟国龙喘着粗气，边跑边问。

“膝盖蹭破了，疼啊！”刘强坚持着，忍住膝盖的疼痛。

“好样的，老六！咬着牙跑吧。你是我钟国龙的兄弟，咱不能老落在后面！”钟国龙鼓励着刘强，其实也是在鼓励自己，自到部队以来，每次跑步钟国龙都是远远落在后面，他实在不想这样，这也是他每天加练的原因。

“钟国龙，你在那儿磨蹭什么呢？给我加速！”龙云又在喊了，钟国龙又加了把力，比刚才也没快多少。

“还有最后1公里！快，快！”龙云看着秒表。

赵四方已经超过了钟国龙和刘强，赵黑虎冲着钟国龙喊：“钟国龙，快跑啊！这几天沙袋白绑了？非得班长再用树枝轰着你跑吗？”

副班长无意的话，正说到钟国龙的痛处，一下子激怒了钟国龙。

“你别站着说话不腰疼！有种你跑给我看看？”钟国龙血红的眼睛瞪着赵黑虎。

“别废话，跑完再说！钟国龙，你给我加速！”龙云冲钟国龙大吼，钟国龙不再说话，跑过起跑线，冲刺最后一圈。

最后1000米，余忠桥仍然第一个到达终点。

“余忠桥21分22秒，不错！”龙云卡表，“胡晓静22分11秒，张海涛22分19秒，钱雷24分05秒……钟国龙29分20秒。”

龙云念着每个人的成绩，副班长赵黑虎记录成绩，记到钟国龙的时候，赵黑虎似乎是故意挑衅，又笑着说道：“不错啊，钟国龙，这次终于跑进30分钟了，有进步！”

刚才的账钟国龙还没跟他算，这次“新仇旧怨”加到一起，他终于愤怒了：

“副班长，你别整天说这个说那个的，站着说话不腰疼，我从来部队，还没见你跑过呢！每次站在终点不是卡表就是做记录，你有什么资格说别人？”

“呵，看来你小子是严重不服气呀？”赵黑虎放下本子，笑着看钟国龙。

“我就是不服气！要说班长能跑，我信，人家跑过！你有什么资格说别人？”钟国龙毫不退让。

龙云早料到有这么一场，走过来说道：“钟国龙，也难怪你不服啊，虎子还真是一次都没跑过。这样吧，今天就让副班长给你跑一回怎么样？”

“行啊！”钟国龙大喊。

龙云笑嘻嘻地把秒表递给钟国龙，“这次你亲自给副班长卡表，省得你小子最后不认账！虎子，你准备吧！”

“是！”

赵黑虎走到起跑线上，又想了想，把自己的作训服上衣脱了下来，跑到操场一角，找到三块海碗大小的石头，足有十几斤重，他把石头包在衣服里，又牢牢地绑在自己后背上，再跑回起跑线，冲钟国龙说道：“我就不回去绑沙袋了，开始吧。”钟国龙没管那一套，喊了声：“跑！”按下秒表。

赵黑虎像一支离弦的箭，一下子蹿了出去。一圈、两圈、三圈……

赵黑虎是存心要教训一下钟国龙的，他的速度越来越快，一圈快过一圈，丝毫没有费力的感觉，把钟国龙看傻了。

“我的老天爷呀，这是人吗？”李大力在旁边自言自语地说。

5公里跑完，赵黑虎连呼吸都没乱，笑眯眯地解下上衣，把石头又扔了回去。

龙云走到钟国龙面前，问道：“钟国龙，副班长的成绩是多少？”钟国龙不好意思地小声说道：“18分34秒。”

“大点声！”

“报告，是18分34秒！”钟国龙大声回答。

“怎么样，服了没有？”龙云不等钟国龙回答，大声说道，“知道团首长为什么把赵黑虎派到咱们十连当副班长吗，就是要他给你们做榜样！你还不服气？他刚才根本就没怎么发力，他背上还背着将近10公斤的石头呢！”

“知道侦察连一个普通士兵全副武装负荷是多少公斤吗？”龙云又问。

“不知道！”

“那我告诉你，全副武装的标准负荷，大约40公斤，要求一个侦察兵负载40公斤重物跑完5公里越野，是越野，不是平地上跑圈，达标时间是24分钟！钟国龙我早就告诉过你，不要意气用事，要凭本事说话！你可倒好，跟侦察连老兵叫起板来了。我告诉你吧，以你现在的水平，过一段时间我们跟侦察连合训的时候，你连人家的影子都跟不上！”

钟国龙这次没话说了，站在那里，赵黑虎走了过来，笑着说道：“钟国龙，我刚才说话刺激了你，向你道歉，不过，你的成绩确实差得太远，知道吗？”

“是！”钟国龙对赵黑虎的看法彻底改变了，这个平时不怎么说话的汉子，今天彻底征服了他。

“受刺激不是什么坏事情。”龙云说道，“平时训练的时候战友刺激你几句，总比战场上敌人用枪刺激你强！”这时候，伞立平捂着肚子回来了，看见龙云站在那里，脸色有些慌张。“怎么样，解决完没有？”龙云问道，“没问题就单独跑，就差你一个了。”伞立平捂着肚子，痛苦地说道：“班长，恐怕是不行了。我现在肚子里面跟吃进刀子一样，上下绞着疼……”

龙云看着伞立平，有些怀疑，但也没有多想，说道：“那你先去卫生队检查一下，然后回宿舍休息吧。副班长陪你一起去吧。”

“不用了，班长，大家还要测验呢，我自己去吧。”伞立平皱着眉头，转身走了。

“好了，其他人休息10分钟，准备进行下一个项目——100米跑。”龙云喊道。

# 第十五章　单独谈话

休息的时候，钟国龙还站在原地，不知道在想什么，赵黑虎看了他一眼，又看看龙云，龙云一笑，做了个隐蔽的手势。

赵黑虎会意，笑着走到钟国龙身旁，说道："怎么了，钟国龙，受打击了？还在恨我呢？"

"没事。"钟国龙有些不好意思，忽然抬起头说道，"副班长，你说，这身体素质是不是天生的，是不是后天无论如何也无法提高呢？"

"为什么这么说？"赵黑虎笑眯眯地看着他，"照你这么说，那奥运会就不用选运动员了，去幼儿园，看谁的素质好，直接调到国家队不就行了？"

"我不是这个意思，就拿你来说吧，我总觉得你这个身体是天生强壮，你刚到连队的时候，身体素质就很好，对不对？"钟国龙解释。

"哈哈……你可猜错了！我刚到连队的时候，也是龙班长带的新兵，那时候我跟你差不了多少，才一百零几斤，白白嫩嫩的，班长当时还叫我书呆子呢！"赵黑虎笑着说，又走到钟国龙身前，"你现在看看，我跟'书呆子'三个字还有关系吗？"

"怎么没有，像印刷厂里搬书的，哈哈！"龙云走过来打趣，把钟国龙也给逗笑了，"钟国龙，身体素质除了天生的，绝大部分取决于后天的锻炼，包括我在内，没有哪个兵是一来就这么厉害的。只要你肯下功夫苦练，你也能像老兵一样，说不定还能超过我们呢！”

钟国龙站在那里，若有所思。

“集合！”龙云喊道，全班迅速集结。“咱们继续下一项考核，百米冲刺。这百米冲刺，考查的是一个人的爆发力，咱们还没有练过，这次要进行摸底，合格标准，新兵按照训练大纲是15.2秒，但是咱们十连的合格标准，我定为14.1秒，大家有没有问题？”

“啊，这么快？”李大力吐了吐舌头。

“这还叫快？这个恐怕连小学生的纪录都达不到，我一开始还想定到13秒多，怕你们吃不消才定这么低的。爆发力这个东西，在战场上的作用是不可估量的，直接影响到以后咱们的格斗训练和战术训练，格斗训练要的就是爆发力和力量。”

钟国龙一听说跟格斗有关系，顿时兴趣大增，喊道：“班长，赶快开始吧！”

“嗬，今天钟国龙是怎么了？够积极的。好，全班到起跑线集合，这次副班长卡表，五人一组，准备！”赵黑虎跑到起跑线对面，龙云早在那里画出一道线了。

第一组是李大力、张海涛、钱雷、陈立华，刘强。龙云一声哨响，5个人拼命地向终点跑去，李大力庞大的身躯笨重地猛砸着跑道，他耐力不错，但论及爆发力，这小子就差多了，到半程的时候，一个趔趄趴在了地上，回头看了看龙云，爬起来继续冲过终点。

“刘强14秒，张海涛14秒5，钱雷15秒9，陈立华16秒7，李大力19秒9。”赵黑虎大声念着成绩。

“退化了，退化了，我以前上学的时候，最快跑过13秒。”刘强喘着气，不住地晃脑袋。

“谁不是啊，我在家的时候跑百米，进14秒没问题啊。”张海涛也抱怨，“怎么一来部队，每天跑圈，这速度还下来了？”

“知足吧，你们，站着说话不腰疼。”李大力拍着身上的土，又冲起跑线喊，“班长，刚才我整偏了，重新来一回，行不？”

“可以！”

李大力又回到起点，和钟国龙站在一起。

“预备——”龙云举起右手，使劲吹响哨子。

“余忠桥13秒8，胡晓静14秒4，赵四方15秒8，钟国龙17秒5，李大力18秒5。”赵黑虎边念边记成绩。

“我算明白了，原来我重新跑，完全是为了成就钟国龙啊！”李大力垂头丧气地看着钟国龙，“我说龙兄，要不是我，你可拿不了倒数第二这样的好名次。”钟国龙又没跑好，正憋气呢，瞪了李大力一眼，低头往起点走过去。

所有人都回到起点线位置，龙云从赵黑虎手里拿过成绩册，黑着脸骂：“笨蛋，一群笨蛋，怎么这么慢？就两个合格的还卡着及格线呢！我说你们在家都是少爷来着？就这成绩，我倒着跑也不至于跑这么慢！”

“班长，慢我们承认，您也别这么损我们啊！”李大力站在排头，苦笑着说。

“呵呵，这回都学钟国龙，来自尊了是不是？”龙云撇着嘴。

“班长，我也不信！”钟国龙大声说道。

“不信是吧？老规矩！你去卡表！”龙云真就倒着站到了起跑线上。

这回所有人都不信，一帮子新兵全跟着钟国龙凑到终点线一旁。

“钟国龙注意，你小子别糊弄我！”龙云背着身大喊。

“放心吧，班长，我绝对不乱搞！”钟国龙把拇指放在秒表按钮上，看着赵黑虎举起的手，赵黑虎大喊：“预备——跑！”

只见龙云背着身子，双腿往后快速地倒腾起来，真的像正着跑一样快速，100米下来，龙云连头都没回，直接冲过了终点。

“奇迹啊！”李大力看了一眼钟国龙手里的秒表。

“多少？”龙云笑嘻嘻地走过来问。

钟国龙没辙了，只好老实回答：“13秒5。”

“这回信了没有？说你们笨蛋，我也是有根据的。都给我回去！”新兵们跟着龙云往回走。

“班长，你这是怎么练的？”钟国龙跑上前去，看着龙云的腿问。

龙云看了他一眼，说道：“你说人家耍杂技的是怎么练的？练呗！你不练能行？咱们团侦察连还有一个班长，能倒立着跑百米，倒立着啊，用手跑，得多大力量和平衡度！不也是练出来的？在部队，什么奇迹都可能发生，关键看你努力不努力。”队伍又拉到器械场地。“下面咱们进行双手俯卧撑、仰卧起坐、立位体前屈、单杠引体向上考核。动作要领都知道了，我说一下合格标准：双手俯卧撑，合格标准2分钟70个；仰卧起坐，3分钟60个；立位体前屈，合格时间30秒……”龙云边说边看大家，这帮小子一个个站在那里，神色凝重，“我说，怎么都跟闹鸡瘟似的。稍息，立正！都给我精神点儿，要不要去跑上3000米活动活动身体？”

“报告，不用！”所有人精神抖擞地大喊。

“不用就好，下面按每个单项，一个个来，虎子记时间！”龙云不动声色，用脚把场地上两块砖头踢到一边。

新兵们开始轮流测验，轮到钟国龙时，钟国龙眼望苍天，深吸了一口气，趴到地上，猛地做了七八个，之后越来越慢，做到第30个的时候，已经是筋疲力尽了，又开始撅屁股，被龙云从屁股上踩了一脚，就再没起来，时间到了。

“这几天没白练啊，钟国龙，有进步啊！”龙云笑了笑，“下一个，仰卧起坐！”

钟国龙翻过身来，双手抱头，眼睛瞪圆了，大吼一声，头起到一半，一下子又躺了下去。再起，不到一半，又躺下，之后就再也起不来了。

“钟国龙，你这两个半个，我是给你算一个呢，还是算一个多？”赵黑虎笑道。

钟国龙不好意思地站起来，说道：“下一项吧。”

立位体前屈是钟国龙最擅长的，这小子天生臂展比较长，身体瘦，个子又不是太高，动作做得很标准，这次钟国龙决定挽回些面子，咬着牙待了足有一分钟。

“佩服啊，我要是能够着脚，我都高兴死了！”李大力揉着腰，看着动作标准的钟国龙，不住地赞叹。

最后一项依旧是单杠引体向上，龙云站在单杠下面，看了看钟国龙，说道：

“钟国龙，手好利索没有？”

“好了！”钟国龙说道。

“你还是算了吧，好了也别上了，白白浪费时间，你去记成绩，虎子过来保护。”龙云面无表情地说道。

“为什么不让我上？”钟国龙终于受不了，冲龙云大吼道，“班长，今天不是考核吗？我必须参加所有考核！你别看不起人行不行？”“好好好，你可以上，你第一个上！”龙云看着他。

“要不要抱着你？”赵黑虎伸手。

钟国龙脸涨得通红，没有理他，自己走到单杠下面，猛地一跳，居然牢牢抓住了单杠。但是，这一项钟国龙本来就是不行，刚才做俯卧撑又耗费了双臂的力量，咬着牙坚持了几十秒，依然像吊着一块猪肉一般，最后终于坚持不住，掉了下来。

钟国龙还要上去，被龙云制止，他大为恼火，站在一边怒气冲天。

等到全班测验完毕，副班长开始念成绩：“全班除伞立平因病没能参加之外，5公里徒手跑，达标：余忠桥、胡晓静、张海涛。百米达标：刘强、余忠桥。体能各项成绩全部达标的是：余忠桥。”

“没达标最多的是谁？”龙云冷着脸问道。

“报告，是钟国龙，除立位体前屈达标之外，其他各项成绩均没有达标。”

“不但没达标，还最差是不是？”

“是！”

龙云站在那里，看了一眼钟国龙，钟国龙面色很难看，龙云没有理会，说道：“同志们，今天是我们十连的第一次周末测验，通过考核，你们也都看见自己的差距了。全班表现比较优秀的，只有余忠桥和刘强，表现让我满意的，一个没有。表现让我很失望的，却有一个。下午开始，我们可以休息了，同志们抓紧时间洗洗衣服，做点儿个人的事情，但不许离开营区。有需要买信封、信纸和其他日用品的，统一报到副班长那里，暂时由他代同志们购买。都清楚没有？”

“清楚！”所有人都喜形于色，终于能休息一下了。

“好，除钟国龙留下之外，其他人解散！”

龙云看着一脸不服气的钟国龙，说道：“钟国龙，知道我为什么让你留下吗？”

“因为我训练成绩不好！”钟国龙回答，眼睛看着远处。

“错了！”龙云大声说道，“钟国龙，你错了，我不是因为你成绩不好，才把你留下的。”

钟国龙有些意外，看了龙云一眼，龙云接着说道：“钟国龙，现在操场上除了你，就只有我，我告诉你我为什么要把你留下。你钟国龙让我很失望，几乎是彻底的失望！注意，我不是对你的成绩失望，你已经每天知道加练了，已经知道自己很丢人了，我相信，只要你肯坚持练下去，总有一天，你钟国龙会个个达标，甚至个个项目都做到优秀。”

“那你为什么对我失望？”钟国龙抬起头，看着龙云。

“我对你的失望，是因为你钟国龙一直到现在，脑子里还是当兵前的那些臭思想！”龙云终于爆发了，站在那里大声吼道，“不错，你钟国龙有自尊，你钟国龙爱面子，你不是一个愿意落后的人。但是，你现在的思想里，还是那种张狂的东西，你不服气别人说你差，你不服气副团长说因为你我们失掉红旗，你不服气副班长说你跑得不行，你也不服气我说你单杠不行、百米不行。你满脑子的不服气，是不是？我告诉你，你这种不服气，不是什么傲骨，是彻彻底底的傲气！你有什么可傲气的。啊？你做到哪点可以有傲气了？你别以为我看不出，你现在每天早起跑步，坚持睡觉前练力量，目的只有一个，就是在置气，就是在告诉我们，你钟国龙不是不行，你钟国龙有恒心，对不对？”

钟国龙一下子被激怒了，大声吼道：“我每天加练不对吗？我决心把训练成绩搞上去不对吗？我是不服气，可是我现在在争取赶上其他人，到你的嘴里，这些都成了傲气了，都错了？那你让我怎么办？滚蛋回家，还是在部队混日子？”

“钟国龙，我告诉你！就你现在这样，你再练也是白练，因为你练的目的，只是不想让别人说你不行，只是想让别人都认你当老大！对不对？在你的脑子里，从来没有想过，你努力训练，不是为了让别人看得起你，而是要做一个合格的兵！你想过吗？你拍着良心说，你想过吗？你没有想过！你来当兵，是为了学功夫，学了功夫，回家继续当你的老大。你来了以后，发现曾经不可一世的自己，原来是个笨蛋，原来处处不如人家，所以你决定加练，所以不服气，你只是想让人对你改变看法而已。要是这样，你就算练到全军第一，全国第一，也只是一个四肢发达的傻兵，还是一个不合格的兵！你在为别人的看法而训练，你在为将来更好地当老大而训练，我说错了吗？你训练的目的都没有搞明白，就算你练成铁人，最终也只能是一个垃圾铁人，甚至会成为社会上更大的一个祸害！钟国龙，你说我说错了吗？部队辛辛苦苦地几年下来，结果培养了一个战斗素养一流的浑蛋出来危害社会，那部队不是在间接犯罪吗？”

龙云血红的眼睛，直盯着钟国龙的双眼。钟国龙彻底呆了！龙云的这一席话，就如一个巨大的铜锣，在自己脑海里猛地敲了一声。龙云说得没错！龙云的意思也很明白了，他不是说钟国龙成绩不好，也不是说钟国龙训练不积极，而是在说，钟国龙训练的目的。

钟国龙不得不承认，正如龙云所说，自己现在所有的表现，还真不是为了当一个合格的好兵，而确实只是一种争强好胜的心态，以及回去更厉害地当老大的心态在主导着自己。想到这里，钟国龙低下头去。

龙云点着一根烟，语气有所缓和，继续说道：“钟国龙，你要明白一点，思想指导行为。在部队里，比严格训练更重要的，就是思想的训练。换句话说，你首先要搞清楚，自己为什么来当兵，然后还要搞清楚，自己在部队这几年，究竟是要得到什么，搞清楚这些以后，你的训练才会是有意义的，你明白我的意思吗？”

“班长，那你说，来部队的目的应该是什么，究竟是要得到什么？”钟国龙问道。此时龙云的话，已经彻底说到了钟国龙的内心深处，毫不夸张地说，已经深入了钟国龙的灵魂。

“首先，你的那种来部队学功夫当老大的思想，是绝对错误的。至于当兵保卫祖国，保卫人民这些大道理，咱们有专门的政治学习课，我也不讲了。我只想告诉你，来到部队的目的，应该是要做一个合格的兵，不但是军事合格，还要思想合格。你在部队这几年，应该得到的，是一个正确的人生观，等你将来走向社会，你要明白，什么是对的，什么是错的，什么是应该做的，什么是应该坚决斗争的。你还要利用在部队学到的对人生的正确看法，创造属于你的事业。就算是你所谓的功夫，也要清楚，是用来争勇斗狠做老大，还是用来见义勇为保护弱者。

“铁打的营盘流水的兵，部队每年都有成千上万的复员兵，这些兵回到家乡，有的最后成功了，风光无限，有的却走向犯罪的道路，锒铛入狱。之所以会有这样的区别，我认为，跟自己是不是有一个正确的对人生、对社会的看法有直接关系！所以，我今天跟你说的，不是你的训练行为，而是你的思想问题。这个问题搞清楚了，你每天天不亮爬起来，才是有意义的。土匪和英雄都有血性，做出的事情却有天壤之别啊。我不否认你钟国龙是一个有血性的汉子，但是，人生就只有几十年，何去何从，你还要自己把握，你理解我的意思吗？”钟国龙站在那里，点了点头。

龙云拍了拍他的肩膀，说道：“钟国龙，作为你的班长，我本来完全可以继续让你努力训练，让你将来多为我得几个奖状，我一定也很有面子。你复员以后，跟我还有什么关系？你什么时候听说哪个复员兵犯罪，还要回来处分带他的班长的？但是，我觉得作为你的班长，也是你的大哥，我有责任让你将来做一个堂堂正正的人，做一个真正的合格的兵，合格的人。今天的话，你不用马上理解，有足够的时间让你好好思考。”

钟国龙看着龙云，脑海里原来的思想，与刚刚龙云带给他的思想，正在产生强烈的碰撞。是啊，自己这一生，究竟应该怎么选择呢？自己的人生观，究竟应该是怎样的呢？这个问题，钟国龙现在还不能完全想清楚，龙云说得没错，时间还很长，看来，自己真要好好想想了。许久，钟国龙忽然问道：“班长，你刚才说对我彻底失望了，是真心话吗？”龙云笑了，没有回答，很仔细地上下打量了一遍站着的钟国龙，说道：“有时候，我还不是特别讨厌你……”

“班长，你放心吧，我想，我会想明白的。”钟国龙也笑了，“你不是还没对我绝望吗。”

“嗯，哪天我要是绝望了，就直接把你小子踹死，走吧！”龙云拍了他一下，“你要是实在想着费劲，我不反对你以后再多练练单杠，你吊在上面的样子，丑死了！”

# 第十六章　周末休整

十连宿舍里，龙云推门进来，被眼前的景象惊呆了！

赵黑虎没在，可能是出去买东西了，剩下的这几个新兵基本上全躺在床上，伞立平还在揉肚子，边揉边呻吟。李大力和赵四方并排躺在李大力的床上吃瓜子，地上一堆瓜子皮。刘强、陈立华正在和余忠桥“斗地主”，3个人满脸贴着纸条，钱雷、张海涛在旁边观战，这几个人周围也满是瓜子皮和纸条。胡晓静躺在床上，盖着大被子，睡得正香。

“除伞立平外，其他人给老子集合！”龙云大吼一声，李大力差点儿从床上掉下来，没人知道发生什么事情了，晕头转向地下床站好队，3个斗地主的脸上的纸条都没来得及撕。

“瓜子好吃吗？”龙云问李大力。

“报告班长！来的时候在火车上买的，时间一长，有点儿潮了。”李大力回答。

“赵四方，你说呢？”

“报告，味道不错！”

“那好啊，李大力，赵四方！向后转，齐步走，立定！你们两个，把地上的瓜子皮给我一个一个捡起来，然后每个人做100个俯卧撑，我要是发现地上有一个没捡干净的，就再做100个，明白没有？”

“班长，我们想下午不是休息嘛，吃完再打扫不就行了？”李大力有些不情愿地说道。

“谁告诉你休息的时候可以不保持宿舍卫生的？”龙云急了，“还有你们几个，一块儿去给我捡，捡完每人100个俯卧撑。”

“班长，我没吃！”胡晓静说道。

“没吃好啊，睡觉就有理由了吗？谁让你大白天睡觉的，你以为是在你们家吗？”龙云吼道，“看你休息得不错，不用捡了，直接做200个俯卧撑！”

这帮人战战兢兢地把宿舍打扫完毕，每个人又咬牙做完了俯卧撑，这才站起来，一个个累得龇牙咧嘴的。

“想知道一般这个时候老兵们在干什么吗？”龙云问他们。

“想！”这帮人回答。

“你们的衣服这么久没洗过了，难道不觉得脏吗？你看看你们的衣服，一件件像从垃圾堆里刨出来的。老兵们和其他连队的新兵都在洗衣服，就你们几个，还在这侃大山、打扑克、睡觉、嗑瓜子。30分钟，就给你们30分钟时间，30分钟后如果你们还没洗好衣服，回来再给你们找活干。”

“班长，我的衣服还不是很脏呀……”张海涛嘟囔道。

“屁话，还不脏，衣服上都快长蛆了，30分钟后我回来，我到营部有点儿事情。”龙云说完转身就走出了房门。

钟国龙看见班长一出去，嘴巴就开始叨叨开了，“老子长这么大就没洗过衣服，这休息日事情还真多。”

“老大，要不你的衣服我给你洗吧。”刘强笑着对正在犯愁的钟国龙说道。

“好呀，还是咱们老六好啊！”钟国龙拍了拍刘强的肩膀，接着就把衣服脱下扔给了刘强。刘强、李大力各端上一脸盆衣服到水房洗衣服去了，其他人依然没动弹。

“当了一个星期的驴，好不容易轮到个周末休息，还弄这么多事情，不管了。”伞立平继续他的揉肚子工作。

“我是不想洗。要不，钱雷、陈立华，我们再玩几把扑克？”余忠桥对他俩说道。

陈立华想了想回答：“这恐怕不行吧，等下班长回来了发现我们衣服还没洗，他会整人的。”

“怕什么呀，出了事情我顶着，就这么说定了，来，开打！”余忠桥拍着胸脯对他们说道。

“好，那就来。”钱雷附和着，3个人又兴高采烈地开始了斗地主之战。

钟国龙开始展现他的组织能力和侃大山的才能，把赵四方、张海涛、胡晓静几个召集到一起，一个个兴高采烈，口水直喷……

半个小时的休息时间过得飞快。龙云从营部回来的路上看见赵黑虎手上提了一大袋的东西，“虎子，怎么买东西买了这么久？那帮子小子没人看着我看要造反。”

“班长，今天休息，服务中心人多得要死，挤得要命，这群小子买的东西又多。”赵黑虎红着脸回答。

“我们快点儿回去，看那帮小子衣服洗完了吗。一个个懒得要命，连衣服都不想洗。”龙云说完和赵黑虎加快步伐向营房走去。

龙云和赵黑虎一走进房间，摆在龙云面前的是“涛声”依旧，和30分钟前基本上没什么两样，人还是那些人，身上穿的衣服依然没洗。顿时，他心中涌起一股怒火，此时的他真想把这帮新兵大练一顿。站在门口的龙云强忍着心中的怒火，对旁边的赵黑虎说道：“副班长，到水房去看有谁在洗衣服，叫他们继续，回来给我说。”

听到一个熟悉的声音响起，这帮全情投入斗地主和侃大山中的新兵顿时心里一惊，全部立正站了起来，都看着龙云。

赵黑虎从水房回到宿舍里，对龙云说道：“班长，水房就刘强和李大力在洗衣服，刘强的脸盆里有两套作训服，我问他在帮谁洗衣服，他打死不说。”

“好，知道了。”龙云回答了一声，转眼看了一下钟国龙。

龙云的声音在钟国龙的心里似乎从未这么温柔过，“继续呀，都看着我干什么，我龙云长得又不帅。扑克好玩呀，聊天增进感情呀。”龙云的脸色猛然一变，声音也突然加大，几乎整个屋子都随着龙云的声音在颤抖，“你们都不把我龙云、把班长的话放在心里，是吧？把我说过的话当放屁，是吧？都为所欲为，一个个都是大爷请不动，是吧？想要我龙云跪着求你们洗衣服才成？”

龙云的眼里突然爆发出一股杀气，看着龙云那股令人感到心颤发寒的目光，钟国龙和其他新兵感觉屋里的空气似乎凝固了。“全班集合！”龙云怒喝道。

“报告班长，刘强是帮我洗衣服！”刚整完队，钟国龙报告道。

“我知道，你不说我都知道，算你还是个男人。全班都有，蹲下！知道怎么蹲吗？副班长，一个个给我检查、纠正动作。”

“是！”赵黑虎走到他们身后，一个个地纠正蹲姿。

“这是你们到部队以来第一次休息，本来我是不想多说什么的，只要你们做好分内事就行了，可是你们的表现确实让我感到很失望，是十分的失望。一个个都很牛气，都牛得不一般呀，一个个都把我龙云的话不当话，该打扑克的还打扑克，该吹牛的往死里吹。尤其是你钟国龙，衣服不洗叫刘强洗，还拉上班里几个人陪你吹牛。我一进房门就听到了你钟国龙洪亮无比的声音，就数你话多，就你钟国龙牛，你以为你是中央电视台的播音员，是吧，正好，下个星期六上午营里有个演讲比赛，我正琢磨着班里有没有这么一个人才，这下我看都不用找了，就你了，你自己下去好好准备一下。”

“演讲比赛，我看我不行……”钟国龙傻了。

“不行？不行你就别在十连待着，十连没有不行的兵！”

龙云突然又话音一转：“你们以前在家里干什么的我不管，但你们记住，这里是部队，现在你们是军人，你们以前在家是条龙，可以冲天，在这里就是条虫，给我窝着。你们不是不喜欢洗衣服吗？一个个都懒得不行吗？那可以，今天就不洗衣服了，但是你们记住，走出去别人问你们是哪个连队的人，你们不要说自己是新兵十连的，说自己是捡垃圾的。不想洗衣服也可以，我们换个事情做，侦察连今年工作忙，还有八顶帐篷没洗，我看交给你们挺合适，除刘强和李大力外，其余人每人一顶，洗完后评比一下。等下听哨音集合，解散！”

“真他×倒霉，好不容易等到个星期六。”钟国龙嘴里念叨着。

“洗就洗呗，啊，我的休息完蛋了。”伞立平也是满嘴的怨言。

“钟国龙，你刚才发现班长那眼神没？那眼神简直能杀死人，不知道我们什么时候才能练出来。”

“那是，班长刚才那眼神真的看得我心里发怵，好了，不说了，等着洗帐篷吧。班长也真会折腾人，看样子他以后说什么我们一定要照做，不然自己找亏吃。”

“是呀，以后不能犯傻了。”大家都跟着附和。星期六的下午就这么过了，一群新兵呼哧呼哧洗着帐篷……

星期天天气不错，虽然依然寒冷，但天空中久违的太阳出来露脸，使人的心情也变得格外好。

吃过早饭刚过一个小时，钟国龙带着刘强和陈立华，走到龙云面前递上了一张请假条，“班长，我们想去看看老乡，顺便买点儿信纸和笔，向你请个假。”正坐在床上看书的龙云抬起头看着钟国龙他们，问道：“你们的衣服、床单都洗了吗？”

“报告班长，都洗了。”3个人几乎是同时回答。

“看老乡是不，要多长时间？”

“给我们两个小时吧。”钟国龙带着恳求的眼光看着龙云。

“两个小时不行，最多一个小时。”

“好，就一个小时。”3个人乐呵呵，从未感觉他们的班长这么豪爽。

“但在外面不能给我出什么事情，按时回来，注意军容风纪，不许走出军营。”龙云叮嘱着在请假条上签了名字。

钟国龙带着刘强和陈立华兴奋地往连部外面跑。

“我的妈呀，终于出来啦！”刘强边跑边兴奋地喊。

“外面的世界真精彩……”陈立华也忍不住唱了一句，唱腔严重走调，惹得路边往来的老兵们都向他们看过来。

“都别喊了，注意素质。”钟国龙嘴上这么说，心里其实也是十分兴奋，自从来到军营，每天待的地方除了宿舍就是操场和食堂，其他地方到底是什么样子，他还真是不知道，现在终于可以出去好好转转了！

3个人兴奋地在营区里面转来转去，看到的都是千篇一律的营房、训练场、食堂，以及进进出出的老兵们，有的拿着衣服在晾晒，有的急匆匆地出去，手里拿着篮球或足球。

又转了将近10分钟，还是没有见到他们梦寐以求的女兵营房。

“老大，恐怕不对吧。”陈立华表情沮丧地说，“全跟咱一样啊，这里不会没有女兵吧？”

钟国龙四下看了看，不甘心地说：“不能吧，咱们再好好找找，军营这么大，女兵又不是很多，哪就那么容易找到。”

3个人又溜达了老半天，还是一无所获，只好在路边发呆。“这不是钟国龙吗，你们3个在这里干什么呢？”

3个人转身望去，正是当初和龙云一起接兵的左名友。

“左连长！”钟国龙他们3个连忙跑过去敬礼，毕竟是老相识，双方显得比较亲热。

“今天休息？”左名友特意打量了一下钟国龙。

“是。”钟国龙回答。

“你们3个怎么跑到这儿来了？”左名友奇怪，“新兵应该是不允许随意走动的啊。”

钟国龙他们有些尴尬，陈立华反应快些，回答道：“我们请假出来买信纸和笔什么的。”

“那不对啊，军人服务处应该是在那个方向，你们班长没告诉你们？”左名友怀疑地看着他们3个。

"这个……左连长，我想问一下，这里面有没有女兵？"钟国龙终于忍不住了，索性说了出来。

"哈哈……好小子，不好好在宿舍待着，找起女兵来了。"左名友哭笑不得，

"找女兵干什么？"

"报告，没什么，只是想多交交朋友，真的！"钟国龙大声回答。

"少跟我装傻，你们几个小子想什么我能不知道？"左名友笑道，"我可以明确告诉你们，咱们这军营，是清一色的大老爷们，除了卫生队的几个女医生，你找翻了天也别想找到一个长头发的。"

"啊？不会吧。"3个人傻了。

"怎么，不相信？要不要我带你们回去，让你们龙班长一起带着你们找找看？"

钟国龙顿时慌了，连忙走过去，急切地说道："别啊，千万别告诉我们班长！我们马上回去。"

说完，钟国龙冲陈立华和刘强做了个手势，3个人转身就跑。

"这几个活宝，还真够小龙忙活的。"左名友笑着摇摇头，走了。

钟国龙他们3个跑出去好远，才又停下喘气。

"老大，完了，我的计划泡汤了。"陈立华喘着气，双手夸张地伸向天空，"苍天啊，我梦中那温柔美丽的女兵妹妹啊，全完了！这和出家还有什么区别？命运啊，为什么这么折磨我呢？"

"老四，打住啊，别抽风了，还温柔美丽呢，女兵应该是英姿飒爽，不爱红装爱武装，毛主席他老人家说的。"钟国龙也是一脸失望，"兄弟们，咱还是回去吧，回去以后，谁也不许再提这档子事。"

3个人勾肩搭背地往回走，为了应付龙云，3个人又去商店买了笔和纸，这才回到宿舍里。

"你们这么快就回来了，班长不是说给你们一个小时的假吗？"余忠桥问道。宿舍里除了龙云和赵黑虎去营部开会，其他人都在。

3个人无精打采地坐到椅子上，陈立华拍了拍余忠桥的肩膀，幽幽地说道：

"兄弟，对于枯燥的人生来说，一个小时的时间太漫长了……"

"什么意思？"余忠桥莫名其妙。

刘强从兜里掏出刚买的信纸，递给余忠桥，也学着陈立华的语气，意味深长地说道："兄弟，要是家里有心仪的女朋友，抓紧时间写写信，多联系啊！"

余忠桥莫名其妙地回到自己的床边，李大力说道："这哥儿仨肯定是受什么刺

激了……”

看来，伞立平的病是完全好了，精神很好，正在拿着自己心爱的电推子上下左右地欣赏着，又对张海涛说道：“海涛啊，等将来复员以后，咱俩可说好了，咱们合伙开个发廊，我负责理发，你负责记账，咱得配合好，要不咱们就真去钟国龙他们县城，到时候再让龙哥帮咱们把所有的发廊全都灭掉，咱马上涨价，想不发财都难，是不是，龙哥？”

钟国龙昨天在操场上刚被龙云教育了一顿，此时这种想法有些动摇了，没有积极响应，只说了一句：“瞧你那点儿出息，大老远地跑到湖南去，还带着人家海涛，就为了开一家小发廊？”

“是啊，我才不去呢！我在东北要饭都比跟他去强。”张海涛正在看小说，随口说道。

伞立平猛地站了起来，若有所思地说：“难道你们的意思是，让我开一个大型的美发中心？”

“你呀，这辈子就这样了，你就离不开理发了。”赵四方笑道。

伞立平不服气，又不好说些什么，悻悻地坐下继续研究他的电推子。

“老大，咱要不也写信？”刘强说道，“上次你妈给你来信你还没写回信呢。”

钟国龙想了想，说道：“先不写了，过几天再说吧。”

他心里想的是，这个时候写信，实在没什么好写的，自己在部队这几天，训练不是很好，也没干什么有意义的事情……

“你们说，这回班长他们开会，又有什么新指示？”李大力忽然问。

“还能有啥指示，继续训练呗。”张海涛和他是东北老乡，彼此关系比较亲近。

“大不了多想几个训练方案而已。”

“是啊，整天这么往死里训练，我跟别的连老乡打听过，人家训练每天跑3公里，体能训练的标准也比咱们低得多，每天晚上和班长胡扯海聊的，幸福死了！”伞立平一脸的向往。

“要是咱们也每天这么轻松就好了。”钱雷也随声附和着，“咱们这样的，除了余忠桥好过一点儿，其他人哪个不挨骂？”

余忠桥说道：“得了吧，我不也是刚及格的水平？跟班长、副班长比，咱们差远了，不服不行啊。”大家有一搭没一搭地闲聊着，第一次休息时间就这样过去了。

晚上8点半，一阵哨声吹起，龙云那特有的大嗓门儿又响起，“全连集合！”刚从营里回来的龙云手上拿着一个本子走了进来，看到全班10个新兵整齐地站成一排，右手拿着一张小板凳，满意地点了点头，“向右看齐，向前看！放凳子，坐！”随着龙云的口令，全班人员整齐地坐下，腰杆都挺得直直的，双手放在膝盖上。

龙云看了看大家，“下面，我们开始召开每周例行的周末班务会，首先第一项，合唱一首军歌。钟国龙，你出列指挥！”

“是！”钟国龙起立走到全班面前，两手张开，不知所措。

“你钟国龙搞什么，起歌呀。”龙云看着他。

“报告班长，我不知道起什么歌，再说我也不知道怎么指挥。”钟国龙似乎有点儿紧张，脸也红红的，以往和兄弟说话也没这种感觉呀。

“我看你钟国龙是缺少锻炼，叫你上个台指挥首歌就紧张了，像大姑娘上轿似的，上次副班长不是教了你们那首《团结就是力量》吗，你钟国龙不是当时吼得最响跳得最高吗？就那首了，开始！”

“是。”钟国龙依然两手张开，嘴里起道，“团结就是力量，预备起！”两只手就像拉面似的乱比画，开始扒拉开了，惹得全班人员大笑不止。“你们笑什么笑？你们谁行，上来指挥，说不定你们还不如钟国龙！”龙云大吼，“钟国龙你也别瞎比画，要按节奏来呀。”全班立刻停止了哄笑，继续大声唱。

“不行，唱的声音不够大，还有点儿走调。钟国龙重起，给我再唱，什么时候唱出了我们十连的士气，你们就不用唱了。”龙云对刚才全班人员的歌声很是不满意。

又是一遍，唱到第三遍时，龙云才以稍带满意的表情说道：“好了，这还差不多，以后唱歌就要这样，虽然我们人少，但士气不能丢，以后全营大型集会时，我们还要和别的连拉歌，你们最起码要达到这个标准。好了，现在开始第二项，由我讲评这周工作……”

龙云正在讲着这周的工作情况时，坐在凳子上的伞立平突然伸出右手挠了挠脸。

“伞立平！”

“到！”伞立平猛地站了起来。

“你脸上长麻风了？摸什么摸！”

“报告班长，我脸上痒。”

“痒就可以挠了？谁批准你挠痒了，没告诉过你吗，在队列里要令行禁止，没打报告申请，我没同意，你就不能动，不知道吗？还是耳朵聋了，得痴呆症了？”

“没有……”

“没有那以后就给我注意点儿！”

“是！”

“坐下！”

“好了，本周的工作就讲到这里，下面我安排下周工作。下周新兵营训练进度表上安排的依然是队列训练，但我们的时间比较紧，我打算利用前4天进行队列训练，除了后面几个动作的步法变换稍复杂外，其他动作都比较简单，所以4天也就差不多。其他动作没训练好的大家要利用平时业余时间加练，就像钟国龙，知道自己体能不行，知道自我加强训练，这就不错，其他同志要向他学习，知道自己哪项不行，就笨鸟先飞，自己加加班。从周五开始，我们进行自动步枪操作的训练，全周穿插进行战备基础训练，也就是紧急集合的训练，打背包和紧急集合的一些程序，我没记错的话，副班长应该是都给你们说了，也教你们了，我也不会利用专门的时间再教了，大家自己抽时间去练。”龙云看了看伞立平，他听到下周的训练科目时，脸上露出了一丝苦恼的表情，只是闪现了一下，但还是被眼尖的龙云给看了个彻底。

“报告班长，自动步枪操作，我们就可以摸枪了，是吧？”钟国龙一听到“枪”这个字眼就显得尤为高兴。

“是的，看你高兴得很嘛。”

“那班长，我们训练的时候是用真枪吗？”

“是呀，你以为用什么？”

“明白！”钟国龙心里乐开了花，终于可以摸着枪了，这也是吸引他来当兵的一个重要原因。

“好的，明白那就坐下！”

“是！”

龙云继续说道：“下个星期训练量比较大，大家要有个心理准备，尤其是战备基础训练，大家尤其注意，我就不多说了，到时候大家会明白的，也能体会到的，要是没训练好……什么东西要是不行，我龙云也没什么方法，就是一个字——练。在体能方面，下周我们还要加上两个训练项目，这也是其他新兵享受不到的训练项目，那就是400米障碍跑和500米高原山地障碍跑。下周工作主要就是这些。第三项，对工作训练有什么看法，个人提建议和意见。一个个说。每个人必须发言，没有意见的，谈谈自己到部队这些天以来的想法也行，下面开始！”

“班长，我对训练有一个建议，那就是以后少搞点儿教育，多利用点儿时间搞训练，那样还能提高我们的训练成绩。我感觉那教育也没什么用，让我感觉又回到了学校，我最烦的就是上课了，没一点儿意思，要不然我也不会来当兵了，大家说对不？”刘强站起来说道。

“就是，我也感觉刘强说得对。”钟国龙刚一说完，大家就起哄支持。

龙云看着这群新兵，说道：“刘强，我只能说你无知，一个新兵刚到部队的无知。现在你给我背一遍优秀士兵的条件！”

刘强想了想，大声回答：“是，优秀士兵的条件就是政治思想强，军事技术精，作风纪律严，完成任务好。”“对嘛，原来你还知道优秀士兵的条件，优秀士兵的第一条是什么？”

“不就是政治思想强吗？”刘强接话就答。

“是的，优秀士兵的第一条要求就是政治思想强。部队上政治教育课的目的就是要转变你们的观念，使我们的部队更有凝聚力、战斗力！如果你们还像以前在地方上一样，想干什么就干什么，没有一点儿自我约束力，不知道什么叫作服从命令，听从指挥，令行禁止，没有一点儿集体荣誉感，那还叫什么部队，你们还叫什么军人？那不是和地方流氓一样，部队还有凝聚力和战斗力吗？真正上了战场，能打仗吗？”龙云一鼓作气地把这段话说完，眼睛里射出一种使人臣服的目光。

“明白了，原来政治教育是这样的。班长不说我还真不知道，这个星期上了几次课我都差点儿睡着了。”刘强不好意思地笑着坐下了。

“好了，大家都知道了就好，以后上课时认真一些，把笔记做好，不要都仿佛听神话似的，左耳朵进右耳朵出，以后一些不必要的课我会删减掉不讲。继续发言！下一个，好，胡晓静，你说。”

大家一个个都对训练、工作上的事情根据自己的想法发了言。龙云要求赵黑虎一一记录好后，赵黑虎讲了以后内务卫生上需要注意的事情和细节。

“班务会最后一项，评比宣布这周各项工作先进个人。评比方法以大家在这周各项工作的表现和全班不记名投票相结合。首先我们对政治教育先进个人进行投票。”

新兵们都很希望自己能够是先进个人中的一员，期待班长的宣布，尤其是钟国龙，瞪着个大眼睛瞅着赵黑虎手里的票，要不是在部队，他绝对会冲过去把赵黑虎手里的票都抢过来。

“下面我宣布本周各项工作的先进个人，根据全班投票和平时工作表现，政治教育先进个人是胡晓静，军事训练先进个人余忠桥，作风纪律先进个人李大力，内务卫生先进个人钟国龙。下面我们用掌声请4名各项工作先进个人上来领奖。”说完，龙云走到桌子旁，打开抽屉，从里面拿出了早已准备好的4块先进个人胸牌和4本笔记本。

在龙云的口令下，大家鼓起了热烈的掌声，但眼中明显带着失落。上去领奖的胡晓静、余忠桥、李大力、钟国龙4人满脸的自豪，钟国龙心里乐开了花，这简直比自己以前在家里捡1000块钱还高兴，这是自己的工作成绩得到了认可，也没白费自己这一周来天天早上提前一个小时起床压被子。

龙云将胸牌和本子发完，坐到了自己的位置上，又说道："这是第一周的先进个人，获得先进个人的同志不要骄傲，要再接再厉。没有获奖的同志也不要灰心，只要加油认真努力工作，下一周你就能评比上。好了，班务会就开到这里。哦，刚才忘记说了，最后再提醒两点：第一，从现在开始晚上睡觉提高警惕性，不要问我为什么，到时候你们就知道我现在为什么要这么说了；第二，抽烟的同志，尤其是体能不行跑不快的同志，抽烟不要被我发现，发现了我自有办法处理。从下周开始，每周六上午，我们和侦察连的老兵一起跑一次徒手5公里。如果谁能跑到前20位，我保证，以后想抽烟可以随便抽，自己没钱买我龙云给你买。好了就说这么多了，解散！"

# 第十七章　误解回信

憋着一泡尿，厕所里一阵“忙活”，李大力终于完成了重要“任务”。走出厕所，李大力有些感叹：“我的妈呀，没死在战场上，差点儿死在尿上！”

屋子里一阵哄笑，龙云小声训斥：“闭嘴！都给我躺下睡觉，明天早上训练照常，到时候谁都不许起不来！”

屋子里顿时安静下来，钟国龙偷偷地把手伸进褥子下面，拿出烟和打火机，又找出一个笔记本来，当作“烟灰缸”，按照他的经验，龙云应该会吸烟。

果然，不一会儿传来龙云拿烟的声音，钟国龙再次准备好动作，轻车熟路地同时按动打火机，刚要把烟伸过去，猛地发现龙云贼亮的大眼睛正死死地盯着他，一切已经晚了。

“嘿嘿，班长，我……最近抽得很少啦。”钟国龙硬着头皮说道。

“钟国龙，你那烟是红塔山吧？”龙云小声地问。

“班长，你怎么知道？”钟国龙奇怪。

“我早知道了，业务挺熟练嘛。”龙云这次居然没有发怒，相反，还显得很和蔼，钟国龙心里没底了。

“没关系，抽吧。我龙云烟瘾大，自己的兵当然也可以吸烟，要不就显得不公平了。”龙云小声说，“不过，你得经过我的一个小考验。”“啥考验啊，班长？”钟国龙忐忑地问。

“你猜？”龙云不再理他，翻身睡觉了。

钟国龙急得满脑袋冒火，真恨不得把龙云抓起来问个明白，越琢磨越睡不着，直到龙云传出呼噜声，钟国龙还瞪着大眼睛发呆呢，索性又拿出一根烟来点着就吸。

此时，两个黑影出现在钟国龙面前。

“谁？”钟国龙一惊，小声问道。

“嘘——老大，是我们俩。”陈立华的声音，“憋不住了，快给我们一根儿。”钟国龙悄悄坐起来，做了个手势，陈立华和刘强会意，3人悄悄地走到宿舍对面的厕所里面。

钟国龙连忙掏出烟来让他俩点着，3个人穿着秋衣秋裤蹲在便池旁，边吸边哆嗦。

“抽个烟也这么费劲！老大，想想咱们在家的时候，哪儿受过这个罪啊！”刘强表情郁闷地说，“哥儿几个哪个不是想抽烟就抽烟，想喝酒就喝酒，唉——”

“老大，你说王雄、老蒋、李兵、老七他们几个现在干什么呢？”陈立华猛吸了一口烟，眼睛盯着钟国龙。

“这几个家伙，今晚肯定都没回家！你不是把钥匙给他们了？准都在你们家呢！现在这个时间，这几个家伙要是没喝醉，肯定在打扑克呢！”钟国龙一提到那几个兄弟，顿时来了劲头儿，脸色也缓和了。

这3个家伙在厕所里热烈讨论起来，许久，厕所忽然安静了，3个人谁都不说话了，默默地抽着烟，每个人的眼睛都湿润了，尤其是钟国龙。是啊，多日不见，这几个兄弟现在在干什么呢？

湖南株洲某县城。

陈立华的家里，客厅的一角，啤酒瓶子已经快堆成山了，满屋子烟气缭绕，王雄、李兵、老蒋、谭小飞4个人，果然在打扑克。

“小飞，你们学校传达室是不是经常闹贼呀？这都快半个月了，怎么还没有老大他们的消息？”王雄叼着烟，边出牌边抱怨。

“不可能，我比传达室老头去的次数都多！每天的信都是我一封一封先翻完，要是有老大的信，我保证漏不掉！”谭小飞说道。

“不会是没收到吧？”李兵看着牌，又看了看小飞，“钟阿姨告诉的那个地址，不会是错的吧？”

“不会，就那地址，跟绕口令似的，钟阿姨编都编不出来。”王雄说道，“我看也快了，老七今天早上再去一次，看看到了没有。”

谭小飞答应一声，又说道：“今天就到这里吧，困了，我还有考试呢。”

“对了，老三，明天王刚和赵小中又说请咱吃饭，去还是不去？”李兵问道。

钟国龙他们走了以后，由于老蒋性格比较谨慎，这兄弟几个的领袖实质上已经是王雄了。王雄瞪了瞪眼睛说道：“不去！王刚老挨打，这是又拽着赵小中来讲和呢，老大临走有交代，王刚他们几个是见一次打一次。老大的话就是圣旨！”李兵点点头，不再说话。

“我看还是去一趟，不去白不去！咱吃完再打不是一样吗？顺便也给赵小中一个下马威！”老蒋边抓牌边说。

“哈哈，老二这主意不错啊，就这么办，吃饭打架两不误！”王雄高兴了，“老蒋可真是咱们的好军师。不错的想法，咱不去他们还以为咱怕了他们呢！”

老蒋笑了，“我那是想咱们吃一顿，我那小超市就省一顿，这个月又赔了，我爸整天找我查账！”

几个人都笑了，王雄说道：“老二你别着急，先顶住，反正现在我和老五都不上学了，过阵子咱们也琢磨琢磨找个挣钱的事情做。到时候你就解放了。”

“对啊对啊！”李兵也随声附和，“到时候咱们把钱再给你爹还上不就得了？”

“你得了吧老五，你什么时候不爱吃果冻了，我就算盈利了！你小子平均每天在我那里吃5斤！”

“我不就这点儿爱好吗，真是的！”

王雄想了想，说道：“算了，睡觉吧，省得明天中午打架没精神！明天小飞死盯住传达室，还有，中午你的任务照旧！”

“明白！”谭小飞笑了笑。

几个人来到卧室，横七竖八地躺在床上，老蒋晚来一步，双人床已经没有空地了，嘟囔几句，扯了两个沙发躺下，4个人头半夜喝酒，后半夜打牌，早困得不行了，不一会儿就都睡着了。

第二天，在县城的“万事发”饭店，王雄兄弟几人狠狠教训了一顿王刚和给他撑腰的赵小中，完事后几个人痛快淋漓。

谭小飞有些后怕，说道：“三哥，咱们是不是有些过分了？”

“胡说！过什么分？咱这是给老大守江山呢，可不能心软！”王雄说道，“总之，今天很痛快！”

“还有更痛快的呢！”谭小飞忽然笑着说。

“什么？”

“哈哈！老大来信了！”谭小飞从书包里掏出钟国龙的信，笑嘻嘻地说。

“真的？”兄弟几个全站住了，继而欢呼起来，王雄一把抢过信，贴在嘴上夸张地亲了几口，又吩咐道：“老蒋，你和李兵赶紧去多拿些酒。小飞，跟我回‘基地’，哈哈，今晚兄弟几个狂欢！”

“好啊！”老蒋高兴地拽着李兵就跑，李兵边跑边喊：“三哥，你们可别先看，等我们回来！”

“知道了！”王雄兴奋地喊，“快点回来！对了，多拿点儿纸和笔，还得回信呢！”

陈立华的家中，此时就像过节一样。客厅的桌子上，摆着花生米、烧鸡、火腿、油炸豆腐干、午餐肉、鱼罐头……地上是两箱啤酒，还有一条红塔山，一大袋子果冻。

兄弟几个喜气洋洋地坐在桌子旁边，王雄手里拿着钟国龙的来信，看了一遍又一遍。

“三哥，你就别发神经了，快拆开看吧。”谭小飞抱怨，“不就是信吗，你还有什么舍不得的？”

王雄这个时候完全没有了白天的霸气，笑得像个傻子，“嘿嘿……念念念！”说着，拆开信封，迫不及待地抽出信来打开，谭小飞一把抢了过去，嚷嚷着：“我念吧，就我文化高。”

“那你倒是快呀！”李兵忍不住，激动地吃了一个果冻。

谭小飞打开信，“哈哈，是四哥的笔体，也就他写的咱能看得懂了。”

老二、老三、老五、老七，我是老大。信我们收到了，很为你们取得的成绩高兴。现在我口述，老四执笔，老六补充，给你们写回信……

王雄他们立刻热泪盈眶，王雄喊了一声：“老大啊，我们都想死你了！”

谭小飞也激动了，李兵说：“咱先别这样啊，还没念正文呢！老七你快点儿。”谭小飞清清嗓子，又接着念：

你们几个就别惦记了。我和老四、老六一定好好学，学厉害以后，回去教你们，咱们的眼光，不能只限于县城，咱还得往大了发展。你们有空打听打听，市里谁最厉害？回去咱先挑了他们！

老蒋，你不要光乱花钱，也想办法多赚些，除了兄弟们吃的，你也得有点儿盈利，跟你爸也好交代。老三，王刚他们就别老打了，差不多就算了，主要是教训他们，让他们别觉得咱们弟兄好糊弄……

还有，你们现在在家，有时间多去照应一下我和老四、老六的父母，有重活什么的，多帮着干干，省得他们老说咱们是酒肉朋友……咱们可是兄弟！

谭小飞念到这里的时候，哥儿几个已经泣不成声。

“王刚也挺可怜的，要是早点儿收到这信，今天他就不会又挨打了。”老蒋也哭，“老大还要我好好做生意呢。”

“小飞，别哭了，接着念！”

下面就是老四他俩说的了。谭小飞擦擦眼泪，继续念：

哥儿几个好好混吧，老大在这里有我们兄弟两个照顾着呢，你们就放心吧，记住守好地盘儿，等咱们都回去的时候，还要大干一场。老七，你那游戏机哥哥我是用不着了，你自己玩吧，我们哥儿几个现在基本上已经告别那东西了……

谭小飞念完信，大家又感慨了好久，这才开始吃喝起来。

酒过三巡，王雄站起来说道：“兄弟们，都看到老大的意思了吧？看来咱们做得没错！老大、老四、老六他们也是要让咱们守好地盘儿，咱们得讨论一下怎么个守法！”

几个兄弟各抒已见，纷纷表达自己的意见，但也没说出个所以然来，不过有一点却是达成了共识——得给自己的小团伙起一个响亮的名号。

“咱们这个帮派叫什么名字呢？”李兵说，“总得有个名号啊！”

“小飞，你想一个！”王雄说道，“就你文化高，想个牛一点儿的！”

“嗯……我想想……”谭小飞仔细琢磨，“那就叫七剑帮？”

“不好听，容易让外行认为是七贱帮，下贱那个贱！”王雄摇头。

“那叫什么呢……”

“我有个主意！”老蒋笑嘻嘻地说，“咱们老大叫钟国龙，干脆就叫龙之帮，怎么样？又上口，又有意义，还显得有文化。”

“就这么定了，就叫龙之帮！”大家集体赞同，于是举杯相庆。

李兵说道：“这个帮主嘛，肯定是老大，在老大没回来之前，我看就让老三先代理着。老二太老实，还是当军师附带着管钱合适，我负责管理小弟们，小飞嘛，负责帮里的文化建设。”

“好，就这么定了。”老蒋说道，“管钱我没有问题，不过老五，咱们要什么文化建设？”

“怎么不要，比如说时常召集兄弟们学学老大的战斗精神什么的！”李兵说道，“老大的精神，还不够咱们学吗？”

“嗯，同意！”

“有道理！”

“喝酒！”

“明天开始整！”

众兄弟开始庆贺龙之帮成立，又是一场大醉。

第二天中午，兴奋了一夜的众兄弟精神抖擞地开始给钟国龙他们写回信，老七执笔，几个人七嘴八舌，一直写到下午4点。

老大、老四、老六：

终于收到你的回信了！老大，我们想死你们了！看你在那边过得很好，我们这才放心一些。你们3个都在一个班，太好了！这样老大你就不会孤单了，你的衣服什么的，一定也不用自己洗了，老六超级爱洗衣服，我们都了解。

老大，你们走了以后，我们4个轮番去你家里，帮着阿姨和叔叔干活，换煤气、搬白菜、擦玻璃……我们见什么干什么，有时候赶上起得早，早餐我们都捎带送过去，你就完全放心吧。阿姨可喜欢我们了，经常给我们做好吃的，就是叔叔有些奇怪，明明心里也很高兴，却板着脸，老拿我们跟他单位关着的那些人比，可能是职业习惯。

老大，你走以后，我们都听你的话呢，坚决守着地盘儿，昨天我们又把王刚干了一顿（打完才收到你的信，以后就不打了），还有南区那个赵小中，也被哥儿几个收拾了……

对了，老大，你们应该学会功夫了吧，有没有超过那个姓龙的军官？要是超过了，你们就找碴儿打他一顿，那次他把咱打得不轻，老二说他到现在阴天下雨后背还酸呢！咱可不能受这个气……

盼望你们回来啊！

老二、老三、老五、老七

×年×月×日

写完信，兄弟们又七嘴八舌地讨论给钟国龙寄些什么东西。

“看来寄钱是不行了，老大那脾气，肯定得骂咱们。咱们把每个月结余的都先存着，将来他回来也用得着。”王雄说道，“衣服也不用了，他们都穿军装。我看还是寄吃的吧。”

“那寄几个烧鸡什么的吧。”李兵说道，“老大最爱吃肉了。”

“你得了吧，烧鸡？就这路程，弄不好都能变成化石！”王雄责怪李兵，“老五啊，你就不能动动脑子？老这么大大咧咧的，老大在的时候就没少说你。”李兵不好意思地吐吐舌头，又开始琢磨。

“老二，我看还是寄罐头吧，那东西放不坏，也好保存。”王雄说道。

“嗯，那咱们多寄一些，3个人呢，再说肯定还有战友什么的，也别显得咱们太寒酸，这也是给老大争面子。”老蒋说道，“我回去拣着各个种类的肉罐头，弄他百八十罐，一起打包寄过去！”

“行，就这么办。发快递，急件！老大他们等咱们的信肯定也着急呢！”王雄说道，“咱们这么办，老二你带着老七，你们去寄东西和信，我和老五开始召集人马，今天晚上咱们就先开个龙之帮成立大会！”

“三哥，咱们这局面一打开，老大也就放心了。”李兵笑着说。

“嗯，是啊！”王雄点点头，“让老大放心吧！咱们一定能守住江山！”几个兄弟不约而同地将手握在一起。

4个兄弟的手握了好久，谭小飞又有些激动，忍不住抽泣起来，伸手擦了擦眼泪，说道：“我想老大了。”

“谁不想啊？”王雄说道，“我都快想死他们了，也不知道老大他们现在干什么呢。”

“是啊，我真想现在就飞过去，跟老大好好见一面，还有老四、老六他们，也不知道什么时候咱们兄弟7个能再聚到一起！”老蒋也有些伤感了。

房间安静下来，4个人低着头，想念着远方的钟国龙……

# 第十八章 集体授枪

新兵训练开始后，钟国龙就很能吃，早上吃13个馒头喝两碗米汤还觉得有点儿不够，早上的咸菜基本没他的份儿，因为其他人的筷子实在太快了，等他埋着头几个馒头吃完，抬头一看，桌上就只有馒头了，他就只能接着啃馒头。中午晚上就吃米饭，等他一碗吃完，桌子上就只有汤汤水水了，他就每次都吃好几碗米饭，犹如饿狼再现……

“班长，你说我是不是得病了？”钟国龙苦恼地看着龙云，“13个馒头啊，当兵以前够我吃一个星期了。”

龙云笑着说：“正常！训练量一大，饭量猛增是很正常的事情，我当初新兵的时候，吃得不比你少，咱们团最厉害的一个山东兵，一顿能吃21个馒头呢！”钟国龙吐了吐舌头，龙云又说道：“饭量大是好事，说明你的身体已经开始发生变化了，你看其他人不是吃得也不少？李大力比你吃得还多！但是，你不要光吃馒头啊，还要多吃菜！”

“班长你不知道，我每天饿得跟什么似的，这帮家伙又出奇地能抢，我抢馒头都来不及呢，哪儿还顾得着别的。”钟国龙笑着说。

龙云忽然严肃地说：“没错！当兵的就要有一种精神，就是要抢！抢得多，你就吃得多，弱肉强食，优胜劣汰，只有自己更强，对手才能更弱！”钟国龙若有所思……

队列训练内容已经基本结束，明天就是星期五了，钟国龙对这一天期待已久，这几天心里也一直在想着上周末开班务会时龙云说的这周五操枪的事情。

这一晚睡觉前，钟国龙拼命地做俯卧撑和仰卧起坐，想着明天就能摸着枪，钟国龙怀着激动的心情硬是到凌晨才睡着……

早上吃完饭后，回到宿舍，钟国龙兴冲冲地走到龙云身旁，问道："班长，今天真可以摸着枪吗，那枪沉吗？"

正坐在书桌边写东西的龙云看了看钟国龙，"钟国龙，今天你这精神风貌很不错啊，值得表扬。现在告诉你，枪不沉，就几斤重，你能拿得动。"

"报告班长，打扫干净了。就等着你吹哨集合发枪了。"钟国龙仍是满脸笑意，"班长，发多少子弹啊，是真子弹吗？"

"我说钟国龙，你哪儿那么多废话？"龙云有些不耐烦地看着他，"你没事了是吧，厕所打扫干净了吗？"

"报告，我早打扫干净了！"

"你最好是把它打扫干净，趁着现在离集合还有一段时间，赶快再去检查一遍。等下我上课时，由副班长检查卫生，要是检查到谁负责的卫生区没打扫干净，谁就别想碰着枪。"龙云跟钟国龙说话的时候有意识地把嗓门儿放大，意在给全班同志提个醒。

"是，知道了！"看着龙云脸上的表情，原本还有许多问题的钟国龙没再问下去了。他赶快跑到厕所再次检查打扫了一遍，看着的确是很干净了，才一步三回头地走出厕所，守在厕所门口等集合。

这时候，伞立平捂着肚子又跑了过来，被站在门口的钟国龙拦住了。

"龙哥，你就行行好吧。我这是闹肚子，比那天李大力还要严重！"伞立平不解地问道钟国龙，"你守在厕所不让我进去是什么意思？"

"现在厕所暂停使用，要上厕所到别的连队去。"钟国龙朝伞立平挥了挥手，示意他走开。

"这厕所不就是让人用的吗？再说我拉肚子，忍不住了，快让开让我进去呀！"伞立平虽然现在是满肚子的怒火加疼痛，但是他不敢和钟国龙来硬的，他知道自己硬不过钟国龙，弄不好把钟国龙惹火了，还要挨揍。见两次请求后钟国龙仍然站在厕所门口犹如一尊门神，纹丝不动，感觉要换个策略，来点儿软的，毕竟他实在是忍不住了。

“钟爷，我的钟爷，你就行行好吧，看我憋成这样子了，等下我上完厕所出来给你打扫好。”伞立平那张脸似乎被他那不争气的肚子折腾得有些扭曲变形了。

钟国龙看了伞立平一眼，“你行了吧，刚才没听班长说吗，今天谁负责的卫生区没打扫干净谁就不能摸枪，我的枪呀，我钟国龙等了十几年的枪呀，不能被你一泡屎给整得泡汤啊！再说你那卫生水准我还看不上，不要怪兄弟。你另找个地方去上厕所，快哦，不然真就拉在裤子上了。”

伞立平一听确实也没辙了，此时那张痛苦得扭曲变了形的脸上又增加了一丝仇恨，幽怨地喊道：“好你个钟国龙，哎呀！”说完一个急转身就往门外跑。

看着伞立平跑出去的身影，钟国龙对他大喊了一句：“不要怪兄弟呀，等我摸着枪了，这厕所你想怎么上就怎么上！”

“钟国龙！”屋里传来龙云的怒吼，“我要是再发现你为了保持厕所卫生不让别人进去，我就申请把你分到炊事班，让你小子喂3年猪滚蛋！”

钟国龙没想到刚才的事被龙云听到了，吓了一大跳，连忙喊：“没有没有！大家随便来，大家随便来！”班里的人见他嘴上这么说，眼神却比狼还狠，谁还敢去？

操课号刚一响起，一阵哨音就自钟国龙耳边响起，“新兵十连带小凳，俱乐部集合！”钟国龙又是一阵兴奋，抓起自己的凳子就往俱乐部跑，边跑边拍着陈立华的肩膀叫：“兄弟们，快点哦，到俱乐部要发枪了。”

龙云坐在俱乐部里，前面的桌子上摆着一支自动步枪和几本教材。钟国龙刚一跑进俱乐部就看见龙云面前桌子上的那支黑黝黝的枪，兴奋得大脑充血，心跳加速，忍不住摸上了一把才站进队列。

见人员都到齐了，龙云神情严肃地扫视了一下大家，接着就是一顿口令：

“稍息！”

“立正！”

“准备凳子！”

“坐！”

“从今天开始，我们就要进行自动步枪操作训练，首先我们利用两个小时的时间进行自动步枪性能与构造的学习。在学习过程中，大家仔细看认真听，做好笔记，到时候我们要进行理论考核，下面我们开始学习！”龙云说完这些后坐到了凳子上，翻开教材开始讲解。

“现在，摆在你们面前桌子上的这支枪，全称QBZ95式自动步枪。这款枪是第一次大规模地来到我们部队，训练的时候大家要爱惜，要爱枪如爱护自己的眼睛，把它当作自己的第二生命……”

大家坐在凳子上，腰板挺得笔直，全神贯注地听龙云讲解被称作战士的第二生命的枪，一个个皆是满脸的兴奋。

钟国龙透着新兵特有的傻劲，用仰视的目光注视着班长手中的枪。这绝对是钟国龙在新兵连上课最安静、听课最专注的一次。

整个俱乐部里就只有龙云的声音，大家都在认真地听着班长讲解武器的结构与功能。恨不得练就一身过耳不忘的功夫，哪怕是政治教育上的“特困户”李大力，此时也把眼睛睁得大大的。大家可能不喜欢搞队列，不喜欢拉体能，但就枪来说绝对是爱你没商量。

钟国龙边看边听边认真做着笔记，心里想着，这个东西可得把它记清楚了，以后回到家也有和兄弟们吹牛的本钱——全枪长746mm，枪管长463mm，全重3.25kg，初速930m/s，理论射速650RPM，战斗射速单发40RPM，连发100RPM，直射距离370m，有效射程……

两个小时的课上得很快，龙云站起来宣布解散，10分钟后发武器。钟国龙一听，兴奋地大吼着往楼下跑，下楼时差点儿踩空阶梯，被跟在身后的陈立华一把拉住，才免掉这天灾。

“老大，你干什么去？”陈立华问。

“撒尿去，我快憋死了！”钟国龙远远地喊。

10分钟后，全班人员在连门口集合完毕。

赵黑虎和侦察连的一个老兵各背着5支自动步枪，跟在龙云身后从门口走了出来。全部是簇新的95式自动步枪，油光黑亮。

龙云站在连队门口的阶梯上神情依然严肃，“下面我们进行授枪仪式。我点谁名字，谁就上来领枪。首先由副班长给你们做一遍示范，以免等下你们不知道怎么做，领到枪都不知道怎么背。枪由我亲自发放，领到枪后要牢记自己的枪号，新兵连这3个月，这支枪就跟着你了！”

大家认真地看着副班长做了一遍示范，龙云问道：“程序大家都明白了吗？”

“明白！”这是龙云第二次见到这10个新兵表现出这么高的士气。“下面授枪仪式开始！”

“李大力！”李大力跑到龙云面前，龙云把一支自动步枪倒转过来交给李大力。“记住自己的枪号，234432！”龙云知道李大力的文化程度不高，特意挑了一支枪号好记的给他。

“赵四方！”

“到！”

“枪号474321！”

“张海涛！”

……

“按队列顺序应该到我了呀，怎么还不点我，是不是我上楼学习的时候，哪个王八蛋把厕所给弄脏了，班长不给我发枪了？”钟国龙琢磨着。

最后一个才点到钟国龙，当喊到他的名字时，钟国龙拼尽力气答了一声“到”，快速跑到龙云面前，“啪”的一声立正，站得笔直，行了军礼。龙云双手端起那把枪，郑重地递到钟国龙面前。

“钟国龙！”

“到！”

“你的枪号，461387！”

钟国龙十分小心慎重地接过那支渴望了许久的真枪，并将枪号牢牢地记在心里。

全班人员领完枪后，龙云威严地下令：“宣誓！”

这一刻，钟国龙才感觉到自己是一个真正的军人了，一股热血直冲脑门儿，眼里好像有东西要涌出来。和其他新兵一样，钟国龙竭尽全力，狼嗥虎啸一般高声大吼道：“枪在人在！枪亡人亡！”

一天的操枪训练过得很快，这一天，龙云教了大家肩、背、挎枪互换和验枪的内容，除了李大力领会动作实在太慢，继续由赵黑虎单个教练外，其他人都学得非常快。尤其是钟国龙，学得最快，动作做得也最标准。龙云心想，钟国龙这小子，除了体能不行，在技能科目方面是有培养前途的。

训练的时候，钟国龙将手中的自动步枪珍如生命，不让它和任何一件硬物相触，生怕一不小心碰坏。训练结束，擦拭上交完武器后，龙云似乎想到了什么，交代赵黑虎带领全班进行体能训练，叫钟国龙留下。

钟国龙心里嘀咕着：“我最近好像没犯什么错误呀，留我干什么？”想了想就直接问道，“班长，你留我干什么？我想出去搞体能训练，我体能需要加强。”

“不急，不急，钟国龙，今天的表现不错，值得表扬！”龙云微笑着说道。

“是，谢谢班长！”钟国龙也很开心。

“你忘了是吧，我上周六给你安排了什么任务？”龙云问。

“啊？”钟国龙一惊，“什么任务，我不记得啊！”

“那你怎么记得抽烟来着？”龙云瞪了他一眼，“演讲比赛啊，忘了？”

“班长，不会吧？”钟国龙眼睛都直了，“还真让我去呀？我还以为您是跟我开玩笑呢！我这水平吹吹牛还可以，演讲还是算了吧！”

“你少给我扯淡！我龙云什么时候跟你开过玩笑？本来是要你上个星期天就准备的，可当时想那是你们到部队来的第一次休息，这几天工作也比较忙，明天演讲比赛就要搞了，平时我看你口才不错，今天不管多晚都必须把演讲稿写出来，最好能背诵，到时候可以脱稿演讲，得分也会更高。”龙云不管他那一套。

“班长，我平时那只是聊天，吹牛，上不了台面的。”

“怎么不行，班里新兵的嗓门儿就数你的最大，班长相信你，你整就是。”龙云拍了拍钟国龙的肩膀，“要要求进步，敢于展示自己，知道吗？”

“我知道班长相信我，不然也不会让我演讲，可稿子我不会写呀，要不，班长你看，胡晓静文笔不错，你叫他给我写一个，我来念，好不？”钟国龙灵光一闪。

“那绝对不行，演讲稿必须演讲者自己写才能出效果，读别人写的稿子那是带不进去感情的。再说，咱们班也不只有胡晓静一个人才不是？来抽根烟，给你找找感觉。”龙云脸上露出一丝笑意并递给钟国龙一支烟。

钟国龙看见龙云给自己递烟，心里有点儿激动，班里可是谁都没享受过这等待遇呀，可又一琢磨，不对，上次班长不是说跑不动还抽烟被他抓住了要大整吗？于是钟国龙伸出右手挡住龙云递过来的烟，笑着说：“班长，你这不会是在考验我吧，你上次不是说谁跑不动抽烟你抓住了要采取措施吗？这不，试我是吧？”

“哈哈……”龙云大笑一声说道，“钟国龙，你以为班长不知道是吧，给你说白了吧，你是不是经常利用打扫厕所的有利条件躲着抽烟，还有好几次晚上三四点钟从床上爬起来往厕所跑，我如果没猜错的话，是烟瘾犯了到厕所抽烟去了吧？我只是看你这几天表现不错，没去抓你，还把我当傻瓜，告诉你，你这些都是我当新兵时玩剩下的。今天发烟给你是鼓励你一下，怕你没烟写不出来东西。”

钟国龙一听，心里大惊，原来平时躲着抽烟的事儿班长都知道，看来，下次要换个招了。

“钟国龙，你这次演讲代表了我们新兵十连。演讲好了，你就是为我们新兵十连争了光，要是搞砸了，那你就是新兵十连的罪人。我把我们连的荣誉放在你身上了，就看你的了。你要坚决完成任务！”

“是，坚决完成任务！”钟国龙笑着从龙云手上接过了烟，急忙从口袋掏出打火机给自己点上，深深地吸上几口，好久没这么爽，这么轻松地抽过烟了。

“那好，你别光顾着爽，赶快动手写，演讲主题是《我自豪，我成为一名军人》，就写你当兵以来的感想，不要乱整呀，要写出点儿激情来。”

“是，请班长放心，但是我有一个要求。”

“就你小子毛病多，说，什么要求？”

“班长，我怕我等下缺乏灵感，我需要班长口袋里那盒烟补充灵感。”

“你个浑蛋玩意儿！还得寸进尺了！”龙云笑着拍了一下钟国龙的脑袋，“好，今天给你破个例。”说着，从口袋里掏出烟给了钟国龙。

钟国龙笑嘻嘻地接过烟装进口袋，“班长真是好人呀，真是体恤下属的好官呀，敬礼！”

“少跟我来这一套，赶快写，我马上要把连队的那3面流动红旗交到新兵营去了，明天这面政治教育流动红旗还是不是咱们连的，就要看你的了。你一个人去俱乐部写，晚上10点前要见效果，写好了交给我看。”

“班长，这内容是让我务虚多说说套话，还是务实？”钟国龙那架势，显然把自己当成知识分子了。

“务实，你自己怎么想的就怎么写！务虚我还用你呀？吹牛我比你强！”龙云说着走出了房间。

钟国龙一个人安静地坐到桌子旁，想了想，还真是挺认真地写了起来……晚上8点，钟国龙一个人在俱乐部里绞尽脑汁地琢磨着，地上是他扔下的七八个烟头和撕下的稿纸。写的自己都不满意呀，再来，唉，谁叫自己读书的时候不用功，现在终于明白读书多有用。

9点多，钟国龙依然在写稿，地上的烟头有十几个，稿子也写得差不多了。钟国龙写完自己拿着看了一遍，觉得差不多了，他明白班长对他说的代表着新兵十连意味着什么，所以不敢马虎，他现在认识到自己是这个集体的一员，他不能给这个集体丢人。

钟国龙写完跑下楼，把稿子交给正在楼道给加班训练全班队列的龙云，明天又要队列会操。

“报告班长，我的演讲稿写完了，你看看。”

龙云交代赵黑虎继续训练，叫钟国龙跟着自己进房间。

“哎呀，不容易呀，我们钟大作家终于出山了，看看。”龙云坐在凳子上接过钟国龙的稿子，“我说你钟国龙小学毕业了吗？这字写得跟鸡爪子一样。”

“报告班长，我是中专毕业，学IT的高科技人才。”钟国龙笑着回答。

“哈哈，你还IT高科技人才。好了，不说了，你也坐着。我先看完稿子，唉，不行，你这字我确实不认识，你念给我听。”

“是！”钟国龙拿过稿子念了一遍。

“嗯，稿子写得虽然水平不高，但很朴实，写出了心声，说出了实话，没有什么大话套话。可以，就这么定了！”

钟国龙得到龙云的肯定，一种满足的感觉油然而生，感觉今天晚上的工夫没白费，值了。

“但你的表达缺乏情感，情感懂吗？要此起彼伏，该提高音量的时候要高，该低的要低，把你的感情投入进去，不要一条线，那不叫演讲，那叫念文章，还有就是，演讲要有肢体动作。今天晚上不管多晚，给我把它背出来，练好。好了，你继续上楼去，什么时候弄好什么时候睡觉，我陪着你，顺便教教你怎么演讲。我等下坐在你对面，你就像刚才那样一遍一遍地背给我听。”

凌晨1点，钟国龙终于可以把演讲稿倒背如流了，听完第N遍之后，龙云也终于满意地点了点头，“不错，现在把你造的这地面给我扫干净，回去睡觉！”

“班长，您满意啦？”钟国龙如释重负。

“满意了，就是你太费烟！”龙云笑着走了。

晚上，睡在床上的钟国龙心里感觉还是不太稳当，又一遍一遍地小声念叨着内容，他自己都不知道什么时候睡着的，反正龙云晚上起来查铺时看到睡着了的钟国满嘴梦话依然是演讲内容。

“这傻小子。”龙云走过去给他把被子盖好。

# 第十九章　演讲比赛

第二天早上6点多，外面一片漆黑，龙云爬起来把钟国龙叫醒，两人到外面进行演讲会的演习。静悄悄的营院里，除了各个连队门口的哨兵外，就只有他们俩在操场上，钟国龙对着龙云演讲，惹得各连哨兵都往他们这边张望，还真以为团里来了个军队艺术家在朗诵诗歌呢。

通过这次演讲准备，钟国龙有两点感受：第一点，班长是铁打的人，不用睡觉，精力超级充沛，自己不得不服；第二，自己快成神了，当初读书不要说有这个劲头，就是用现在一半的功力，早就考上北大、清华了，搞不好还能弄个全额奖学金。

吃过早饭，按照规定，各新兵连9点准时带到团军人俱乐部集合。

一通报告之后，张副团长坐在主席台上，他面前亮着4面流动红旗。

“同志们，时间过得很快呀，你们到部队，到我们威猛雄狮团已经有半个月了。今天集会的目的就不用我说了，大家都很清楚是干什么，就是评比我们新兵营九个新兵连这个星期的各项工作。上个星期新兵十连不错，一个连队拿了3面流动红旗。但是这个星期我看就不一定了，各连工作都抓得很紧，都在你追我赶呀！不过哪个连队能拿到流动红旗，靠的还是实力。废话我就不多说了，下面开始第一项，进行《我自豪，我成为一名军人》的主题演讲比赛。各连上来一名干部抽签决定出场顺序！”

看到龙云从主席台上抽签跑回来，坐在台下的钟国龙是心都提到嗓子眼儿了，从刚进场他就有这感觉，心跳有点儿加速，毕竟等下上台要面对这么多人呀。

“班长，我是第几个上场的？”钟国龙忐忑不安地问龙云。

“最后一个！”龙云笑道。

“班长，你太厉害了，每次抽签都是最后一个。”想着自己是最后一个上场，钟国龙的心情开始有些放松下来了。

“最后一个你就高兴了？”龙云提醒他，“最后一个有好处也有坏处，好处是你可以听听别人怎么讲的，有利于自己提高，坏处是前面要是有优秀的，你的压力可就大了！”钟国龙点点头，低下头偷偷背稿子。

第一个上去的是七连的一个新兵，敬礼后开始演讲，因为是背诵，好好的一篇演讲稿整得跟背课文似的，惹得台下大笑不止，新兵勉强背完，红着脸跑下去了。

钟国龙得意了，脸笑得跟一朵花似的。

“钟国龙，你笑什么，笑人家不如你？”龙云小声问他。

“他呀，不行！”钟国龙依旧得意，龙云看了看他，没说话。

又上去一个新兵，这个新兵很精神地敬了个礼，抑扬顿挫地开始演讲：“各位领导，各位战友，我演讲的题目是《我自豪，我成为一名军人》，时光如水，岁月如歌，在党的关怀下，在家乡父老的殷切希望之下，我终于穿上了军装，成为一名光荣的解放军战士。

啊——我自豪！因为我从此肩上有了保卫祖国，保卫人民的使命！啊——我自豪！因为我从此再也不是那个不懂事的孩子！啊……”

这位新兵一连串的排比抒情，引来了热烈的掌声，演讲结束，新兵兴奋地跑了下去。

钟国龙紧张了，小声对龙云说：“班长，我心里没底了，跟人家一比，我这稿子就不是东西了。”

龙云笑着说道：“我看不一定。你只要别紧张，声音别走了样，内容肯定没有问题！”

“行吗？”钟国龙心里在打鼓。

各连的战士一个个上台，一开始，台下的战士们还很有兴致，等到一个个上去之后，都是一水的诗朗诵，没有一句实在话，新兵们开始觉得无聊了，昏昏欲睡起来。

龙云又转过头，小声冲钟国龙说道："看见了吗？前面都没电了。为什么？都是套话！等你上去以后，你就按你稿子里写的，实话实说。你就准备拿红旗吧！"

钟国龙这个时候也有了些自信，点点头，做最后的准备。

"新兵十连，钟国龙！"报幕值班员按名单念着。

钟国龙一阵小跑上了讲台，"啪"地一个立定，敬礼！转身，再敬礼！精神抖擞。

台下立刻精神起来，新兵们开始了议论。

"钟国龙？是不是新兵刚开始'双刀战铁锹'的那个？十连怎么让他上去了？"

"听说这小子就脾气大，训练成绩一塌糊涂，十连真是没人了！上次那个胡晓静不是很好的吗，怎么派他上去了？"

"别吵！听听吧，十连古怪得很，我看这小子来者不善！"

……

台下很快恢复安静，几百双眼睛齐刷刷盯着钟国龙，他不免又紧张起来，脑子里一片空白，眼神游离，但很快就和龙云的眼睛对上了！龙云双眼冒火，杀气腾腾，钟国龙一下子清醒了！

"各位领导，各位战友！我演讲的题目是《我自豪，我成为一名军人》。本来，我其实不适合站在这里演讲，上次新兵评比，正是因为我打架，使我们十连失去了作风纪律评比的红旗。我平时的训练成绩，在全连也是最差的，但是，我之所以站在这里，是班长对我的信任，也是战友们对我的支持！想到这里，本身，我就十分自豪！"

台下响起热烈的掌声，这个与众不同的开场白，一下子吸引了所有人。钟国龙站在台上，心情不再紧张了，大声地演讲：

"我钟国龙来到部队之前，是一个彻彻底底的小混混儿，上学不努力，打架、喝酒是经常的事情，爸爸是看我无可救药了，才想到把我送到部队里。说实在话，我一开始是不愿意来当兵的，包括刚刚到部队那几天，看到部队里艰苦的生活条件，紧张的训练，我也在心中打过退堂鼓。所以，我当兵的一开始，没有任何自豪感。

"但是，来到部队以后，班长并没有放弃我，而是用比别人强上几倍的标准来严格要求我。记得第一次卫生评比的时候，我负责打扫厕所的卫生。一开始我不以为意，不就是打扫吗，擦干净不就行了？可是，班长没有这么要求，他告诉我，要对自己做的每一件事有信心，自己擦好的便池，要有信心从里面打水喝！通过这件事情，我明白了，作为一个军人，要想有自豪感，首先要自信！要对自己在部队里的每一件事情都充满自信，要严格要求自己！

“再说说我钟国龙的打架事件。的确，我当时做了一件很对不起战友、对不起军人这个称号的事情，我居然因为一件小事，和战友大打出手。事后，我虽然嘴上服气了，和那位战友重新和好，但直到上周六的会操评比，当副团长说是因为我的打架行为而影响了十连的荣誉时，我才真正感觉到自己的愚蠢和幼稚。我才知道，从此不能我行我素了，我的每一个言行，都影响着集体的荣誉！

“说到这里，我没有什么豪情壮语，只想把我自己理解的什么叫军人的自豪讲给大家，我不知道我说得对不对，但是，这是我钟国龙的真实感受。

“我心中的自豪，就是我当兵以后，把厕所打扫干净了，真正做了一件对得起自己也对得起集体的事情。我心中的自豪，就是我打架之后，班长和战友没有因为我的错误而看不起我，时时鼓励我和帮助我。我心中的自豪，就是我在每次咬着牙跑完5公里时，感受到的是大家对我鼓励的眼神。

“我从来到部队开始，就再也不是一个街头没人愿意惹的小混混儿、小流氓了，我是个军人了，我有了自己的战友，有了自己的集体，也有了集体的荣誉感。我长这么大第一次感觉到，身在这样的一个集体，是多么的快乐，多么的自豪！

“我也开始明白，一个真正的军人，应该怎么样面对部队，面对生活，也明白了，人活一辈子，怎么样才算是有意义的一辈子，怎么样才不会被别人笑话，被别人唾弃，被别人看不起。当兵扛枪，保家卫国，说的是真话，但是，我觉得也是大空话。我觉得，只有自己知道怎么样能当一个好兵，一个合格的兵之后，才不会空喊口号。

“我们班长曾经说过，部队是一个大熔炉，但是，进入这个大熔炉的，有土块、毛铁，也有木头，土块顽固不化，部队对于他来讲，只是在混日子，复员之后，该是什么还是什么；木头一进来就变成了灰，没有主见、没有个性，是庸兵，是没有出息的兵；只有毛铁，在部队这个大熔炉里，去掉杂质，不断提纯，百炼成钢。我这个人，不想来部队混日子，也不想毫无建树地活着，我应该为自己能算作一块毛铁而自豪！将来，假如我能成为千锤百炼的一块精钢，我相信，我一定会更加自豪！

“因此，今天站在演讲台上的我，不是最优秀的代表，也不是来这里喊口号来了，我是感觉，像我这样的兵，大概也是代表一种类型吧，要说自豪的话，就让我为我自己能幸运地来到部队，来到十连而自豪。谢谢大家！”

钟国龙讲完，台下先是一片寂静，紧接着，一阵雷鸣般的掌声响起来，钟国龙还以为自己讲砸了，听见掌声，这才咧着嘴笑了，敬礼后跑下台来。

“老大，好样的！”陈立华和刘强激动地拥抱过来，其他战友也围了上来。

“注意素质，坐好！”龙云也高兴，仍旧让大家坐好。

“班长，行不行？”钟国龙问龙云。

“行不行，你说呢？”龙云忽然板着脸。

钟国龙一下子紧张了，龙云终于憋不住笑了，“你小子简直是有演讲的天赋，比昨天练习讲得好多了！”

“哈哈！”钟国龙从来没见到龙云彻彻底底地夸自己，激动万分。

“同志们，评委打分已经结束，下面副团长宣布第一项演讲比赛的评比结果！”

掌声过后，副团长站在台前，很高兴地说道：“第一名，十连，钟国龙！有什么争议没有？”

“没有！”全场响起热烈的掌声。

“那好！”张国正又继续宣布第二名和第三名，钟国龙在战友的欢呼声中，再次跑上主席台领奖。

张国正笑眯眯地把演讲比赛第一名的证书和奖品——一支钢笔递给钟国龙。

“敬礼，谢谢首长！”钟国龙心里乐开了花。

“好小子！表现很好，你都快成龙云那家伙的心头宝了！”张国正笑道，“有什么感想？”

“嘿嘿……”钟国龙毫不拘束地说，“比上次会操时感觉好多了！”

“哈哈……”张国正从心里喜欢这小子，“希望你以后按照演讲的内容去做，成为一块精钢！”

“是！”钟国龙目光坚定。

钟国龙满怀激动地坐到凳子上，这种感觉是什么呢？自己也搞不清楚，这比他在家当上县城老大的时候激动兴奋多了，他自己也说不清楚为什么，只是觉得，这个似乎更威风、更有面子。

10分钟休息后，一阵集合哨音响起，战士们又回到了位置上。

张国正笔直地坐在主席台上，喝了口茶，润了润嗓子，“同志们！刚才的演讲比赛，很精彩，也很激烈，会场纪律不错。下面我们各连来比比士气，进行拉歌比赛，这也算在作风纪律的评比之中。”

“这唱歌也能拿红旗？”钟国龙有些激动了，他一直对自己高八度的嗓子很有信心，看了一眼主席台上的几面小红旗，下意识地又咽了口唾沫。

张国正开始宣布拉歌顺序："顺序：一连对二连，三连对四连，依次类推，10个连队，正好5组。"张国正还没说完，龙云猛地站起来，"报告，副团长，我认为不公平！"全新兵营800多人的眼睛都看着龙云。

张国正看了看一脸不满的龙云，说道："龙云，你说说看，哪里不公平了？"

"我们新兵十连加上我和副班长只有12个人，而新兵九连有100来个人，副团长，你说这是不是不公平？"龙云大声回答。

张国正忽然猛地拍了下桌子，厉声说道："不公平？有什么不公平的，龙云，你们这12个人，是不是一个连？"

"是，我们是新兵十连！"龙云回答。

"如果是，那就没有不公平。"张国正目光坚定地说道，"在战场上，你的敌人会不会管你有几个人，不会讲什么人数相当。拉歌比赛，和战斗一样，同样是部队生活的一部分，也是战场！战场上假如你和敌人人数悬殊，你就不打了？如果你龙云带的部队过硬，指挥得当，你同样能把敌人干掉。能不能以少胜多就看你指挥员的能力了，不要给我找什么理由。现在就是在战场上，我命令你连10个人攻击目标。等下新兵九连也不要客气，看他们人少让他们，各自拿出你们的本事来。你们新兵十连行不行？不行就不要上。"

龙云听完副团长的话，满脸涨得通红，转过身去红着眼看着班里的新兵。10个新兵坐在凳子上，个个表情严肃，眼珠子都快瞪出来了。龙云对着大家大喊一声："我们新兵十连行不行？"

"行！"喊声响彻礼堂的每一个角落，在场的人听得心中猛然一惊，这是10个人的声音吗？

"对，就是这样，这才是我们新兵十连的兵，像我龙云带的兵，记住，从现在开始，我们就上了战场，在战场上只有第一，没有第二！第二就意味着失败，意味着死亡！大家有没有信心打败敌人？"

"有！"又是一声齐声高吼。

龙云转过身向张国正大声报告："报告副团长，我们新兵十连行！"

张国正站起身来，笑了笑，"好！有信心就好，我还以为你们新兵十连会打退堂鼓。好，下面拉歌比赛开始！"

"二连的歌唱得好不好？"一连连长大喊。

"好！"一连的新兵大声喊道。

二连也不示弱："一连的歌唱得好不好？"

"好！"

"来上一首，要不要？"

"要！"

一阵阵排山倒海的声音在礼堂响彻。这音潮一声盖过一声，谁也不服谁。

钟国龙听着这声音，胸中一股豪气被调动起来，心底有什么东西也变得活跃起来。

8个连队的拉歌已经完毕，其中有输有赢，胜利的连队大家脸上都挂着得意的神情，输的那方感觉耻辱，一个个闷不吭声。

终于轮到十连上场了，这10个新兵摩拳擦掌已久，就等着龙云的口令。

龙云走到大家前面，坐在十连右侧的新兵九连连长袁战成也走了出来，轻笑道："老龙，你们就这几个人，还是不拉了，你们自己认输吧，省得等下丢丑，说我九连夺你们的面子。"

龙云高声说道："老袁，你牛什么？没听刚才副团长说吗？人多不一定就行，现在还没开始，你瞧着。"

"瞧着就瞧着，我还不信这个邪了！"

两人正在这说着，张国正对着麦克风大喊道："你们两个在那里搞什么，演相声吗？开始！"龙云转过身对着十连下口令："起立，向右转！"

接着，龙云走到离九连连长两米左右的位置，大声高喊："九连的歌唱得好不好？"手上还连串地做出动作，十分具有煽动力。

大家一看龙云这动静，顿时一股力量就上来了，大家齐吼："好！"

"来上十首八首要不要！"龙云一边吼一边舞动着双手，就像一个演员似的手舞足蹈。激情是什么，这就是激情。

"要！"又是一阵齐心高吼！

这边龙云带着十连拉着，那边九连当然也不甘落后。九连长带着大家也是猛拉："十连咦呀吗——"

"呵嘿！"100来人的声音就是响，九连的声音明显高过新兵十连11人一大截儿。

当然，龙云和新兵十连的兄弟们是不会示弱的。龙云在拉歌前就和大家商量好了，这次和新兵九连拉歌，要赢的话就只有两种方法：第一，大家必须齐心，我们只有11个人喊，一定要把每一个字喊到一起，成为一把利剑刺向九连的心脏；第二点，龙云说让大家别管，看他的就行了。

拉歌依然在继续，龙云的动作也是越来越大，他一激动，叫旁边的一个战士让一下位置，站到凳子上面大舞大喊。看着龙云那样子，新兵十连的声音也越来越齐，越来越大，大家的脸都涨得通红，脖子上的青筋也是越来越明显，心里只有一个共同的心声："不能输，我们新兵十连不能输，今天就是把嗓子喊哑也不能输。"

场面非常激烈，整个团俱乐部人声鼎沸。

"1、2、3、4、5！"

"我们等得好辛苦！"声音一浪高过一浪。

"1、2、3、4、5、6、7！"龙云指挥拉歌的节奏越来越快！

"我们等得好伤心！"

但是九连100来号人也不是吃干饭的，"我的心在等待，永远在等待，预备起！"九连长来了一首拉歌，顿时整个会场歌声大震。

11个人的声音始终是不如100来号人，眼看十连的声音就要淹没在九连的歌声中。

龙云脸上忽然露出一丝隐蔽的笑容，猛地做手势示意十连停下，不吭声地从凳子上跳下来走到九连长的面前，趁九连歌声一结束，在九连长眼前大力挥动拳头，大吼一声："九连的歌唱得有没有底气？"

"没有！"钟国龙一看龙云这阵势，和大家一起拿出吃奶的力气大吼。

"那我们给他们打打气，好不好？"龙云在九连长面前又是一顿比画。

"好！"大家看到龙云这动作又激动又好笑。

"1、2！"

"加油！"

"加油！"

"1、2！"十连拉歌节奏越来越快，声音也越来越大！

九连长原本的指挥节奏和拉歌口令被龙云这顿口令与动作给弄乱了，心里不免紧张起来，他也手对着龙云开始一边比画一边指挥。但是龙云这边拉歌动作尤为夸张，在地上又蹦又跳，嘴巴不断大喊，极其富有震撼力和感染力。十连的激情完全被调动起来了，钟国龙和大家边吼边举起拳头挥舞着，一个个眼珠暴瞪，血口大张，真的就像11只发狂的野狼。血性、豪气一下完全爆发了，这就是新兵十连的新兵，龙云带的兵，不服输，不服强，这也同样是钟国龙的性格。虽然礼堂现在是人声鼎沸，但钟国龙此时完全忘记了自我，分不清谁是谁，眼中只有龙云的动作，耳中也只有龙云指挥拉歌的声音，时空仿佛已经凝固，但是他的血在沸腾，心在跳动，声音不是从肺里喊出来的——胜利，就是要胜利，十连不能输，我钟国龙不能输。

龙云的动作越舞越大，礼堂所有人的眼中似乎看到两个指挥员不是在拉歌，而是在打架，打得异常激烈，但九连长似乎落在下风，被龙云压得无法发挥，指挥员一乱阵脚，紧跟着九连下面100来号新兵的声音也乱了，稀稀拉拉显得很不整齐，也没有了刚才的力量。

张国正坐在主席台上，看着龙云和九连长袁战成的动作又好气又好笑。但是他作为副团长，也不禁被新兵十连这11个人的精神所震撼。是呀，曾几何时，他也是新兵的时候……

龙云和九连长的战斗，新兵九连和十连的战斗依然在继续着，显然，龙云把九连长给压住了，九连的声音显得越来越乱，然而十连这11个人这柄利剑已经刺入九连的心脏，声量虽然不如九连，但是整齐、有力、穿透力极强。龙云和九连长的手依然在各自面前猛比画着，挥舞着，突然，就在一瞬间，九连长挥舞双手猛地对向龙云跳起来，龙云一个闪躲，九连长身体一下没能恢复协调，重重地摔到了地上，声音非常的清脆，如同一只从天空落下的天鹅在地上挣扎。九连新兵看见连长摔倒了，赶快跑过来扶起。龙云趁着这个机会对着九连发起了猛攻！

“西瓜皮，冬瓜皮！”

“不准要赖皮！”十连信心倍增。

“十连！”龙云依然对着九连挥舞着双手大喊。

“来一个！”

……

失去了指挥员的九连一下就被十连的声音淹没，等到九连指导员上来继续指挥的时候，十连已经彻底发狂了，对着九连不断发起猛攻，九连长一看大势已去，对着指导员挥了挥手说：“算了，再拉就没意思了，今天我们九连算是栽了，你还是指挥唱歌吧！”

“团结就是力量！”一阵歌声从九连位置的方阵中响起。九连长和九连每人心中怎么也想不通，他们怎么会输，100人的连队怎么就拉不过12人的连队！

“欧——”一阵狂喜的声音从十连每个人口中发出，大家又蹦又跳……

整整3天，龙云和新兵十连每名新兵的嗓音都是沙哑的。

# 第二十章　千里家书

这一周新兵十连拿了个大满贯，4面流动红旗牢牢地钉在了连队门口的墙上，荣誉，满足，自豪！这是新兵十连每个人心情的写照，尤其是钟国龙，在演讲后还成为新兵营的明星。“四把菜刀闹革命”与引起轰动的演讲使新兵营所有人把他的名字刻在了脑海中。就是这次演讲，钟国龙还获得了他军旅生涯的第一个奖励——营嘉奖！一个星期以来，钟国龙干什么都感觉有劲头，连走路腰板都挺得更直了。

又是一个周末，钟国龙来到部队有将近一个月了，他渐渐适应了驻地的环境和部队紧张有序的生活。早上8:00起床，8:15出操，9:00开饭……不过他仍然怀念在家的日子，特别想家，想念爸妈，以前在家无论如何也不会有这种感觉，包括那次他因为打架在外面躲了一个多月。

“钟国龙，你的信！”赵黑虎从门外走进来，拍了一把正坐在凳子上发愣的钟国龙。

“嗯，什么？”钟国龙被班副突如其来的这一掌吓一跳，似乎没有听到班副说什么。

“钟国龙，你的信！”赵黑虎重复了一遍。

钟国龙这次听得很清楚，他高兴得直蹦，“谢谢班副！”然后迫不及待地从赵黑虎手上找出写给他的两封信，低头看完是谁写给自己的，又抬起头问赵黑虎："班副，连队有电话吗？"

"有呀，二楼楼道那儿有部IC电话。"

"继续谢谢班副！"钟国龙兴奋地回答道。

赵黑虎继续给其他新兵发信。

陈立华和刘强见到钟国龙收到了信，都走了过来围着钟国龙，"老大，谁写给你的？"

"还有谁，当然是我妈写给我的。"

钟国龙提着小凳走到自己的床旁坐下，从口袋里掏出妈妈写的信拆开，动作是如此的慎重，家书抵万金，钟国龙现在终于明白了这句话的真意。

小龙：

见信一切都好！

现在你到部队有半个多月了，不知道你在部队一切还好吗？上次写给你的信也没见到回信，爸妈在家都很挂念你。

我和你爸在家都很好，你不要牵挂。你爸爸就是那点儿老毛病，老是咳嗽，其他一切都好。你现在部队一个人要好好照顾自己，在部队不像在家，在家有我和你爸，在部队就要靠自己，靠部队的领导。那边天气冷吧，我昨天看天气预报了，说你们那边现在都是零下十几度，自己要注意身体知道吗？天气冷就多穿点儿衣服。如果没钱了，就写信告诉我，妈给你汇。

昨天本来是叫你爸给你写信的，可是他说，写个信嘛，叫我写就好了，你爸爸嘴上是这么说，在我写的时候他是一直坐在我旁边，给我说要问你这，问你那。你爸就是这样，表面上很严肃，好像不关心你，其实心里比我还要记挂。你走以后，你爸好几次摆碗筷的时候都摆3套，还以为你在家……

钟国龙看到这里，突然心头一热，眼眶里有一股热流马上就要涌出来了。是呀，爸爸妈妈我也想你们呀，该给爸爸妈妈回信了。看完信，钟国龙从学习包里掏出笔和纸，之前，他一直感觉写信是一件很痛苦的事情，可现在真正写起来，尤其是给爸妈回信，是这么流畅，这么舒心。

爸妈：

你们好！

展信祝你们身体健康，你们在家都好吗？我好想你们呀！

儿到部队差不多有一个月了，这里一切都很好，训练也不苦，外面虽然天气冷点儿，但房子里有暖气，吃的也不错，早上稀饭、牛奶、豆浆、馒头、卷子。中午吃米饭，有5个菜，晚上和早上差不多，节假日还会加菜，我感觉现在都吃胖了。我和班长、战友们相处得也很好，我们一个班的有来自河南、东北、湖北几个地方的。总之，儿在边疆一切安好，你们无须牵挂。

想到我走的那天，上汽车将要出发时，瞬间千头万绪涌入心头，什么滋味都出来了，想着我即将离开你们，离开家乡、亲朋，看着你们在车下望着我的眼神，那种说不出的感觉在我的心里翻滚着，眼泪也在眼眶中打转。那时的我真想对你们大喊一声："儿子不想离开你们呀！我走了，你们在家要多注意身体呀！"

现在到了部队，我已经适应了这里的生活，早上8:00起床，这里都还没有天亮，8:15出操，连里组织的长跑队我参加了，每天早上跑一个5公里。9:15回来，叠被子，洗漱，然后吃早饭。10:15训练。14:15吃午饭，15:45训练，18:45体能训练，我现在身体强壮多了，不信到时候回来你们看……

一天的安排差不多就是这样了，你们既然让我来到了部队，我一定会好好干，不会再像在家里一样，给你们丢脸。我们现在新兵训练只搞3个月，对，我们班长也就是我们连长，他也是湖南的，我们是老乡。他对我们挺好的，我刚到部队，他还给你们写了一封信，不知道你们收到没有。他对我挺关心的，上个星期我们连拿到了全新兵营的4面流动红旗，我还参加了演讲比赛，得了第一名，你们儿子厉害吧！训练的时候班长给我照了相，上次元旦的时候，我们在一起包饺子，过得挺开心的。部队的生活有苦有乐，日子过得很充实，很开心。

说起来，也快过年了，天气冷，你们在家里也要注意身体！儿就写到这里了。

此致，敬礼！

儿：钟国龙

××年×月×日

训练是辛苦的，对于钟国龙来说尤甚。他本来体质就差，天资比不上班里任何一个人，但是他那股不服输不服强的先天个性引领着他，不能走在别人后面。不行就练，就像班长说的，笨鸟先飞早入林，练，拼命地练，除了平时正常的体能训练，业余时间加班训练，训练量比班上每个人都多了好几倍。因为他很相信龙云，龙云还对他说过，付出会有收获，汗水会有结晶，你钟国龙只要肯用功，以后一定会比我强。

钟国龙记住了这句话，因为他不想比别人弱，我钟国龙又不比别人少条胳膊少条腿，别人行我钟国龙也行，总有一天我会让你们看到，我会超过你们。

但是大强度超负荷的训练往往会导致身体透支，这就像一台超速运转的机器，时间一长容易发生故障一样。这几天，钟国龙老是感觉两条腿酸麻无力，小腿前侧，确切来说应该是骨头特别疼，尤其是跑步时，这种症状体现得更加明显。

今天的体能训练，开始又是一个3公里慢跑活动身体。钟国龙两条腿钻心地疼，他强忍着："不行，我不能打报告，我还行，我还行！"

跑在钟国龙身后的刘强似乎发现了什么："老大，怎么了？你怎么跑起来一瘸一拐的，不舒服就不要跑了，身体要紧！"钟国龙回头看了刘强一眼，笑着说："我没事，就是腿有点儿疼。"刚说完这句话，钟国龙感觉两腿一软，"啪"的一声就趴在了地上。

"老大，钟国龙！"全班兄弟们一看钟国龙倒在地上，都停下围了过来。陈立华和刘强赶紧把钟国龙扶了起来，帮他把身上的灰拍干净。

龙云用关切的眼神看着他，"钟国龙，怎么了？"

钟国龙弯下身子按了按腿，皱着脸勉强笑了笑，看着龙云，"班长没事，就是腿有点儿疼，没事，我们继续跑。"

龙云看着钟国龙的动作和表情心里明白了，脸一沉，厉声道："你还跑个锤子！我一看你表情就知道不是一点儿疼。"龙云对着旁边的赵黑虎说道："副班长，带钟国龙到营卫生室去看看！"

体能训练一解散，大家一回到宿舍就围到了钟国龙身旁，一个个关切地问候，尤其是陈立华、刘强、余忠桥3个人，叽叽喳喳你一句我一句地问着，刘强蹲在地上给钟国龙做腿上按摩，还有模有样的，陈立华给钟国龙倒水吃药，这架势，比在家的时候对他自己老妈还好。

龙云走到赵黑虎旁边问道："虎子，钟国龙什么情况？"

"班长，军医说是'新兵腿'，训练过度。平时减少训练量，休息休息，做上几天理疗应该就没事情了。"

"嗯。"龙云给赵黑虎发了一根烟，自己也点上了一根，"这小子太要强，透支了。"

在吃饭一事上，龙云给全班下了一个死规定，每次龙云放下碗筷全班人员必须吃完，留下小值洗碗筷，其他人由赵黑虎带队回宿舍。以往，龙云为了照顾新兵，每次吃饭都放慢速度。今天龙云吃饭的速度尤其快，也许就是3分钟的事儿，龙云放下碗筷准备站起身。班里的新兵看到龙云放下碗筷，心里一紧张，李大力一看，哎呀，一碗饭还没吃完呢，飞快地往嘴巴里扒了两口准备起身。龙云站起来看着大家，“今天你们慢慢吃，我去服务社买点儿东西。”大家一听龙云这么说，心里放松下来，继续吃着。

晚上熄灯过后，龙云查完铺，在柜子里拿了什么东西直接走到钟国龙床边。

“班长，找我有什么事吗？”钟国龙看到龙云走到自己床边，连忙从床上坐了起来。

“嗯，腿还疼不疼？”龙云坐在钟国龙的床边问着。

“现在不是很疼，就是跑步的时候比较疼。”“那你小子训练的时候还逞强，把腿伸出来，我看看。”龙云手伸到钟国龙的小腿上按了几下。

“哎哟！”钟国龙疼得叫了一声。

龙云把手收了回去，从口袋里掏出一个东西。

“班长，你手里拿的是什么东西呀？”钟国龙纳闷儿地问道。

龙云把手上的电筒对着右手照了一下，“是红花油，来，给你擦擦。”龙云说完把盖子拧开，倒了一些在手掌上，两只手搓了搓，在钟国龙的小腿上擦了起来。

“班长，你……还是我自己来擦吧！”龙云没说话，只是一个劲地给他擦药。

钟国龙似乎明白了今天晚上班长为什么吃饭那么快。看着龙云低头给自己擦脚，钟国龙心中一阵感动，确切来说是被龙云所感动。

以前，就在这次以前，龙云在钟国龙的心中，是一个不容易亲近的人，钟国龙是一个不服人的人，通过接触，他对龙云的感觉就是敬畏！但是今天，就是今天晚上，钟国龙对龙云的看法完全改变了。他发现龙云怎么这么像一个人，这个人……对，只有妈妈，在家里，只有妈妈会这么对他。

“班长，谢谢你！”这是现在钟国龙最想和龙云说的一句话。

龙云抬起头来看着钟国龙那奇怪的表情，“谢什么，记住我是你的班长，有必要客气吗。”

“嗯，班长，你说我这腿什么时候能好？医生说的骨膜炎，我一听这病的名字，就感觉很严重。”

“没事的，新兵得这病很正常，跟你说个事吧，你班长我新兵的时候也得过。”

“不能吧。”钟国龙有点儿不敢相信。

“怎么不能，你班长我又不是铁人，刚来部队的时候我也和你一样，体质比较差，自己也不服输，就加班练，练着练着就练出这毛病来了。你不要担心，休息几天，等你的身体慢慢适应这样强度的训练就好了。”

“那你的意思就是这几天我不能参加体能训练了？”

“嗯，应该是这样，你什么都不要多想，趁这几天好好休息休息！”“不行呀，要不，班长你看，大家跑步的时候我练练上肢力量，我腿不行手还行呀！”

龙云听完钟国龙这句话，似乎看到了从前的自己，从前，自己也不是这样嘛！

“行，就按你说的这么做。”

“班长，你当兵多少年了？”

“今年是第10个年头，怎么了？”

“10年了……”钟国龙眼中流露出一丝钦佩之情，他想不到一个人怎么能在部队待这么长时间，“那班长，你当兵前是干什么的？”

“我呀，我当兵前呀，来，把耳朵靠前点儿，我告诉你。”龙云轻声对钟国龙说。

钟国龙心想：“班长搞得这么神秘干什么？”

“保密，哈哈，你钟国龙是查户口的是不？”龙云的声音突然放大，把钟国龙的耳朵震得嗡嗡直响。

“班长，你搞什么呀，耳朵都快被你震聋了！”钟国龙有点儿恼火。

“好了，不说了，等下吵到大家睡觉了，药也擦得差不多了，早点儿休息。我也睡觉了。”

“遵命！”钟国龙大声回答。

躺在床上的钟国龙思考了半天，班长龙云给他留下了一个疑问，他特别想知道，班长当兵前是干什么的……

# 第二十一章　战术基础

“领枪！”一阵哨音吹响，这是钟国龙最喜欢的一件事情，领到自己心爱的95式自动步枪，每次都是那么的爱不释手。虽然龙云对他说过，有一天你会摸得不想摸，但是钟国龙不这么觉得，不管多久，枪都是他的最爱，要是可以的话，他还希望天天抱着它睡觉。

10分钟后，龙云集合全班带到了训练场。

走着走着，钟国龙感觉有点儿不对劲，以前我们操枪训练不都是带到团操场吗，我们训练区域不是划分在篮球场吗？班长今天要干什么，要带我们上哪儿去？在营院的东侧，有一块很宽敞的地方，地上不像他们训练队列的水泥地面，平时训练前都把雪扫干净了，此时那边的地上还是白皑皑的一片。

“立正！”一声口令从龙云嘴里响起。

龙云把大家带到这个位置，地上有很多大小不一的石头，前面有几个遮蔽物和掩体。

“向右看齐！”

“向前看！”

“稍息！”

“立正！”

“科目：战术基础。内容：一、持枪；二、持枪卧倒……”

龙云干净利索地下达了今天的训练科目以及标准要求。钟国龙终于知道今天要干什么了，但脑子里还是存有疑问，“报告！”

龙云看了钟国龙一眼，“说！”

“班长，你上个星期不是说这周有实弹射击吗？我们现在是不是训练射击瞄准呀？”

龙云说道：“是的，但是今天不是练瞄准，今天的科目是战术基础！你还要问什么？”

钟国龙听到班长这样回答，知道再问下去就要挨骂了，于是大声回答：“没有问题了。”

“嗯，这就好，在训练前跟你们说两点：第一，我们现在的训练进度把握得不错。你们自己也应该知道，现在其他连队的新兵按照新兵营的训练进度表，都还在训练队列，而我们已经进入了战术基础，不能不说我们的训练进度相当的快。可是，训练进度一快，就不免会有后遗症，那就是基础不牢固。所以呢，我和副班长昨天晚上交流了一下，决定从今天开始每天把训练时间拉长。除营大型集合以外，连队没必要搞的教育我们都不搞，把时间放在训练上。这是我今天要说的第一点；第二，就是向你们说明个问题，本来按照历年来的传统，战术基础的新兵训练都是在软地上进行，今天知道我为什么要把你们带到这块石子地来吗？没有其他的原因，就是要锤炼、考验你们的血性和意志力，看你们都是不是真男人。在这里进行战术训练，尤其是后面的行进间卧倒和匍匐前进，受点儿小伤，身上挂彩都是正常的！”

龙云说到这里，眼睛扫了一下这些新兵，新兵反应不一，刘强、陈立华和余忠桥、胡晓静是目光坚定，神情自然。李大力站在那里是神情漠然，其他人尤其是伞立平显得有些畏惧。

只有钟国龙，目光坚定不说，甚至还有些期待似的，好像完全没有听见班长说什么受伤之类的话。

“钟国龙，你腿上的伤，能不能坚持？”龙云问。

“报告，没有问题！”钟国龙大声喊道。

“好了，今天训练前就说这么两点。为了使大家有个印象，首先，以前的训练示范都是由副班长给大家做的，今天由我把战术训练的所有内容给大家做一个示范，大家注意仔细看。副班长下口令！”

“是！”赵黑虎跑到队列的右前侧，笔直地站在那里。

龙云套着子弹袋，肩背着自动步枪，一个标准的跑步跑到队列的左前侧。

“大家等下注意看班长的动作细节和眼神！”赵黑虎对大家说道。

“第一个内容：持枪。”

听到这句口令。龙云“啪”的一下从肩枪姿势转换为了持枪，动作快速熟练。钟国龙心想，这么简单的动作有什么难的，我肯定也行。

“第一个内容比较简单，我就只示范一遍。虎子，下一个内容。”龙云说道。

“第二个内容，持枪卧倒。首先做一遍慢动作，卧倒！”赵黑虎下口令的声音洪亮有力。

龙云右手提枪，左脚向前迈了一大步，同时伸出左臂，按照膝、手、肘的顺序顺势卧倒，而后右手将枪前送，转过身体，成卧倒狙枪瞄准姿势。

“起立！”

“第二遍，持枪卧倒连贯动作。卧倒！”

龙云的动作干净利索，站起身后，龙云面前的石子地上很明显有两条痕迹，是龙云卧倒的瞬间左手和右脚的动作划出的。如果说上个慢动作标准漂亮的话，这个连贯动作绝对是下意识的。

钟国龙感觉班长这个动作做得太牛了，不由得加深了对班长的钦佩之情！龙云接着又给大家示范了第三个内容，跃进，赵黑虎继续下着口令。

“第三个内容，行进间卧倒。持枪，跃进，卧倒！”

龙云听口令做动作，跃进过程中，两眼四处观望，听到卧倒的口令后，毫不犹豫地卧倒出枪，“唰”的一下，掀开了地上的石子和积雪。

“帅！”钟国龙看着龙云这个动作，嘴巴里不由得蹦出了这个字。钟国龙刚一说出口，赵黑虎和全班人员头都转过来看着他，虽然全班都这么认为，但是没有一个人敢在队列里说出来。

“起立！”

龙云站起身来跑回原位，身上满是灰尘。

“第四个内容，匍匐前进。匍匐前进分为3个小内容，分别是低姿匍匐、侧姿匍匐和高姿匍匐……下面大家看示范！”“卧倒！”龙云又是一个快速的动作。

“低姿匍匐准备！”

“前进！”龙云不断地扭动身躯，向一条蠕虫一样快速向前爬行，地上坚硬锋利的石子虽然在不断地刺疼着龙云的身体，但在龙云的心里只有前进，前进，再前进……

龙云示范完所有动作，示意赵黑虎入列，自己跑到全班面前。

“同志们，刚才我把战术基础给大家做了一个完整的示范，目的就是要让大家加深印象，定个标准，好让大家明白动作怎么做。其实战术也没什么标准，部队里面有这么一句话，‘队列没有对的，战术没有错的’。战术是要在战场上灵活运用的，特别是和敌人相遇时，不需要什么标准，就是要看谁先卧倒、开枪，要的就是迅速，能保住命的就是正确的动作。大家明白吗？”

大家面前的龙云，身上的衣服裤子被石子划开了几条缝，尤其是肘臂和膝盖位置。左手手掌在刚才做动作的时候被石子划破了，正在不断地往外渗血。

钟国龙看着班长的手不断在流着血，不禁打了一声报告：“班长，你的手在流血。”

龙云看了看正在流血的左手掌，从口袋里掏出一张卫生纸简单地擦了一下，对全班高声说道：“训练流这点儿血不算什么，其实，刚才我在提要求的时候，就发现个别同志对这个训练科目有畏难情绪。大家记住，一个真正的战士是靠千锤百炼锤打出来的，如果怕受伤，怕训练，你就不要来部队，你也就不是个真男人，更不是军人。”

龙云说着，把衣服袖子卷起来露出手肘，手肘皮肤已经破了，也在不断地渗出殷红的鲜血，接着龙云又把裤腿卷了上来，卷得快到膝盖位置的时候，龙云微咬了一下牙，用力把裤子向上拉了起来，“哗”的一下，裤子粘着一块皮被拉了起来，接着就是血渗出。

钟国龙看着班长心中一阵翻腾：从新兵连到老连队，只有几万米的距离，可是，从一名新兵到老兵，却有着数字无法描述的差距。是的，或许在我当初决定参军的时候就该预料到了。人生不就是这样吗？昨天是一个结束，明天是一个开始；前站已经结束，下站又是一个开始。这很正常，只要我们在这条路上走着，就不可能一成不变，时间在变，环境在变，我们总是一次又一次地铸造自己，然后又否定自己，我们总是一遍又一遍地粉碎过去，然后重新再来。

只是，每一次否定都那么痛苦，每一次改变都那么复杂。当我加入了新兵十连，成为这个集体一员之后，我才发现，原来我在家时的观念在这里都是错的，我离他们的距离就像天地之间的距离一样遥远。只有经历磨炼，才能让我们这群不知道天高地厚，懦弱有余、坚韧不足的男孩成为真正的男人。

所以，即使再痛苦，我都必须坚持。

龙云站在那里犹如一座雕像，他继续大声说道：“大家都看到了，这就是训练，训练的时候受这点儿小伤是很正常的，平时多流汗，战时才能少流血。作为军人，我们要为祖国负责；作为指挥官，我要为你们负责。所以，我丑话说在前头，今天可能只是个开始，从今以后你们将要经历一个痛苦的过程，这是每一个顽强的军人必须经历的过程！它是锻造军人作战素质的一个关键。我希望你们什么都不要想，咬牙挺到底，一切都会豁然开朗！大家对训练有没有信心？”

“有！”回答的声音无比洪亮。

“好，下面我们就开始训练！”

由于时间紧，为了让大家尽快熟悉动作，龙云在两个小时内把所有动作指挥了一遍。

终于到匍匐前进的内容了，这也是钟国龙在看班长示范时最期待的一项训练内容。这个动作钟国龙不止一次在电视上看到过，所以他特别想体验一把，看看自己能爬多快，和班长有多大的差距。

新兵们在地上趴成一排，来回翻滚、摩擦、揉搓着，训练场上泥土石子飞溅，大家的衣服都变成了土黄色，钟国龙感觉自己肘臂和膝盖处黏糊糊的，不用看，肯定是磨破了。不光是他，大家估计都磨破了。

就算肉磨完了只剩骨头，大家都不会退缩。

“钟国龙，注意姿势，你屁股撅得太高了！”龙云走过来拍了一把钟国龙喊道。

“李大力，你怎么像个乌龟，动作要领不对。”接着，龙云又卧倒在地，给李大力示范了正确动作。“伞立平，注意手尽量往前伸。”龙云继续纠正大家的动作，伞立平边爬，嘴里边嘟囔着，仿佛在抱怨着什么。

“刘强动作不错，就这样！”

几缕淡淡的阳光照射在地面上，积雪融化了许多，战术场一片狼藉，地上到处都是水洼。风依旧狂妄地吹着地上的枯叶，不时发出凄凉的声响。

“今天天气真好！”龙云笑道，“老天都在照顾同志们，这个太阳出得及时。这样训练最有效果了！”

新兵们一脸苦相，谁都不希望趴在这泥地上训练。

“不要害怕，一咬牙扑下去，什么事情都没有了。”龙云又道，“想当年我提干到军校时千里拉练，中途出现敌情，我身前就有堆牛粪，还不是照样卧了下去！”

“卧倒！”

“卧倒！”大家大吼着，终于卧了下去。

“扑通”声响成一片，战士们的身体在泥泞里滑了数米远，溅起了水花，衣服上泥点斑斑。

“嗯，这还差不多！”龙云满意了。

“低姿匍匐准备！”

“准备！”

“前进！”

“前进！”

钟国龙等人怒吼着在泥泞里穿行，反正是倒霉透顶了，他们便想把气撒在这石子地上。身体与地面相摩擦，“沙沙”声不绝于耳。总算出了泥洼区，该到平地了吧。钟国龙正庆幸着，抬起头来却发现前面是一处水泥石子路。

“这可怎么爬？简直是把自己的肉体往刀口上送！”伞立平在一旁叫着。

“停下来干什么？继续爬！”龙云大叫道。

“爬！”钟国龙咬咬牙，与战友们并肩前进，衣服被剐得“刺啦”作响，好不容易到了终点，每个人都烂了衣服，手背上破了皮，双肘双膝流了血，经风一吹，又冷又痛。钟国龙看着自己的伤处，心里说不清楚是什么滋味。

“记住你军旅生涯里流下的每一滴鲜血！”龙云拍拍他的肩膀，走了过去。

将全班带回之前，龙云说要举行一个评比竞赛。100米的路线设3个距离段，低姿、侧姿、高姿都要用上，第一名今天晚饭可以加菜，还能上服务社买东西。

“兄弟们，加油！”钟国龙举起拳头，对着陈立华、刘强和余忠桥说道。自从那次打架后，他和余忠桥的关系就好了起来，这就叫“不打不相识吧”。他们几个也都举起拳头，互相说“加油”，全班10个新兵一字排开，气氛变得紧张起来。

“预备——开始！”在龙云和赵黑虎的加油声中，大家扭动着身体擦着地面向前匍匐。钟国龙是那种为了胜利命都可以不要的人，不能输，失败对他来说就意味着死亡。班长、副班长，我要让你们看看，我钟国龙不是那种糊不上墙的烂泥！总有一天，我要比你们任何一个都优秀！我也一样可以吃苦可以流血流汗，我不需要任何照顾！他加快了速度，身体鳄鱼一般换了姿势。

“钟国龙已经开始侧姿了！”身体依旧在地面上穿行，胜利越来越近了！这个时候有一丝一毫的停滞都会前功尽弃！前方有一潭水，扑进去滋味肯定不好受，绕过去时间就来不及了！其他人都拼红了眼，身体沙沙擦摩着地皮，特别是余忠桥，大有将他一举超越的势头。到了这个地步，一潭死水还能放在眼里吗？钟国龙毫不犹豫地扑了过去……

“第一名是我们的……钟国龙！”龙云宣布了结果。钟国龙看着龙云笑了，此时心里已乐开了花，胜利的感觉真的很好。赵黑虎上前向钟国龙道贺：“不错嘛，继续加油！”对着钟国龙的肩膀拍了一把，发现他身上湿了一片，手背破了一块皮。

# 第二十二章　据枪训练

“嘟！”起床哨又响了。

“起床，动作快！”赵黑虎催促着，他对大家的速度很不满意，“没睡醒啊！还不利索点儿，等着挨练呢？”

“今天体能训练，来点儿轻松的——5公里越野！每人1副沙袋，1分钟内集合！”龙云拿着卡表，其他人员跑去背沙袋。

新兵十连的官兵鬼哭狼嚎地出了营门。5公里山地越野路线崎岖坡长地陡，尤其是上坡，每前进一步都要耗费很大体力，虽然是一个起跑线开始的，但大家的差距再一次体现出来了。

“大家加油！”龙云大喊，“谁能跑到第一名回头我请他抽烟！”

“快点儿，不要落得太远！”

龙云跑在队伍的最后面压阵，大家加足马力往前冲，怎么都赶不上去，一直落在赵黑虎后面。

“我不行了！”李大力大个子瘫倒在了地上，哀号着。

“振作点儿，起来！”龙云停了下来用力拉着他，“不就5公里吗？咬咬牙就过去了，来，班长陪你一起跑！”

“这叫什么5公里？比登天都累！”伞立平骂道，“怎么会有这种鬼路！哪像以前在操场上跑，四平八稳的多舒服！”

“别再废话了，更费体力！”钟国龙推了他一把，李大力气喘吁吁赶了上来，3人继续艰难地行进。

“你们这群不求上进的兵！”这是龙云给大家的评价。

的确是不行，钟国龙悲哀地发现，虽然这段时间他天天提前起床猛练，腿通过班长天天给他擦药和在营卫生队理疗好多了，但他还是掉到了最后一名，咬着牙才跑完了全程，自己感觉都快死了。等他们半死不活地赶回连队时，赵黑虎的内务已经整理好了。

“记住！只有15分钟时间整理内务、打扫卫生、洗脸刷牙，想吃早饭动作就快点儿！”赵黑虎对他们咆哮。

急匆匆地跑回了房间，龙云正坐着，脸阴沉阴沉的，一双眼睛冷酷而又犀利地盯着每一个人。

“报告班长，我回来了！”

大家看着最后一个跑回来的钟国龙，看着班长的那副眼神，大气都不敢喘一口。

“嗯！”龙云点了点头，没说什么。

上午操课，全连被带到了综合训练场。

“活动一下身体，不然等会儿训练多没劲！”龙云发话了。

“全班注意，沿800米演练通道跑3圈！”

接下来一个上午都在进行据枪训练，大家排成一列长队，全身伏地，双手据枪，瞄着200米外的训练靶。这训练可不好过，每人都在枪头吊着一块砖头，双臂已经又酸又痛。

“都把枪端好！”龙云不停地纠正新兵们的姿势。

钟国龙额头上冒出了汗，大臂和虎口早已不听使唤，步枪在手中不停地抖动着，他生怕被班长看到，死命握着枪颈，远处的靶子已经变得一片模糊。不单是他，旁边的刘强等人也承受不住，动作变了形，而有的人因为身体上的痛苦牙齿咬得咯咯响。

“同志们，平时俯卧撑做少了嘛！手臂一点儿力气都没有。”龙云笑道，“肯定是你们偷懒！”赵黑虎说道：“平时室内体能也没少搞啊！只要吃得了苦，这点儿训练算什么！看来要给他们补补课了。”

于是，休息时，龙云又要求做了一组100个俯卧撑，然后又跑了两圈800米，后5名的又加罚了一圈。大家心里很不平衡，这哪里是休息？简直比训练还累！此后，休息时冲刺800米成了大家训练间隙的例行科目。钟国龙也不多想，做就做，正好我体能差，当作锻炼加强吧。

全班带回营区已经是1点半了，每个人都是又累又饿，此刻最大的幸福就是能吃上一顿饱饭。人就是这样，什么样的环境决定了什么样的欲望。然而就是一顿午饭，钟国龙他们这次都没吃到。

文书在清点武器的时候，发现十连一支步枪不见了附品。武器是战士的第二生命，这件事情可闹大了！此时的龙云像魔鬼一样，发了很大的火，将大家骂了个狗血喷头，“自己的枪都看不好！武器装备一点儿都不上心！平时是怎么教育的！都给我去找。找不到别回来见我！”

龙云铁青着脸，赵黑虎铁青着脸，大家也铁青着脸。你们这些新兵还能做什么呢？

大家战战兢兢地跑到训练场把每一处角落都翻遍了，终于在草丛里面找到了附品。

“谁的？”龙云眼睛喷火一样瞪着大家。

“报告，我的。”钟国龙内心充满了愧疚与自责，“我愿意负全部责任！”

“你负得起吗？”龙云大发雷霆，“不要小看一件附品，事情虽小，可见本质。一名士兵连自己的枪都保管不好，还能指望他做什么！”

“你们其他人不要在一旁庆幸。这事跟你们也脱不了关系！为什么不关心一下战友，相互之间多督促、多提醒一下？你们算哪门子团结友爱、亲如兄弟？”赵黑虎发话了，“钟国龙，你要记住，你的一言一行都影响着整个集体，你要对集体负责任，集体也要对你负责任！”

龙云接着话厉声道：“你们其他人也别看钟国龙的笑话，我看你们长不长记性！”

大家围着800米通道跑了4圈，他们用4圈800米的代价记住了一句话：

“枪是战士的第二生命，要像爱护自己的眼睛一样爱护它。”后来，这句话被陈立华他们窜改了：“枪是战士的第二恋人，要像爱护自己的女人一样爱护它。”午饭空了肚子，下午还要训练，尤其还要进行残酷的体能训练。休息的时候，龙云派副班长赵黑虎到服务社里买了一大堆食品，把全班召集到了训练场的堑壕里。

“10分钟的时间，吃饱喝足！”

大家小心地抓起食品往嘴里送，龙云坐在边上看着，眼神依旧是那么阴冷。

“假惺惺！”伞立平看到龙云走远了，将面包扔到了草丛里。

“明明是他整了咱们，现在倒好，搞得像咱们欠他多大恩情似的，我呸！”张海涛吐了口唾沫，战士们一起大笑。

“吃完了吗？他×的，比我还能消化！”赵黑虎站在堑壕出口大骂。钟国龙很想给他一拳，但他却没有出手，因为他看到赵黑虎一直在笑。

下午的训练依然是据抢瞄准。这次来之前，钟国龙多带了一块砖头放在挎包里，因为龙云在训练前和他们说过，吊砖的目的就是锻炼据枪的稳定性和手臂的力量，只有枪据好了，射击才能打好。体能科目不行可以多练，可射击是钟国龙的一个梦想，当兵前就有的梦想，一定要好好训练，真正射击的时候打出一个漂亮的成绩，为自己争口气。

训练开始时，龙云走到钟国龙的身边，看到他的枪口上吊着两块砖，咬着牙齿，浑身颤抖着，他没有说什么，继续走到其他新兵旁边纠正动作。

一个下午又这么过去了，钟国龙感觉浑身酸痛，尤其是两条胳膊，甚至感觉不到它们的存在，仿佛不是自己的了。晚饭时，钟国龙拿碗和筷子的手在不断颤抖着，连菜都夹不住。无奈之下，钟国龙干脆把碗放在桌面上，右手成拳抓住筷子下头往嘴里扒着干饭。

龙云看到钟国龙这个动作，笑了笑，夹上了几大筷子菜送到他碗里。钟国龙抬起头一看，是班长在为自己夹菜，不免心中一热，班长这个人……

终于到了实弹射击的时候，新兵十连全体新兵参加自动步枪实弹体验射击。

前一天晚上，龙云便放出了狠话：射击体会，要求不高，所有人达到及格水平就行了！谁要是不及格，保准会留下难以忘怀的记忆！

大家紧张兮兮的，夜里睡觉都不踏实。特别是钟国龙，这是他的梦想呀，不知道练了这么久，真打起射击会是什么样的成绩，就看明天吧。

第二天上午10点进行新兵射击体会。之所以称之为“体会”，实际上就是让新兵了解一下打枪的感觉，并没有要求出个什么好成绩。每人5发子弹，进行单发射击，命中3发以上为合格。

时间飞快。次日，刚从睡梦中醒来，大家便听到外面雨声啪啪响，冷冷的冰雪敲打着大地，整个营区呈现出一片白蒙蒙的景象。

“耶！”伞立平高兴得手舞足蹈，“终于应验了！昨天夜里乞求老天下大雪，它就真的下雪，看来这靶是打不成了！感谢老天爷！下了一场及时雪，不但不用打靶，室外体能也不用搞了！”伞立平向天空行了个庄重的军礼。

早饭时，龙云说：“虽然下雪，但打靶照样进行。一场雪算得了什么，下雪天还要打仗呢！”

距离进靶场还有1个小时的时间，所有人都在屋子里检查枪支，钟国龙拿着枪左瞄瞄右看看，试了好几次撞针是不是正常。

10点整，全体人员集合，背着步枪，前往6里外的靶场。下了一夜的雪，泥土路早就积上了很厚的雪，一脚上去咔嚓咔嚓地响着，稍不留意就会滑倒。

“都给我走好了！别吊儿郎当的！”龙云吼着。

快到靶场的时候，钟国龙已经听到枪声，这心啊，顿时收缩起来，感觉呼吸都有点儿困难。钟国龙做了几个深呼吸都不奏效。怎么了，这是？队伍停在靶场一侧等待进场的命令，所有人都兴奋得不得了，看着手里的枪和遥远的靶跃跃欲试。

雪越下越起劲，走到靶场，大家下半身都湿了。射击场上积满了雪，仿佛一片雪海。

“全体都有——坐下！”

“哗！”大家硬生生坐到了雪里。

“同志们紧张吗？”

“报告，不……不紧张！”伞立平一副胸有成竹的样子，话却说不顺溜。

“还说不紧张，话都说不溜了！”龙云笑骂，“好好打！”

“一号射手占领一号靶台，二号射手占领二号靶台，其余射手依次类推寻找对应目标，占领位置！”

“验枪！”耳边是哗啦哗啦拆弹夹、装弹夹的声音。

“距离100米，目标胸环靶。卧姿——装子弹！”钟国龙按照平时学的，将子弹推上膛。

“保险拨到单抠！”

“啪！”10名射手卧姿出枪，靶台上积雪压出了一个人形，每个人身上都是雪。

“准备……”口令很长。钟国龙在6号靶台，他据枪瞄向百米外的靶子，雪落在头上，被身体的热量融化成水顺着脸颊流下来，枪身上也是雪，缺口与准星怎么都平正不好。完了，一片雪花正好挡在了准星上。眼睛前面无数片雪花在飘落，连靶子都看不太清楚，他心里涌起一阵惊慌与绝望，握枪的手不停地颤抖着，打起精神继续寻找目标。在钟国龙的右边，“嗒嗒……”一阵急速的连发。

“停止射击！”

所有人放下步枪，向右边看去。隔着人看不见是谁放的，但是钟国龙知道李大力这小子肯定倒霉了。

一共5发子弹，何其珍贵，他居然跟猪八戒吃人参果一样全干进去了。果然，李大力被拎起来，屁股上、脸上挨了好几下。

可怜的李大力啊，他就不知道低头看一眼保险拨到什么位置上了吗？

口令再次下达。耳边陆续传来“砰、砰”击发的声音，有的弹壳飞到钟国龙的眼前。钟国龙稳住心神，仔细地瞄准靶子，但是始终没开一枪。当他觉得可以了，才将准星套在靶子上。时间一分一秒地过去，这么冷的天气，钟国龙居然感觉额头出汗了，食指逐渐施加压力，终于“砰”的一声，第一枪击发了。他稍微欠欠头看了一下报靶，啊？脱靶了。第一枪居然靶子都没沾到。钟国龙调整了一下姿势，睁睁眼睛，继续瞄准，这个时候，陈立华的枪也响了，10环！继续瞄准，第二枪击发后，钟国龙没敢看报靶，只听见口令：“停止射击！”钟国龙闭上眼睛。

“你怎么搞的？”钟国龙睁开眼睛，看见龙云正趴在他的身边。

“多少？”钟国龙很想知道成绩。

“什么多少？脱靶了，你把靶杆打折了。”龙云厉声道。

靶子那么大没打着，靶杆那么细，居然打上了，钟国龙气馁道：“班长，我不行了。”

“你怎么不行，没事，没事！”龙云安慰着他。

报靶员将靶子重新安好，钟国龙努力稳住情绪，再一次将准星套在靶上，突然觉得靶子越来越大，越来越近。屏住呼吸，枪响后，钟国龙看了一下，10环。继续射击，9环。接下来两发子弹分别是9环、10环。

陈立华的成绩非常不错，10环，10环，8环，10环，8环。

龙云跑过来说道：“不错不错！”

“班长，再给我一发子弹……我想再感觉一发。”钟国龙慢慢地将最后一发子弹压进弹夹。整个靶场静了下来。打开保险，瞄准靶心……“砰”弹壳飞出弹仓，落到一边，钟国龙闭上了眼睛，直到听见后面的掌声他才敢睁开眼睛，没错，是10环！他长长地出了一口气。

射击完毕后，龙云集合全班进行讲评。

“你们当中有几个人完蛋了！”赵黑虎阴着脸，龙云更是双眼通红，像要杀人一般。

“牛皮哄哄地跟我保证，最后怎么样？除了钟国龙和陈立华还不错，其他人一败涂地！”龙云道，“苦口婆心地跟你们讲，不要紧张，不要紧张！像训练的时候那样操作就可以了。班长不要求你们打多好，至少要及格以上吧。更可气的是，居然还有人打错了靶子。今天是下雪，冷了点儿，天气差了点儿，可也不至于把脑子弄僵吧！”

除了钟国龙和陈立华外，其他新兵全都耷拉着脑袋，射击前满怀信心的刘强更是郁闷不堪，嘴唇咬出了血，一脸的痛苦与失落。

“都把头抬起来！”龙云发话了，“男人嘛，说到做到！这次不行，还有下次！一场失败就倒下了，还算什么军人！”午饭后，龙云集合新兵上了训练场。

“200个俯卧撑，开始！”

“1、2！”排长、班长、新兵趴在泥水里边数边做。

200个俯卧撑做完了，接着是蛙跳、鸭子步、仰卧起坐、单杠，几个科目轮流交替着。龙云、副班长铁青着脸，大家也都铁青着脸，对于军人来说，失败是一种耻辱。来到军营之后，这些新兵蛋子已经明白了这个道理。

“痛不痛快？”龙云一身泥水站在队伍前面。

“痛快！”

“服不服气？”

“不服！”

“怎么办？”

“吸取教训，继续努力，下次打好，勇当第一！”

“好，我喜欢这样的你们！”龙云笑了，“全连带回！”

龙云想着这段时间训练比较辛苦，也该劳逸结合一下了，晚上终于安排了自由活动，新兵们连日折腾，身体早就累了，哪里也不想去，便缠着龙云到俱乐部里给放录像。

片子是《亮剑》，片里的李云龙豪气冲天，这也是钟国龙特别喜欢的一个角色。新兵们看得津津有味，大声叫好……

# 第二十三章　紧急出动

凌晨3点多，军营内一片静悄悄的，除了各连队门口的哨兵偶尔说上两句话，其他一切都是那么的死寂。

新兵十连宿舍里面，大家都在熟睡中。十连的训练任务比其他所有新兵连都要多，某些方面甚至已经超过了老兵的训练负荷，此时这些新兵们再也没有了一开始时的失眠与不适应，“休息也是战斗”这句话已经深入人心。

忽然，一阵刺耳的警报声从营区广播里传出。

“洞三三、洞洞两！”

“洞三三、洞洞两！”

“部队请注意，部队请注意！”整个营区顿时紧张起来。

全团所有老兵连的士兵都醒了，有的坐在床上等待着，有的老兵干脆穿起了衣服……

龙云最先醒来，猛地跃起，把床下的钟国龙也震醒了。旁边，赵黑虎已经跳了下来，瞪着眼睛说道：“班长，有情况啊！”

龙云再次辨认了一下警报声，从上铺一跃而下，大声喊道：“起床，都给我起来，赶快穿衣服！紧急出动！快，快，快！”钟国龙听到班长大喊，本来不知所措的他迅速穿起了衣服，因为在他的印象中，似乎没看到班长这么紧张过，其他新兵也是一样，慌乱地穿着衣服，找自己的腰带、帽子，整个宿舍从平静得不能再平静的熟睡状态瞬间变得很紧张。

“班长，这又是咋了？又是紧急集合啊！”李大力边穿衣服边问。

“班长，光上周您都整了7次了，大家也练得差不多了呀。”伞立平老大不情愿。

“你他×的废什么话？这次是真的！”龙云大骂。

“真的，什么真的？”大家顿时紧张起来，心跳都加快了。

龙云迅速穿好衣服，快速跑到楼道里，拿出哨子吹了一个短促的哨音：“紧急出动！”

经过龙云魔鬼式的训练，十连已经完全适应了这种突然行动，极短的时间，大家已经整装待发了。

“副班长，班长说这次是真的，什么意思？”钟国龙也有些紧张，看了看旁边的赵黑虎，忍不住问道。

“具体不清楚。”赵黑虎听了听外面的动静，“这是团里的一级警报通知，听动静，全团老兵都集合了。”

“团里？”钟国龙也感觉到这次不一般了，“团里一般什么情况下拉这种警报？”

“我们团是军委第一批建立的应急机动作战部队，平时都是保持四级战备，上次班长教你们学习战备基础时也说过，一般这种警报，只有三种可能。”赵黑虎低声急促地说，“一是每月例行训练，二是上级突击检查，三是……”

“三是什么？”

“作战任务。”赵黑虎顿了顿，说道。

“天！这个月的例行训练，上周不是刚搞过？也没听说上级有来检查的啊？难道真是……作战？”李大力不禁倒吸一口凉气。

“作战任务？这和平年代的，哪里有什么作战任务？”赵四方不解地问。

“我说你们就别听班副忽悠了，什么作战任务啊，不又是班长搞的鬼？”伞立平说道。

胡晓静说道：“不对，刚才我看见班长也蛮紧张的，你们想想，班长什么时候紧张过？”宿舍里再次寂静下来，似乎只能听到每个人的心跳声。

一阵哨音接着吹响，龙云在外面大喊：“领枪，领器材！”

全班立刻跑了出去，按照龙云平时安排分配的，紧急出动时，钟国龙、陈立华、钱雷3个人负责领全班的12支自动步枪，刘强、赵四方领子弹袋，余忠桥、胡晓静两个人领工兵锹，李大力、张海涛负责领手榴弹，伞立平领防化器材，赵黑虎领通信器材。

李大力和胡晓静放下背囊赶快往器材室跑，跑到楼道准备下地下室的时候被龙云一把拦住，“你们两个去哪里？”

“班长，领手榴弹呀！”李大力回答道。

“好了，今天不领手榴弹，你们俩回去把宿舍收拾好。”

“是！”李大力和胡晓静不解地跑回宿舍里，不是紧急出动吗，怎么还要收拾宿舍？

钟国龙和所有新兵一样，把背囊横放在床上，一溜烟儿地跑到了二楼的兵器室。龙云和侦察连连长许风正站在兵器室的门口。

“我说老陈，你动作快点儿行不行？”龙云着急地催促着开锁的军械员老陈。

老陈满头大汗，回头说道：“龙排长，我这可是不慢了，这军械库可不是家里的门锁啊。”钟国龙一看楼道里，十几个负责领枪和子弹袋的老兵也在楼道里等着。

门开了，所有人蜂拥而入，侦察连连长许风大喊：“都急什么？让新兵先领，老兵靠后！”

老兵们立刻按秩序闪开一条道，钟国龙、陈立华、钱雷急忙跑上前，领了自己班的枪械，刘强和赵四方也跑了进来，领走了子弹袋。

10分钟后，一切准备完毕。连长许风把龙云叫到门口，讲了几句话，龙云点了一根烟，向宿舍走去。

新兵十连所有人员全副武装回到宿舍，坐在床上。还没有听到集合的哨音，都在等待着。

“班副。”坐在床上的钟国龙似乎忍受不了这般寂静，“你说这紧急出动怎么有点儿不一样呀，我们是要去干什么呀？”

“不知道！”赵黑虎的脸色越来越严肃，钟国龙又看了一眼抽烟的龙云，此时他眼睛里露出了那久违的杀气。所有人基本上都明白了，这次，真的不是演习那么简单了！

“龙云！”门外，许风又在喊。

“到！”龙云跑了出去。

李大力偷偷跑到宿舍门口，往外看了看，惊呼道：“我的妈呀，好多军车！老兵们正往车上装水和粮食呢，还有帐篷。”

“啊，帐篷也带走了？”伞立平也奇怪了。

“嗯，我看清楚了，就是上次咱们洗干净的那些帐篷。这次看来真是不一样。”

新兵们顿时开始议论起来，赵黑虎皱了皱眉头，却没有制止，作为老兵，他此刻已经明白，恐怕是真的要执行作战任务了，这些新兵们从来没有经历过，与其一律禁止议论，还不如让他们这样好减减压力。宿舍门开了，龙云进来，眼睛瞪得血红。

“集合！”

全班起立，迅速站成一排。

“同志们，多余的话我不说了，再次告诉大家，这次，我们不是平时训练，也不是什么演习，我们很可能要真正上战场了。真要是那样，你们敢不敢去？”龙云扫视全班。

“敢！”大家的声音坚定洪亮。

龙云又说道：“那我再说一句，这次任务结束，很可能会有同志永远地留在战场上，再也回不来，你们害怕不害怕？”

“不害怕！”这一次，只有钟国龙大吼，其他人全都沉默了，这些新兵，万万没有想到，和平年代的部队，还真有作战任务，又听龙云说到死人，都免不了一阵紧张。

“钟国龙，你真的不怕吗？”龙云心头狂喜，但仍旧一脸严肃地问。

“当兵的不打仗，本来就不过瘾！打仗哪有不死人的？这回来真的了，我要是怕了，不就是不行吗？”钟国龙大喊，“不过，我很紧张！”

“好样的。这才是我龙云带的兵！”龙云说道，“其他人什么意思？就钟国龙一个人不怕？”

“我们也不怕！”全班大吼。“好！我们的车辆已经安排好了，就在连门口左边的第一辆车。等下登车的时候按秩序来，我马上要到团部开会，你们在宿舍里待着，随时准备登车出发。不多说了，我过去开会了！”龙云走出门口，班里新兵这回显得安静了许多，每个人都在想着自己的心事。

半个小时后，龙云风风火火地跑回了班里，看他那神色，应该是情况比较紧急。

龙云神情极其严肃地说道：“同志们，从现在开始，我团从四级战备迅速转为一级战备，进入战斗状态。现在宣布情况通报——因为××事件，D国对我邻国T国发动军事进攻，现在有大量难民从边防线涌入我国，为了避免恐怖分子混入难民群进入我国制造恐怖袭击事件，上级要求我团在24小时内迅速赶往××县边防线执行边防维稳任务。从现在开始，所有新兵归建，我们新兵十连归与侦察连编制。划为侦察连三排十班，我担任三排排长，赵黑虎担任十班班长。

“下面宣布作战命令：所有人员于凌晨5:00准时登车完毕，预计于次日下午4:00左右到达指定区域进行扎营。我们的主要任务是：第一，有秩序地疏导难民，避免混乱发生；第二，执行警戒任务，防止突发敌情，阻止任何武装分子进入我国国境线以内；第三，仔细警惕越境难民，不让任何恐怖分子混在难民中间，进入我国国土！任务宣布完毕，同志们是否清楚？”

“清楚！”

“任务注意事项，未接到上级明确通知，严禁开枪，若需要开枪，作战务必果敢，是否清楚？”

“清楚！”

“伞立平，李大力，你们俩哆嗦什么？”

李大力喊道：“报告班长，我就是紧张，没有什么问题。我……我想撒尿！”

“快去！”龙云喊道：“伞立平，你呢，你也紧张吗？”

伞立平脸色苍白，战战兢兢地说道：“班……班长，真要杀……杀人啊？”

“废话！你还以为是去看戏，你害怕了？”龙云紧盯着伞立平。

“没……没有，我也紧张……紧张。”伞立平有些尴尬。

“要紧张的现在随便紧张，等到了战场上，再紧张就是孬种了！”龙云大喊。

门外再次响起了集合号声。

“出发！”

新兵们在龙云带领下，登上了绿色的军用卡车。

军用卡车在营外的荒野里快速行进着，剧烈的颠簸使闷在车篷里的士兵们感觉到道路并不平坦，透过缝隙看到外面的亮光，天色已经微微发白了。

新兵十连的车里面，一半是新兵，另一半是侦察连的老兵，新兵们此刻都十分紧张，一个个紧闭嘴唇，没有人说话。

“排长，怎么这次你带的新兵也要去参加任务？咱们部队可没有这个先例啊。”对面三排九班的狙击手黄正看着龙云，奇怪地问。

龙云微微笑了笑，说道：“我怎么知道，团长就是这么说的，整个新兵营，也只有我们十连这些人编入老兵部队。”

“那是团首长信得过排长你呗！”旁边九班长刘华声笑道，“咱们三排这些老兵，哪个不是你龙云带出来的，哪次任务都是冲在最前面，这次更是不例外了。”龙云谦虚地笑了笑，他原本就是侦察连的三排长，这次任务又回到原编制，本来就很兴奋，加上团首长这次要他把这10个新兵也带了来，不免有些紧张，听大家这么一说，感觉又有信心了，当下说道：“是啊，哪次任务兄弟们都没给我龙云丢脸，咱们三排个个都是好样的！”

老兵们这一开始说话，这些新兵也有些活跃了，忍不住开始议论起来，龙云为了缓解大家的压力，并不制止。

李大力看着龙云，问道："班长，这次是不是真要打仗了？"

龙云说道："不是宣布任务了？我们这次主要是维护秩序，不一定打仗。但是大家也要做好准备。"

"排长，你们以前打过仗的，这杀人……怎么杀？"刘强问道。

"哈哈，怎么杀？你手里拿的什么？到时候瞄准喽，一扣扳机，不就解决了。"九班长刘华声笑道，"不过也不要那么担心，估计这次首长只是要你们来亲身体验一下气氛而已，要真是发生战斗，你们全躲到我们后面就是了。"

"躲到你们后面？你们老兵能防弹啊还是会魔法？"钟国龙最讨厌别人把自己当弱者，听刘华声这么一说，又不服气了，手攥着步枪，眼睛瞪了起来，"打仗不分新兵老兵，只分英雄和狗熊！"

"嗯，这个是谁呀？"刘华声奇怪地问龙云。

"这个？钟国龙！"龙云笑着回答。

"哈哈，久仰大名啊兄弟！"刘华声赞叹道，"就冲你这句话，像个老兵！"钟国龙听到刘华声说自己像个老兵，不禁心花怒放，头高高地仰了起来。

旁边的陈立华此时所有的精力全放在狙击手黄正手中的那把KUB88式5.8毫米狙击步枪上了，看了好久，忍不住问道："老兵，你这把枪，厉害吗？"

黄正自豪地拍了拍爱枪的枪身，说道："KUB88式5.8毫米狙击步枪，射速3倍音速，有效射程800米，1公里距离能穿透3毫米A3钢板，你说怎么样？"陈立华顿时感觉自己手里的95成了烧火棍了，啧啧赞叹道："真带劲啊，怎么我们不发这种枪呢？"

"哈哈，这个可是只有咱们侦察连才特殊配备的，全连才有3支，怎么你有兴趣？"龙云蛮有兴致地看着陈立华。

"嗯！要使就使这样的家伙，多带劲啊！"陈立华满眼放光。

"嗯，你小子上次的射击成绩不错，还真是有些天赋，那就好好表现，等新兵连结束，争取分到侦察连去，到时候可以专业训练狙击。"龙云说道。

他的一句话，令所有新兵都十分感兴趣，原来这个侦察连算是部队的精英呢。

"班长，怎么样才能分到侦察连呢？"钟国龙、刘强、陈立华几乎异口同声地问龙云。

"反正按你们现在的水平，想进侦察连连门儿都没有！"龙云回了他们一句，又回头跟其他老兵聊了起来。部队在开进中，适当聊聊天可以缓解一下枯燥和压力，一般都不做太大约束。

“老大，咱们的目标可就是侦察连了！到时候咱们仨每人一支狙击枪，多好啊！”陈立华一脸的憧憬。

“侦察连是一定要进的！”钟国龙坚定地说，“要干就干最牛的。”

刘强也说：“是啊是啊！不过我不喜欢狙击枪，躲着跟做贼似的，不光彩，要使就使机关枪，嗒嗒嗒，过瘾死了！”

“你懂什么？敌人也有狙击枪，咱们必须有呢！要不咱们不就吃亏了？”陈立华和他争论道，“有了这东西，就不怕敌人在暗处了。”

“我说你们哥儿三个累不累啊？侦察连又不多开工资，每天比别人多训练好几倍，打仗又冲在最前面，图什么呀？”伞立平小声说道，又怕龙云和赵黑虎听见，眼睛往前面瞟了瞟。

钟国龙有些厌恶伞立平的势利嘴脸，瞪了他一眼，训斥道：“我们兄弟说话，关你屁事？你自己不愿意，申请去炊事班做饭不就得了？”

“我倒是愿意去炊事班呢，好吃好喝的……”伞立平话头打住，看了一眼钟国龙狼似的眼睛，没敢继续往下说。

边上，李大力正和余忠桥、张海涛、赵四方、钱雷说得唾沫直喷……

“好了，差不多就行了。李大力你小子安静一会儿！”赵黑虎还是制止了一下。

“副班长，你说，咱们这次去的这个地方，真有恐怖分子吗？恐怖分子长什么模样？”旁边一直没说话的胡晓静的一句话又把大家拉回了现实。“真有没有不好说，但总要防备着。”赵黑虎认真地说道，“这叫防患于未然，没有最好，万一要是有，咱们就得当场灭了他们！咱们国家可不能让这帮浑蛋来搅和！”

“你说，咱们怎么才能分辨出来呢？”一旁赵四方也问。

“好办，你找个高处，大声问：大家注意了，难民站左边，恐怖分子站右面，不就分出来了？”陈立华凑过来开玩笑。

又是一阵哄笑，龙云看着这帮小子，心中感慨万千，刚才上车的时候还一个个紧张得直哆嗦，这下子倒开起了玩笑，看来这帮混混儿兵的心理素质，不是想象的那么差。他看了看大家，最后把目光又集中到钟国龙的身上，钟国龙此时目光凝重，拿着不知道从哪里找来的一小块棉布，正仔细地擦着手里的95步枪。

龙云深刻地感觉到，钟国龙在这段时间里真的在改变：从一开始的桀骜不驯，到现在集体荣誉感超强；从一开始训练处处不行，到现在主动加练；从一开始的急躁不冷静，到现在的略显沉着。这个小子正在自己的精心“培养”下，发生质的变化。

而此时的钟国龙，已经将所有的思绪用在了想象边境线上可能发生的一切上了——到底是一个什么样的场面呢？班长宣布的命令，应该不会胡说，看来，邻国确实是在打仗，难民入境，应该也是真实的。但究竟会不会真的有恐怖分子混入呢？要是真有，会不会真的发生战斗？自己做好准备了吗？面对杀人与被杀，面对真正的血与火的战斗，我钟国龙会不会退缩，会不会害怕？

不会的！班长曾经让我想好是为什么来当兵，以前老觉得和平年代，保家卫国什么的是空话套话，现在看来不是这样的。我既然来了，既然已经是一个战士了，就不应该退缩，不应该害怕，以前在老家争老大，战黑七，我钟国龙从来没有退缩过害怕过，现在这件事情，可比那些要有意义多了。

想到这里，钟国龙忽然有些疑惑了，自己当年的那些举动，怎么现在觉着有些愚蠢呢？而收到王雄他们的来信，要是放在以前，他肯定会兴奋不已，但这次，说心里话，看到王雄说他们成立什么帮派，争夺什么地盘，自己老是感觉怪怪的。

怎么活，活着做什么，看来，还真是个大问题……

一天一夜的紧急行进，使所有战士从紧张到兴奋，从兴奋到疲劳，慢慢地，汽车剧烈的颠簸，战士们已不太感觉那么明显了，所有人都睡着了，老兵们都知道，真要是到了驻地，恐怕休息的时间就少了。

次日下午3点半，××县边防线上，所有军车到达了目的地。队伍迅速下车，集合。

侦察连连长许风，站在队伍面前，大声说道："同志们，我们现处位置是我国与T国边境，地形以高原山地为主，平均海拔在3000米以上，大家看到我身后山峰顶处的界碑了吗？"

"看到了！"

"好，告诉大家，那界碑，就是我们中华人民共和国的国界碑。出了那条线，就是T国，回到这条线，就是我们的祖国，这里，就是我们这次任务的驻扎地。刚刚接到上级指示，用不了多久，大批的难民就要从这边越过我国界线了。这里是难民入境的最主要通道。团首长把我们侦察连放到这里，不用我说，大家也知道为什么了。

"下面我宣布命令：要求，第一，所有成员，以班为单位，迅速搭建行军帐篷、临时指挥所、后勤供给所；第二，从现在开始，所有人员24小时轮流警戒，全连随时戒备，不得有丝毫松懈；第三，任何人不得越过国境线一寸，甚至一毫米，没有命令，任何人不许开枪。这是在边境线，我们的任何一次愚蠢的行为，都有可能造成严重的国际争端甚至冲突，大家要时刻记住这一点！都清楚没有？"

“清楚！”

“好，以班排为单位，行动！”

全连迅速解散，快速地从运输车上搬下帐篷、行军灶、粮食、水等各种军需物资，往日寂静的国境线，立刻热火朝天起来。

远处邻国的境内，一眼望去，只有雪山。高高的草丛里，几匹草原狼从草丛中越出，它们那冬天特有的灰白的毛色，衬托出野性的眼神更加凶残，看着这群不速之客，狼群怨恨地看了一会儿，一声长嗥，转身急窜而去……

# 第二十四章　高原反应

战士们将一顶顶帐篷全部铺设完毕时，天已经黑了，钟国龙靠在帐篷边上，大口地喘着粗气，莫名其妙，今天感觉比往常要疲劳许多，两条腿像灌了铅一般，越来越沉重，头似乎也比往常沉了许多，很重，又有些晕的感觉。看看周围，积雪比军营外面厚得多，风也大，吹在脸上针扎一样的疼。

其他战士也显得很疲惫，一个个无精打采。

“这是怎么回事，怎么感觉连抬头都困难？”钟国龙恼怒地喘息着，自己体能虽然不是很好，但也不至于这样啊！

“这里是高原，空气比较稀薄。”龙云走了过来，看了看脸色潮红的钟国龙，

“怎么样，还适应吗？”

“还好，就是头疼。”钟国龙不愿意多说。龙云拍了他一下，又跑到连部的帐篷里面去了。

部队开始吃晚饭了，炊事班的同志把米饭、野战罐头和热水抬到帐篷外面，战士们开始以班为单位打饭，钟国龙打了一份米饭，打开罐头吃了几口，感觉米饭有些硬，喉咙一阵堵得慌，每吃几口，就必须停下喘几口气，胸口那里就像压着块石头，憋得十分难受。

其他新兵也好不到哪里去，刘强和陈立华吃了一半就不想再

吃了，平时饭量很大的李大力，这次也吃得很少。

“同志们坚持多吃一点儿，晚上这里冷，要多补充热量啊！”龙云大声嘱咐着新兵们，他自己已经数次登上高原，和其他老兵一样比较适应了，看到新兵们个个食欲不好，他心中难免有些担心，团首长这次让他把这些新兵带上来，他压力其实是很大的。

新兵们知道班长说的不会错，又拼命吃了几口，但实在感觉身体不舒服，还是吃不进去了。

晚上龙云从连部回来，宣布抓紧时间休息，新兵们开始躺在床上，却没人敢脱掉衣服。一是现在毕竟是在国境线上，又是非常时期，随时可能有突发事件；二是天气实在太冷了，战士们穿着棉衣，盖着被子，仍旧感觉寒冷，加上空气稀薄，那种感觉简直比死还难受。

钟国龙蜷缩在被子里，感觉寒气从里往外冒，头更疼了，胸口也闷，忽然感觉一阵恶心，急忙跑出去，弯腰吐了起来。龙云站起身，示意其他人不要起了，以免浪费了被窝里的热量，自己走到外面，扶住在那里快吐出胆汁的钟国龙。

“钟国龙，你小子没事吧？”龙云有些担心，替钟国龙拍着背，“要不要去战地医院看看？”

钟国龙吐得心慌气短，眼前一阵发黑，强忍着站起身，说道：“班长，我没事。”

“要不要再吃点儿东西？看你全吐了。”

“不用，不用。”钟国龙深一脚浅一脚地回到帐篷里。

“老大，你怎么样？”刘强和陈立华关切地问。“死不了。”钟国龙又钻进被窝，浑身直哆嗦。

龙云看他没事，又上床睡了。

天上无飞鸟，地上不长草，风吹石头跑，氧气吃不饱。这是高原气候的真实反应，外面，寒风吹起冷冰冰的沙砾，呼啸着打在军用防寒帐篷上。在这里，仿佛一切的热能都已经失效了，只有冰冷，只有黑暗，只有荒芜。

钟国龙浑身难受，怎么也睡不着，躺在床上想着心事。他深切感受到，一个人没吃过苦，永远不会知道什么是甜，也不会去珍惜甜，就像当初自己在家里，自由自在，真是身在福中不知福，到了新兵连，突然转变一个环境，部队的生活确实很苦，直到现在到了高原，住在帐篷里，才知道自己在新兵连住在宿舍里是多么幸福。

他不知道自己面对眼前的情况，是应该后悔，还是应该庆幸，当初是自己选择了这个驻扎在边疆的野战部队，短短一个月左右的时间，他经受了在家里做梦都没有想到过的各种困境，艰苦的训练，残酷的环境，自己究竟得到什么了呢？嗯，那应该是精神的升华吧。钟国龙感觉自己真的变了，要是在一个月之前，面对这个环境，他钟国龙是绝对受不了的，但是现在，他脑子里多了一个信念，就是坚持，忍耐，努力。脑子里这样想，人却感觉很乏力，不久，钟国龙感觉整个人昏昏沉沉的，胸口闷得厉害，头也疼，意识有些模糊了……

“班长，你睡了吗？”旁边传来李大力的声音。

“干什么？”龙云哪里睡得着。

“我想撒尿了，您说，我要是出去撒，会不会在空中就被冻成冰条呢？”李大力担心地说，“我在老家，听村里的老猎人说过。”龙云忍不住笑了，低声说道：“不会的，尿是热的，没那么恐怖。”李大力这才哆嗦着站起身，找到手电筒，跑到外面去撒尿。

不大一会儿，李大力轻松地走了进来，手电光随着他身体的摇晃在屋里闪动着，偶然照到了钟国龙脸上，李大力感觉不对，再看，不禁惊叫起来：“天啊，钟国龙，你鼻子流血了！”

白惨惨的手电光下，钟国龙的鼻子正在不断地流血，血已经弄得满脸都是。大家听到李大力一喊，全都跳了起来，打开灯一看，枕头、床单、被子上，都被血给染红了。

“钟国龙，快仰着头，黑虎，拿手巾，快！”龙云走过去，把钟国龙从床上扶起来，钟国龙此时已经感觉自己快晕倒了，身体发软，血还在冒，却无力动弹，胸口那块“大石头”越来越重。龙云接过毛巾，帮钟国龙捂住鼻子，又吩咐其他人赶紧打水。

全班人一阵忙活，血终于止住了，但是再看钟国龙，脸色已经发青了。

“钟国龙，你感觉怎么样？”龙云问。“胸口闷，冷！”钟国龙无力地回答。

龙云又摸了摸他的额头，居然还发烫！心想大事不好，连忙冲大家喊：“快点儿，送临时战地医院！”“把大衣给他裹上！”赵黑虎上来把钟国龙背上就往外跑。

“班长，我们也去！”刘强和陈立华披上衣服也往外跑。

“都给我回来。继续睡觉！”龙云制止住他们俩，又让所有人回到床上，自己跟着赵黑虎跑了出去。

“老钱，老钱！”龙云大喊。

“到！”侦察连司机班的老钱从旁边帐篷跑了出来，“怎么了，龙排长？”

“我们排一个新兵病了，很严重，估计是高原反应，快去医院。”龙云边喊边和赵黑虎直接往吉普车方向跑。

“怎么回事？”连长许风也出来了。

“报告！三排有一个新兵病了，龙排长说很严重。”老钱说道。

“那还等什么？快开车呀！”许风也着急了，“龙云，是哪个新兵？情况怎么样？”

龙云说道：“钟国龙，发烧，呕吐，刚才流了好多鼻血！”

“那你们赶紧过去。”许风急着喊。

老钱启动汽车，龙云和赵黑虎抱着钟国龙钻进了汽车后座，军用吉普车一个大转弯，朝临时战地医院急驰而去。

临时战地医院搭建在侦察连和另外一个连防区中间，相距侦察连驻地有5公里，医院也是由两个大帐篷搭建而成，里面已经躺了几名战士，几乎全是高原病。

赵黑虎和龙云架着钟国龙，风风火火地跑了进来，医院王大夫连忙迎了过去，一看钟国龙的脸色，不禁脸色一沉，急促地喊：“快，快扶到病床上，小张，准备急救！拿氧气瓶来。”

几个人七手八脚地把钟国龙扶到床上，钟国龙此时面色铁青，不住地喘着粗气，浑身不停地哆嗦，龙云和赵黑虎两个人面色凝重，焦急地看着大夫给钟国龙做检查。

10分钟后，王军医摘下听诊器，转身来到龙云面前，说道：“病人正在高烧，症状已经清楚了，是高原反应症，由于不适应高原生活引起的，已经出现肺水肿前兆症状了。”

“肺水肿？”龙云和赵黑虎倒吸一口凉气，他们都是高原上的老兵了，知道这肺水肿是不适宜高原气候导致的急性病，十分厉害，以前曾经有战士得过这种病，牺牲了好几个。

“大夫，还不算严重吧……”龙云说话都有些哆嗦了，心头一阵发紧，钟国龙可不能在这里出事啊！

“还好，发现比较及时，先给他吸氧，再输些速效消炎药，基本上没有什么事的。”王军医看他们两个紧张的样子，解释道，“幸亏你们及时发现了，这要是到了明天早上，病人必死无疑！”

“我的天！”龙云和赵黑虎松了口气，心想多亏李大力那泡尿了。

龙云和赵黑虎坐在钟国龙的床头，此时钟国龙已经被戴上了氧气罩，脸色红润了一些，头上输液瓶子开始往下滴液了，钟国龙眼睛微微睁开，看着龙云。

“钟国龙，你小子可不能成烈士，这还没打仗呢，你一定要坚持住，刚才医生说了，不严重，你好好输液，明天早上就好了。”龙云看着自己的这个宝贝兵，小声又坚定地嘱咐。

钟国龙的眼睛半开半闭地忽闪了几下，又合上了。

“大夫，大夫，他怎么闭上眼睛了，啊？”龙云又慌了。

王军医急忙走了过来，看了看，笑道：“没事，睡着了，可能是太疲倦。小张，再加两支葡萄糖！”

龙云放心了，待了一会儿，他让赵黑虎和老钱先回去，那里还有9个呢。龙云嘱咐赵黑虎一定要看好，可不能大意，赵黑虎看钟国龙已经稳定了，便转身和老钱回去了。

第二天早上6点，帐篷外面还是漆黑一片，雪已经停了，风却仍旧在刮，带着雪粒的高原风，噼里啪啦地打在帐篷上，又呼啸而去，发出令人战栗的叫声。

钟国龙醒了过来，感觉身上依旧寒冷无比，头却没那么疼了，胸口也好受了许多，但是身上依旧没有力气。他睁开眼睛，一眼就看到趴在床边的龙云，心头涌上一股热流，钟国龙有些感动，不用说，班长陪了他一晚上，这天寒地冻的，班长也不是铁打的呀。

钟国龙刚一有动静，龙云猛地醒了过来，抬头看见钟国龙醒了，顿时如释重负，笑道：“你小子可算是醒了，怎么样，感觉还好吗？”钟国龙点点头，说道：“已经好了，就是感觉身上没有力气。”

龙云没理他，转身叫王军医，王军医也是一晚上没有休息了，听到龙云喊他，急忙跑了过来，看到钟国龙已经醒了，又是一阵的检查，大约过了10分钟，王军医拿过体温计，看着说道：“36.6度，已经恢复正常了，其他也没发现什么异常，只是回去以后一定要注意休息。”

“那就好！”龙云高兴地轻轻拍了一下钟国龙。王军医又去忙了，这边，龙云忙着联系连部派车过来接他们回去。

“班长，谢谢你。”钟国龙望着一脸疲惫的龙云，由衷地说道。

龙云说道：“别谢了，你只要没事，我谢谢你得了，昨天晚上你可把我吓坏了。”

钟国龙依稀还记得昨晚的情况，笑了笑，说道：“班长，还是得谢谢你，你晚上没睡好，光看着我了吧？”

“没事，班里的其他兄弟也都要来，我没有同意，黑虎我也让他回去了，现在是非常时期，不像平时。”龙云说道，“在部队里，除了训练和执行任务，咱们就跟亲兄弟一样，谁还没个病啊灾啊的。昨天要不是连长不能离开指挥位，许连长早跑来了。咱们连，从上到下，就是一体，兄弟们都要互相关心，互相照顾的。”

钟国龙奇怪地看着龙云，感觉既熟悉又陌生，这个在训练场上大吼大叫，严肃无比的铁血汉子，可从来没这么说过话，感觉此时的龙云，还真像是一位在和自己的小兄弟聊家常的兄长。钟国龙心中一阵热流涌了上来。

“班长，你说，咱们这次，真的会打仗吗？”钟国龙问道。

龙云的眼神顿时变得十分坚定，说道：“不一定。但是，作为机动部队，我们一定要随时做好应付各种突发事件的准备，丝毫不能大意。谁都不希望发生冲突，但是，一旦有敌人妄想跟国家较劲，那就得先过了咱们这一关！”

“那咱们这几天主要做什么？”

“训练，临战训练。”

“光训练吗？”

龙云想了想，说道：“昨天连长是这么说的，但是，我不这么想，训练归训练，真要是有了任务，我龙云第一个要求冲到前面。我说过，咱们虽然是新兵，但是不能把自己当什么新兵看！”

钟国龙坚定地点点头，又问道：“班长，那咱们新兵上来，也是要做好准备了？”

“那是当然，咱们这次是团首长破例要求拉到边境线上来的，既然来了，我就得跟首长请任务了。”龙云看着钟国龙一副跃跃欲试的神态，心里很是赞赏。他十分欣赏钟国龙这股天不怕地不怕的冲劲，想想，又说道：“不过，你小子可得好好休息几天了，昨天要不是发现得及时，你可真就危险了。”

钟国龙忽然挣扎着坐了起来，眼睛瞪得老大，说道：“休息？那可不行！我好不容易赶上这次机会，可不能就在床上过！您不是说过，作为战士，永远不能退缩，就是死了，血也得朝着前喷！班长，我一回去就要求正常训练！”龙云忙又示意他躺下，掩饰住心头的喜悦，说道：“等回去再说。”

两个人又聊了一会儿，医院大帐篷的门开了，老钱带着一阵冷风跑了进来：

“龙排长，我来接你们回去。”

“好！”龙云站起身，一把拽住钟国龙，说道，“走，我背你上车！”

“班长，你还真拿我当病人了，我现在已经好了！”

钟国龙急了，挣扎着自己下床，龙云坚持要背着他，钟国龙说什么也不答应，穿上鞋以后，愣是自己一溜小跑钻进汽车里，也不顾大口地喘着粗气。龙云跳上车，从身上脱下军大衣，给钟国龙盖在身上，钟国龙说什么也不要，龙云索性把军大衣死死地按在他身上。

龙云看着倔强的钟国龙，是越来越喜欢了，不知道为什么，他从眼前这个倔小子身上，总能看到自己当年的影子。10年前，他龙云刚来到部队的时候，不也是一样的脾气吗？那时候他眼里的张国正，不就相当于钟国龙眼中的自己吗？

汽车发动了，寒冷的边境线上，除了昨天晚上积攒下来的一层冻雪，四处都是荒芜的，黑黄色的荒草从雪堆里冒出个头，荒草叶子上沾满了冰粒，远远望去，就像冻僵了一般。只有那一棵棵粗壮的杨树，才会让人明白，这世界上还有如此坚强的生命，不惧高原寒冬的冰雪和寒风。

路途是崎岖不平的，估计像鲁迅先生说的：“其实地上本没有路，走的人多了，也便成了路。”减震性能极好的军用越野吉普，沿着车来时压下的痕迹，匀速向侦察连驻地行驶。一路上，空气是凉的，钟国龙的心却是热的。

若干年后，当钟国龙回忆这次经历时，留给他印象最深的不是严寒，而是龙云带给他的温暖，还有就是那高大坚强的杨树了。

部队驻地到了，一进到临时班用帐篷里，这帮子新兵就围了上来，看到钟国龙没事，大家才活跃起来，七嘴八舌地问候着他，李大力“功勋卓著”，更是嚣张起来，“我李大力，利用撒尿的机会，救了战友一命，同志们，我太伟大了！记得第一次紧急集合，我就是因为有了尿，却怎么也解不开裤子，丢了人。但是，我没有灰心，也没有丧气，我从哪里跌倒，就从哪里爬起来，我做到了，我做到了！”

李大力立正姿势，目视前方，声情并茂，像在演讲，把全班逗得哈哈大笑，从此留下一个外号，叫“尿神”。

“新兵情况怎么样？”帐篷门开了，侦察连长许风闯了进来，直接走到钟国龙跟前，“钟国龙，现在感觉怎么样？”

“报告连长，我全好了！”钟国龙努力地大声回答，他原本想从床上站起来，却被许风压了下去。

许风看他脸色好了许多，当下放心了，说道：“好好休息吧，其他同志多照顾一下，这里毕竟不是营区。”

“是！”

许风又对龙云说道：“龙云，到连部开会。”龙云和许风一起走了出去。

不大会儿，龙云回来了，宣布全排集合，三排的新兵老兵迅速在帐篷外面集结站队，钟国龙也站在了队伍里，龙云没有先管他，宣布上级命令。

“根据上级指示，连部命令我排分成两部分行动，由我，带领我排老兵，率先执行边境警戒任务，由十班代理班长赵黑虎，带领十班全体新兵，进行临战训练，主要科目是战场战术动作，是否清楚？”

“清楚！”

龙云宣布完命令，这才看着钟国龙，说道：“钟国龙，你的任务是好好休息，赶紧回去！”

“报告，您刚才的命令是由十班代理班长赵黑虎，带领十班全体新兵，进行临战训练，我也是十班的新兵，为什么就不能参加训练？”钟国龙强忍住身体的虚弱，大声喊道。

“钟国龙你少给我咬文嚼字的，什么时候又成秀才了？叫你回去你就回去，你的病刚好，要休息几天。”龙云说道。

钟国龙着急了，跑出来一步，喊道：“休息几天？不行，我训练了这么久，好不容易赶上这么个机会，排长，你就让我参加训练吧。我没有问题！”“参加训练？不行！钟国龙你别废话了，你要是有个闪失，谁来负责？”龙云转身就要走。

“我自己负责！”钟国龙忽然说道，“当兵的哪有不打仗的？打仗哪有不死人的？我不管怎么样，也是个战士了吧？我不愿意因为自己生病错过这次机会。等将来回去，人家问我，钟国龙，你到边界线执行什么任务了？我说，我就躺了几天，养病了。排长，你说我丢不丢人？”

龙云笑了，走过去，忽然说道：“钟国龙，立正！向后转，向前一步走，向后转！”

一套动作，钟国龙乖乖地又回到队列中，这就表示龙云同意了，钟国龙高兴地仰起了头。

龙云看着他，又说道：“要是真有人问你，你到边界线执行什么任务了？你小子应该说，这是国家机密！晚上把保密条例给我抄十遍！”

“是！”

龙云带领老兵班走了，赵黑虎走出队列，开始整队训练。

# 第二十五章　临战准备

高原的天气是说变就变，天空中突然下起了鹅毛大雪。

帐篷南侧约1公里的位置，赵黑虎一行人笔挺地站在风雪中，就如11棵挺拔的雪松。

“同志们，现在我们所处的位置是战场后侧，前方5公里处就是我们执行任务的所在地。大家知道连长为什么要求我们新兵进行临战训练吗？”赵黑虎站在队列前面，看着这些新兵。

新兵们你看看我，我看看你，说不出所以然来。

赵黑虎大声说道：“我告诉大家原因。大家都知道，部队执行作战任务时，派没有结束新兵连训练的新兵上来，别说是我们团，就是在全军，这样的例子也不多。毕竟是和平年代，那种早上参军，下午就杀敌的情况不多了，所以，团首长这个决定，是需要下很大决心的，也是一次大胆的尝试。但是，我们虽然上来了，却不能盲目地投入战斗，我们需要以比其他战士快几倍的速度来完成临战训练！对于我们来讲，这应该是首长给予我们最大的信任和荣誉！”

赵黑虎这么一说，新兵们很是激动，特别是站在队伍中间的钟国龙，此刻更是感受到了一种莫大的荣幸。部队如此看中十连，也是他们这些日子训练成绩优异的结果啊，这次上战场，我钟国龙决不会落在后面！赵黑虎讲完，开始宣布训练内容：“今天我们的训练内容主要是战场单兵战术，和以前训练的单兵战术基础有很大不同，战术动作中常用‘摸、爬、滚、打’来形容单兵战术，这4个字，看似简单，却包罗万象。就拿这‘滚’来说，‘滚’的动作有很多种，战场单兵战术要根据不同的敌情和战场环境来有针对性地做出动作，动作灵活机动。比如在机枪火力压制下实施冲击，前方有一个较矮的障碍物，你是爬过去还是做出单兵动作翻过去？”赵黑虎的声音很大，目的就是要让站在风雪中的新兵听得清楚一些。

赵黑虎继续说着“前扑、侧翻、滚进”等单兵战术动作。新兵们站在下面表情很严肃，听得很认真，因为此时大家心里都很清楚，现在是非常时期，他们已经身处战场，赵黑虎正在教他们在战场上保命和消灭敌人的本领。尤其是站在队列中脸色略显苍白的钟国龙，一双眼睛瞪得贼大，看着赵黑虎，此时的他特别渴望自己能够赶快学会所有东西，手握冲锋枪在战场上把敌人一个一个撂翻。

“同志们，关于临战训练的基本理论，我说完了，下面我们开始正式训练，需要提醒大家的是，这次的训练与往常不同，训练科目多，动作复杂，需要你们自己动脑子的动作也很多。你们要记住一点，这次的训练，我们要的不单单是成绩合格，训练的结果，很可能在接下来的几天内决定你们是死还是活！要想战场上不流血，那临战训练就要练得吐血！”

代理班长赵黑虎吼出了令新兵们胆战心惊的一句话，作为执行过几次任务的老兵，他深知在战斗中体能和单兵战术的重要性。

训练开始了，在大家掌握基本的动作要领后，赵黑虎根据刚才讲的内容，不断设计各种战场情况，高原的雪地里，十几个穿着迷彩服的士兵随着一道道嘹亮的口令声不断地卧倒、出枪、滚进、爬起、再卧倒、跃进……空旷的高原上，不时传来一声声怒吼。

“杀！”

“前进！”

“卧倒！”

“注意！前面右侧两点钟方向，发现小股敌人，全体卧倒！……敌人火力猛烈，遮挡物过低，全体低姿匍匐前进！……钟国龙，利用你左侧的较浅壕沟，跳入掩护！”钟国龙似乎已经忘记了一切，和大家一样，全身上下都沾满了雪，甚至有些雪团在他做动作时从领口钻了进去，但是他仍拖着虚脱的身体在雪地里不断地做着战术动作。听到班长的命令，钟国龙按照班长刚才教的动作要领，右脚踏壕沿，左脚迈出的同时收枪，以右脚掌的弹力顺势跳入壕内，两脚着地的同时劈枪，目视前方……

不长的时间里，新兵们的手、膝盖、肘部，都已经蹭出了血迹，冰冷的高原，一切物体仿佛都是钢铸铁打一般的坚硬，每次前扑，战士们都被砸得钻心地疼。

赵黑虎仿佛已经变成了一个疯子，仿佛所在的真是那枪林弹雨的战场，他不顾一切地怒吼着："刘强、陈立华，跃进，跃进！……伞立平！你他×的怕疼了？你想让子弹打穿你屁股是不是？给我趴下！"

一天的训练就在风雪交加中这么过去了，钟国龙不知道自己这一天是怎么过来的，下午训练时，他的身体几乎没有知觉了……

晚上，龙云和其他老兵都没有回来，也许他们还在潜伏，等待恐怖分子的出现，钟国龙躺在床上怎么也睡不着。房间里的其他新兵都显得很安静，只因为他们都很紧张，也不知道这份紧张从何而来。偶尔有受伤的人发出低低的呻吟，依然打破不了这种寂静……

帐篷外面传来一阵车子的马达声，离他们越来越近，钟国龙的心情突然也变得紧张起来，因为此时的一切动静都可能引起心理上的剧烈反应。赵黑虎穿上衣服，一个人打着手电掀开了帐篷的门帘。

"虎子！"那个人对着帐篷里喊了一声。

"班长！"赵黑虎听到这个熟悉的声音有点儿激动。

"是班长，班长回来了！"钟国龙和其他新兵听到班长的声音也是一阵激动，连忙从床上爬了起来穿好衣服。

"大家好啊，一天没见，你们想我了吗？"龙云用手电在床铺上照了一遍，他知道现在最主要的是消除或降低每名新兵心中的紧张感，语气难得地轻松起来。

"怎么，都还没睡呢？"

"想你，我们可是想死你了！"大家七嘴八舌地回答着。

"想我就好，全副武装紧急集合！"龙云的脸色说变就变。

3分钟后，所有新兵在帐篷门口集合完毕。10双眼睛莫名其妙地看着龙云。龙云横扫了大家一圈，声音显得十分威严，"同志们，现在的情况有变，根据我情报人员报告，在边境山区发现恐怖分子基地，欲趁边境混乱进入我国进行恐怖活动，但我情报人员突然失去联系。从现在开始，边境清查人员任务主要由我团其他部队和边防部队执行。我团主要任务是搜索恐怖基地所在并执行剿灭任务，我连担任搜索任务，上级采取这个方式，主要考虑到不能惊动到恐怖分子。根据连长指示，由于我连这次任务执行搜索范围广，连队老兵人员不足，命令除钟国龙外其他所有留守训练新兵于明日早上6点30分抵达边境通道协助执行任务。"

“班长，我为什么不能参加任务？”夜色中，钟国龙的脸涨得通红。

“不为什么，就因为你身体还没好！”龙云厉声道。

“班长，我的身体已经好了，我今天已经训练一天了。我要求执行任务！”钟国龙一下子急了，声调也高了起来。

“不行！”龙云斩钉截铁道。

“班长，如果我来到这里，没有参加这次任务，那我钟国龙就是一个逃兵，我会遗憾一辈子。我训练这么久为了什么？以后我也不训练了，我记得你跟我们说过，说什么轻伤不下火线，重伤不下战场。你说的都是假的，以后你也不要说这些话了，我感觉你在糊弄人！”钟国龙几乎是吼着说完了这句话。

“钟国龙你不要威胁我，我这辈子最烦别人威胁我。老子说话就是命令，我命令你钟国龙留守，你就不能去！”

“那我问问你，这里是不是战场？你不是说这里是战场吗？那我现在还没有死，也没有丧失战斗能力，你凭什么不让我参战？你说过，当兵的，就算是死，血也要喷在冲锋的方向！”

龙云看着倔强的钟国龙，心里这个高兴啊！停顿了一下，接着说道：“钟国龙，你确定你能行？出了闪失，怎么办？”

钟国龙丝毫不让步，大吼道：“我能行！就算我死在战场上，也算是为国捐躯了，有什么闪失不闪失的？怕闪失，都他×的别去了！”

“那好！”龙云说道，“我同意你参战，不过我告诉你，我可不是因为你钟国龙威胁我，我是看你还有些血性，是条汉子！”

“是！”钟国龙双眼冒火，将手里的钢枪抓得紧绷绷的。

龙云看了看钟国龙，忽然又转向所有人，目光异常严肃，语气也有些悲壮了，“同志们，现在时间不多了，剩下的时间，我们一起进行上战场前的统一行动，每个人，写一封遗书！”

“啊？”

新兵们傻了，他们没想到龙云会安排大家做这种事，毕竟“遗书”这个词，有些过于令人恐惧了，龙云看到新兵们有些迟疑，解释道：“大家不要疑惑，参战前写下遗书，其实是很正常的事情。战争是无情的，子弹也不会长眼睛绕着你走！每个奔赴战场的战士，都有可能再也回不来了，因此，我们需要写一封遗书，放在自己的衣兜里，等战友来收你的尸体时，这封遗书将作为你生前最后的话，转交你的父母、亲人，这有什么奇怪的吗？”

“班长……”伞立平脸色有些苍白，声音颤抖地问，“是不是说，我们就回不来了？”

龙云大怒，伞立平在平时训练中表现出来的态度，龙云岂能没有察觉？如今，在临战前夕，伞立平又说出这样悲观的话来，对这个兵，龙云是很恼火的。

“伞立平！谁告诉你我们回不来了？你要是孬了，就直接跟老子说！从哪里来就滚回哪里去！别到时候在战场上给我丢人，给十连丢人！”

伞立平不敢说话了，新兵们开始准备纸笔，龙云和赵黑虎也拿出笔写了起来。帐篷里面，忽然变得十分沉闷，除了沙沙的写字声，就只有外面呼啸的风声和发电机的轰鸣声了。

钟国龙没有想到，自己这辈子居然提前“遭遇”了写遗书，然而他没有丝毫的害怕，老子当初在大草坪战黑七的时候，都想过死，都不怕死，现在和当时有什么不同吗？如果说有，那时候是一种匪气，是逞强好胜，这次却是一个战士对人民的忠诚了！

钟国龙想到这里，又想到家中的父母，也许，我这次上了战场，就真的要牺牲在那里了。万一我牺牲了，父母会怎么想呢？他们一定会很伤心！我作为他们的儿子，在家时让他们操碎了心，现在我要是牺牲了，该如何回报父母的恩情？

想到这里，钟国龙忽然感觉有好多话要跟父母说，又好多话要写出来，是的，这也许是我的最后一封信了，也是最后一次跟父母说话了，我要写出来，全部写出来。

爸妈：

你们好！

假如您二老看到了这封信，那就说明，您的儿子已经为国捐躯了。

现在部队处于一级战备状态，我们又在高原，信件是发不出去了。现在是晚上11点多，上级命令我们利用两个小时的时间整理后留包，刚才班长还给我们每人发了一套新的作战服，另外还发了一块白布，统一要求把家庭地址和收件人用毛笔写清楚，缝到后留包上面，这封信我只好放到我的后留包里了。

新兵训练还没结束，上级指示把我们匆匆地分到了老连队，我深深知道这意味着什么，在参加任务的前一天晚上，一场生与死的考验正在等待着我们。

据我们班长讲，明天我们就要执行任务了，我自己也经常想象战斗中那惨烈的画面。每当如此，我心中总是莫名其妙地产生一种愧疚思恋之情。当兵前我经常听人说，军人都很冷酷，现在我自己当了兵，才感觉到，不是这样的，战士和普通人没有什么区别，都是爹生娘养的。爸妈，临战前的气氛是那样的紧张，战友们都在自己的床前默默给亲人们写信，班长说等下给我们剃光头，他说这样万一我们头部受了伤，救治的时候就不麻烦了。你还记得和我一同当兵的陈立华和刘强吗？我看到他们在抹眼泪呢，他们和我在一个班，我一会儿去劝劝他们。

爸妈，提到上战场，我其实也很紧张，可我就是不愿意错过这次机会。当初爸爸送我来当兵的时候，我还闹过情绪，现在我不那样想了，谁都不愿意遇见战争，可我们是军人，既然遇到了，也没什么可害怕的，我想我一定能勇敢作战。班长说一上到战场，枪声一响就顾不得紧张了，我长这么大，光在电视里看见打仗，感觉很过瘾，这次身临其境，你们就等着看儿子我的表现吧！

爸妈，当你们看到这封信的时候，千万不要为儿难过，我感觉以前在家很对不起你们，让你们操了那么多的心，儿子不能报恩，只有等下辈子了。爸爸，从我儿时起，您就教育我怎样做人，您常常说，人活着要正直，要正派，要爱国！爱你周围的人，男孩子要勇敢！活就活出个顶天立地的样子来！我在家的时候老是当作耳旁风，现在我写出来，是想告诉您，您说的话，其实儿子都记住了！

嘿嘿，刚才还感觉我有好多话呢，现在写到这里，又忽然不知道写什么了，写点儿小事吧！爸，儿子19岁了，和您对着闹了十几年，您别怪我，其实别人一眼就看得出来，我那股子倔强劲，其实是最像您的了。所以，您应该高兴才对。还有妈，您要多关照爸爸的身体，您自己也要注意身体，到了现在这个年纪，身体比什么都重要。

我参军时，妈妈给我装饺子的那个保温桶，我也带着呢！妈，您要是将来来看我，就再用它盛些您包的饺子，放到我的坟前吧。

别太悲伤了，儿子牺牲以后，还会有好多我生前的好兄弟们，他们都会来照顾你们的。爸爸，您当过兵，完全可以预料现代战争的后果，万一孩儿有什么不幸，您一定要挺住，要多多开导母亲。你们的儿子是男人，在战场上就是打头阵的，别人不能吃的苦必须能吃，别人不敢去的地方必须要去。为儿我万一在战斗中牺牲了，我愿头枕着祖国的巍巍高原，身傍边疆茫茫的戈壁！我求爸爸妈妈多多想开一些，不要悲伤，来世我还要做你们的儿子！

今天是1月28日，快过年了，儿子在这里先向你们拜个早年。

不孝儿国龙　敬上

××××年××月××日

钟国龙写完信，眼睛也湿润了，要不是他刻意忍着，恐怕早就有泪水流了出来，他将信郑重地放在后留包里，想了想，又从背包里拿出那个保温桶，这个保温桶，钟国龙擦得光光亮亮的，每次他都会放进自己的背包里随身携带。想想，也没有什么别的东西要留意的了，于是坐在床边看别人写信。

所有新兵都边写边流眼泪，只有龙云和赵黑虎，已经把遗书放进后留包里了，从他俩的表情中，钟国龙看不出有什么悲伤来。

“班长，你们俩以前写过遗书吗？”钟国龙问龙云和赵黑虎。

龙云看了看他，又看了看其他新兵，感觉没必要把压力搞这么大，故意轻松地说：“我？我当兵10年，这种东西写了好多次了，早习惯了，每次从战场回来，都是我再看它一眼，然后又自己烧掉，不过，我还真遗憾没有留个底稿下来，因为我每写一回，都感觉自己又成熟了几分，这东西，也是一种历练啊！”

龙云的这番话，使现场的气氛稍稍缓和了一些，其他新兵这时候也都写完了，忙着打后留包。大家又用针线把写好地址的白布缝在了包上，然后，一齐看着已经站起身来的龙云。

“同志们，任务已经宣布完毕，该做的准备我们都做了，现在距离上去还有一点儿时间，我不多说别的，记得上午团政委开誓师会的时候说了一段话，我天生记忆力好，记得差不多，就把这段话送给大家。”龙云的音量提高了许多。

“我们是军人，是保卫祖国的军人，我们是蓝天的鹰，大地的虎，深海的龙，吞噬一切敢于冒犯祖国威严的侵略者。我们没有名字，没有出身，只有一个共同的称呼——军人。为了军人的荣誉，我们可以抛弃一切，为了国家，我们可以奉献一切。我们用鲜血扑灭燃烧的战火，用生命捍卫祖国的尊严，为祖国牺牲是我们最后的夙愿。当战火重新燃起，我们会在熊熊烈焰中重生，继续未完成的使命，因为我们是军人，铁与血铸成的军人！”

龙云的眼睛注视着大家，新兵们此刻已经忘记了刚才的紧张和恐惧，笔直地站着，神情坚毅刚强。龙云很喜欢他们现在的状态，又重点看了看伞立平，看他不哆嗦了，虽然神情还是很紧张。

“伞立平，你表现的机会来了。用最短的时间，给大家剃光头！”龙云喊道。

“是！”伞立平声音还是不大，拿出他的电动剃刀，插在临时电插座上，开始给每个人剃光头。

“加快速度，时间不多了！”龙云也拿出手动推子，开始帮忙。

# 第二十六章　出击、出击

边防线上风平浪静。尤其是我国一侧，与硝烟弥漫的T国如同两个世界。黎明的第一缕晨光还未穿过夜空，威猛雄狮团的铁蹄已经踏出军营。

早上9点钟，边疆的天刚蒙蒙亮，侦察连全体官兵，已经到达了指定潜伏地点，白雪皑皑的边境线上，丘陵和开阔地交替布局，覆盖在上面的全是积雪，这里似乎是一片死亡的世界，在这个连顽强的白杨都无法生长的地方，除了那一丛丛生命力极强的骆驼刺，就再也没有了植物。

这里的地形十分特殊，在一个个丘陵之间，有不计其数的凹地和雪坡，更有那高大的沙丘，此时披着一层耀眼的白雪，看似没有植物遮挡，但那一个个丘陵、雪坡的遮挡，不知道要胜过青纱帐多少倍了！

龙云带领的侦察连三排，像以往一样，顶在全连的最前面，他们所在的位置是一个较高的沙丘，此时全排已经和连里其他部队一样，换上了白色的雪地迷彩作战服。龙云所在的位置，正是这沙丘的最高点，此时他头上插满了骆驼刺，配上雪地伪装衣，整个人已经和这大雪覆盖的沙丘融为一体了，不仔细看，即使走到眼前，恐怕也不一定能发现他。他左侧是王帅，下面一溜儿，全是冻得嘴唇发紫的新兵，七、八、九3个班，分别利用地形，隐蔽在附近。龙云尽量放低头部，在沙丘的雪层中，挖出一个小凹槽来，把望远镜架在凹槽里，又在上面做了一下伪装。

望远镜里，边防线上依然风平浪静，一片白色的世界。走出低谷，便是雄伟的雪山，是一望无际的雪和羊群！在龙云的望远镜镜头里，白雪覆盖的草原深处，缓缓移动的正是羊群。

“情况不对呀，通报中说是有大量难民从边境线涌入我国，怎么一个人影都看不到？”龙云拿着望远镜自言自语道。

他又调整了一下望远镜的角度，在他前方5公里左右的地方，依旧不见任何异常情况。

“班长，发现什么没有？”王帅低声询问。

“没有，我感觉有些不对劲。王帅，你看看！”龙云身体缩了回去，往旁边一闪，王帅上去，小心翼翼地用望远镜观察。

“班长，你注意到左边那一溜小沙丘了没有？”赵黑虎问道。

“早注意了，那里地形很复杂，小沙丘后面必定是凹地，就那片地方，藏上一个团也没问题啊！我还想万一要是部队推进潜伏，我就选那里了。”龙云说道。

“班长，你看！”王帅忽然有些紧张。

龙云急忙凑过去，拿起望远镜，远处他俩刚才讨论的地方出现了几个快速移动的小黑点儿，小黑点儿越来越近，正朝着龙云他们的方向赶来，龙云屏住呼吸，十几秒钟后，终于看清楚了，是一行5个全副武装的骑兵，绿色的军披风在雪地里十分醒目。

“哦，是咱们边防巡逻团的人。”龙云长出一口气，仍旧继续观察，那5名巡逻团骑兵已经以极快的速度穿越了刚才那片复杂的沙丘地带，队伍成“一”字形，在高坡和凹地中时隐时现。

这边，边防巡逻团的战士们，正在一个少尉排长的带领下，急速前进着，训练有素的战马在雪地里驰骋，马蹄过处，天地自在心中，给人一种特殊的豪迈之情。最近边防任务重，作为驻守在这里的边防巡逻部队，他们绝不敢掉以轻心，年轻的少尉排长一边催促着胯下的战马，一双锐利警惕的眼睛一直观察着周围的环境。

忽然，马队的背后传来一阵声响。

“嘘——”排长立刻勒紧缰绳，回头朝发出声响的方向望去，不远处的一片小丘陵边上，两个身穿皮袍身形臃肿的人，正疲惫不堪地朝丘陵深处跑去，边跑边用他们的语言惊恐地喊叫着，手中的步枪随着他们的跑动而挥舞着。

“浑蛋，一定要抓个活口！”少尉排长的声音充满胜券在握的自信，掉转马头，他大吼一声："追！"

5匹战马立刻像5个小龙卷风一样，朝那两个人逃跑的方向追过去，雪地里立刻被马蹄扬起一片雪沙。

"快快快，抓活的！"

"驾！"

战马越过几个沙丘，转眼已经冲入了小丘陵地带，而前面跑着的那两个人，忽然身形一低，转眼跑下沙丘，一下子不见了踪影。战马追到沙丘上，战士们停了下来，眼前一望无际的高原上，沙丘一个连着一个，他们所在的位置，却正是这片沙丘最低的一个。

排长拿出望远镜，朝那两个人逃跑的方向看过去，除了那两排凌乱的足迹，再也看不见半个人影。

忽然，一阵冷风吹过来，四面沙丘发出奇怪的沙沙声，这声音由远及近，断断续续，说不出的恐怖，四面沙丘的顶部，忽然有人影晃动！

"不好，快撤！"

排长口令刚刚下达，还没有来得及准备，四面沙丘上，已经传来了沉闷沙哑的枪声，枪声十分密集，而且似乎是经过分工瞄准的，急促的子弹呼啸着钻进每一个骑兵的要害，五名中国边防巡逻兵猝不及防，顿时人仰马翻，鲜血从战士们的胸前、后背、头部喷涌而出，中弹的战马半身倒在雪地上，不住地嘶鸣起来，一时间，枪声、喊声、惨叫声、马叫声，迅速划破了高原大地的寂静，殷红的鲜血将那个白色的小沙丘染红了！

周围的沙丘上，立刻出现了足足二十几个恐怖分子，跑上小沙丘，将战士们的尸体拖到旁边的一个凹地里，顿时不见了踪影。

"王八蛋！"龙云退下沙丘，痛苦地闭上了双眼，大拳头狠狠地砸在沙丘上，沙丘立刻出现一个巨大的雪坑，雪沙四溅。

"班长，出什么事了？哪里打枪？"新兵们吓了一大跳，忙问龙云。

"都不要看，快缩回头来！"龙云忍住悲痛，急忙命令所有人不要抬头。

"快，开通班内电台，联系连长！"旁边的通信兵急忙开始联系，几秒钟以后，那边传来许风急切的声音："04、04，到底发生了什么事情？哪个位置出现枪声？"

龙云抢过话筒，低沉地说道："01、01，刚才，我在望远镜里看到，距离我排潜伏位置约5公里处，边防巡逻团一行五名骑兵战士，遭到恐怖分子有预谋的伏击，目击表明，那5名战友全部遇难，恐怖分子拖走了尸体。"那边，许风急了，大吼道：

“04，你说什么？你再说一遍！”

“是！距离我排潜伏位置约5公里处，边防巡逻团一行五名骑兵战士，遭到恐怖分子有预谋的伏击，目击表明，那5名战友全部遇难，恐怖分子拖走了尸体！”龙云尽量使自己的情绪稳定下来，要不是因为他执行的是潜伏任务，此时早冲上去为战友报仇了！

许风停顿了几秒，咬牙询问道：“04、04，你们有没有暴露？”

“没有，我们现在还隐蔽在沙丘后面，等待上级命令！”龙云回答。

“好，04、04，我现在命令你，全排继续潜伏，密切观察敌情，但是要注意，千万不要打草惊蛇！”许风感觉事关重大，关闭与龙云的通话后，马上将情况向上级汇报。

三排这里，气氛一下子紧张起来，不远处，5名边防官兵的惨死，使每个人的心猛地收缩了一下，所有人都感觉到，之前一切寂静的景象，已经是过眼云烟，真正的生死考验，就在眼前！

新兵这里，更是有一种异常的感觉。如果说昨天晚上龙云命令大家写遗书、剃光头，还只是上战场的准备活动，那么这次，亲眼目睹了死亡的他们，才真正感觉到了战斗的气息。死亡就在眼前，5个年轻的生命，顷刻间化为乌有。这对于每一个新兵来讲，都是一个很难接受的现实，只有亲历死亡的人，才能真正体会到死亡所带来的那种恐怖。

钟国龙就在龙云的不远处，刚才的那场战斗，他因为执行潜伏命令，并没有亲眼见到，但是，龙云眼中冒出的那股杀气告诉他，这一次，是真的要经历生死考验了！他紧闭双眼，在心中问自己：钟国龙，你准备好了吗？假如刚才牺牲的是你，或者是你的兄弟，钟国龙，你准备好了吗？你害怕吗？不！你不能害怕，决不能害怕！你是一个军人，军人就应该在战场上面对死亡，面对残酷的杀戮，连死亡都接受不了的军人，算哪门子军人？睁开眼睛，钟国龙看了看刘强和陈立华，两个人的眼神告诉他，他们没有害怕，两个人此时跟钟国龙一样，神色悲痛，眼睛却冒出愤怒的火来！

其他新兵，表现各异。李大力和张海涛两个人此时不知不觉地挨到了一起，看样子两个人很紧张。余忠桥、胡晓静、钱雷，表现也还算正常。赵四方和伞立平，明显紧张多了，也害怕多了，尤其是伞立平，全身都在哆嗦，脸色也苍白起来，豆大的汗珠流下来，跟这严寒天十分不搭调。

这边，龙云挥手示意大家继续潜伏，赵黑虎继续观察前面情况，同时，其他3个班的班长，被招了过来。

龙云对各班班长说道：“大家刚才都看到了，看来，这次是要来真的了，刚才我发现，敌人似乎是有预谋的行动，一开始的两个人，肯定是诱饵了，他们就是要通过试探，看清楚我们部队的情况。昨天开会我也说过，这次我们是生力军，敌人肯定是不知道我们上来的，关键要看谁先动了，所以，大家一定要嘱咐自己的班隐蔽好，等待上级的下一步命令。从现在开始，各班没有我的命令，不能有一个人露头，为减少目标，各班观察位暂时取消，只保留黑虎和我轮流观察敌情，都清楚没有？”

“清楚！”

各班长又爬了回去，各负其责。

这个时候，风忽然又大了起来，天上也开始飘雪，雪片掉到地上，立刻就冻住了。在这滴水成冰的环境里，执行潜伏任务，与其说是与天气、与敌人战斗，倒不如说是在和自己的意志战斗。

龙云再次透过望远镜观察前面的情况。远处，边防巡逻团的战友牺牲的位置，此时血早凝冻上了，新下的大雪迅速将血迹和死的战马埋了起来，再看那四周的情况，依旧没有丝毫动静。看来，正如龙云所预料的那样，敌人也在观察，在等待，他们既然来了，就一定会想办法进入我国境内，不看清楚我边防部队的情况盲目进来，无疑是找死，这下子，他们有5个战士的尸体在，一定是要吸引我军出击，以便于在薄弱环节上做文章了。

我们现在以不变应万变，从某种意义上来讲，敌人更着急。

一场正与邪的较量，一场生死与意志的考验，已经拉开了帷幕。

距离边境线10公里之外的某野战军作战室里，此时已经完全进入战备中。针对此次边境恐怖袭击的作战部署会议正在紧张地进行，负责此次行动的解放军某部少将军长林振戎，50多岁的年纪，身材高大，面相威严，是一位久经沙场的老指挥员了。他旁边坐着的，依次是这次行动的主要参战部队指挥员、军参谋长杨休平，某部威猛雄狮团团长顾长荣，政委李克峡，某部边防团团长兼政委郝江山。

作战室正中间的巨大沙盘上，显示的正是边境线的全景沙盘。林振戎神色凝重地盯住沙盘，许久，猛地抬头，冷峻的目光扫过在场的每一位，坚定地说道：“情况已基本明确，这次越过边境线，企图再回国内制造事端的，应该还是几年前被我军一路追歼逃到T国的那个恐怖分子头目ABL，这个恐怖狂人几年以来一直休养生息，这次趁着D国与T国之间发生战争，难民蜂拥而入的机会，又带着他的精干力量窜了回来，企图在我国境内继续制造事端。上午设伏打死我5名边防骑兵，正是他一贯的伎俩。这个狡猾的家伙，倒给我们来了个引蛇出洞！

“军区党委指示我军，对于敢于直接挑衅，率先制造事端，危害我国家安全、民族团结的败类，务必予以毁灭性的打击！经过军党委紧急会议讨论，我军决定成立针对此次作战的前线指挥部，由我亲自带队，执行这次歼灭作战，行动代号为FK3。下面让参谋长给大家介绍一下我军具体行动方案。”

军参谋长杨休平站起身来，手里拿着一根长长的指挥棒，对着沙盘讲道：

“经过认真考虑，ABL的企图很清楚了，他是想利用我军忙于维护边界秩序、疏导难民的紧张时刻，通过伏击我边防巡逻团战士，达到吸引我军注意力，牵制我仅存的外围巡逻部队，使他能够在这张天网中找到一个大窟窿，从而进入我国境内。

“针对他的这种心态，我们决定采取将计就计的行动方案。首先，对于他实施伏击的区域，由边防某团佯动，尽量摆出一副地毯式搜索，誓为牺牲战友复仇的姿态，使他感觉到我们的全部主力都投放到了这里，他可以随意寻找空隙，从而令其麻痹，不至于因为绝望而导致恐怖危机。另外，雄狮团派出精干侦察部队，极其隐蔽地搜索渗透，迅速掌握他们的‘基地’所在位置，一旦确定方位，我军将派出25架WZ-8武装运输直升机，将你团主力部队运送到该位置周边，采取强制包围措施。

“至于ABL的具体集结位置，根据上级给我们提供的情报，有一个利好的消息，在ABL的亲信部队中，有一名D国间谍，正在随同他运动，这名间谍会利用隐蔽的无线电定位发射器，不断传输他的准确方位，我们现在已经与D国军方取得联系，他们已经同意为我们提供这个信息，因此，雄狮团的搜索半径，完全可以按照这个定位信号，以大约18公里为半径，逐渐缩小包围圈。最终，两个团兵合一处，聚而歼之！”

“还有什么疑问没有？”林振戎扫视全场，最后将目光投在两个参战团的指挥员身上。

“那个D国间谍，他的无线定位器，现在显示在什么位置？”雄狮团团长顾长荣问道。

杨休平在沙盘上指出一个位置，说道：“根据D国最近一段时间接收到的信息，应该是这个位置。”

“特拉尔山？”顾长荣心头一紧，两年前，他的部队曾经在特拉尔山一带搞过一次军事演习，那里的地形十分复杂，而且环境异常恶劣，看来这个ABL果然是一个狡猾的家伙。

“对，特拉尔山！”杨休平点头道，“那里地形复杂，便于隐藏和逃窜，可以说是ABL最理想的藏身之处了，但是，也有一个缺点，那里没有大路可走，山上丛林密布，每小时6公里是人行极限，直升机是唯一可以使用的交通工具。我们可以利用我们的直升机快速灵活的优势，将只能徒步逃跑的袭击者包围在他们所能抵达的极限范围之内。”

“这次行动，看似简单，但是由于高原地区恶劣的自然环境，还有那里复杂的地理，会给部队带来很大的困难，这一点，你们回到部队要跟下面的一线指挥员反复强调。现在敌人如此嚣张，这次行动，也是关系到我军的面子啊！”林振戎把话接过来，语气强硬地说道，“无论如何，这次战斗，只能赢，不能输！”

“是，请首长放心！”两个团的团长政委起立敬礼，“我们坚决完成任务！”

林振戎点点头，说道：“我相信你们一定能够胜利完成任务。另外，再给你们吃个定心丸，这次行动，军区专门派出直属的三猛大队一部，来协助我们完成，到时候，会有具体的作战方案下达到你们那里。”

两个团的指挥员听到三猛大队的名字，顿时放心许多，这个神秘的部队，像是一支强心针，可以带给每个人足够的信心！

大沙丘后面，龙云隐蔽在雪地中，眼神中满是怒火和焦急，眼看着兄弟部队的战友倒在血泊里，却无法马上采取行动，这在龙云看来，真比自己牺牲还让他窝火！

“04，04，我是01，我是01，听到请回答！”龙云的班用电台耳麦中传来连长许风急迫的声音。

“01、01，我是04，我是04，收到请指示！”执行潜伏等待命令将近两个小时的龙云的声音有点儿激动。

“现在传达上级命令：为麻痹恐怖分子，10分钟后，边防团将派出部队进行地毯式搜索。你排主要任务：从恐怖分子潜伏位置的两侧，迅速隐蔽穿插，迂回到恐怖分子藏身之处，形成包围态势进行潜伏，观察恐怖分子动向。而后由你注意边防团部队压上时恐怖分子的撤退路线，进行追踪直至他们藏身的基地，我连其他两个排将在特拉尔山基本确定的18公里范围内进行搜索渗透。你发现基地后迅速报告。一旦确定方位，我军将派出25架WZ-8武装运输直升机，将我团主力部队运送到该位置周边，采取强制包围措施。而后切记一定不能打草惊蛇，不能私自行动。这次任务我们的主要目的，就是将这个恐怖分子集团一举歼灭。是否明白？”

“明白！”龙云听完许风的命令后显得尤为激动，两眼中的杀气更甚。他迅速召集全排3个老兵班班长进行命令传达，要求各老兵班务必在10分钟内将情况传达给每名士兵。

“同志们！”龙云跃进至十班潜伏位置，召集新兵传达命令，“等下行动，你们听我的命令行事，虽然你们现在是新兵，从某种意义上来说还不是一名真正意义上的兵，但现在上了战场，你们就是战士。不管发生什么情况，不能惊乱，一定要听我的口令行动。我们的任务主要是跟踪恐怖分子，找到他们的基地所在位置，在这之前，不能让他们发现我们……等下行动的时候，钟国龙跟随我，其他新兵由赵黑虎安排，一人跟随一名老兵。”龙云说到这儿，关切地看了一眼趴在雪地中脸色苍白身体还没完全恢复的钟国龙。

天空不断地飘落着雪花，刺骨的寒风肆虐着，钟国龙浑身发抖，这不是害怕，也不是寒冷，是激动吗？到底是什么也许他自己也不知道……

边防团的部队已经开始大规模搜索了，龙云对着班用电台的话筒说道：“三排各班注意，准备行动！”

“七班明白！”

“八班明白！”

“九班明白！”

“七、八班迅速从左侧跃进至左前方1000米山包处隐蔽，九、十班跟随我从右侧跃进。行动！”

“明白！”

# 第二十七章　死亡搜索

巨大的沙丘后面，响起了一阵阵急促的“嚓嚓”声，训练有素的侦察连三排全体勇士开始行动了。

战士们时而跃进，时而扑倒，时而匍匐，时而急速地穿插，雪地伪装衣良好的伪装效果使他们和雪色融为一体，分不清是雪还是人，看起来像是几十个在雪地中快速移动的雪人！

在雪地跑动远远比在平地上跑起来困难多了，尤其是在这高原缺氧的情况下，每一脚下去都会陷进雪中，而后接着的就是大口大口的喘气。对于身体还没有完全恢复的钟国龙来说，每迈出一步都是一种挑战，对生命，对身体极限的挑战。他不知道自己还能坚持多久，但是他想，只要我还能喘气，我就不能倒下！屈着身体跑在最前面的龙云没有发出口令，只是时不时地回头看着大家，接着就是一个快速跟进的手势。又是一次回头，他看见钟国龙已经落在了最后面，摇摇晃晃艰难地跑着。他跑到钟国龙面前二话没说，拽过他的手继续往前跑。

“卧倒隐蔽！”听到龙云的口令，所有人员选择有利地形顺势卧倒在这个小山坡上。大口大口地喘着粗气，尤其是几个新兵，那脸上的表情就如同死过一回。

钟国龙卧倒在龙云的身旁，看到龙云面不改色地对着班用电台话筒说道：

“七、八班，我是排长，请通报你们的位置！”“排长，我们已到达山包处隐蔽潜伏！”耳麦中传来七班长谢森略带喘息的声音。

“好的，继续潜伏，等待命令！”龙云说完这句话后，拿起胸口的军用望远镜观察着前方视野中的情况。在这个小山坡上，龙云的视野一下子变得宽阔起来。

“不对呀！”龙云自言自语道，“先前发现恐怖分子伏击我边防巡逻部队之处怎么没人？”

“04、04，我是01，听到请回答！”龙云的耳麦中又传来了侦察连长许风的声音。

“01、01，我是04，请指示！”

“报告你现在的位置情况！”

“我排现在位于特拉尔山口，恐怖分子袭击我边防部队潜伏处的左右两侧5公里的山坡处。可经过刚才我的观察，怀疑恐怖分子已经撤退或已转移，现场没有发现可疑人员。”龙云在回答连长许风的同时，双手仍拿着望远镜四处观察着。

“你们不要心急，这也是我们早已预料到的，恐怖分子不会那么笨，坐以待毙，等着我们的人上去围歼。刚才接到上级命令。我边防团在特拉尔山一个被灌木遮盖的山洞里发现了5名军人遗体，鉴定表明，他们遭遇伏击未超过3个小时。这5名军人遗体应该就是两个多小时以前看到被恐怖分子伏击的边防巡逻部队。现在提前执行‘FK3号’方案，上级已经在第一时间派出25架WZ-8武装运输直升机，将我们侦察连和军区直属三猛大队一部空运至特拉尔山内线一侧。你们在特拉尔山口等待，直升机马上到达。到达位置后，迅速以山洞为中心，以18公里为半径区域进行搜索。是否明白？”

“04明白！”当龙云听到“三猛大队”这4个字时，心中猛地一惊。在他的印象中，这是一支很神秘的部队，他在威猛雄狮团也参加执行过不少任务，但从来没有和三猛大队配合执行过任务。这次情况肯定是非常紧急，上级下狠心一定要将这伙嚣张的恐怖分子一举歼灭，正义之剑已经悬在这伙恐怖分子的脖颈上了。想到这里，龙云嘴角不经意间露出了一丝神秘的笑容。

“班长，我们什么时候开始进攻？怎么到现在还没发现一个恐怖分子？”趴在龙云身旁的钟国龙实在是忍受不住心中的巨大疑问。此时的钟国龙嘴唇已经有些发紫，浑身瑟瑟发抖。刚才在跃进运动中产生的热量已经在这将近10分钟的雪地潜伏中散发殆尽。冷，他现在感觉到的只有这个，但是他的双手依然紧紧地握住手中的枪——一把弹夹内装着30发子弹的95式自动步枪。他知道，在这个时候，枪就是自己的第二生命。现在的他极有一种冲动，那就是发现恐怖分子后，打开保险，对着恐怖分子一顿狂扫，兵就是战士，战士就要打仗。本来没想到会这么快，但是今天给他遇到了这一遭，他钟国龙就一定要表现一番！

钟国龙一问这个问题，趴在不远处同样又冷又紧张的其他新兵们也用着一种希望获得回答的眼神看着龙云。

龙云回头看了看钟国龙和其他战士，冷冷地说了一句：“等一下上级将派直升机到这个位置来接我们。听到我的口令后迅速登机！”

“直升机？”钟国龙心中又是一阵激动，看样子行动就要开始了，我要让我的宝贝发挥作用了。

龙云迅速用电台通知了此刻在他们左侧的七、八班，命令他们等待直升机。

又是十几分钟的潜伏，随后一阵轰鸣声在耳边响起。声音不断加大，4架直升机正向他们潜伏的方向飞来。龙云和左边的七班长谢森站起身拿出信号小红旗不断地挥舞着。

“直升机！”李大力失口喊道，这些新兵都是第一次看见直升机，个个脸上都显得激动不已，这种新鲜感霎时间似乎盖过了第一次执行任务的紧张恐惧。

两分钟后，WZ-8武装运输直升机已经在他们头上方急速地旋转着螺旋桨。由此带来的是巨大的轰鸣声和旋风，不断刮起地上的雪花。

钟国龙努力睁开眼睛看着他们这边的两架直升机在左右两侧分别降落，“嘿！原来直升机还挺大的。”

“所有人员注意，一个班乘坐一架直升机，各班长迅速组织人员登机！”

“是！”

龙云跑到右侧直升机门口指挥着十班新兵登机：“一个个上，快点儿，动作快点儿！别他×的磨磨蹭蹭跟娘们儿似的！”新兵们赶紧蹿进了机舱，直升机群发出巨大的轰鸣声拔地而起。

机舱内，钟国龙坐在陈立华和刘强对面，3个人默默地对望着。

“你们在想什么？”钟国龙冲他俩笑道。

“老四，你不觉得咱们很酷吗？”钟国龙道，“作为一名步兵，我们能坐上这个东西，这兵没有白当啊！这次就是真死了也值了。”

陈立华说道：“老大，咱们兄弟咋样来的，就要咋样回去！不过能坐上这玩意儿还真不错，现在是什么时代了？电视上你没看人家陆战队，那是海陆两栖的，人家特种大队，那可是三栖甚至是超栖的！咱们这些老牌部队自然也不能落在后面。”

“是啊！”钟国龙感叹道，“老六，老四，你们都不知道，这一次出来执行任务的时候，我有这样一种感觉，是不是战争已经来了，我这是在上前线吧？谁知说什么来什么，如果这一次我有什么意外，以后我爸妈就是你们的爸妈，帮我照顾好！”

陈立华拍拍他的肩膀，道：“老大，你怎么会有这样的想法呢？不会的，我们兄弟会好好地回去的，我们的爸妈，还有兄弟们都在家里等着我们呢！”

钟国龙叹了口气，说：“有时候，我总会问自己，我是在哪里？我是在干什么？我还是我吗？变了，真的变了！我不再是从前那个在街市里游手好闲的小痞子了，我现在是一名人民子弟兵啊！你们知道我有多骄傲吗？”

“我们当然知道，”刘强道，“我们都是好男儿，不管别人怎么讲，不管世人怎么想，我们都是自豪的！”

“全体注意！3分钟后下机，检查武器装备！”

雪花依然洋洋洒洒地飘落着，4架直升机飞到一片山谷半空盘旋着。

“准备下机！”随着龙云的话音，直升机已经降落在地，舱门“砰”的一声打开了。

“呜呼，棒极了！感觉真爽！”余忠桥兴奋地叫着。

立即招来了龙云的斥责：“鬼哭狼嚎什么！这是执行任务，不是玩游戏！”钟国龙夹在队伍里打量四周的形势，这是一处相当大的山谷腹地，四周都是高山，根本找不见出口和平路。

“01、01，我是04，我们现在已到达特拉尔山谷G区，请指示！”

“04注意、04号注意！目标：G区，任务：搜索，时间：5小时，是否清楚？完毕！”

“04清楚，完毕！”龙云转过身来打开军用区域地图向大家命令道：“全排注意，各班长打开地图，从现在开始全排分为4个搜索小组，七班为一组，八班为二组，先前划分的九、十班两个混合小组，由我和赵黑虎各带一组从4个方向进行搜索。我排主要搜索区域为地图上G区区域，从我们现在位置开始，向A区进行搜索。发现情况立即报告，不要轻举妄动！是否清楚？”

“清楚！”

“开始行动！”

大雪纷飞的特拉尔山，恶劣的自然环境已经无法用简单的言语来形容，夹杂着暴雪的寒风肆虐着，从每个人的衣领袖口钻进去，随后瞬间融化，带走热量。

裤腿已经是坚硬的两个筒了，撞在一旁的山石上当当响。

脚腕以下已经失去了知觉，走起路来感觉木木的，仿佛随时会摔倒，而又在即将失去平衡的时候感觉到支撑点。

走在钟国龙左侧的陈立华竖起了衣领。

钟国龙用只能身边几人听到的声音说道：“坚持一下，不会很冷，竖起的衣领会阻挡你的视线，不想死就把它放下。”

龙云的眼角闪过一丝欣慰，在最艰难的时刻，钟国龙这小子“老大”的作用又显现出来了，但随即他有些严厉地说道：“尽量保持安静。”雪下得更大了……

搜索前进的速度很慢，每前进一步都要仔细看清楚是否有隐藏的敌人，是否有敌人设下的陷阱。渐渐地，沉默的搜索使战士们的心理变得极度紧张起来，每个人的神经都绷得很紧，看着每一块微微凸起的雪堆都像一个披着伪装外衣的恐怖分子。

寒风中，紧张的情绪使钟国龙的手心有些热，下意识地在腿上蹭了蹭手掌。龙云小心翼翼地走在队伍前面，不时回过头来看一看兄弟们的情况，当他看到钟国龙神情紧张四处张望，不由得轻声道：“钟国龙！左右两侧有你的战友，看着前方，不要放过任何可能隐藏敌人的地点。”

龙云的话说得很轻，语气中没有一丝责怪，可这段话传到钟国龙的耳朵里却像烧刀子酒一般火辣。

钟国龙涨红了脸，狠狠地点了点头，“明白！”

龙云鼓励性地拍了拍钟国龙的肩膀，道：“跟紧我，不会让你受伤的。”扭回头，龙云继续前进，在前进的同时不时指点着战士一些实战搜索的要领。然而他并没有发现，此刻跟在他身后的钟国龙，眼神已经变得像鹰隼一般锐利。明知前方就可能隐藏着敌人，随时会有致命的危险，龙云却可以坚定地说出保护他的话来，这让钟国龙如何不感动。而在感动的背后，钟国龙心中那点儿火星也被点燃了。就算是新兵，上了战场就是战士。难道自己要做需要战友保护的累赘吗?

停住脚步，钟国龙的嗓音有些沙哑，“班长，我承认我没经验，上了战场紧张，但是班长我告诉你，同样来当兵，同样是娘生爹养的，凭什么我就需要保护？我尊敬你，但是我不需要你的保护。就算战死在这特拉尔山，我钟国龙决不皱一下眉头！”所有参加搜索的战士们都愣住了，呆呆地望着情绪激动的钟国龙。

龙云同样呆呆地看着眼前的钟国龙，现场安静得只能听到雪花落在地上的声音和有些急促的呼吸声。

“好样的。安全地回去，我请你们喝酒！”刹那间，无形的飓风从战士们的心底生起。

热得发汗的掌心冷了下来，紧贴在扳机上的手指移动到了护手上，而走在队伍前面的龙云并没有发现在战士们的眼中已经多了一种叫作士气的东西。

一个小时后，包围搜索战术出现了速胜的形势，所有搜索人员的包围圈已经缩小二分之一。随着搜索圈越来越小，大家的心跟着也越来越紧张，因为此时随时可能发现情况或遭遇到恐怖分子的袭击。

尤其是这次参加任务的新兵，神色尤其紧张，钟国龙的手心不断地冒着冷汗，感觉危机四伏，但是他不敢走神，因为他明白，现在的情况决不允许走神。

他们现在位于一个山谷之中，两边都是山峰！

“啪！”一个声音从龙云带领的第四搜索小组的左后侧传出来。

“唰”的一下，在听到这个声音的同时，小组所有侦察连老兵已经对着声响发出的位置卧倒出枪。

钟国龙和其他3个新兵心中一惊，愣在原地，随即身边就响起了龙云“卧倒”的口令。几个新兵这才缓过神来，卧倒在地。

“谭钊！带上一名老兵迅速观察声响传出位置情况！”龙云细声对着卧倒在自己左边的九班长说道。

谭钊对着龙云做了一个OK的手势，对着旁边的老兵刘成使了一个眼色，随即从雪地中爬起，成跃进姿势前进。“其他人员负责掩护！”龙云又是一声口令，声音不大，但是在这样的情况下，每个人都听得很清楚。

九班长谭钊和刘成不断地在雪地中卧倒起立，一般是5米跃进跟着就是一个卧倒，互相交替掩护着前进到了大概距离三十几米发出声响的山壁处。看着地上散落着一小堆刚落下不久的雪花，又抬起头看看山壁，谭钊深深地呼出一口气。谭钊和刘成返回龙云的身旁卧倒报告：“排长，经过侦察，刚才声响是山壁上的积雪落下发出的，其他没有发现可疑情况！”

由于地形越来越复杂，龙云稍稍思索了一下，看了看身边钟国龙和其他3名新兵，新兵就是新兵，在遇到情况时不知该如何处置，刚才那一下如果真有恐怖分子埋伏的话，他们可能就完蛋了。接着他马上下达了一个口令：“全组注意，呈楔形队形搜索前进。遇到情况自行卧倒隐蔽！”

搜索还在继续，从刚才龙云口令的最后一句，钟国龙感觉到了死亡的气息，也许就是一瞬间，自己如若处置不当，带来的只有死亡——我的路还有很远！与此同时，赵黑虎带领的第三搜索小组也在紧张的搜索之中。

刘强、伞立平、李大力、余忠桥和胡晓静5名新兵都被划分在这个小组。

“班副！”刘强的声音打破了死一般的沉寂。

赵黑虎对着小组人员打了一个卧倒隐蔽的手势，随即卧倒在地，看着刘强仍然站在原地一动不动，厉声道："你怎么不卧倒！怎么了，有情况？"

刘强继续站着，通过赵黑虎那天的临战训练，他明白在战场上踩到的不明物体可能会有危险。此时的刘强脸色煞白，对着赵黑虎喊道："班副，我好像踩着什么东西了。"

"你不要动！"赵黑虎警惕起来，"其他人员原地待命！"

赵黑虎迅速跑到刘强的身旁，蹲在他的脚旁问道："哪只脚？"刘强的声音有些发抖甚至带着哭腔，"好像是右边那只。"

"不要好像！到底是哪只？"

"是右边那只。"

"确定！"

"我确定！"

赵黑虎将枪放在右边，双手轻轻扒开刘强右脚旁边的积雪。一层层的积雪被赵黑虎轻轻扒开，刘强紧闭着双眼不敢看，只怕自己如果一看到是地雷会吓得松开脚。

一个黑乎乎像是枪管的东西显现出来，赵黑虎继续扒着，这个神秘的物体终于完全露出来了，是一支国产81-1自动步枪，步枪旁边的雪色是红的。"是血！"赵黑虎的一句话把本来就处于极度紧张和恐惧中的刘强惊得一跳。

"你可以松开脚了，没有地雷，是一支自动步枪。把眼睛睁开！"蹲在地上的赵黑虎抬起头看着刘强说道。

刘强缓缓地睁开眼睛，仍带着恐惧地看着自己的右脚。是的，确实自己的右脚踩着一支步枪的枪身。确信无疑后，他猛地一跳，站在旁边呆呆地看着赵黑虎！刚才的3分钟，也许还没有3分钟，这个入伍不到两个月的新兵经历了自己人生之中的第一次，应该来说是他的心第一次与死亡有这么近的接触，3分钟是那么漫长，那么令人恐惧。此刻他感觉浑身发凉，应该是出了一身冷汗……

赵黑虎继续扒开了周围的积雪，展现在他面前的是三支81-1自动步枪和枪旁几块血红的积雪。"应该时间还不长。"赵黑虎自言自语道，雪盖得还不深。

"04、04，我是12，收到请回答，完毕！"赵黑虎对着话筒准备和龙云汇报情况！

"我是04，你那边什么情况？"

"在搜索中，发现三支81-1步枪，没有发现尸体，应该是我边防部队巡逻队遭遇恐怖分子袭击！"

"好的，你们加强警戒，继续搜索，我向上级请示！完毕！"

"04、04，我01，我是01，收到请回答，完毕！"龙云班用电台的耳麦中传来连长许风稍显急切的声音。

“卧倒！”听到龙云的口令，第四小组的人员心中一惊，这次新兵也学乖了，迅速卧倒在地，双手紧紧握住手中的步枪看向前方，以为龙云发现了什么情况。

“01、01，我是04，收到，正准备向你汇报情况，请指示！完毕！”

“不用说了，刚才赵黑虎的情况我已经知道，班用电台是互通的，我怎么不知道呀！”

“明白！”

“前指收到一份与此次行动相关的情报，说D国在特拉尔山一带发现一个可疑的无线信号，是6个月前混入恐怖组织的一名D国间谍发射的信号，该间谍已经失踪了3个月，D国人不知他为什么消失，不知他同谁在一起，更不知道为什么会出现在中国境内。这是个通过卫星传送到D国军队基地的信号。”

“啪啪啪！”许风的话还没说完，一阵枪声传进了龙云的耳中，在这个现在只有8公里左右的搜索包围圈中，应该所有的搜索小组都能听到。

“枪声，我连所有战士向枪声位置包围搜索！”耳麦中又传来许风急迫的声音。

“明白！”

“全组注意！顺枪声发出位置，快速搜索前进！”龙云一声大吼，杀气立现。

搜索，包围，前进，不断地前进！

时间不知道过去了多久，在不断的快速搜索前进中，钟国龙的心里已经没有时间的概念，只有警惕，身体所有的感官功能放到了最大。

所有搜索组的包围圈合拢了。这是一个山包顶端，龙云第一个冲了上去，然而，居于包围圈核心的目标仅仅是一件挂在一棵高大骆驼刺上的深绿色军服，龙云顺着军服，又找到了一支摔破了的苏制自动步枪，断裂的木质枪托里，无线电定位发射器依然发射着信号。

“他×的，上当了！”龙云站在山包顶端，抓起那件深绿色的军服狠狠摔在地上，大骂了一句。

站在龙云身边的赵黑虎好像发现了什么，指着山谷底部对龙云说：“排长，你看那是什么？”龙云顺着赵黑虎手指的方向，就看到了山谷底部的一具尸体。

龙云心里一阵激动，“D国间谍的尸体！”虽然不能确定，但这是他目前能做出的唯一假设了。龙云想到这里，指挥三排向山谷底部扑去。

突然，在他们身边猛地蹿过两行人，几乎威猛雄狮团的所有搜索小组都注意到了他们。他们是后到达搜索小组的，人员装备和他们完全不一样，6人为一组，呈标准的反恐战斗队形跃进，身着雪地作战迷彩服，头上戴着QGF02芳纶头盔，内置单兵通信设备与头戴式热成像仪，脸上涂满了白色的伪装涂料，一个个看上去如死神一般。

龙云睁大眼睛细看了一下装备，有88狙击步枪，96式突击步枪，“哦，他×的，这十几个人的枪加起来都可以开中国轻武器展了。”

这12个人的神秘分队，动作迅捷，配合密切，如同12只敏捷凶狠的雪豹扑向山谷底部。

“难道他们就是三猛大队？”龙云心中一震。

在他们面前的雪地上有一排脚印，直至尸体处就消失了，龙云在思考着什么。

“停！”龙云对着大家大喊了一声口令。

除了那支神秘的小分队，其他战士听到龙云的口令都立在了原地。

“所有人员撤退500米疏散隐蔽！”龙云又是一声大喊。

听到这声口令，神秘分队的一名肩膀上扛着少校军衔的军官冲龙云笑了一下，竖起了大拇指。龙云也冲他笑了一下，两人之间似乎有一种默契。龙云和这位少校军官的一连贯动作表情使其他战士很好奇，但又不明白什么意思。钟国龙趴在地上看着龙云，这又是什么意思呢?

少校军官指挥着分队其他人员在四周占领有利位置警戒。他缓缓地屈身走到那具尸体的旁边将枪反背，这显然是一个外国人，虽然人已经死了但眼睛还睁得很大，显然，死者死前受到了极大的惊吓，他似乎在向人昭示着什么。

少校军官检查了一下尸体，从死者的上衣口袋掏出了一个小本子装进了自己的口袋，其他似乎也没发现什么，他身体斜卧在尸体的右侧，缓缓地用右手托起死者的身体，头贴在地面，然后又把尸体放下，跪在尸体旁边，从背上掏出一把工兵锹刨着尸体下方的雪。一下，两下，他终于停止了刨动，把工兵锹放在了地上，右手从装具袋里拿出一把多功能军刀剪着什么。剪完后，他翻开尸体，用工兵锹继续刨开尸体下方一个黑乎乎物体旁边的积雪，然后做了一些处理，轻轻拿出这个物体，在他的左手还有一根刚才从这个物体上剪断的细细的电线，电线的另一头埋进了雪里，虽然埋得不是很深，但是从表面上绝对是看不到这跟电线的存在，少校军官轻轻地牵着电线，从雪地里一点一点地拉起来……

这一切看着是那么的简单，但趴在山包上的龙云和其他战士大气都不敢出，他们明白这是什么，可能一下轻微的不小心操作失误，今天他们就要全部玩完，成为革命烈士！

大概过了十几分钟，少校军官通过那根电线一共发现并排出了3个黑色物体。他用力呼出一口气，将3个黑色物体放到一起，点上一支烟深深吸了几口，坐在地上大声喊了一句："情况解除！"龙云这才从雪地上爬起来，"起立！"钟国龙趴在地上身体已经麻木，刚才那名少校军官牵着电线从他身体旁边过的时候，钟国龙顿时暴出了一身冷汗，从少校军官在尸体下挖出第一个黑色物体开始，他就明白了，没吃过猪肉，总是见过猪跑的，从电视上他是见过这东西的。

龙云跑到少校军官的身旁，看了一下地上的这3个黑色物体，大吃一惊，这是直径在40厘米以上，重量约10公斤的T4塑胶炸弹，这3个T4塑胶炸弹分别埋藏在尸体下方、山谷入口处和山包信号发射器的下方，而引爆装置就是在尸体下方的一个压发式引爆装置。一旦翻开尸体，压发装置就会启动迅速点燃电雷管，同时压发装置再通过电线点燃其他两个位置的电雷管，3个埋设在不同位置的T4塑胶炸药同时爆炸，其威力绝对可以令在场所有搜索人员消失。

"他×的，这些恐怖分子真够阴的！"龙云开口骂了一句，"兄弟，你们是哪个部队的？"少校军官从地上站了起来，拍了拍屁股看着龙云说："三猛大队。"

似乎这个回答龙云心中早已知晓，再问一句只是为了更加确定。龙云向前走了一步伸出右手，"威猛雄狮团侦察连三排长龙云！今天幸亏你们，不然我们就玩完了。"

少校军官笑了笑，扔掉右手的烟头，握住龙云的手，"三猛大队一中队队长王帅！龙排长，你也不错，似乎比我还更有战场直觉。"

"哈哈！"两个人站在地上紧紧握着手豪爽地大笑着，他们也许都属于同一类人，包括现在趴在地上傻傻看着他们的钟国龙。

"报告前指，目标消失，请求指示……"许风开始报告结果。谷底无水，却发出隐约可闻的汹涌的水流声。

三猛大队和许风指挥着各自的搜索小组进行细密的搜索，但似乎什么情况都没有发现。

"不对！"龙云对正要求退出的二排长刘孝伟大声说道，"刚才看见D国间谍尸体的时候我就发现了一排脚印，但到了尸体旁就消失了，从尸体死后的面部表情来看，死者死前应该是受到了巨大的惊吓，可能是身份暴露，被恐怖分子从背后袭击。恐怖分子的基地应该就在附近。"

二线围剿的部队在得到威猛雄狮团扑空的消息后，立即向特拉尔山以东的鸦鹊森林包围过去。羊群是第二个包围圈里首次出现的动物，上千只不会说话没有武装的生灵，看上去有种说不出的浩浩荡荡的气势。

牧羊人是个老头，身子骨看上去很是硬朗，性格也挺开朗。遇到围剿部队盘问后，从容地坐了下来，缓缓燃起一支劣质香烟，操一口本地的土语说：“我累了，正好要歇一阵子。”

“老大爷，这是封锁线，你要想歇，再走远一些。”羊群重又起程，簇拥着牧羊人走向远方。

一个小时后，二线部队发现了一位被害身亡的牧羊人，同他们遇到的牧羊老头相比，这个似乎更地道一些。二线围剿部队立即从四面八方向那个假冒的牧羊人追过去。

差不多同时，一线的威猛雄狮部队在D国军事间谍横尸的谷底找到了隆隆作响的水流所在，那是一条水流湍急的暗河，不知流向什么地方。

# 第二十八章　惊心动魄

威猛雄狮团所有的搜索小组开始分头行动，在山谷里分散搜索。

“他×的，一定要找到恐怖分子！”赵黑虎低声骂了一句。

这是一片枯萎的荆棘和芦苇丛，直径在500米左右，现在已经被积雪盖住。如果在夏天，这里绝对是高原罕见的一处小绿洲。

龙云带着小组成员搜索至这个位置，突然停下，“就是这儿，这片位置水流的声音尤其明显。”龙云指着山谷底部一处荆棘和芦苇茂密处大声说道。龙云说出这句话的时候，三猛大队的两个搜索小组已经开始行动了。

“全组注意，成一字队形搜索前进！”龙云迅速调整搜索队形。全组10名成员迅速散开成一排搜索前进。

“扑通！”钟国龙被一个什么东西绊倒，狠狠地摔到了地上。听到动静，搜索小组所有目光聚集在了钟国龙身上。

陈立华看见老大摔倒在地，正准备跑过去扶钟国龙，被龙云一声喝住。他右手高举，五指并拢，手掌向前，对着全组打了一个停止前进的手势。作为一名作战经验丰富的老兵，任何风吹草动哪怕是一丝动静，在他眼中都可能预示着危险。在战场上你放过任何一个细微的情况，随之而来的可能就是付出生命的代价，尤其是作为一名指挥员，他必须为自己的兵、自己兄弟的生命负责。

钟国龙有点儿恼火了，本来搜索了这么久还没发现恐怖分子，他的心里就憋着一股怒火，跟着枪声一路搜索过来，还被狡猾的恐怖分子耍了一下，他就更加恼火了。这下摔倒在地，他也许实在忍受不住了，之前紧张和恐惧的心理，随着怒火的不断升级已经完全没有了，取而代之的只有愤怒。

他似乎没有看到龙云的手势，从雪地上爬起，对着刚才绊倒的位置使足力气一脚踢了过去。这一脚似乎没有他想象得那么扎实，“唰”的一下，一大块被雪包裹的枯萎的荆棘和芦苇被踢飞起来，好像它们并没有长在泥土中。这一脚也许用力过大，钟国龙的腿在空中画了一道弧线后身体没有及时恢复平衡，差点儿摔倒在地。

龙云看到钟国龙在战场上竟然不服从命令，顿时怒火冲天，跑到钟国龙的身旁，用一双充满杀气的眼睛狠狠瞪着他，瞪得钟国龙浑身发冷，钟国龙正准备说什么，龙云转过头看了看刚才被钟国龙一脚踢过的地方，感觉不对劲儿：不可能呀，荆棘的根是深深扎在沙漠里，不可能被钟国龙一脚就能踢得翻过根来，咦，这个位置的水流声怎么这么大？想到这儿，龙云捡起一株被钟国龙踢翻的荆棘，把上面的积雪抖干净，仔细观察起来。

钟国龙站在旁边纳闷儿，班长看这草干什么呀？

拿在龙云手上的这株荆棘的根已经干枯，没有一丝生命的迹象，龙云看到这儿，嘴角露出了一丝诡异的笑容。他似乎明白了为什么钟国龙能一脚把它们踢飞。龙云轻轻地把这株荆棘放下，没有植被和积雪的这一小块地方显得格外不同，龙云趴在地上耳朵贴着地面听了一会儿，顿时神情一变，爬起来迅速扒开上面的沙土……

在一层薄薄的沙土下方是一块直径大约一米五的木头盖子。龙云顿时明白了一切，抬起头看着钟国龙，显得有些激动。

“01、01，我是04，听到请回答，完毕！”

“01收到，发现什么情况？”

“发现一条隐蔽地道，怀疑是恐怖分子秘密基地出入口。完毕！”

许风迅速命令跟在身后的通信兵把情况汇报给前指。根据前指指示，许风用电台向侦察连下达命令：“侦察连全体注意，向前指汇报情况后我马上到达，龙排长迅速通知三猛大队一部，由你排协助三猛大队对地道进行搜索，所有新兵以及一排所有人员由一排长带领在地道口周围潜伏。二排长带领二排迅速沿水流声一带进行搜索，查看有无其他进出口，以防恐怖分子狡兔三窟，有其他基地或从其他位置逃跑。是否明白？”许风听到龙云的这个消息后，显然十分兴奋与激动。

“明白！”

“按计划开始行动！”

“是！”

二排接到连长命令，已经沿着水流方向悄悄搜索过去，龙云发布指令，示意全排集合，不一会儿，七、八、九、十班集合到了一处。龙云任务布置得简短而明确：“现在全排注意，我手底下这个盖子下面，很可能是一个地下河冲出的大溶洞，根据刚才我的判断，初步估计疑似恐怖分子的集结地。传达连长命令，新兵十班跟随一排，在洞口潜伏，牛威、谭钊、刘玉林等9人由我带领，配合三猛大队，对这下面进行搜索。我排其他人员由赵黑虎负责带领在入口周围潜伏，是否清楚？”

“清楚！”

各班开始按照命令卧倒在地道口周围，赵黑虎冲新兵做了个手势，带领他们与外围的一排会合，将洞口周围所有高位全部占领。

这边，三猛大队带队少校中队长李磊，也已经听到这个消息，得到命令的他立刻通知自己手下的两个小组集结，快速无声地与龙云会合到了一起。

地下的流水声很清晰地传到每个人的耳朵里，所有人都屏住呼吸，龙云再次将耳朵贴在木板上，并没有听到其他声音，暗自庆幸刚才冒失的钟国龙没有打草惊蛇。

李磊靠过来，看了看龙云，又指了指那个木头盖子，龙云小声说道：“李队长，这是刚才一个新兵无意中发现的，原本用荆棘和浮土盖着，我刚才听了一下，发现除了流水声，有枪栓拉动的声响传来，根据声音，应该就是距离洞口不到50米，并且绝对不是我军所配武器的声音。”

李磊听着龙云的低声描述，点点头，忽然将手伸进身上的装具袋中，掏出一个龙云没见过的小东西，这是一个微型的带有红外摄像仪的侦察机器人，外表就像一只小蜻蜓。他示意龙云帮忙将木板微微撬开一条小缝隙，将“小蜻蜓”放了进去，李磊操纵着手上的遥控器，通过液晶显示屏，洞内的情景顿时一目了然。

这是一个天然溶洞，入口处比较狭小，大概只能通过一个人，显然被人修整过，里面还亮着灯光，越往里面越大，底下有一条地下河流，水声轰隆隆地响着。距离洞口不到50米处，河边坐着两名抱着AK-47抽烟的大胡子匪徒，两个人显然没有发觉洞口的情况，边吸烟边做着拉卸枪栓的动作。

李磊不禁再次赞叹起龙云的丰富经验来，冲龙云伸出大拇指，旁边跟来的三猛大队其他队员也对龙云表示叹服。他们一向认为自己是全军的尖子，此时却发现，眼前这个步兵侦察连的一个中尉排长，在战斗经验方面居然强过自己好多。侦察机器人侦察范围继续纵深，屏幕上显示的图像顿时令所有人大吃一惊！山洞越来越宽阔，在水流湍急的地下河上，距离两个大胡子哨兵约50米处还架着一座小木桥，从小木桥走到河的另一端，可以看到耀眼的灯光，一个平台上架着水力发电装置，横七竖八的电线通向更深处，湍急的河水正好给里面提供了充沛的电力，平台上面站着3个荷枪的恐怖分子，再往里面看去，却被一道天然的溶壁挡住了。

龙云和李磊都紧皱眉头，丰富的战场经验告诉他们，这里应该就是敌人的核心堡垒所在，然而溶壁挡在那里，里面到底什么样谁也不知道，眼前这两组5个哨兵，对他们的行动构成了很大的不便。如果先干掉靠近洞口的这两个，发电站上面的3个人就会马上发现他们，而发电站和这两个哨兵之间隔着这条地下河，小桥的四面没有任何遮挡物，要想两点出击，没有任何可能性。

“班长，咱们也上去，干掉他们！”洞口不远处，正在潜伏的钟国龙忽然站起身来，冲赵黑虎低声说道。

“浑蛋，卧倒！”赵黑虎见他站了起来，当时就急了，“你在违抗命令！”

钟国龙此时眼睛通红，胸脯起伏不定，分明是在努力憋着怒火，手中的枪攥得嘎嘣作响，恨不得立刻跳下去跟匪徒们拼命。

钟国龙摇摇头，说道：“班长，你就让我去吧，我绝对不给你添乱！”

赵黑虎这个时候快气炸肺了！敢在战场上违抗命令，真该一枪毙了他，下面就是敌人，赵黑虎是打不得骂不得，真是上火了！

“班长，你就相信我吧，我一会儿紧跟在你后面，我保证！”钟国龙急切地需要赵黑虎的同意，他现在满脑子都想着那5名战士的尸体，心中充满了仇恨，骨子里那股不怕死的精神在这一刻完全显露出来，他的想法很简单，只要让我进去，只要能亲手击毙那几个恐怖分子，枪毙我都行！

赵黑虎真急了，跳起来一脚把钟国龙踹趴下，低声喝道：“钟国龙我告诉你，你要是再这样胡闹，我不收拾你，班长也会收拾你！战场无组织无纪律，枪毙你都不过分！”

钟国龙被赵黑虎压到地上，看他暴怒的样子，一时也不敢再动了。

洞口这边，龙云已经和李磊商讨起作战方案来。

“龙排长，你有什么想法？”李磊现在对这个侦察连的排长有了浓厚的兴趣，他想听听龙云的意见，看在这样的情况下，龙云有什么独到的见解。

龙云仔细思考了一下，看着李磊手中的侦察显示，说道：“李队长，我有个大胆的想法！”

“说说看。”李磊眼前一亮。

龙云停顿一下，说道：“从现在的形势看来，我们要想侦察到岩洞最里面的情况，只能深入其中，首先干掉这两组哨兵，而洞口目前只有这一个，假如我们全进去，一定会被发现，那样的话，整个敌人基地就炸窝了。

“我想，敌人虽然早有准备，但是这个发电站毕竟是个临时性建筑，从那一条条乱糟糟的电线就可以看出来，这样的设备，假如突然停电，也不是没有可能。只要时间掌握得好，里面未必会感觉多意外……”

“你的意思是，突然切断电源，利用这一瞬间，先拿下这两组哨兵？”李磊惊奇地看着龙云，没想到这个侦察排长会有如此大胆的想法。

龙云点点头，看着李磊，问道：“李队长，我问一下，你的人，一枪击中主电闸门切断电源，再在黑暗中击毙3个匪徒，有多大把握？”

李磊看了看液晶屏幕上发电站那裸露在外的主控电闸，又比较了一下那3个哨兵的位置，斩钉截铁地说道：“我们都配备了夜视系统，一瞬间干掉4个目标，没有任何问题！”

龙云也佩服起三猛大队的战斗力来，要知道，从洞口进去，在哨兵发现前，一枪命中约100米外的电闸主线，并不是很容易的事情，但只要跳下去，就随时可能被匪徒发现，在如此短暂的时间解决电闸和3个匪徒，没有绝对精准的枪法是肯定办不到的。

龙云说道：“那这样，这个洞口一次只能通过一个人，我先下去，迅速解决掉河边那两个哨兵，在电站上那3个匪徒发现我之前，你们的人必须开枪打断电闸，灯光一灭，就要解决那3个人，然后，在里面的人清醒过来之前，我们必须占领那个电站制高点，控制住整个山洞！”

李磊此时对龙云十分欣赏，但考虑到洞口和那两个哨兵之间还有将近50米的距离，不禁担心地说道：“龙排长，要不这样，我们这次行动，这两项都由我的小组完成吧？”

“那不行！”龙云说道，“这个行动很危险，我们必须确保每个环节都成功，我自己去，我心里有底，再说，既然是联合行动，我们只让三猛大队出面，好像不是那么光彩！”

李磊看龙云那胸有成竹的样子，没有再争下去，两个人迅速商定了一套行动方案，由李磊向指挥中心汇报。

指挥中心，坐镇指挥战斗的林振戎少将经过仔细衡量，果断下达命令：“指挥中心同意前线的战斗方案！命令威猛雄狮团以及后续参加这次任务的X团、F团和边防十一团以特拉尔山18公里为直径的范围形成一个大包围圈，彻底堵死山洞可能出现的其他出口。然后，以三猛大队参战中队为主，威猛雄狮团侦察连一部协助，从洞口突击进去，一旦发现恐怖分子基地，务必摧毁！要求全歼所有敌人，绝对不允许放走一个！”

洞口外面，接到上级命令的李磊和龙云，已经做好了战斗准备。李磊命令道：“经过讨论，决定作战计划如下：首先，由龙排长先行进入山洞，在敌人发觉之前，迅速干掉河边两名哨兵，与此同时，由我和铁血小组组长孟师德加上王帅在龙排长发起进攻的同时，击断电闸并击毙3名哨兵，成功之后，三猛大队所有人员协同侦察连部分同志，借助黑暗隐蔽，马上占领距离洞口100米左右的敌发电站，若里面果然有敌人，到时一定很慌乱，由喊话员刘仓用恐怖分子语言喊话，就说电站出现故障，稳住敌人之后再接通电源，开始发动进攻，务求全歼所有恐怖分子！大家是否清楚？”

“清楚！”

任务传达完毕，龙云将情况汇报给连长许风，许风也已经接到了上级传达的命令，正往这边赶来。龙云迅速调整部署，从七、八、九班中抽调出8名主力，协同三猛大队作战，其余人员经请示许风，留在洞口继续警戒封锁，防止再有敌人从外面进来，导致突击队腹背受敌。

一切准备完毕，洞口外面，三猛大队官兵和龙云带领的8名战士紧张地守在洞口，此时已经到了战斗最后的时刻，整个战场上，几乎只能听到战士们急促的呼吸声……

外面的风不断刮着，刺骨的风夹带着冰雪，在高原的旷野上无所顾忌地四处肆虐，所有的战士却如同钢铸铁打一般，趴在冰雪上已经足足1个小时，似乎丝毫没有感觉到寒冷，或许，他们已经忘记了世界上还有寒冷这个词。所有人心中想的，都只是山洞内的敌人，这群亡命之徒带给战士们的仇恨，远远超过了这漫天的冰雪严寒。

时间一分一秒地过去了，远处，直升机的轰鸣声逐渐增多，大部队正在紧急实施合围，龙云拿出自己的95式多功能格斗刺刀，在衣服上摩擦了几下，雪亮的刀刃反射着雪地白灿灿的冷光。

旁边的李磊看着龙云的举动，伸手从自己小腿上拔出一把通体黑色的短军刀，递给龙云：“兄弟，用这个吧，TX6，三猛大队专用的。”

龙云接过黑色的军刀，左右打量了一下，笑了笑，递还给李磊，小声说道：

“我还是用95吧，顺手。”李磊笑了笑，忽然有些意味深长地说道：“将来，也许你就用惯TX6了。”

龙云不解其意，说道：“希望不大，TX6我也听说过，造价几万，要装备我们，恐怕没那么容易啊。”

李磊还要说话，旁边许风上来了。

“连长。”龙云小声喊道，“外面情况怎么样？”

许风先跟李磊打了个招呼，小声说道：“包围圈马上完成了，二排顺着河往下搜呢，关键还是你们这里。龙云，你准备得怎么样？”龙云笑道：“又不是头一回，有什么可准备的。”

“千万注意安全，假如被电站的哨兵发现，这山洞底下一片平地，一梭子弹过来你可没办法躲！”

“放心吧，连长！”龙云脸上没有丝毫紧张的神色。李磊再次打开搜索机器人，里面还是没有什么动静，河边的两个匪徒做梦也没有想到，他们的小命已经在别人的掌握之中了。

“军刺注意，军刺注意，外围已经完成合围，马上行动，马上行动！”

“军刺”是龙云他们这次行动的代号，终于，上方的命令下达了。龙云的眼中立刻充满了杀气。所有队员做好了战斗准备，大家以最合理的方式排在洞口四面，就等龙云和李磊打响战斗了。许风也神情凝重起来，退到一排阵地，紧张地注视着龙云他们。

李磊的侦察仪器还在工作，河边那两名匪徒，此时正背对着洞口坐在一块大岩石上，每隔大约半分钟，他们总要朝这边张望几眼，龙云看准匪徒刚刚扭过脸去的时刻，猛地掀开木板，人像一只灵猫一样钻进山洞，就地一滚，爬到了距洞口不远处的溶柱下面。

李磊这边也已经做好了准备，机器人继续工作，一旦龙云得手，他立刻展开行动跳进洞中，以最快的速度干掉电站上的哨兵。

洞中，隔着湍急的流水声，龙云能够清楚地听到两个哨兵说话的声音。他从石柱后面微微探出头，只见前方不远处，两个身穿臃肿皮大衣的大胡子匪徒，各自怀抱着一把AK-47，谈兴正浓。远处，发电站上的3名匪徒也不时地向这边张望两眼。龙云正要进一步观察，忽然，其中一个匪徒哨兵回头看了一眼，龙云急忙缩回了脑袋，好险！

龙云躲在石柱后面心急如焚，大部队合围已经建立，现在，洞中内部的情况还没有搞清楚，万一敌人发现中计，疯狂突围的话，势必会增加部队战友的伤亡。假如这里真是敌人的基地所在位置，依照他们的凶残程度，不会不防备，那样的话，后果不堪设想。

时间一分一秒过去，龙云将身体压到最低，再次朝前望去，见到电站上的3个匪徒此时没往这边看，而河边的歹徒正好也背对着他，时机已到，龙云身体猛地一个翻滚，接着一阵低姿跃进又前进10多米，来到一块大石头后面，身体趴在地上，再次观察起来。

洞口，透过侦察机器人的显示屏，李磊也在焦急地等待着，看到龙云以一连串漂亮的动作跃进了十几米，李磊再次暗中赞叹龙云的战术动作。

现在的龙云，距离两个放哨的匪徒只有不到30米的距离，而30米之内再也没有任何遮挡物了！要想不被发现地通过这段距离，明显不现实，而假如开枪的话，就算再先进的消音设备，距离电站不到50米，也无法保证不被另外3个匪徒发觉。

现在的龙云，是真正的孤军奋战，为了防止被敌人发现，自己携带的无线电装置已经关闭。洞口外面，李磊他们还在等待龙云干掉这两个匪徒。龙云豆大的汗珠掉了下来，怎么办?

正在此时，龙云忽然听到岩洞中一声喊叫，是发电站上的一个哨兵冲这边的两人喊的，龙云虽然听不懂全部意思，但他毕竟在这一地区当兵10年了，明白大概意思是在问这边有没有什么情况。这边其中一人回答了一句，大抵也是说没发现什么问题。电站上的人应了一声，继续四处观瞧。

匪徒的这一举动，提醒了龙云。对，想办法把这两个匪徒引过来!

龙云朝洞口看了看，李磊的那只“小蜻蜓”还在，他知道此时李磊是能看到他的，于是，龙云对着洞口方向，指了指匪徒的方向，又指了指洞口，然后右手使劲，做了一个杀的手势。

洞口上方的李磊马上会意，转身冲喊话员刘仓低声说：“刘仓，你用他们的语言大喊一句‘有人吗？我要进去’！”

刘仓迟疑地说：“队长，那不是打草惊蛇了？龙排长还在里面呢！”

“少废话，喊！”李磊果断命令，同时示意所有人员做好进洞准备。

刘仓清了清喉咙，大声喊了一句。

龙云听到洞外的喊声，知道是李磊配合自己的举动，当下将枪背到后面，手里紧握军刺，就等那边的反应了。

河边上的两个匪徒果然听到了刚才的喊声，一齐向洞口的方向看过来，两双警惕的眼睛顿时露出凶光。两人对视了一眼，也许是听到了自己民族的语言，也许是对自己的这个秘密山洞很有信心，他们并未惊慌，从怀里解下了AK-47，平端着向这边走过来。

龙云此时斜趴在大石头后面，将双腿尽量地缩回到大石头方向，能很清楚地听到匪徒的皮靴踩踏河边冰雪，发出咯吱咯吱的声音，以大石头的高度来看，匪徒只要走到距离大石头约3米的地方，就可以看到石头后面藏身的龙云了。这个时候，龙云是不能抬头看的，只能凭听觉判断，判断得早了，匪徒可能在3米之外，龙云突然发动袭击就会很困难；判断晚了，若被匪徒发现，一切就都完了。

与此同时，洞口的李磊、孟师德和王帅紧紧地盯着遥控器的液晶显示屏，他们都在为龙云捏着一把汗。两个匪徒已经走了过来，他们3个人必须在龙云突然发动进攻的同时跳入洞中，同时瞄准远处发电站的总闸线开枪，命中后，还要在熄灯的一瞬间凭感觉记忆到3个匪徒的位置，开枪击毙，这个难度确实不小。这一系列的环节中，哪怕有一点儿失误，都会给所有人带来灾难，也直接关系到这次行动的成败。

匪徒越来越近，龙云杀气越来越重。一系列的攻击，都要在短短的几秒钟之内完成，这对于身经百战的龙云来说，也是不小的挑战，千钧一发！

# 第二十九章　神兵天降

洞中，两个匪徒的脚步声越来越近了，龙云咬紧牙关，右手攥紧军刺，心中默默地数着：“1……2……3！”

龙云忽然一个虎蹿，如天神般跳到其中一个匪徒面前，手中的军刺寒光一闪！大胡子匪徒还没来得及看清楚是谁，喉管中喷出一道血柱，整个身躯砰然倒地！

旁边靠后的匪徒见状大惊，张大了嘴巴，刚要惊叫出来，龙云上去就是一刀，同时左手上前，将手指伸到他的枪扳机里面，这家伙被一刀刺穿喉咙，手中又紧，已经扣不动扳机，同样悄无声息地倒在地上。龙云就地一滚，回到大石头后面。

与此同时，洞口的木板被猛地扯下，李磊、王帅、孟师德鱼贯而入，刚要扑过去，忽然，发电站上面的匪徒喊了一句。

李磊他们迅速卧倒，他学过恐怖分子的语言，明白那边在问什么情况。他焦急地向前面望去，这才发现，原来龙云所处的大石头位置，前面是一个小高点，虽然不高，但当匪徒倒地时，发电站上的敌人刚好看不到同伴。

李磊急中生智，用手半捂住嘴，学着匪徒的语言喊了一句：“没事！”发电站上的敌人因为忽然没有看到同伴，问了一句，这时候听到回答，也没有多想。

时机来了！早就在洞口分配好目标的3个人，王帅首先瞄准发电站的总闸线，食指果断扣动扳机，一声闷响，KUB88式5.8毫米狙击步枪发出的特别的超低噪声，在河水声的掩盖下，并没有引起敌人的注意。随着枪声响过，总电闸线冒出一串火星，整个山洞顿时漆黑一片。

灯光一灭的同时，李磊和孟师德的枪响了！“嗒嗒嗒”3声点射，发电站上的3个哨兵应声倒地！

从龙云出击到李磊他们消灭另外3个哨兵，短短不到10秒的时间！所有人都听到了远处那洞壁内侧的方向传来嘈杂的喊叫声和枪声，一时间，整个山洞乱作一团。

所有三猛队员和三排抽调的战士已经全部进入洞中了，李磊和龙云这个时候不禁又喜悦又担心。喜的是听里面嘈杂的叫喊声和枪声，可以判断出，这里果然隐藏了大量的恐怖分子；而让人担心的是，他们并不知道里面的具体敌情，以及这个地下溶洞还有没有其他出口，一旦有的话，敌人就会像炸窝的马蜂一样，后果不堪设想！

“各组注意，马上占领发电站！”

李磊一声令下，所有三猛队员已经戴好热成像仪，漆黑中，龙云和三排的战士也打开手中95自动步枪的微光瞄准器，将眼睛贴在上面。全体人员迅速跑过小桥，全部占领了不远处的发电站。

李磊透过热成像仪，终于看到了洞壁另一端的情景，不禁倒吸一口凉气。热成像仪显示的图像表明，远处，距离发电站约200米的位置，在一个足球场大小的空间里，足足有60名恐怖分子聚集在那里！

现在一片漆黑，恐怖分子惊慌失措地胡乱开枪，大喊大叫，嘈杂异常，不时有子弹呼啸着打到战士们隐蔽的方向，洞壁上的碳酸钙石被子弹打中，哗啦哗啦大片地脱落。

“A1、A1，对面敌人在喊话，问电站是什么情况！”喊话员刘仓急切地说道。

李磊想了想，低声说道：“告诉他们，是电闸烧坏了，正在维修！”刘仓用匪徒的语言大声喊道：“不要慌。是电闸烧坏了，马上修好！”

对面枪声立刻停了下来，转而开始咒骂，后来，一个男人大喊了几句，场面马上安静下来。一时间，那边不再说话。

“01，01，我是04，我是04，我们已经占领洞内的发电站，在我前方200米处，发现大约65名持枪恐怖分子，现在电闸关闭，恐怖分子十分恐慌，请指示！”龙云通过电台，向许风汇报山洞内的情况，同时示意所有人卧倒隐蔽，避免被流弹伤害。

“04、04，我是01，刚才在距离你处约500米的地下河出口，外围搜索部队发现了山洞的另外一个出口，从刚才那边传来的枪声证明，应该就是你面前这群歹徒发出的声音，现另外一个出口已经被外围部队完全封锁，你们可以根据洞内情况展开行动，全歼这伙敌人！”

“04明白！”

龙云得到上级的命令，早已按捺不住，将李磊和孟师德召集到一起，迅速商讨作战方案。

龙云简短地将刚才的情况说了一遍，最后说道：“现在敌人已经成了瓮中之鳖，咱们正好就是伸到这瓮中的手，一定要干净利索地将敌人消灭掉，而且，我们还不能被这群王八咬到，大家有没有什么好的方案？”

李磊紧皱眉头，看了看四周的环境，这是一个典型的葫芦形洞口，进口处虽然狭小，但越往里面越开阔。龙云他们现在所处的位置，正好相当于葫芦上面较小的那个圆瓢，而那一开始挡住视线的高大洞壁则是葫芦中间的细腰。恐怖分子聚集的地方是整个山洞最宽阔的地方，虽然没有什么遮挡，但估计恐怖分子一定遍布了多层掩体，一旦打起来，我方就成了攻坚战，而敌人会利用掩体疯狂地防御，势必会加大我军的伤亡。

“我的意见是，一会儿等电闸修复重新开启的时候，灯光一闪，咱们再同时搞几颗闪光弹，趁敌人眼睛发花，我们全体出击，凭我们的武器配备，应该有胜算！”孟师德拍了拍腰上的闪光弹，低声说道。

“嗯，龙排长，你怎么看？”李磊亲眼看到刚才龙云的战术计划得到实现，对龙云由衷地赞叹，也很愿意听取他的意见。

龙云想了想，低声说道：“孟组长的建议我看可以，这种情况下，灯光如果一亮，敌人肯定措手不及，但是有一点，敌人肯定会设置掩体，闪光弹对敌人眼睛的刺激不过就十几秒的时间，反应过来以后，敌人就得反扑，所以，我们必须要快速行动，200米的距离，我们必须开着枪再跃进至少150米，这样才能保证我们武器精准度，还可以投掷手雷杀伤敌人，炸毁他的掩体！”

李磊思考了一下，点头说道：“好，那我们就这么办！咱们三猛的两个组，仍旧按原编制编组为A和B，由我和老孟一人带一组，提前戴上防护眼镜，只等灯光闪光一亮，就分左右两个方向，马上发起跃进攻击！龙排长带领你们侦察连的兄弟编组为C组，灯光闪的时候，你们没有配备防护眼镜，需要就地隐蔽，闭眼5秒，然后作为掩护部队，在发电站位置打击敌人！”

龙云心中一动，感觉这个三猛大队不但装备齐全，指挥起来也是十分快速明确，只是李磊这样布置，分明是想要保护自己，谁都知道，灯光一亮的时候，所有人对地形都是陌生的，敌人有掩护，眼睛迟早会调整过来，这种情况下，一旦冲到阵地前沿遭遇抵抗的话，说不定会发生什么事，而李磊安排他在后面，危险性要小得多了。

“不行，李队长，我们侦察连也不是吃干饭的，这样一来，我们成了后续部队了，那不是我龙云的性格！”龙云坚定地说道，“这样，我们装备不如你们，趁现在黑着，我带兄弟先往前摸，你们在这里，一边修复电路一边想办法稳住敌人，等我们摸到距离敌人足够近的位置，约好时间，等我们的手榴弹投过去就马上闭眼，你们再打闪光弹和电灯，这样敌人就更加搞不清情况了，等你们冲过来，我们眼睛也基本上适应了，再一起杀过去！”

龙云怕李磊不同意，又补充道：“李队长，我们侦察连平时的训练中就有夜间作战训练这一项，我们对这种战术并不陌生，再说，现在一片漆黑，敌人也不敢轻举妄动啊！”

李磊想了想，不得不承认，龙云的这个建议是最合理的，这样一来，等于在我军发起进攻之前，就已经到达了近程攻击位置，比在发电站这里距离200多米有效多了，于是便同意了这个作战方案。

“好！老孟你现在派人赶紧对电闸主线进行修复，修复完毕后，没有我的命令，不许合闸。刘仓，你利用心理战术，稳住敌人的情绪，我现在带领A组和龙排长的C组，一起摸过去。等我们到达指定位置，你们再开闸，同时攻击跃进。所有人员务必注意射击精准度和跃进速度！”

龙云眼前一亮，这样一来不是更妙。看来这三猛大队绝对不是吃素的！如果说他龙云敢于冲锋到最前面是靠自己无畏的勇气和精神，那三猛靠的则是全面的战斗能力和必胜的把握了！

布置完毕后，孟师德的小组6人，3名担任警戒，两名开始修复主闸电线，孟师德和喊话员刘仓则密切注意敌人的动静。

李磊带领自己组6人，协同龙云的9人，一行15人，悄无声息地下到发电站下面，开始向敌人聚集的方位小心摸索前进。

忽然，一阵急促的枪声再次响起！

李磊迅速命令所有人卧倒，自己透过热成像仪，观察前面的情况。

热成像仪中显示，敌人忽然骚乱起来，大声喊叫着，各种枪开始疯狂射击，洞内顿时硝烟弥漫！

“B1、B1，发生了什么事情？敌人是否发现了我们？”李磊埋下头去，心情有些紧张起来，这个时候被敌人发现的话，就等于前功尽弃了！

“A1、A1，恐怖分子现在很慌乱，喊叫的意思是，好像出口被咱们封住了，他们突围不出去。”孟师德说道。

“好，A3、A3，加快修理电闸，准备好闪光弹，防止敌人突然行动。”

“A3明白！”

李磊迅速向龙云低声说道：“C1、C1，刚才是敌人在向那个被我们封锁的出口突围不成，你怎么看？”

“不好！敌人确定突围不成，一定会选择我们这边的出口突围，我们趁他们没有发现，应该赶紧开始进攻！”龙云急促地说道。

李磊点点头，龙云和他想的一样，刚才上级已经说明，那边出口被我外围部队堵死了，敌人攻击不成一定会大乱，那么就只有向这边靠拢了。当时不确定山洞里有多少敌人，他们才下来的，早知道这样，还不如守住洞口呢！但现在再撤回去，已经晚了，万一敌人跟过来就麻烦了，毕竟这帮亡命徒手里的武器也不弱啊。李磊来不及考虑太多，索性心一横，命令道：“所有人员注意，现在是非常时刻，敌人已经发现被堵住了，随时可能反扑突围，所有人做好战斗准备！B组原作战计划不变，A组、C组，加快速度，继续前进！”

“C1明白！”

龙云收到命令，在黑暗中带领自己排的弟兄，眼睛紧贴着95步枪的瞄准镜向前行进着，高原的地下溶洞，除了异常寒冷之外，冰与地面石头形成的棱角像钢刀一样割划着他们的身体，每个人的大腿、胳膊甚至躯体上，都被这些棱角划破了许多处，动起来钻心的疼，侦察三排这些精英早就忘记了身体上的痛苦，趁着敌人无暇顾及的当口，能多爬一步是一步！

洞口外面，此时也发生了变化，搜索到另一边出口的侦察连一排，将阵地交给后续赶来的大部队之后，在许风的带领下，来到这边二、三排的阵地，一起潜伏起来。

许风接到上级通告，证明经过侦察，所有敌人基本上已经集中到了底下的溶洞中，外面的漏网就只有那个假牧羊人了。种种迹象表明，那个牧羊人很可能是这伙恐怖分子的首脑，许风按照上级指示，抽调一排全部，三排七、八、九班剩余战士和十班的5名新兵，一路跟踪搜索过去了。

这边洞口，就只剩下二排和赵黑虎带领的钟国龙、余忠桥、胡晓静、刘强、赵四方了，钟国龙已经清楚地听到洞里激烈的枪声了，两只眼睛瞪得老大，急切地对赵黑虎说道：“副班长，咱们什么时候进去呢？咱们为什么不进去，里面都开打了呀！”

赵黑虎瞪了他一眼，说道：“你急什么？里面空间不大，人多了不是好事，再说，咱们要是不守住这里，万一外面还有恐怖分子过来，还不把排长他们包了饺子？”

“刚才连长不是说都搜索过了，没有发现敌情啊！”钟国龙不理解了，里面已经开打了，自己再这样趴着，等战斗结束，这趟可就白来了！辛辛苦苦这么多天，好不容易到了这里，连恐怖分子的毛都看不见哪儿成？

这个时候，山洞忽然猛地一震，紧接着发出一声巨响。所有人心头一紧，不好！

钟国龙听到爆炸声，想到龙云还在里面，不知道哪来一股邪劲，血一冲脑门儿，从地上爬了起来，快速冲到洞口，跳了下去。“钟国龙！回来！”赵黑虎看见钟国龙冲了进去，气得眼睛几乎冒出火来，大骂一声，紧急向许风汇报：“连长，我这里一个新兵冲进洞去了！我请求进洞把他拽回来！”

正在紧急追踪的许风不禁愣住了，他参军有12年了，头一次有新兵不听指挥的情况发生，洞内又在打仗，问题严重了。

“哪个新兵？”

“报告，是我班的钟国龙！”

许风气得大骂：“这狗日的钟国龙！怎么又是他？等战斗结束老子非枪毙了他！赵黑虎，你赶紧把他给我追回来！活着追回来！他要是出了事，我连你一起办！”

“是！”赵黑虎忙着跃起要往洞里跑，回头发现刘强见老大进去了，也端着枪往洞口跑了过来，赵黑虎真急了，上去一脚把刘强踹趴下，大吼道，“浑蛋！你也找死？给老子回去！”

刘强不敢再冲，想到老大进去了，急得直捶地，赵黑虎管不了许多，“噌”的一下跳进洞里，又不敢大喊，瞪着眼睛往里面追了过去。

洞内突然的巨响，震惊了所有人！

“不好，敌人把那边出口给炸了！”李磊知道，敌人突围不成才炸掉洞口，现在应该马上往这边冲了！

“A1、A1，电闸已经修复！”电站终于传来了好消息。

“A3、A3，先不要动，准备好闪光弹，等候我的命令！”

刚才的一声巨响，造成了巨大的震动，洞顶上的碳酸钙石纷纷被震落，砸到地面上和底下的河中，发出巨大的声响，看来，这山洞没有想象中那么结实。

“所有人员注意，原计划改变，收起手雷！收起手雷！”李磊急切地命令道。这种情况下，手雷爆炸等于自杀！

巨响过后，敌人忽然安静起来，山洞内迅速恢复了平静，李磊和龙云赶紧示意部队隐蔽。过了两分钟左右，忽然，对面的恐怖分子一起向他们这边开起枪来！山洞里顿时硝烟弥漫，子弹呼啸着四处乱飞，三组一名战士被流弹打中了胳膊，疼得直咬牙，却不敢发出任何声音。

枪声过后，山洞内又是死一般的寂静。只听到地下河湍急的水流声，显然，敌人在往这边行进之前，要进行火力侦察了。忽然，恐怖分子那边一个男声响起，叽里咕噜地喊了几句。

李磊仔细聆听，敌人喊的是，“你们这群可耻的人，我要和你们同归于尽！你们有种就站出来和我谈判！”李磊分辨了一下，果断地小声命令：“所有人不要动，敌人在诈我们。”

果然，那边喊了几声，又一阵枪打来，接着，敌人又在喊：“浑蛋，我们知道解放军已经进来了！没有用，我们在山洞里埋好了炸药，只要我手中的遥控器一响，咱们全得完蛋！”

李磊吓了一跳。按照恐怖分子这次的行事风格，这样的事情是很可能的，要真是那样，可就坏了。

“B1、B1，从你那里观察一下，敌人是否手中真有遥控器？”

孟师德透过热成像仪仔细观察，刚才说话的人手中，果然有一个红点随着他的手舞足蹈在晃动。

“A1、A1，刚才喊话的人手中，确实有热源存在，应该是遥控器电池在发热。怎么办？”

“攻心为上，攻城为下，不能蛮干！”李磊说着又呼叫狙击手王帅，“王帅，瞄准目标，准备射击那个遥控器电池！”

旁边的龙云不禁有些惊讶，这帮三猛大队的队员果然不一般。要知道，狙击手王帅的位置，距离喊话的匪徒至少200米开外，而遥控器在热成像仪中只显现出一个小红点，更何况还在随着敌人的手不停地晃动！这样的条件下要一枪击中目标，对狙击手的要求实在是有些苛刻。

恐怖分子骂了一阵，见没有动静，有些相信确实没有人了，又朝发电站喊话，问起情况来。

“A1、A1，怎么回话？”“告诉他，修不好了。”

这边刘仓喊话回答，立刻传来恐怖分子的咒骂、抱怨声，他们现在已经相信发电站还在自己人手里，正是出击的好时候！

李磊当然不会错过这个机会，果断命令道：“A4，全体人员以你的枪声为准，必须一枪命中，遥控器必须击毁！同时A3合电闸，闪光弹发射。所有人员在灯亮的一瞬间，全力攻击！”

“B组明白！”

“C组明白！”

龙云接到命令，低声命令自己小组所有人闭上眼睛，等待最后攻击的时刻来临。

王帅趴在发电站跟前的平台上，手中的狙击步枪在紧张地锁定着恐怖分子手中的那个小红点。

死亡的气息越来越近了。

# 第三十章　决战一刻

王帅的狙击枪继续在瞄准，枪口随着恐怖分子的手动方向不停地移动着，那喊叫的恐怖分子又疯狂地咒骂几句，终于，他将扬着的手放在了小腹位置，稍稍停顿了一秒钟。

一秒钟的停顿，对于三猛大队的王牌狙击手来说，足够了。

“砰！”

一声低沉的枪响！

随着一声惨叫，刚才喊话的恐怖分子头目应声倒地，一颗5.8毫米狙击步枪子弹精确地穿过恐怖分子手中遥控器的电池部分，射进恐怖分子的小腹。遥控器掉到地上四分五裂已然成为一堆废塑料。这家伙万万没有想到会被如此精准地击中，当场倒下！

枪响的同时，发电站台上，十几颗闪光弹已经投了出去，同时电闸合拢，刚才漆黑的山洞，瞬间雪亮！

随着恐怖分子痛苦地捂住双眼，进攻展开。李磊、孟师德带领的三猛大队成员，戴着防护眼镜，各种武器一齐开火，龙云和他的弟兄们也闭着眼睛扣动了扳机。一时间，整个山洞像沸腾了一般，枪声、喊杀声伴随着恐怖分子的惨叫声，在山洞中回响。

龙云睁开眼睛，山洞中的一切尽在眼中。敌人所在的宽阔地带，果然用大块石头和麻袋垒成了几十个掩体。但是现在这些掩体对于匪徒来讲，已经没有任何意义了。

洞中的恐怖分子虽然在人数上占优势，但毕竟是游兵散将，军事素质、协同能力明显存在很大的差距。尤其是头目都死了，恐怖分子信心不足，开始边打边退。三组的孟师德也带领队员们从发电站位置冲了下来，边冲边开枪射击，敌人完全被打蒙了。

这群人间的禽兽、和平社会的毒瘤，终于为自己的残忍和不自量力付出了代价。5名边防巡逻战士的牺牲，无数无辜百姓的遇害，连日来高原搜索的艰辛，此刻都化作了仇恨的子弹，向这些恐怖分子身上倾泻，战士们全都打红了眼，大吼着向敌人的阵地冲了过去，利用有利地形进行全面攻击！

短短4分钟不到，山洞中的恐怖分子已经全部被击毙，龙云、李磊、孟师德3个小组会合在了敌人的阵地上。

“赶紧打扫战场！”李磊的枪指在刚才被击中小腹尚在呻吟的恐怖分子头目的脑袋上，命令部队检查被击毙匪徒的尸体，看是否还有漏网的。

“哧——”

忽然，一声刺耳的尖啸声传来，龙云忽然大吼：“卧倒！”自己的身体凌空跃起，将旁边的李磊扯倒在地上。

轰！

一声巨响，山洞一个猛抖，火箭弹就在龙云和李磊身边不远处爆炸，岩洞上震落的一块尖利的石块恰巧打在龙云的左臂上。龙云感觉左胳膊一麻，紧接着剧痛传来，胳膊上顿时血肉模糊。龙云骂了一句，抬眼看过去，不禁大吃一惊。原来，就在发电站和敌人阵地之间，居然还有一个岔洞，刚才灯光忽然亮起，所有人都红着眼睛往前冲，却没有注意到这里。此时从岔洞中又钻出十七八个匪徒来，刚才那爆炸声，正是这伙匪徒发射的火箭弹引起的。

这群突然冲出来的匪徒，都抱着鱼死网破的心，借助岔洞前面的一块大石头遮挡，开始疯狂地朝龙云他们这边射击，原来的掩体在密集的侧射火力下，已经失去了作用，所有战士都暴露在敌人的火力范围之下。李磊感激地看了龙云一眼，急忙一个翻滚，躲到旁边一个装满石子的袋子后面，龙云也顺势移了过来。

“龙排长，你受伤了？”李磊看到龙云胳膊上鲜血直冒，急忙扯出急救包，要给龙云包扎，龙云看了一眼胳膊上的伤口，猛地拔出腿上的95军刺，咬着牙把几颗刺进左小臂肉中的石子挑了出来，石子被刺进肉中的刀尖一挑，血就如泉涌般地冒了出来。李磊连忙帮他用纱布勒紧。

“班长，你受伤了？”一个声音大声喊道。

听到熟悉的声音，龙云一惊，连忙看过去，发现发电站上面赫然站着钟国龙。

原来，钟国龙从洞口钻进来，里面漆黑一片，他只好顺着水流往前摸，赵黑虎跟进来以后，两个人听到里面的叫骂声，谁也不敢说话，一个拼命往前摸，一个怒气冲冲往前追。

钟国龙一路摸索到小木桥上面，刚要通过的时候，这边战斗打响了，灯光一闪，钟国龙顿时感觉眼睛像被针扎了一下，大叫一声趴到了小桥上，赵黑虎情况一样，也被晃得睁不开眼睛了。

等钟国龙再次睁开眼睛时，这边战斗正在激烈地进行着，他一阵兴奋，又向发电站的位置跑过去。赵黑虎冲上去一把拉住他按在地上，没想到这小子听见枪响已经红了眼睛，一把挣脱赵黑虎，端着枪就往里面跑。

赵黑虎快被气疯了，快步在后面边吼边追，等两个人跑到发电站的时候，刚好看到龙云受伤。

钟国龙不服从命令擅自跑进来，一半是为了战斗杀敌，另一半主要是为了龙云，一看到龙云受伤，钟国龙忘记了一切，什么战术，什么瞄准，一切一切他都不知道了，眼睛里充满了血色，脸上表情怪异，站在洞口阶梯上大吼一声，不顾赵黑虎拉着他，仍旧打开保险，对着洞内的恐怖分子就是一顿狂扫。

发电站所在的位置，正好与龙云和匪徒之间形成一个三角，岔洞的大石头挡住了龙云他们的火力，却正好暴露在钟国龙的位置，钟国龙情急之下一梭子弹过去，把这伙敌人打了个措手不及，几声惨叫，已经有4个敌人被钟国龙的子弹扫中，丢了性命。

敌人被钟国龙突然打过来的子弹给弄晕了，他们也没有料到这边还有人。这时候，赵黑虎也赶了上来，看到这个情况，也顾不得钟国龙了，当即开枪朝敌人猛打过去。

此时，钟国龙脑子里已经全都是仇恨了，打伤龙云的匪徒成了他脑海里唯一的目标，换上弹夹，钟国龙连隐蔽也顾不上了，红着眼睛，大声喊着，站在发电站上面疯狂扫射，一个30发子弹的弹夹几秒钟就打完了。

这边的龙云看着发疯的钟国龙，心已经提到嗓子眼儿了。看到敌人被打蒙了，他大吼着带着部队向岔洞口扑了过来，三猛大队队员紧随其后，从侧面迂回包抄。

敌人醒过神来，号叫着开始反击，刚才那个发射火箭弹的匪徒已经装填完毕，扛着一具40火箭桶，对着钟国龙所在位置按下了扳机。

“嘘……”火箭弹尾翼摩擦着空气飞行的声音呼啸着。

赵黑虎也不顾一切了，一把扛起已经发狂的钟国龙从阶梯处跳了下去。

“轰”的一声，发电站的水泥盖子被炸上了天，粉碎的水泥块夹杂着洞顶的碎石头落下来，将钟国龙原来站的位置砸了一个大坑出来。

阶梯距地面大概有3米高。扛着钟国龙的赵黑虎摔在凹凸不平的石地上，右脚撞在一块石头上，只感觉右脚一麻，左小腿的骨头受到强大的挫力立马支了出来，但他仍紧紧抱住钟国龙，因为钟国龙是他的战友，是他的兵。赵黑虎将钟国龙放下，看了一眼钟国龙没有受伤，嘴角露出了笑意，躺在地上的钟国龙此时呆呆地望着地上的赵黑虎。

赵黑虎趴在了地上，左手紧紧抓住枪，拖着两条已经摔断的残腿艰难地爬到一块钟乳石后出枪射击。随着身子的挪动，那条断腿在地上拖出了一道血痕。

他转过头狠狠地瞪着钟国龙，“你还看着我干什么，你不是要战斗要杀敌吗？那现在就杀呀！”钟国龙眼中杀光一现，转过身子趴在地上出枪，但是他一回头却看见赵黑虎的腿。

钟国龙快速爬到赵黑虎旁边，抱着赵黑虎的腿号道：“副班长！你的腿！”赵黑虎忍住剧痛，冲他大吼：“你他×的抱着我的腿干什么？你不是要杀敌吗？你继续杀呀！”

“副班长，我背着你走！”钟国龙跑过来一把拽住赵黑虎，眼中透出深深的内疚，“你是为了救我受伤的，我不能不管你！”

赵黑虎一把甩开他，喊道：“滚蛋！你是我的兵，我能不救吗？你别管我，赶紧上去支援排长他们！”

钟国龙看到赵黑虎杀气腾腾的样子，知道他不会让自己照顾，连忙拿起枪，又往上面冲了过去。岔洞口处，龙云和三猛大队队员已经冲了上来，龙云浑身是血，端着枪大吼：“现在你们已经没有退路了，放下武器！”

“不许动！”

“不许动！”

所有战士已经将岔洞口残余的10来个匪徒包围了，枪口对着他们，每个人眼中像是要冒出火来！

这些匪徒已经被刚才的两面夹攻给彻底打散了，此时看到解放军上来，只好乖乖地举手投降。钟国龙重新爬上台阶，冲到洞口，看见龙云天神一般站在高处，这才放下心来，冲着刚才发射火箭弹的匪徒上去就是一脚。匪徒惨叫一声，惊恐地看着怒气冲冲的钟国龙，钟国龙大骂一句，上去还要打。

“钟国龙，你他×疯了！”龙云对着他大吼了一句。

“班长，这王八蛋炸伤了你，刚才又差点儿要我的命，副班长为了救我，受了重伤！”钟国龙大喊。

龙云此时早就明白了八九分，咬着牙吼道：“钟国龙，等回去老子再找你算账！赶紧下去把虎子背出去！”

“是！”钟国龙又跑到台阶下面，背起了疼得一身冷汗的赵黑虎。

“虎子，你怎么样？”龙云也跟了下来，看着受伤的赵黑虎，一阵心疼。

“没事！我一条腿换了这浑蛋一条命，也值了。”赵黑虎忍痛说道，“平时您不是常说，自己的兵，比自己的命还重要吗？”

龙云看着赵黑虎狠劲地点了点头，看着背着赵黑虎傻傻站在地上听着他俩说话的钟国龙怒吼道：“你还傻站在这里干什么！赶快背虎子出去，上医疗队的直升机！”

“是！”钟国龙反应过来，擦了擦眼眶里的泪水，背着赵黑虎狂跑了出去。

站在地上的龙云也许是伤口太深，左手渗出的血已经把纱布全部染红，血渗过纱布向下流着，殷红的鲜血一滴滴地掉在地上。

“你的兵？”李磊跟着跑了过来，看着钟国龙的背影，“还是个新兵蛋子，不简单啊！”

“我的兵？我祖宗！”龙云苦笑，心中除了恼怒，却对钟国龙有了更深层次的认识。

钟国龙不知道哪里来的力气，背着赵黑虎一路疯跑至洞外，医疗直升机早已接到通知停在一旁，两名军医看到钟国龙背上的伤员，赶快行动起来，两个人协同着把赵黑虎从钟国龙的背上接过，抬到直升机的担架床上进行伤口消毒和护理。钟国龙站在直升机里继续傻傻地看着。

龙云在洞里给三排的骨干安排交代好清理战场的任务后，一路小跑到了直升机里，医生正在里面忙活着，赵黑虎躺在担架床上，看到龙云来了，咬着牙对他笑笑。

“医生，他没事吧？”龙云紧张地问着弯腰处理伤口的女军医。

“左小腿腿骨严重走位，韧带撕裂。”女军医回过头来看着龙云，“你的手也受伤了，快坐着，我给你消毒包扎。”

“我没事，一点儿小伤！”

“还没事，血再流下去你的小命还要不要！在战场上你是英雄，我尊敬你，但现在你要听我的。”女军医说这话时非常激动。钟国龙一直在直升机内傻傻地站着，就像一尊木头人。

“那好吧！”龙云无奈地笑了笑，坐在直升机的椅子上。

“站在这儿的这个战士怎么了？”女军医边给龙云处理边问道。

“可能精神受到刺激了。”

“那好，就一起到医院接受治疗。小胡！”女军医对着直升机飞行员喊道，“起飞，回野战医院。”

特拉尔山，所有部队接到上级撤回的命令编队集合，直升机和汽车已经就位。

岩洞内的地上横七竖八地躺着几十名恐怖分子的尸体，让人看着很是发怵，地上到处是血迹和弹壳，空气中弥漫着重重的火药味，战士们正在洞里忙碌地清理着战场。三猛大队和侦察连的战士收到命令搜查岩洞，在几个小岔洞中发现大量的枪支和炸药，并在一台电脑中查找到大量恐怖分子的活动资料，包括一些境外联系的恐怖集团资料。在审问投降的恐怖分子时，发现已被击毙手拿遥控器的并不是组织头目。其头目是ABL，在5个小时前已经化装逃跑，确定就是那名假牧羊人。

前指得知这个消息十分重视，要求一定要活捉ABL，命令边防十一团一部迅速在各路口设卡，三猛大队和侦察连一部乘坐直升机进行搜索，其他部队在地面进行搜索。ABL十分狡猾，由于常年在特拉尔山活动，十分熟悉山地地形，一时间要抓住这个高原狐狸还真有些难度。一直在追寻假牧羊人的部队并没有发现他的踪影。

许风接到前指命令后，迅速给全连安排任务。

三猛大队和侦察连乘坐直升机在空中布网搜索。十几架直升机在空中展开队形，在特拉尔山区低空搜索前进，李磊坐在直升机里，手拿着望远镜仔细地观察地面。雪依然洋洋洒洒地下着，地面是一片白色的海洋，一只熟悉地形的“高原狐狸”利用这一片雪色与复杂的高原地形逃亡藏匿，要找到并活捉真的是难上加难。

9名新兵由九班长谭钊带领，乘坐边防十一团的汽车先期撤回营地。

在九班长谭钊一声登车的口令下，新兵们迅速登上一辆解放军用卡车的后车厢。谭钊指挥大家把背囊平放在车厢底部并坐在上面，清点好人数，关上车厢板，给新兵交代了几句，便向前走去，坐在了副驾驶的位置上。

开车的司机是边防十一团的一名三级士官老司机，年纪不大，但长期在高原生活，使他看上去比实际年龄老了许多。看着谭钊坐了上来，老司机冲他笑了笑，眼角的皱纹愈加明显，“我们的战斗英雄都坐好了？”

“是的，老班长你好，可以走了。”谭钊给司机发了支烟，笑着回答道。

“好，那我们就出发。我带着你们抄近路，这样回你们的营地能快些。”老司机笑着接过烟点上，启动车辆前进。

“还有近路？”

“当然有了，在这高原上本来没路，路都是我们这些司机摸索着走出来的，我们边防团每年都要在这一带进行驻训演习，所以我就对这一带地形比较熟悉。”

“想不到恐怖分子这么狡猾，基地的位置设在这里。”

“是呀，他们是够狡猾和胆大的。老班长，你当兵多少年了？”

“12年了！今年是三级最后一年。”

“12年了，不容易呀！尤其是在这高原当兵。”

“有什么容易不容易的，不过说句实话，今年年底如果要转业回家的话，我还真不想走，没办法了，说个大话，我17岁当兵到这里，青春年华都奉献给祖国的边防了，对高原已经有感情了。”谭钊听着这话，沉默着半天没有回答，仿佛在思考着什么。

车在高低不平的高原雪地上快速前进着，伴随着剧烈的颠簸，寒风从车篷的间隙中吹进车厢，刮在大家的身上。新兵们坐在车厢的背囊上紧紧抓着车的护栏，以防止被颠得身体弹起来。车厢显得有点儿反常的安静，也许是思维还沉在这次任务之中没有缓过来，想着受伤的班长和副班长；也许是车确实颠簸得太厉害，没有说话的空隙。陈立华和刘强眼神有点儿游离，他们俩各坐一边，双眼对视，眼神中充满对老大钟国龙和班长、副班长的担忧。

“老班长，停车！”谭钊突然发现了什么，对着司机大声喊。

司机猛地一惊，右脚用力踩住刹车，车向前滑了十几米，稳稳停住了。后车厢的新兵身子猛往前倒，陈立华大声骂了一句：“他×的，这开的什么车呀，还没回到营地命就去了半条！”

谭钊在驾驶室清楚地看到，距离他们300米左右的位置，车左前侧一个山沟中，一个人正蹲在地上喘息。看到绿色的军车，那人如惊弓之鸟，站起身拔脚就跑。由于那人逃跑的方向是山沟地形复杂处，车辆无法驶进，谭钊要求司机停车。

车一停下，谭钊迅速从驾驶室跳下，跑到后车厢，“发现一可疑人员，所有人员迅速轻装下车。”

“可疑人员？”车上的新兵没有反应过来，但还是快速下了车。

“前面山沟处，大家看到了吗？跟我来！”大家一下车，谭钊对新兵们说了一句就开始猛追，边追边喊：“再跑就开枪了。”谭钊的警告没有任何作用，那人越跑越快，在这高原上，新兵们体力明显不行，追了不到500米，李大力、伞立平等人已经跑不动了，躺在地上打死不跑了，大口大口地喘着气。

谭钊一看再追下去不是办法，还可能被这个人甩掉，准备通知连长，但是班用电台的通信距离只有5公里，现在和龙云他们距离过远，联系不上。

边跑边调校着班用电台的谭钊一时间没提防，旁边的陈立华一把抢过谭钊手中的88狙击步枪，快速蹲下，瞄准，射击。随着一声清脆的子弹发射声响起，300米开外的那个人腿部中弹倒在地上，但是他仍然不放弃，血流了一地还艰难地向前爬着。陈立华很冷静地将枪还给谭钊，谭钊有些不敢相信地看着陈立华，风雪天气，视距受到影响，在不能判断准确风向的情况下，300米距离准确射中移动中的人的腿部。作为一名侦察连的专业狙击手，他都没有百分百的把握，何况一名连狙击步枪都没有摸过的新兵。他真的不敢相信眼前的狙击竟然是名新兵完成的。

# 第三十一章　胜利归来

谭钊、陈立华、刘强、余忠桥、胡晓静几个人迅速跑上去将那人围住，那人正准备从腰间掏什么东西，被谭钊一脚踹开，一个东西滚在了旁边的雪地上，是一支手枪。

谭钊在他的身上还找到几块炸药和一个类似U盘的东西，然后从背囊里掏出绳索将这个人绑了个结结实实。这个人的身体剧烈地反抗着，但是一切反抗都成了多余，他仍大声叫骂着，谭钊火一下就冒了上来，从口袋里掏出一双昨天晚上刚换下，还没机会洗的臭袜子，就往他嘴里塞进去，这个人“呜呜”叫了几下终于安静了下来。

大家将这个人扛上车，一把放到车厢板上，谭钊从背囊掏出急救包撕开，用绷带包扎了一下俘虏中弹的腿部。

车继续向前开动，半路抓到的这个人，谭钊坐在车厢里似乎已经猜到，从身上的手枪和炸药来看，他应该就是部队追捕了很久的“青年解放组织”头目——ABL。

伞立平坐在车上看着绑得像个粽子的俘虏，也显得有些自豪，好像这个俘虏是他抓回来的，他踹了俘虏一脚，对着陈立华笑道：“华哥，你太厉害了，枪法神准，回去以后教哥们儿两招。我看你都可以进国家队了，兄弟我现在对你的敬意是犹如滔滔江水，连绵不绝呀！”

陈立华看了一眼满脸堆笑的伞立平，“哥们儿，我这是瞎猫遇到了死耗子，走运！”

伞立平摇了摇头说：“不可能，华哥以前肯定在家练过。刚才我在后面看见华哥那一连串动作，夺枪、瞄准、射击，简直就是一气呵成，天才狙击手呀，帅呀，华哥你现在就是我偶像！”旁边的李大力也附和着：“对，现在陈立华就是我们兄弟几个的偶像！”

坐在车厢里一直闷不作声盯着俘虏的谭钊听着伞立平和李大力溜须拍马的话一套一套的，实在忍受不了了，厉声道：“你们两个人跑又跑不动，啥事干不了，我看口才倒不错，怎么不去中央电视台应聘主持人？没去CCTV当主持人，我看是国家和人民的一大损失呀！你们两个现在给我听着，如果在回到营地之前再让我听到你俩溜须拍马，我就一脚把你们踹下车去。明白了吗？”谭钊说完这些，恶狠狠地瞪了他俩几眼。

伞立平和李大力被谭钊训了这一顿，再也不敢说话了。

大概过了一个小时，车停到了威猛雄狮团的营地。

谭钊招呼着新兵下车，命令余忠桥和陈立华将俘虏从车上抬下来。

“老班长，谢谢！一路辛苦了！”

谭钊走到驾驶室窗户旁发了支烟给司机。

“谢什么呀！都是战友兄弟。再说了，安全送你们回营地也是我的任务，还有什么事情吗？”

“没有了，老班长你回去休息吧！”

“好的，完成任务回团复命！”司机从车窗里伸出右手和谭钊握了握，启动车辆走了。

谭钊带着9名新兵抬着俘虏走到野战指挥帐篷前。

“报告！”

“请进来！”

“陈立华和我抬俘虏进去，其他人在外面等着！”

野战指挥帐篷内，军长林振戎手上夹着一支烟，眉头紧皱地来回走动着。军参谋长和团长等人坐在凳子上也显得很焦急。谭钊和陈立华将俘虏抬进帐篷，报告道：“报告首长！刚才我在带领新兵回营地的路上抓获一名可疑人员！”

“嗯！”林振戎和其他人看见这个被绑得结结实实的俘虏，都走了过来。

“首长，我还从这名俘虏身上搜出一个U盘。”谭钊说完，从作训服上衣口袋掏出

U盘交给了林振戎。

林振戎接过U盘走到军用笔记本电脑旁，快速操作起来，原来这个U盘里面就是恐怖集团联系的密码接头口令以及各个恐怖集团的资料，还有最近开展的恐怖破坏活动资料和几个头目的照片。林振戎对着这个名字点击了一下，一张照片和简历跳了出来。看到照片，林振戎顿时眼前一亮，抱着电脑走到躺在地上的俘虏跟前，大声笑了起来。旁边的边防团团长兼政委郝江山赶快接过电脑，军参谋长杨休平，雄狮团团长顾长荣、政委李克峡都围过来看，地上的这个俘虏不正是ABL嘛！

ABL躺在地上，瞪着眼前的这几个人，想说什么可嘴巴被袜子塞住了，脸涨得通红，只能“呜呜”叫了几声。

“警卫员，把俘虏带到囚车上，严加看管。”

“是！”两名警卫员从门口进来，抬着ABL出去了。

“通信员，向部队发命令，ABL已经被捕获，所有部队撤回！”林振戎转过身，语气兴奋地命令道。

“是！”

“你们俩来坐！”林振戎对站着的谭钊和陈立华和蔼地说道。

陈立华有些不知所措，他怎么也想不到，抓到的竟然是部队追捕已久的ABL，这次真是瞎猫撞着死耗子了。

坐在野战指挥帐篷会议桌凳子上的林振戎问道：“你们是怎么发现并抓到ABL的？”

陈立华第一次看见这么多这么大的领导，心中不免有些紧张，坐在凳子上没有说话。谭钊马上回答道：“首长，我是侦察连的九班长，在执行完任务后，连长安排我乘坐边防十一团的车，带领9名新兵回营地，在回来的路上发现了ABL，当时他显得很紧张，看见我们拔腿就跑。ABL不愧为高原老狐狸，对特拉尔山的地形非常熟悉，就在我们差点儿被他甩掉的时候，我旁边的这名新兵用狙击步枪射中了他的腿部。就这样，ABL被我们俘虏了。”

“不错，不错，这次你们立了大功！老顾，”林振戎看了看坐在会议桌旁的威猛雄狮团团长顾长荣，“回去要好好奖励！”顾长荣站起来对着林振戎敬礼：“是，首长，一定要奖励！”

林振戎招呼顾长荣坐下，看着坐在凳子上有些发蒙的陈立华，笑着问道：“我们的功臣新兵，你是哪个单位的，叫什么名字？”

陈立华听到首长问自己，“唰”的一下站起敬礼，大声回答道：“报告首长，我是威猛雄狮团新兵十连的，我叫陈立华！”林振戎笑着招呼陈立华坐下：“陈立华，陈立华……不错！有前途！”

几十辆布满灰尘的军用卡车，满载着凯旋的战士们，向解放军6921部队某团驻地开来。军营大门外面，迎接的战士早已经期盼多时了，卡车刚刚转过路口，一时间鞭炮齐鸣，锣鼓喧天。

震天的锣鼓鞭炮声，惊醒了正在车内熟睡的新兵十连，大家纷纷醒过来，急忙扒开帐篷，向军营大门方向望去。

大门两侧，所有留守的部队和其他连的新兵，已经排起了两队长龙，战士们手里拿着锣鼓家伙正敲得起劲，钢骨水泥砌成的高大营门，此刻在正中央的位置横起来一道红色的条幅，上面写着，“热烈欢迎我团参战部队凯旋”。金黄色的大字在阳光照射下闪闪发光。

“嘿，真带劲！”陈立华看着门口的欢迎队伍，一种自豪感油然而生，“这是在欢迎咱们吗？”

“废话！咱们是凯旋，当然是在欢迎咱们啊！”刘强也激动了。

“快卧倒，隐蔽！”李大力蒙眬中听到了鞭炮声，惊慌地醒了过来，迅速趴到了车厢底部，眼睛惊恐地向四周看。

“天啊！”伞立平也猛地跳起来，就势趴下，车厢内的空间十分狭小，两个人居然撞到了一起。

车内一阵哄笑，龙云皱皱眉头，喝道：“赶紧起来，丢人！”两个人这才逐渐清醒过来，急忙爬起来，都有些不好意思了。

龙云看了看旁边坐着发呆的钟国龙，问道：“钟国龙，玩什么深沉，想什么呢？”此时的钟国龙，心情十分复杂，一方面，他也听到了外面的欢迎声，心中十分自豪，另一方面，副班长因为掩护自己而受重伤，龙云也挂了彩，他心中十分过意不去。

龙云早就猜出了他的想法，钟国龙这次表现得其实很不错了，只是面对实战，心态还有些急躁而已。赵黑虎和自己受伤，这小子一定背上了心理负担，龙云觉得回去以后，有必要跟钟国龙好好谈一次。

这群新兵第一次参加这种真枪实弹的战斗，事后的表现是十分值得关注的。他们有的漠不关心，有的心理上产生了恐惧，像钟国龙这样的，有了一定的思想压力，这些虽然都是正常现象，可倘若引导不善，就会出大乱子。龙云深深感到，部队的战斗已经结束，而他这个新兵头子的战斗，才刚刚打响。

钟国龙从思绪里走出来，看着龙云，说道："没事……班长，你说副班长现在怎么样了？"

"等忙完，我带你去看他。"龙云说道，"别想那么多，打仗哪有不伤人的？看外面多热闹！你小子现在也是英雄凯旋的一分子，能憋得住不看看热闹？"龙云这么一说，钟国龙稍稍感觉轻松了，他起身趴在刘强的肩膀上看外面。

车队缓缓地停下，战士们纷纷跳下车，迅速整好队伍往大门内行进，欢迎活动立刻进入了高潮，负责留守部队的副团长张国正看见龙云胳膊上的伤，关切地问道："龙云，伤口严重不严重？"

"没事了，这还叫伤啊！"龙云轻松地说道。

"你小子！"张国正看着自己的爱将，转头，目光落在正张大嘴巴笑嘻嘻的钟国龙脸上，"钟国龙，怎么样？第一次上战场害不害怕？"

钟国龙连忙收起笑容，敬礼，大声说道："报告首长，不害怕！"

"嗯，不害怕就好，那有什么感受没有？"

钟国龙脸色忽然有些低沉，说道："感觉……班长和副班长都因为我受伤了，我……"

张国正早就明白他的感受，他知道，这个时候的新兵，应该以鼓励为主，千万不能让他背上压力，于是拍了拍他的肩膀，目光坚定地说道："钟国龙，这不是主要问题，当班长的掩护自己的兵，也不算什么出奇的事情，我希望的是要从中得到教训，把教训转变成以后战斗中的经验，这才是最要紧的事情。要是不多多总结经验教训，那你们班长的枪子儿挨得才冤呢！"

"是！"钟国龙心中一热，忽然生出许多感慨来。这次战斗，不管是班长、副班长，还是现在的副团长，都没有因为自己的鲁莽而过多批评自己，都殷切地期望他尽快成熟起来，这是钟国龙没有想到的。

回到宿舍，新兵们忍不住欢呼起来。联想到连日来的风餐露宿，高原的寒风暴雪，现在看看这窗明几净的宿舍，大家感觉如同住进了豪华别墅一般。以前还抱怨条件艰苦的新兵们，从来没有像今天这样热爱自己的宿舍。真是没吃过更多的苦，不知道曾经的甜啊！只有遭遇了更加艰苦的环境和经历，才会真正珍惜眼前美好的生活。

龙云看到战士们兴奋的样子，也很开心，喊道："别光顾着回来高兴，我也给你们来点儿更高兴的，鉴于这次任务大家的良好表现，今明两天休息，所有训练科目全免！"

"我的老天爷！"

“好啊！”

新兵们更加兴奋了，一个个感动得恨不得掉眼泪，这些家伙早已经适应了龙云的魔鬼训练和“残酷无情”，压根儿就没指望能捞上连着两天休息这样的好事情，这下子龙云一说出来，个个都像是中了彩票一般，不知道有多兴奋。

龙云又笑道：“你们也别光顾着高兴，记得洗澡洗衣服。看看你们，脏成什么样了？”

战士们这才互相对望了一眼，忍不住哈哈大笑起来，只见这些新兵的衣服没有一个干净的，泥浆、硝烟加上血渍，个个搞得灰头土脸。

“班长，你身上也不干净啊！”李大力笑道。

龙云看了看自己，比他们也强不了多少，自己也忍不住笑道：“我得先去卫生队换药。”

“班长，我跟你一起去吧。”钟国龙站起来关切地说道。

龙云看看他，说道：“不用了，又不是什么重伤，你也赶紧洗洗吧。”说完转身出去了。

新兵们开始将衣服脱下来，拿着盆子往水房走，刘强冲过去，打开水龙头，却没有水出来。“啊，不会停水吧？刚才还看见侦察连的在洗呢。”几个人又把所有水龙头打开，还是没有水。

“我知道了，这回出去，就咱们班倾巢出动，老兵连队里都有留守的人，咱们这水龙头肯定是长时间不用给冻住了！”生活在东北的赵四方最先反应过来。

“那怎么办？别的连水房也都满着呢！”

钟国龙站在门口，想了想，说道：“走，咱们去别的新兵连水房，他们没有参加任务，水房一定没这么忙。”

一句话提醒了大家，这帮新兵又忙着来到前面不远处新兵九连的水房，水房里面，几个新兵正在洗衣服，一见到他们过来，慌忙站起身，把位置让了出来。

“没关系，没关系，我们的水房管子冻住了，大家一起洗吧。”陈立华假装谦虚地冲那帮新兵喊。

九连的新兵却满是崇敬羡慕地看着他们，一个新兵说道：“不用，不用，你们十连是凯旋的战斗部队，我们让你们洗也是应该的。”

这几个家伙也没客气，嘻嘻哈哈地走进去开始洗衣服，伞立平在那里得意地小声说道：“看见没有？参加过战斗的跟没去的，这说话办事的底气就是不一样啊！怪不得以前那群老兵都那么牛呢！”

“是啊，这要是以前，人家才不会这么让着咱们呢，是咱们借人家的水龙头使，咱倒成了大爷了！”刘强也很是自豪。

钟国龙揉着衣服，忽然想起一件事情来，转身跑回宿舍，从床底下把龙云的一套脏军装找了出来，放到自己盆子里一顿猛搓。龙云胳膊受伤，自己肯定没办法洗啊！

“你看看，要不人家钟国龙招人喜欢呢！班长的衣服这么一洗，不又是大功一件？”旁边，伞立平小声说了一句，钟国龙没有听见，刘强可是听见了，瞪着眼睛说道：“你又胡说什么呢？”伞立平吐了吐舌头，知道惹不起这兄弟仨，低下头继续洗自己的衣服。

下午，新兵们都在宿舍里睡大觉，龙云没有闲着，来到副团长张国正的办公室，门开着，张国正正在低头写东西。

“报告！”

张国正一看龙云，笑着放下笔，说道：“进来！”“副团长，您找我？”龙云对自己的老连长也不客气，进门自己找了把椅子坐下，看着张国正。

“换好药了，怎么样？”张国正关切地问。

龙云笑道：“没事，有些发炎，幸亏我当时就把石头碎片弄出去了。”

张国正调整了一下座椅，递给龙云一根烟，自己也点上一根，面色有些严肃起来，说道：“找你来，主要是关于这次新兵参加战斗的事情。”

# 第三十二章　钢刀初成

龙云听张国正一说是这件事情，脸色也凝重起来，一方面，他急切地想知道团里对他们十连在这次战斗中表现的具体评价，另一方面，关于钟国龙这次违抗命令擅自行动的事情，他也是忐忑不安。对于自己在战斗中的表现，龙云看得很轻了，此时的他认为，这帮新兵的表现远远比自己表现如何要重要得多。

张国正猛吸一口烟，说道："首先，我可以肯定地告诉你，这次新兵十连参加作战，证明是成功的！团委甚至军区，对咱们的这次大胆尝试，都给予了充分的肯定。上午战报上到军区，军区首长听说是一个新兵抓到了ABL，还亲自给团里打来电话表示祝贺呢！"

龙云听到张国正这么一说，脸上顿时笑开了花，军区首长能亲自打电话祝贺，是何等的光荣啊！这在雄狮团还是破天荒的事情。

"你先别高兴啊。"副团长看着自己的爱将，"这次战斗也出现了个别新兵不服从命令，擅自行动的事情。"

龙云一颗心又提到了嗓子眼儿，他知道副团长说的是钟国龙，刚要说话，被张国正制止了，张国正继续说道："上午许风已经把具体情况跟我说了，钟国龙这个新兵还真是有些特别。一方面，这小子生平第一次参战，不但没害怕，还敢独自一人冲进山洞，误打误撞地从侧面袭击了敌人，使你们和三猛大队避免了大的伤亡；另一方面，钟国龙这次可是严重违抗军令，还造成了赵黑虎的重伤，从这个意义上讲，枪毙了这小子都不为过！”

龙云深感副团长对情况了解得透彻，担心地说道：“副团长，钟国龙这次事件，团里是什么态度？”

张国正笑道：“先别管团里，你先说说你是什么态度。”

“我？”龙云有些意外，不解地看着张国正。

“这件事情，你小子是有发言权的，你是他的直接领导，对他应该十分了解，另外，你当年也有过这方面的‘经验’不是？”张国正笑道，“当年那次战斗，抓到俘虏，我命令你押回去，你小子在半路上把两个俘虏给打了个半死，不是吃到过处分？”

“您还记着呢。”龙云有些不好意思了，想到钟国龙，龙云又严肃起来，仔细想了想，说道，“副团长，关于钟国龙这次的错误，我也想过，首先，他违抗命令，擅自行动，是严重错误，在这一点上，我不会包庇他。另外，通过这件事情，我也看到了他的优点，他明明知道山洞里已经是白热化的战场，还是冲了进去，而且敢于果断地开枪打击敌人，这说明他没有丝毫的畏惧，这在新兵里是几乎绝无仅有的。他这次违抗命令是听到了山洞里的爆炸声，知道我和三排的战士还在里面，这才冲进去，说明他的集体主义观念已经比过去强多了，就这两个方面来讲，这个兵，还是有他的优点的。”

张国正点点头，思考了一会儿，说道：“我记得以前跟你讨论过钟国龙，那个时候我们就认为，钟国龙是一个有血性的兵，是块好材料。经过这么长时间的训练和思想教育，现在我们看到这小子有了很大的进步。战场违抗命令，部队战斗史中也不新鲜，根据战场实际情况，指挥员违抗上级命令，取得更好战果的事情也很多，但是像他这样不知道情况鲁莽地闯进去，不算这个范畴。

“对于钟国龙，我有一个形象的比喻，这小子是一块毛铁，现在经过初步打磨，已经逐渐显露出钢性了，或者说，已经成了一把钢刀的雏形了。接下来还有两件事情要做，第一，这个钢刀只是雏形，上面还有很多毛刺儿，会随时伤到自己，而且，钢刀还没有淬火，还没有仔细打磨，这个时候它是脆弱的，稍微一用力就容易折断，容易卷了刀刃。第二，还要看使刀的人。也就是你、我，整个部队。刀不好的时候要打，打好了的时候，就看怎么用了！切菜也是钢刀，杀敌也是钢刀，你好好琢磨一下吧！”

龙云明白张国正的意思，这是对钟国龙和自己都提出了新的要求，当下坚决地说道："请副团长放心吧，我一定要让这把钢刀好好淬火！"

"好！新兵们刚从战场回来，除了这个，别的新兵的思想情况也需要你关注，你的战斗刚刚开始啊。伤口注意及时换药，去吧！"张国正很欣赏龙云的聪明。

"是！"龙云起身，又小心翼翼地问，"副团长，能不能透个底，这次团里对钟国龙打算怎么处分？"

"你小子！"张国正看着龙云，"处分一定是给，但毕竟是新兵，对战斗也起到了一些作用，会相对照顾下实际情况，主要是批评教育。"

"是！"龙云放下心来，转身出去了。

十连宿舍里，所有新兵还在熟睡，这次任务开始后，这帮新兵就没有好好睡过哪怕是一次整觉，高原反应加上严寒，后期作战的紧张，使他们的精神时刻处于高度紧张之中，如今回来后他们才感觉到，宿舍简直是天堂啊！

龙云悄悄走进来，这才发现，只有钟国龙躺在床上醒着，大眼睛瞪着，布满了血丝，看见龙云进来，钟国龙坐了起来，说道："班长，你伤口怎么样了？"龙云有些感动，自己这次受伤，钟国龙心中十分难受，就好像自己受伤了一样，这个新兵对自己的关心程度已经超乎寻常了，当下微笑道："没事了，已经开始愈合了。你怎么不睡觉？"

"我……我不困。"钟国龙放下心来，坐在那里又在走神。

龙云知道钟国龙心里想什么呢，副团长说得没错，这小子的心理上还真是压了好大一块石头，龙云感觉有必要跟钟国龙谈一谈了，走过去说道："既然睡不着，就跟我去操场，咱们聊聊。"龙云转身出去，钟国龙跟在后面，两个人来到了操场。

下午的操场静悄悄的，空旷的场地上，积雪已经被铲掉，跑道上干干净净，龙云和钟国龙沿着跑道缓缓地走着。

"怎么样，看你心事重重的样子，说说看。"龙云鼓励着低头走路的钟国龙。

钟国龙停下脚步，说道："班长，我考虑过了，这次，是我不对。"

"嗯，想得不错，你钟国龙终于也有不对的地方了。"龙云尽量让场面轻松一下，他知道，这个时候不能骂他，要合理引导钟国龙自己想明白，"那你知道自己错在哪里了吗？"

"我不应该私自行动，违抗命令，还有副班长也因为我受伤了。"钟国龙一提到赵黑虎，心中十分愧疚，又低下了头。

龙云看钟国龙愧疚的样子，严肃地说道："钟国龙，你知道自己错了，也认识到自己错在哪儿了，这都很好，包括你心中惦记着我和战友的安危，进去以后知道主动打击敌人，这也很好。你的错误，我仔细分析过了，说白了就是两个名词：集体意识和个人意识。你的集体意识，使你能够顾及山洞中的战友，但是你的个人意识，使你没有考虑大局，没有服从命令，采用了一种十分鲁莽和武断的行为。

“你想过没有，假如山洞外面又冲过来一群敌人，而奉命潜伏警戒的你却跑到了里面，赵黑虎因为找你也跑了进去，一下子少了两个人，会有什么后果？你就没想想山洞外面战友兄弟的安危吗？”龙云这么一说，钟国龙顿时更感觉到自己当时的愚蠢了！

龙云又接着说道：“战斗需要英雄，这没有错，在战争年代，正是因为一个个英雄不断地涌现，使一场场战斗发生了根本的变化。但是你要知道，英雄主义和个人英雄主义，是两个完全不同甚至完全相反的概念！一个战士，是战争中的一员，首先就要有一个大局观，要有一个集体意识，要服从指挥，这样，我们的机器才能正常运转起来，要是每个人都可以随心所欲地行动，我们就不是一支有组织的部队，而是散兵游勇、乌合之众！没有集体的意识，再大的英雄，也只是个人英雄。对于整体来说，没有任何意义！

“就像这次战斗，确实，要是没有你和黑子在侧面突然发起袭击，我们将会面临巨大的伤亡，但是我告诉你，这个只是偶然，不是必然！假如是必然，我们也会通过电台向上级汇报，请求援助。要是上级命令你们增援，你钟国龙冲在第一，第一个向敌人开枪，那么，你就是英雄了！”钟国龙低头想了想，猛地抬头，大声说道：“班长，我明白了！”

龙云很欣慰，他知道，钟国龙这样的性格，轻易是不会如此恳切地承认自己错误的，他能这样，就说明是真的意识到了自己的问题，当下又说道：“光明白了不行，自己找时间再好好想想，把事情想明白，想透彻，这才好。还有，关于副班长受伤的事情，我希望你不要过多地背上包袱，战斗伤人，很普通的事情，即使是因为掩护你而受伤，你也不要太过于内疚。假如想跳过这一关，不用内疚，平时认真努力训练，战场上英勇杀敌，就算是你道歉了！”

“是！”钟国龙心中一暖，几日来的思想压力顿时消失了，但是心底仍觉得非常对不起赵黑虎。

不知道怎么回事，钟国龙这几天老是整晚整晚地失眠，大脑一片混乱。人也变了，变得不爱说话，不喜欢与人交流。

早上的起床哨一响，钟国龙一下子从床上坐起，迅速穿上衣服上了个厕所，准备出操。

昨天下午，龙云就接到通知，今天上午10点钟，全团老兵加上他们新兵十连，在团军人俱乐部参加团任务总结大会。

9点45分，龙云集合全班大声说道："今天我们参加团任务总结大会，我们是参加总结大会的唯一一个新兵连。大家应该感到自豪，去之前我提两点要求：第一，注意作风纪律，到会场后不准乱动乱摸，乱讲话，要让团首长看到我们新兵十连作风严谨。第二，就是士气，一定要高昂，不能输给老兵。大家能不能做到？"

"能！"

"班长，这总结大会是干什么的？"队列中的李大力不解地问着龙云。

"到了你就知道了！"

龙云说完带着队伍向团军人俱乐部走去。团值班员安排新兵十连坐在俱乐部的第一排，一进会场，气氛就明显不同，早到的几个连队在组织唱歌和拉歌，使人感到热血沸腾。

9点钟，与会的团首长都已经坐在了主席台上，列席这次会议的还有H集团军少将军长林振戎，也就是这次任务的总指挥，他坐在主席台的正中央位置，拿过台上的茶杯，打开杯盖喝了口水，眼光犀利地看着台下的战士们。坐在他左边的是威猛雄狮团的团长顾长荣，右边坐着政委李克峡。

"起立！"团军务股长齐克跑到会场前侧大声地下达了口令。会场所有人员"唰"的一下站起，主席台上的首长也迅速站了起来。

"向右——看齐！"

"向前——看！"

"稍息！"

"立正！"

下达完这些口令，齐克转过身子向前跑了几步，立正向军长林振戎敬礼报告，"首长同志，D师威猛雄狮团参加总结大会所有人员集合完毕，应到981人，实到968人，请指示！"

"坐下。以营为单位唱首歌，看看你们团的士气！"林振戎回礼说道。

"是！"

齐克转过身跑到原来位置，大声地下口令："坐！"

"啪"的一下，参会战士整整齐齐地坐在凳子上，背挺得笔直，两手放在膝盖上，两眼平视着前方。

"下面以营为单位，各营唱一首歌，新兵十连划到一营！"

林振戎一听，显得有些不满意，坐在主席台上指着齐克：“什么新兵十连划到一营，他们单独为单位唱！”齐克听到首长的指示，连忙答是。

龙云看着台上的林振戎，心里想道：“林叔叔这么多年了还是这个老样子！是想看看我龙云带的兵怎么样是吗？”

“一营的兄弟们注意了！大刀……预备唱！”一营营长马平两手张开，指挥一营唱开了，一营官兵排山倒海般的声音在会场响起……接着就是二营，三营，炮营，团直，后装分队。各个单位士气高昂，林振戎静静地坐在主席台上听着。

“钟国龙！”坐在凳子上的龙云喊道。

“到！”听到龙云叫自己，钟国龙立马站了起来。

“你上去指挥唱歌！我们新兵十连虽然人少，但士气上不能输给老兵！”龙云说完这话，新兵十连的新兵们眼中射出了一道光。

“是！”钟国龙跑到大家前面两手张开，“团结就是力量……预备起！”钟国龙招牌式的拉面指挥手势在大家面前扬起，他边指挥边仰起脖子和大家一起唱歌。

10个人的连队，每个人都在爆发着自己的最高音。个个唱得脸色通红，脖子上青筋暴起。虽然人少，但声音特别集中，显得很有穿透力。

林振戎这位曾参加过南疆自卫反击战的老兵，听着新兵十连唱完这首歌，不自觉地鼓起掌来，从他们身上，林振戎似乎回到了自己新兵时——30年前，他还是一个新兵，他们一个尖刀班也是10个人，在战前也是唱着这首歌，他们也是这样的年轻，可是最后，战斗结束，一个班就剩下了他一个人……

“不错，你们团士气不错，这次任务也完成得非常圆满，特别是这个新兵十连，从歌声中就能听出很团结，很有战斗力。我今天到这里列席会议就是来听的，听你们对这次任务总结得好不好，获得了哪些经验，毛主席说得好呀，他就是靠总结吃饭，一次总结就是一次提高。我就说这么多！”林振戎说完，下面的战士掌声雷动。

主持这次总结大会的是团参谋长魏笑宇，30多岁的年纪，身体显得有点儿胖，但眼神很是犀利：“大会现在开始，首先第一项，全体起立！奏《中国人民解放军军歌》！”

《中国人民解放军军歌》雄壮的曲调在会场中赫然响起。钟国龙到部队后不是一两次听到了，但每一次听到这首解放军军歌的时候，心中蓦然就会生出一种自豪之情，这种感觉连他自己都说不清。

“坐下！”参谋长洪亮地下口令。

“第二项，由团长做任务总结！”

“啪啪啪！”钟国龙的手掌都拍红了。

团长顾长荣黝黑的脸上神情严肃，“同志们，这次反恐平暴任务，我团在军首长的领导下，在部队的配合下完成得比较圆满。从接到通知到任务完成撤回营区，我团总共用了5天时间。任务中共击毙恐怖分子69人，俘虏16人。我团受伤2人……

“在这次任务中尤其要说明一点，就是有10名新兵也参加了这次任务，这不能不说是我团的一次冒险。我团作为全军应急机动作战部队之一，随时担负着作战任务，尤其是每年老兵复员、新老交替之时，部队的战斗力被大大削弱。但是谁敢说这个时候就没有战斗的发生，这次新兵参加任务也是我团一次大胆的尝试，从团新兵营中挑出了一个最优秀的新兵连参加。结果也没有让我们失望，新兵表现都非常不错，在这里尤其要提到的就是钟国龙和陈立华两名新同志。以上是这次任务中一些好的方面，下面总结这次任务中的不足。

“首先，这次任务差点儿出了一个大的错误，就是新兵钟国龙在战场上不服从指挥，私自行动。军人以服从命令为天职，如果在战场上不服从指挥、命令，按照‘战斗条例’可以当场击毙处置。钟国龙作为新兵可以从轻处理，但是他的新兵连长，他这次编入的老兵连侦察连连长，也包括这次安排新兵参战的我团团长顾长荣都负有不可推卸的领导责任。等下由政委下处分决定。”

听到这里，新兵十连的新兵脸色剧变。看龙云和钟国龙坐在凳子上似乎没有什么反应，也许他们早就知道了。

顾长荣继续说道：“通过这次任务，团党委总结出以下几点经验。一、在反恐平暴这种小型作战任务中，侦察分队就是任务中的尖刀，所有侦察分队的训练要符合实战。二、根据我们团驻地的复杂情况和任务的特殊性，在全团共同科目训练中加上一项反恐训练。训练大纲现在已经基本制定，从今天新兵下连后开始实施。

“以上为这次反恐平暴任务总结。如有不足，请军首长批评指正！总结报告完毕！”顾长荣说完后把总结报告放在台上，拿起杯子喝了口茶。

# 第三十三章　立功处分

“大会第三项，由政委宣布立功受奖人员及处分人员！”参谋长刚说完，台下干部战士的心情都紧张兴奋起来。军人以荣誉至上，很多战士在工作训练中拼命，也许就是为了上级的一句表扬。在一年的工作训练中流血流泪，也许就是为了年底总结时能在立功受奖的名单上听到自己的名字，尤其是在执行任务和战斗中，把自己的生命抛诸脑后，为了什么，不就是为了祖国，为了军人的荣誉！一个战士在台上接受勋章的那一刻，比领到1万块钱还要高兴，还要自豪百倍。在部队，不在乎钱，但国家、责任、荣誉是永远高于一切的。

政委李克峡站起身从桌上拿起一份通报，大声宣布：“中国人民解放军××师威猛雄狮团关于对反恐平暴任务中立功受奖情况的通报：为表彰先进，鼓励后进，经过团党委研究，决定对以下人员进行表彰：军区首长在了解情况后决定在全军发起对赵黑虎同志舍身救战友先进事迹的学习，决定表彰赵黑虎同志为‘尊干爱兵模范’先进个人！”

钟国龙听到这里，头垂得低低的，要是现在地上有个老鼠洞，他绝对会毫不犹豫地钻进去。

“荣立二等功的人员名单，荣立二等功的共计3人：侦察连三排排长龙云，侦察连一排代理排长赵黑虎，新兵十连战士陈立华。”政委每念到一个人的名字，台下的干部战士就用一次掌声表达祝贺。

龙云和赵黑虎的名字在团里赫赫有名，而且这次任务侦察连是主攻，大家听到他们荣立二等功也没什么，当听到新兵十连战士陈立华时，在场的人心里除了惊讶就是羡慕——新兵荣立二等功！这是什么概念！尤其是新兵十连的新兵听到3个二等功全部是自己班的，高兴得往死里鼓掌。陈立华呆住了，坐在凳子上都不知道自己是谁了。二等功呀，我的妈呀！陈立华当时真的以为自己的耳朵听错了，坐在他身旁的钟国龙掐了陈立华一把，细声说：“老四，不错呀，前途一片光明。”

“嗯，不错，不错！”陈立华被钟国龙一掐，这下才反应过来，跟着也鼓起掌来。

“荣立三等功的人员共计18名：侦察连连长许风、侦察连七班长李胜利、侦察连九班长谭钊、新兵十连战士钟国龙……”

钟国龙听到自己的名字有些不敢相信，他可是犯了错误的，怎么还能立功？看来部队还真是赏罚分明。

“团嘉奖人员共计86名：一连二排长李明……

“集体三等功共有两个单位：团直属侦察连、新兵十连！通报宣读完毕！”新兵十连的战士听到政委宣布“集体三等功新兵十连”几个字眼时，顿时沸腾了，从凳子上站起来拼命地鼓掌。

“下面宣布团处分决定。中国人民解放军××师威猛雄狮团对钟国龙等人处分命令，根据团党委研究决定，对新兵十连战士钟国龙记大过一次。威猛雄狮团团长顾长荣、侦察连连长许风、新兵十连连长龙云负有不可推卸的领导责任，各记警告处分一次。宣读完毕！”政委宣读完处分后，这次没有掌声，只有沉寂。参谋长的声音打破了会场的沉寂，“大会第四项，请首长作指示！”

林振戎喝口水清了清嗓子，慢悠悠地说道：“刚才顾团长做了总结，我看总结得不错，也分析得很好，并且从中吸取了很多经验，所以任务方面我就不多说了。我主要说一下李政委宣读处分的这个事情。部队就是这样，一定要从严治军，依法带兵，这样才能带出一支纪律严明的部队。我看这次你们团党委处理得很好，处分得也对。”说到这里，林振戎的嗓音加大了许多，“我们部队不怕犯错误的兵，就怕那些犯了错误还老是以为自己做得对不改的兵。部队的性质就是这样，犯了错误就要受到处分。主要看你怎么样去对待处分，部队不是有这么句话嘛，‘小批评，小进步，大批评，大进步’。关键是要看你从处分中看到了什么，总结到了什么，以后自己该怎么做，而不是受到处分就灰心丧气，萎靡不振，搞得全世界都欠了你似的。一个人被失败击倒是最失败的，如果一名军人连一个处分都接受不了，那你就不配称作军人，更不能被叫作战士。人非圣贤，孰能无过？我当兵的时候也犯过错误，挨过处分，我现在不一样好好地坐在这里，还当上将军了，这就看大家怎么认识了。

“在这里，我要给大家讲一个故事，故事发生在30多年前的南疆自卫反击战，当时双方的战斗已进入白热化阶段，某侦察大队的一个班，被上级任命为尖刀班，任务是对敌前沿阵地进行侦察绘图。有了这张图，我们的部队就可以轻而易举地对敌人进行有目的的炮火打击和深入攻击，可谓成败的关键啊！

“尖刀班冒着敌人的炮火流弹，冒着随时被敌人包围歼灭的危险，在班长的指挥带领下，他们成功地潜行至敌军的前沿阵地，并绘制了详细的敌前沿地图，任务完成，他们准备撤离了。

“就在这时，情况发生了。在距离他们潜伏位置的不远处，一伙敌人正将我军几名被俘虏的伤兵绑在树上严刑拷打，那几名战士宁死不屈，最后被残忍的敌人用刺刀将肚子剖开，又将脑袋砍下来，场面惨不忍睹！

“看到这个场景，尖刀班的一个新兵热血上涌，不顾班长和战友的劝阻，违抗了撤退的命令，对着杀害我军战士的几名敌军扔了一枚手榴弹。敌人被突如其来的手榴弹炸得血肉横飞，新兵还没有来得及喜悦，敌人的炮弹就过来了！尖刀班由于暴露了目标，被敌人包围了。

“突围的时候，一发炮弹正好落在尖刀班的阵地上，班长和两个老兵猛地把这个新兵压在身下，炸弹就在那一刻爆炸了。”

说到这里，老军长那坚强的目光中露出悲壮的神色，军长眼睛里闪出了泪水，“全班9名战士，除了那个新兵被炸晕了过去，全部壮烈牺牲了！新兵大难不死，却因为自己的冲动，使战友全部牺牲，更重要的是，由于他的这次不冷静行为，使我军的总攻时间整整推后了两个小时，将近1000名敌人逃脱了！“事情发生后，新战士受到了严厉的处分，但是他没有气馁，没有放弃自己，因为他知道，气馁和放弃，会使他更对不起为了掩护自己而牺牲的战友们！也会使他彻底背上那件事带来的负面影响，最终成为一个孬兵，一个废物兵，一个彻头彻尾的弱者！他在领导和战友的鼓励声中站了起来，因为他要为战友们报仇，他心怀对全班死去战友的亏欠和内疚，更重要的是，他彻底改正了自己的错误思想，奋勇作战，勇往直前，真正成为一个铁血战士，一个合格的兵！现在，这个兵，已经成为中华人民共和国的一名将军，这个将军就站在你们的面前！”

听军长讲完这个故事，全团干部战士10秒钟没有发出任何声音，做出任何动作，

10秒钟后，会场响起了排山倒海、震耳欲聋般的掌声，久久没有平息。龙云敢说，这是他当兵十年以来听到过最热烈最长时间的掌声。这之前的掌声可以说是中规中矩的掌声，而这次不是，这是发自心底的掌声！因为军长的讲话而震撼、沸腾的掌声。

钟国龙听完军长的一席话后，心情和掌声一样，也是久久没有平息，心底犹如涌上一股清泉，真正地将连日来的困惑、内疚、苦恼冲淡、化解。他在心底告诉自己，也要和军长一样，通过自己的努力，成为一名真正的铁血战士，学到一身过硬的本领。

只有这样他才对得起父母，对得起班长、副班长，虽然他明白自己的路还有很长，很长……对，两年，就用两年的时间，等到自己两年之后复员回家，要让父母看到一个全新的自己，回到家和兄弟们干出一番事业，虽然这个事业是什么，他心中的想法还比较模糊……

总结大会终于开完了，新兵们回到宿舍，心情各不相同。陈立华这次荣立个人二等功，真是风光无限，这在新兵历史上绝无仅有，一下子轰动了全团。而得到大过处分的钟国龙，十分沮丧，最让他受不了的是许风和龙云因连带责任被警告处分，他感觉十分憋屈，对连长和排长的内疚感挥之不去，他越发难受了。

其他新兵没有注意到钟国龙的沮丧，十连这次风光无限，大家的心情很轻松，回到宿舍，开始叽叽喳喳议论不停。

龙云回到宿舍，看到钟国龙低着个头不说话，知道这小子又情绪低落了。走过去看着他，小声说道："钟国龙，最近我怎么发现你还多愁善感起来了？这可不是你的风格啊！"

钟国龙低声说道："班长，我没事，就觉得有些憋屈，我自己犯了错误，处分我一个就行了，枪毙我也无所谓，为什么还要处分你和许连长呢？这件事情跟你们一点儿关系都没有啊！"

龙云笑道："你错了，我们两个挨这个处分，一点儿都不冤枉！作为班长和连长，对自己手底下的兵，不是单纯地爱护或者在战场上挡子弹那么简单，你之所以犯错误，是因为平时对自我认识不够，而作为你的班长和连长，是要对你负责任的，正是我这个班长平时对你教育引导不够，才导致你在战场上犯错误。"

龙云这么一说，钟国龙更觉得无地自容起来，说道："班长，不怪你，你平时没少教育大家服从命令，要有大局观念、集体意识，是我自己当时脑子发热才那样做的。"

"那就说明我的教育还不到位。"龙云说道，"好了，这个不要再提了，过去的事情已经发生了。刚才大会上军长也说过，关键不是犯错误挨了处分，而是犯了错误以后怎么改正，这些事情，我也不想跟你说太多。咱们十连这次参加战斗，本身就很了不起，经历过这件事情，希望大家多考虑一下自己欠缺什么！”

其他新兵见到龙云开导钟国龙，也都围了上来。李大力说道：“钟国龙，其实我们大家还是很佩服你的！第一次参加战斗就击毙了好几个恐怖分子，真了不起，要是换我，还不一定能行呢！”

“大力说得对，你有你的优点。”余忠桥也说。

陈立华见到钟国龙难受的样子，也安慰道：“老大，其实我有许多地方都是平时跟你学的，要不是你影响我，我当时见到那ABL，还指不定敢不敢上前呢！”

“是啊，老大，谁都有犯错的时候。你有你的优点，你的优点，也是我们这些人学不来的。”刘强也动情地说道，“说实话，当时见你冲进去了，要不是副班长把我踹趴下，我也就跟进去了。现在想想，我还在后怕呢，这里跟咱们家咱们县城不一样啊，咱们是来打仗了，是为了国家打仗，可不是在老家争地盘砍人，但是，你那股子天不怕地不怕的精神，我一辈子也学不来啊！”“就是，我现在腿还打哆嗦呢！”伞立平也说道，“你钟国龙就是狠！”

大伙这么一劝，钟国龙感觉好受了许多，想了想，站起来说道：“班长，我想跟你请半天假，去医院看望一下副班长。”

“好啊！”龙云笑道，“这个假我绝对批准，正好我没什么事情，也和你一起去吧。”

其他新兵也提出要去，被龙云拒绝了，要求大家赶紧写下战斗总结，第二天班会时要挨个儿念，钟国龙跑到营区服务站，将自己一个月的津贴100多块钱全买了各种营养品，和龙云一起上路了。

医院距离军营有几公里路程，龙云和钟国龙没有乘车，一路走了过去，路上，龙云又和钟国龙聊了好多，钟国龙已经基本上意识到了自己的不足，心里想着，以后可要努力了，不能老是这样个人主义，争取用实际行动弥补之前的过失。

军区医院的一间病房内，赵黑虎腿上打着厚厚的石膏夹板，正在输液。龙云带着钟国龙推门进来，赵黑虎十分高兴，想坐起来，却因为腿疼没能动，龙云连忙扶着他躺好。

“虎子，怎么样了？”龙云关切地问。

赵黑虎轻松地笑了笑，说道：“骨头和韧带都已经接上了，医生说神经和韧带都正常，影响不了啥。就是得休息几个月了。”

“副班长，我是来跟你道歉的。”钟国龙低声说道，“你是因为救我才受的伤……”

赵黑虎看了看龙云，龙云笑着递了个眼色给他，赵黑虎笑道：“我没事，你不用不好意思，打仗嘛！哪有不受伤的？这又没缺胳膊少腿，我还挺知足呢！”赵黑虎越这么说，钟国龙心里就越难受，坐在那里咬着牙不说话。

“呵，东西买了不少啊，我看看都有什么？”赵黑虎有意岔开话题，拿过钟国龙放在桌子上的东西，挨个儿看了起来，“嘿，你小子怎么知道我爱吃牛肉干呢？还有牦牛骨髓壮骨粉啊！哈哈……”

“副班长！”钟国龙忽然站起身来，睁大眼睛看着故作轻松的赵黑虎，大声说道，“你不要安慰我了，这几天班长跟我做了好多思想工作，我也明白了许多。这次，是我错了！但是以后我不会再犯同样的错误，我会用加倍的努力去弥补我犯过的错误。副班长，我还是要向你道歉，敬礼！”

钟国龙敬了一个标准的军礼，把赵黑虎和龙云看得一愣，这小子从战斗回来就跟变了个人似的，憋了好久，今天终于是把话说出来了。而钟国龙经过几天的深思，特别是龙云多次开导，将自己的心里话说了出来，一下子心里敞亮了许多。

赵黑虎笑道：“好样的，钟国龙！看来我和班长都没看错你！说心里话，这次我也感觉自己有些憋屈，这样受伤，还是有些不甘心的，要是当时我们在战斗，我为了掩护你而受伤，总比在纠正你错误的时候受伤要光荣得多。但是，不管怎么样，你是我赵黑虎的兵，只要是我的兵，平时你的生活我就要负责，到了战场上，你的命，我也要负责。不光是我，班长、连长，甚至团长、军长，都要对自己的兵负责！”

龙云听赵黑虎这么说，心里也十分激动，站起来说道：“虎子说得好！但是钟国龙你要记住，你作为一名战士，属于我们军队的一员，大家为你负责，你也要为大家负责！想想看，假如你这次牺牲了，部队领导怎么看？一个违抗军令擅自行动的新兵因为自己的鲁莽而丢掉性命，能有什么意义呢？假如虎子这次牺牲了，我相信他还是一个英雄，还会受到领导的嘉奖、战友的怀念，可是，这样牺牲掉未免太委屈了吧！同样是死，同样是生，甚至说，同样是活一辈子，总要活得更有意义些！”

“你钟国龙绝对是条汉子，具备别人没有的血性和个性，同时，你还不是一个真正的英雄，因为你还有别人没有的好多缺点，你当兵的时候我就跟你说过，人生的选择有很多，是龙是虫，就在这一念之间！”

钟国龙听着两位班长的肺腑之言，心中更加坚定。这里是部队，是一个大集体，以后自己那套个人英雄主义思想，是再也不能有了。他感觉自己在人生的长路上又前进了一大步！钟国龙想到了自己的那些兄弟，他此时此刻，真恨不得让所有兄弟都听到这些话，要是大家都理解了，也不会去做那些无意义的事情了！

此时，顿悟的钟国龙、风光的陈立华、勇敢的刘强都没有想到，他们浴血奋战的同时，在千里之外的老家，“留守”的兄弟们，也正在进行着一场不同意义的“战斗”。

# 第三十四章　张灯结彩

钟国龙老家的县城里，最近很不太平，各个学校不断发生学生被社会小混混儿敲诈勒索的事件，也有不少学生因为拒绝勒索而遭到毒打，学校陆续报警，公安局也是多次出警，每次都只抓到一些未成年的小混混儿，批评教育一番，什么也问不出来，只好又放回去。安静几天后，状况依旧。

究其原因，就是钟国龙家里剩下的四兄弟组建的“龙之帮”，纠结大量不良少年到县里的各学校、娱乐场所收取所谓的“保护费”。他们还和当地一个老组织——“三合会”的头目任老大等人产生了利益冲突。

腊月二十八，距离春节只有短短的3天时间了。

团里的通知已经下达，要求各班开始筹备春节活动，新兵十连今天十分热闹，宿舍里，所有新兵都在，房梁上以正顶部的一团大花为轴心，向四面拉起4条五颜六色的拉花来。龙云站在正中，得意地看着自己的杰作，笑呵呵地问道：“怎么样，还像那么回事吧？”

李大力手上拿着一卷胶带，前后打量着，说道：“班长，我怎么看着像娶媳妇布置新房呢？”

陈立华瞪了他一眼，说道：“你懂什么？这叫张灯结彩，这个拉花，就是结彩，等一会儿咱们再把灯笼做出来挂上，这就叫张灯，你以为只有娶媳妇才这么布置呀？”龙云笑道：“就是！你小子是不是整天盼着娶媳妇呢？”李大力不好意思地挠挠后脑勺儿。

另一边，胡晓静、钟国龙、余忠桥、刘强、伞立平他们5个正在满头大汗地扎一个大灯笼，大灯笼刚刚开始扎龙骨，胡晓静是总设计，其他人打下手。钟国龙一边递竹篾子一边疑惑地问：“胡晓静，你小子扎的到底是什么造型啊？我怎么还是看不明白。”

胡晓静一边忙活一边回答：“咱这个灯笼，名字叫作五彩祥云。”

“五彩祥云？我还真看不出来。”钟国龙笑道，“你确定会做？”

“我以前在老家的时候，见少林寺里的和尚们扎过，早学会了。”胡晓静说道，“你就放心吧，咱这灯笼一扎起来，到了大年初二的比赛上，保证是独一无二，绝对能拿冠军！”

“大伙加把劲儿！胡晓静你那个灯笼进度得加快啊！中午之前能不能完成？下午就是大扫除了，别耽误！”龙云催着那边扎灯笼的，又吩咐赵四方他们几个把拉花时掉落的纸屑清扫一下。

龙云正好想借这个机会给新兵们提提精神，当下笑道：“同志们，今年春节，估计是大家第一次离开家在部队过年，所以啊，咱们这年一定要好好过，要过得比在家还热闹，还高兴！咱们这两天把宿舍和营区布置得漂漂亮亮的，然后，三十那天，咱们再集体上街去，看看这军营外面的世界是什么样子，也体会一下这里的民俗风情，一起买些年货回来，三十晚上，咱们要包饺子，吃团圆饭，还要自己演节目呢！部队还安排了很多丰富多彩的集体活动，保证让大家耳目一新！”

这帮新兵一听说还有机会去街上转，个个高兴起来，七嘴八舌议论不停，这帮新兵来军营两个多月了，还真没有上过一次街。陈立华尤其高兴，凑到钟国龙面前，激动地说道：“老大，这回有机会了！女兵没有，漂亮的妹妹一定少不了的。到时候，我这帅气的形象一定很拉风啊！”钟国龙笑道：“你得了吧！你就知道一定有美女啊？”

陈立华很有信心地说道：“当然，你想想看，这赶大集人一定很多，其中女孩子一定也不少，这么多女孩子出来，总有美女吧？哪怕只遇见一个，一个也好啊！我没别的意思，就是想看看，整天在军营里面，我都快忘了美女长什么样子了！”

“先别议论了，赶快干活啊！”龙云看到新兵们高兴的样子，也没有往日那么严肃了，笑道，“陈立华，你有点儿出息好不好？”

旁边钟国龙笑道："班长你别理他，他在老家时就这个毛病，有贼心没贼胆，你要他收拾ABL他不怕，要他和大姑娘说一句话，能把他给难死！"

大家立刻一阵哄笑。这边，胡晓静终于将灯笼的骨架部分扎完了，远远看上去，还真有那么一点点儿云团的感觉，现在又开始往上面糊粉色和白色的灯笼纸。其他人也不知道该怎么帮忙，七手八脚地各自忙活着。

"呵，还挺漂亮啊！"一个大嗓门儿传了进来，连长许风已经站在门口了。

"连长！"新兵们连忙站起身来。

许风四处看着房顶上的拉花，啧啧称赞，看着龙云笑道："我说龙云，你这套布置可比我连部强多了！别的班都是贴贴对联、弄个窗花什么的，你这拉花从哪里弄来的？"

龙云笑道："这个可是我的秘密武器，去年过年的时候我上街买好的，这可留了一年了！就等着今年给大家来个突然袭击，我这套拉花，色彩艳丽，独一无二，绝品！"

"喀喀喀，怎么还做上广告了？"许风故作不满，"龙云啊龙云，你小子可真是独食吃惯了，总能比别人多留一手，是吧？我可告诉你，你那三排的几个班长可上我那儿提意见去了，说过年这几天你老忙活你这个新兵班了，那边没你可不热闹！我说你就算是暂时归属新兵营，咱这侦察连是你娘家，你也不能太偏心啊！"龙云笑道："您就放心吧，到时候我连轴儿转，保证全都照顾到！"

"你小子！胳膊还疼不疼？"许风关切地问。

"早没事了，这拉花都是我上去挂的！"龙云轻轻拍了拍伤口的位置，"我身体好，伤口恢复得比一般人都快！"

"还得注意，我走了！"许风要走，忽然又回过头来问，"对了，你们班有会写毛笔字的没有？连里文书小赵请了婚假，这对联我还没找好人呢！""连长，我会写！"胡晓静放下灯笼站起来说道。

"好，这新兵十连人才济济呀！"许风满意地点点头，"到时候连部的对联就委托给你了。"

大伙送走了许风，又一起扎起灯笼来。快到中午的时候，"五彩祥云"已经完成了，一个圆形底座上面糊着几种颜色搭配的云朵造型，远远看过去，还真是十分漂亮，大家一起鼓掌，对胡晓静的制作水平十分满意。

"看见了吧？比起别的班那普通的红灯笼造型，咱们这个可漂亮太多啦！"胡晓静很有成就感地看着自己的杰作。

龙云也夸赞道："不错啊，符合咱们十连性格，要做咱就做最好的，最有特色的！就这个灯笼挂出去，营部不评咱们得第一名，我第一个就不干，哈哈！”

“班长，灯笼做完了，咱们下一步干什么？”新兵们看着龙云。

“下一步？大扫除啊！这次与以往不同，大扫除要标准再提高一个档，全体行动，咱们要做到处处一尘不染，确保清新亮丽，这才叫辞旧迎新嘛！”龙云瞪着眼睛说道。

“是！”

新兵们情绪高涨，立刻忙碌起来。

“班长，过年的时候，副班长怎么办？”钟国龙还是惦记着住院的赵黑虎，想到过年了，赵黑虎伤还没有好，不禁有些担心。

龙云想了想，说道：“我也正考虑呢，要说咱们医院里面应该也过年，可毕竟不如和咱们一起过年那么痛快……要不这样，我去医院和大夫请示一下，看能不能把他接回来过年！”

“好啊！”钟国龙高兴地说道，“还是回来过年热闹啊！只要医院同意，我去把副班长背过来都行！”

“嗯，就这么定了！我明天就去医院，估计这小子也盼着回来过年呢！”龙云笑道。

其他新兵也纷纷说道：“好啊！到时候咱们一起去，把副班长抬回来！”

龙云看着这群忙碌的新兵，一种欣慰感从心里涌了出来，短短的两个多月，这帮新兵成长了许多，不但已经完全适应了部队的生活，而且每个人的思想转变都很快，现在再看这帮当初的混混儿兵，已经是今非昔比了，尤其是钟国龙，自从经历了这场战斗之后，这小子心态变了许多，个人英雄主义没有了，能够处处想到班集体，各项工作也更加努力。最重要的是，他现在已经渐渐地明白了做一个兵应该具有的思想觉悟，开始向新的目标迈进了，就像副团长曾经说过的那样，此时的钟国龙，一把钢刀已经逐渐成形，该开始淬火了！

这个时候的钟国龙也在思索着，来到部队这些日子，他明白了好多做人的道理，他已经逐渐地感觉到，自己的人生观正在发生着某种变化，尽管此时的他还不能将这种变化明确地形容出来，但至少已经开始转变了，与刚开始来到部队时单纯地想学功夫，到后来因为不愿意被人看不起而拼命加练，直到现在，钟国龙开始觉得，原来在部队还有另外一种快乐，一种心情上的欢愉，而这种欢愉，是刚参军时候所没有的。正是这种快乐的感觉，使他开始积极地面对部队里的每一件事情，开始从心底想做一个合格的兵、一个优秀的兵，这变化对于以前一心想学好“武功”回乡称霸的钟国龙来讲，简直可以用翻天覆地来形容，他开始喜欢部队了。

腊月二十九，天气突然转好，多日以来的大雪也停了。

早上6点钟，一阵刺耳且使人神经紧张的警报声又在营房的扬声器中响起，传入每名战士的耳中，刺入每个人的心中。

“紧急出动！”随着一阵喧闹声响起，新兵十连房子里的新兵都从床上坐起，等着龙云紧急出动的哨音，钟国龙腾的一下从床上跳下，迅速穿起了衣服。

龙云坐在床上，瞪着旁边正穿衣服的钟国龙，而后扫视其他新兵，“你们干什么？继续睡觉！”

“睡觉？”班里的其他新兵脸上露出十分不解的神情。

“班长，紧急出动的警报刚才响了。”钟国龙以为班长没听到警报声，穿好衣服带着疑问对着龙云说道。

“叫你们睡觉就睡觉，哪儿来的这么多屁话！这是老兵连紧急出动的警报。睡觉！”龙云大声说道。

“哦，原来是这样！”其他新兵倒床睡觉。钟国龙红着脸爬上床干脆连衣服裤子都没脱。经过这一折腾，他却怎么也睡不着了，眼睛瞪着天花板，时间一分一秒地过去。

又是一如以往起床、出操、洗漱、打扫卫生。部队就是这样，没有特殊情况和特殊训练，几乎每天都是前一天的翻版，但是在这一天天重复的军营日子里，却可以领悟到不同的人生，不同的感受，不一样的酸甜苦辣，学到许多在地方上一辈子都学不到的东西。

今天是新兵十连回来的第三天。钟国龙从他们新兵十连自定的课表上看到，今天是年前唯一一天安排有教育和活动的一天，上午节前战备教育，下午新年团拜会。

赵黑虎受伤后，龙云这个所谓的新兵十连连长是又当爹又当娘，一切事情都要操心。上午操课时间一到，一阵哨音吹响。新兵十连所有人员在俱乐部集合，开始新兵节前战备教育。说实话，一干新兵实在搞不懂节前战备教育是做什么的，过年就过年，还搞什么教育。

坐在台前的龙云神情非常严肃，“同志们，今天上午前两个小时我们主要进行节前战备教育。大家可能不明白，什么叫节前战备教育，为什么要搞节前战备教育。”说到这里，龙云对着台下的大家扫视了一遍，对着陈立华问道：“陈立华，你知道吗？”陈立华站起停顿了一下，大声回答道：“报告班长，不知道！”

龙云听到陈立华干脆的回答，从嘴角挤出一丝笑容，“你小子倒挺老实！”龙云命令陈立华坐下，眼睛看着李大力，“李大力，你说说你对节前战备教育的理解！”

“报告班长，俺认为节前战备教育就是搞教育，搞完教育俺们就过年了！”

“哈哈哈……”听到李大力的回答，新兵们顿时笑成一团。

龙云听到李大力的回答哭笑不得，“好了，你坐下，你那什么逻辑，你们也不要笑了。你们都是新兵，不知道节前战备教育是什么意思是可以理解的，下面我就给大家做解释。”

龙云话还没说完，钟国龙大声打报告站了起来，“班长，在你说之前，我想谈谈我的看法！”

龙云看着钟国龙，回答道：“那你说说。”

“我想节前进行战备教育，目的就是要我们提高警惕，过年也不能太放松。”

钟国龙这个回答有板有眼，班里的新兵都看着他，龙云听完钟国龙的回答终于露出了一丝笑容。“坐下，不错，节前战备教育基本上就是这个意思。我说过，咱们新兵十连，不必要搞的教育我坚决不浪费时间。但是节前战备教育是必须进行的。因为通过教育能让大家产生忧患意识，对国家、对民族、对军队的忧患意识。战争是加强国防的最好动力，那么在和平年代，也就是大家现在正在过的和平生活，我们部队就叫战争准备期。我们要以什么来加强士兵的备战意识，让我们时刻不放松警惕，时刻做好战斗准备呢？一个答案——忧患意识。一个兴盛国家的背后必定站立着一支强大的军队，而一个没有忧患意识的国家注定是要被侵略的，一支没有忧患意识的军队注定是要被消灭的。我们不想被侵略，我们的军队也不能被消灭。”说到这里，龙云显得有些激动，从凳子上站了起来，大声说道，“那么，我们应该怎么办？那就是时刻保持高度的忧患意识，理智清醒地对待现在我们面临的安全问题。”

听着龙云的话，钟国龙心里一阵热血沸腾，激动起来。

“再过两天就是我们中华民族的传统节日春节，这也是大家第一次离家这么远，在部队过的第一个春节。班长希望你们开心、快乐，过上一个好年。但是从你们穿上军装的那一刻起，就注定了你们和地方上的普通老百姓不一样了，因为你现在是一名军人，你要负起军人的职责。在部队过年有这么一句话：地方过年，部队过难。这句话是什么意思呢？就是在团聚过年的时候，我们部队仍然不能放松警惕，时刻做好战斗的准备，做好人民的‘保护神’。国际上也曾经有过很多这样的例子，美国的‘珍珠港’事件，想必同志们都知道，当初日本就是趁美国圣诞节部队过节放松警惕时实施了偷袭轰炸，而这样的例子不胜枚举……”

说到这里，台下鸦雀无声，钟国龙他们这批出生在和平时代的人，听着龙云举的这些战例，从龙云的话中已经隐隐嗅到了近半个世纪前那些战争硝烟的味道。

接着，龙云谈了他对当前安全形势的看法。听着班长分析当前周边安全形势，钟国龙不由得打了一个冷战，原来我们国家目前面临着这么多潜在的威胁。一股热血冲上了大脑，他暗下决心，那些想侵略、分裂我们领土的国家和组织，你们的想法不会得逞，因为还有我们，还有我们中国军人。要上战场，我钟国龙一定会抛头颅，洒热血，在所不惜，为国家，为人民，尽上自己的一份力！钟国龙也不知道自己怎么会突然有这么高的觉悟，现在，他感觉到以前在家做的那些事情真的有点儿傻，那些对生活、对理想的想法更傻。也许，这才是自己想要的生活。

“和平环境是靠军队打出来的，没有战争就没有和平。因为这个世界上野心家太多，对付他们最有效的办法就是以牙还牙，而不是绥靖，我们反对冲动，我们要理智，但前提是不能丢了血性！我们要血性也要斗智。狼来了，最好的办法是迎上前去打跑它，而不是自己跑，否则你只有死路一条，因为你永远跑不过狼！但是你迎上去，跑掉的也许是狼，因为它也怕狠。我的家乡有句话：穷的怕富的、富的怕横的、横的怕不要命的！”

说到这里，龙云看着面前的10个新兵，大声问道：“你们都看着我的眼睛，告诉我，如果真的发生战争，你们敢不敢上战场，拿起手中的钢枪消灭一切来犯之敌？”

听到班长的问题，台下10名新兵不约而同地站起来齐声大吼：“敢！首战用我，用我必胜！”

“坐下，坐下，同志们都坐下，你们是好样的，不愧是我龙云的兵。刚才我拿着教案给大家分析了当前我国面临的主要威胁及安全形势，下面我就这些说一说我心里所想的，如果真的发生战争，国民不抵抗，知道会有什么结果吗？假如我们不去打仗，那么敌人杀死了我们，还要用刺刀指着我们的骨头说，看哪，这是奴隶！同志们都看过抗战题材的电影，我不追星，但是那些抗战英雄一直是我龙云心目中的偶像，我一直觉得他们才是最值得追捧的。

“是的，这就是我们中华民族不屈的魂魄，我们不希望打仗，但我们绝不畏惧战争。我们都是中国人，我们是炎黄的子孙！每一位牺牲在抗日战场上的中华英雄都是我们不屈的民族魂！

“一手握紧枪、一手建和平，让那些想侵略分裂我们祖国的国家再也不敢兴起进犯之心！我们尽力守护，我们要重振我们中华的雄风！星星之火可以燎原，最后的胜利永远属于我们！同志们记住，中华民族从来不渴望战争，也不会主动制造战争，但一旦战争来临，中华民族也从来没有怕过谁！”

龙云这番激情洋溢的话刚一说完，钟国龙猛然从凳子上站起，“只要有我们在，绝对让敌人吃不了兜着走！”

其他新兵也跟着从凳子上站起，“对，只要有我们在，我们绝对让敌人吃不了兜着走！”

# 第三十五章 集体上街

“全都起来！”一大早，龙云又站在宿舍地上大吼，新兵们一个个被他惊醒，不知道发生了什么事。

“班长，今天大年三十，不是放假吗？平时也不起这么早啊！”

龙云神秘地说道：“赶紧起来吧，今天有任务！”

“啊，任务？”这些新兵一听龙云说有任务，一个个心惊肉跳起来，开始麻利地穿衣服，整理内务，不到5分钟，所有新兵集合完毕，站好队，个个神色紧张地看着龙云。

龙云努力憋住笑，严肃地挨个儿打量新兵的仪表，每个人都不知道发生了什么事，看到龙云走过的时候绷着脸，大气也不敢出。

还是钟国龙胆子大，大声问道：“班长，到底是什么任务啊？”龙云忽然大笑道：“好任务！今天的任务，玩！”

“玩，玩什么？”钟国龙不理解地问。

“今天，我们全班要上街去！你们这些家伙不是早憋坏了吗？今天我们去逛逛大集，你们都收拾得精神一点儿，漂亮一点儿！别等见到漂亮的姑娘，给我们十连丢人！”龙云笑道。

“啊——我的天啊！”

新兵们一下子狂欢起来，迅速行动，洗脸的洗脸，梳头的梳头，陈立华兴奋地从东跑到西，连喊带唱：“掀起你的盖头来，让我来看看你的眼，你的眼睛大又亮啊，好像那秋波一般样……”

陈立华这么一唱，全班都跟着合唱起来，一时间歌声嘹亮，外面路过的战士频频往这边看过来。

“都这么高兴啊，你们怎么跟相亲似的？”龙云笑着逗他们。

“班长，你是不知道啊，就我这副帅气的外表，这么久没让女孩看见，真是糟蹋了！”陈立华一边照镜子一边说道，“咱们部队哪儿都好，就是没女兵，我们哥儿几个曾经找过呢……”

钟国龙一听他提找女兵的事情，慌忙给了他一拳，小声说道：“你找死啊！”说完眼睛瞟了瞟龙云。好在龙云正忙着拿东西，没听见，陈立华吐了吐舌头，不敢说下去了。

一群人收拾完毕，又集合到一起，睁大眼睛看着龙云，李大力问道：“班长，咱们怎么去？离得远不远？坐公交还是打车？部队不会给咱们派车去吧？”

龙云瞪了他一眼，又笑嘻嘻地说道：“同志们，告诉大家，这大集距离咱们军营有10公里左右，没有公共汽车，也没有出租车，部队没那么多车派给咱们，大家说怎么办？”

10个新兵沉默了几秒，终于一齐怒吼道：“10公里徒手越野！”

“嘿嘿，好！聪明，不愧是我龙云的兵啊！很有十连的风范……”龙云故意拖延时间。

这帮新兵早等不及了，也不等他发口令，全都跑出去了，龙云在后面大喊：

“都给我回来！我还没宣布纪律呢！”

钟国龙边跑边回头冲龙云喊：“不违反群众纪律，注意军人形象，我们都知道！”

“还有细节部分呢！”龙云终于追上了他们。

“不调戏良家妇女，班长，这个够细节了吧？”伞立平笑道。

“你们几个？说不准！”龙云笑骂，今天是大年三十，龙云努力地想让这帮新兵放松下来，完全没有了往日的严肃，跟着他们一路疯跑了出去。新兵们一路猛跑出去足足两公里，这才逐渐放慢了速度，钟国龙今天心情也很好，又恢复了他平时的“演讲家”风范，边跑边跟每个人调侃。龙云大步赶上，冲钟国龙笑道：“钟国龙，今天体能不错啊！”

“咱每天加练，还能没有进步？”钟国龙得意地说道，“班长，这儿的姑娘真那么漂亮？”

龙云故意逗他，语气夸张地说道："漂亮！绝对漂亮！个个长得跟天仙似的，保证让你看花了眼！"

钟国龙大吼一声："老四，老六！听见班长说了吗？"

"听见了！"

"那还不赶紧冲啊！"

"冲啊！"

3个人又快速向前跑去，后面这些人一看他们兄弟三个冲了出去，也都加了速："冲啊！不能让他们3个先看见！"

一群人又跑了一会儿，大约有5公里了，终于因为体力下降，再次放慢了速度，一个个喘起了粗气。

"怎么都跑不动了？"龙云在后面喊，"刚才不是都挺精神的？"

"刚才是让姑娘给闹的，现在是真跑不动了，班长，咱休息一会儿吧！"赵四方龇着牙说道。

"车，车！驴，车！"李大力忽然停住脚步，冲不远处喊道。

众人抬眼看过去，果然看见两个老乡各自赶着空驴车在前面走，一身黑棕色，点缀着白眼圈的小毛驴欢快地在石子路上一路小跑，老乡惬意地挥动着小皮鞭，神色悠闲。

"班长，咱们搭车吧！"伞立平眼巴巴地看着龙云，一脸的期盼。

"搭什么车，忘了群众纪律了？"龙云不同意。

对面的两辆马车忽然停了下来，两个老乡等龙云他们走近了，一齐问道：

"解放军同志，你们去哪里？"钟国龙抢先回答道："老乡，我们去赶大集！"

老乡对视了一眼，其中一个年岁稍大些的大叔热情地说道："解放军同志，我们也是去赶集，你们上车吧，我们带你们一程。"新兵们一阵欢呼，刚要跳上车，龙云一把拦住他们，说道："老乡，不用了，我们自己走过去就行了。"

老乡笑道："还是上车吧，我们愿意让解放军坐车。"

"不了。"龙云谢绝老乡，"我们有11个人呢，您的车拉不动！"

"不不不！"另外一个岁数年轻些的老乡说道，"我们这里的小毛驴，力量很大的。解放军全上车，没有问题！"

"班长，你就同意了吧。我长这么大还没坐过驴车呢！"钟国龙说道。

龙云看到老乡焦急的神态，终于说了声："上车！"

"噢——"

新兵们惊喜地跳上两辆驴车，小毛驴叫了一声，大板子车下沉了好多，老乡挥舞了一下皮鞭，小毛驴不再小跑，但很稳当地拉着沉重的车子，继续前行。

“老乡，真是谢谢你们了。”龙云说道。

年纪大的老乡捋着长胡子，笑眯眯地说道：“解放军是我们的亲人。帮助我们盖房子、修公路、打水井，还帮我们摘葡萄、种庄稼，保卫我们不受坏人欺负，这是我们应该做的。”

钟国龙坐在车上，听到老乡这么说，顿时感觉很有成就感，看了看龙云，龙云也很高兴。

在人烟稀少的公路上，两辆毛驴车拉着这些新兵，边走边唱，新兵们一个个笑逐颜开，说笑不停，不知不觉间大集到了。

新兵们谢过老乡，跳下车，立刻被眼前的景象惊呆了。

原本人烟稀少的荒漠上，盖起了一爿爿的门市、住房，此刻大街上聚满了来来往往的赶集人，街道两旁支起了各种摊位，什么卖小商品的、卖粮食的、卖牛羊牲口的，还有许多花花绿绿的服装、特色小饰品、工艺品，旁边不远处，一长溜的民族特色小吃一眼看不到头。

战士们自从来到军营，从没有见过这么多人，一个个像乡巴佬进城，东瞧瞧西看看，感觉什么都新鲜。

“大家注意，不要离开队伍单独行动，不要违反群众纪律，需要购买什么，一起行动。”龙云嘱咐着大家，一群人走入熙熙攘攘的人群中。

新兵们这清一色的绿军装，在整个大集上也显得十分扎眼，人们不时地看着这群朝气蓬勃的新兵，脸上流露出善意的微笑。钟国龙和刘强立刻被一个摊位上摆着的手工小刀吸引了，拿在手里欢喜地把玩起来，钟国龙转身问龙云：“班长，这个可以买吗？”

“不行！”龙云摆摆手，“这些东西部队是不允许放的。”

钟国龙不舍地放下小刀，立刻被陈立华和余忠桥拉了过去，陈立华笑道：

“老大，你忘了我们来的目的了？快寻找寻找美丽的姑娘吧！”

陈立华这么一说，不单钟国龙，所有人都来了兴趣，站在旁边张望起来。

“01、01，前方12点位置，目标正在向我开来，请指示！”陈立华盯着正对面走过来的一位美丽少女调皮地说道。

“02、02，命令你迅速出击。命令你迅速出击！”钟国龙故意板着脸说道。

“01、01，难度太大，还是派03、04他们去吧！”

刘强此时也着迷了，喃喃道："目标火力太猛了！我不敢去呀。实在不行，请求班长亲自出击吧！"一群人坏笑，龙云也笑了，骂道："一群有色心没色胆的东西！想干什么？"钟国龙忽然转过身来，冲龙云神秘地说道："班长，我上去和那个姑娘说句话行不行？保证不违反群众纪律，保证不调戏人家！"

其他新兵都起哄，龙云知道这小子又有什么鬼点子了，想想，笑道："去吧，别太过分！"钟国龙神气地冲其他新兵说："哥儿几个看我的！"

说完，钟国龙大步走上前去，一直走到姑娘面前，敬了个军礼，说道："您好！请问您有什么需要帮忙的吗？"

漂亮的姑娘有些莫名其妙，看见是一位解放军战士站在面前，脸一红，说道："没有。"

"那好！那我代表中国人民解放军，祝您春节快乐，万事如意！"钟国龙煞有介事。

漂亮的姑娘笑得很甜，温柔地说道："谢谢，也祝解放军新年快乐。"钟国龙一路小跑回来，把其他人全给镇住了！

"老大，怎么可能？你说什么了，她怎么笑得那么开心？"陈立华妒忌地看着钟国龙，百思不得其解。

"我说我喜欢她，她说她也喜欢我啊！"钟国龙笑着跑开了。

"哼，不可能！"

前面，龙云在喊："有没有吃羊肉串的？我请客！"

"有，有，有！"新兵们跑了过去。一位大叔在羊肉串摊子前烤着香喷喷的肉串，热情地吆喝着："羊肉串，羊肉串！欢迎解放军吃我的羊肉串！"龙云统计好数量，冲旁边的钟国龙喊："钟国龙，你吃多少？"钟国龙想了想家乡羊肉串的样子，头也不回地喊："20串！"

钟国龙在不远处小声地叫陈立华，陈立华跑过来问道："老大，你找我？"

"你身上还有钱吗？"钟国龙问。

陈立华从裤兜里面掏出所有的钱，全塞给了钟国龙，问道："够不够？不够我去把老六的也拿过来。"

"够了。"钟国龙说道，"我去给副班长买点儿吃的，我的钱上次全花光了。"

"没事，你用吧！"陈立华知道他的心思。

钟国龙看了看龙云，跟陈立华使个眼色，转身跑了出去，一直跑到一处卖特产的地方，左挑右选，买了一大包，最后，又跑到旁边的书摊上买了好几本武侠小说，一股脑儿地装到一个大袋子里。

这边的羊肉串已经烤好了，龙云向四周看了看，大吃一惊，急忙问道："钟国龙呢？"

见没人说话，龙云可有些着急了，走到陈立华跟前问道："陈立华，刚才我还看见你俩在那边嘀咕呢，钟国龙干什么去了？"

陈立华见瞒不过去了，低声说道："他……去买东西了。"

"胡闹！不是说好要集体行动吗，买什么东西还非得偷偷摸摸的？"

"是……给副班长买吃的去了！"陈立华说完，眼巴巴地看着龙云，等待着班长雷霆爆发。

龙云松了一口气，出人意料地没有发火，反而笑道："这小子，还挺有良心！"

正说话间，钟国龙抱着大袋子气喘吁吁地跑了回来，见龙云正看着他，吓了一大跳，心想这次又得挨批了！正要说话，龙云却先问："钟国龙，你小子不够意思啊！既然是给副班长买东西，怎么还偷偷摸摸的？"

"就是！我们也想给副班长买些东西呢。"其他新兵也过来说他。钟国龙不好意思地笑道："我买的不多，你们买你们的。"

"还不多呢？副班长非被你养胖了不可！"旁边余忠桥打趣。

这时候，门口的大叔已经端着满满一大盘子羊肉串进来了，嘴里高喊着：

"来来来，解放军的羊肉串！"

战士们顿时被香喷喷的烤羊肉香味吸引了，龙云喊道："按刚才自己报的数量，自己拿自己的！"

"都吃饱了？"龙云问。

"吃饱了！"

"好，那咱们开始采购些过年的吃的用的，完事赶紧回部队去！"

新兵们走出烤肉铺，开始采购起瓜子、糖块等食品，旁边赵四方小声问龙云："班长，能买酒不？"

"不行！"龙云眼睛一瞪，"部队严禁聚餐喝酒，以前咱们团因为战士醉酒，曾经出过大事故。"

"班长，这年夜饭不喝酒多没劲啊！"李大力和钟国龙他们也走了过来。

钟国龙在老家的时候，哪天不是和弟兄们醉生梦死？现在被赵四方这么一说，顿时把馋虫勾了上来，想想自己到部队这么长时间，连一口酒也没有喝过，不禁心里痒痒的，走过去求龙云："班长，这大过年的，咱们就少喝一点儿不行吗？就一点儿，保证不会喝醉。”

龙云看着钟国龙那馋样，又看看其他新兵，没有一个不是用迫切的眼神看着他，想了想，笑道：“好吧，就买点儿啤酒，不能多买，进营区的时候都给我藏到衣服里。你们也就是遇见我龙云了，整个团就我敢喝点儿酒。”

“好啊！”

新兵们欢欣鼓舞，开始采购易拉罐啤酒，并小心翼翼地藏到衣服里，平均每人藏了四五罐，这才算宣告采购胜利，龙云一声令下，全班开始向大集外面走，准备回军营。

“你们看前面干什么呢？”眼睛异常灵敏的陈立华忽然指着大集边上的一群人问道，那里不时传来叫骂声和笑声。

新兵们走过去一看，差点儿气炸了肺。七八个小流氓，此时正围着一个漂亮的姑娘动手动脚地调戏着，那姑娘气得脸色苍白，却无可奈何，旁边两个男人被打得鼻青脸肿，嘴角渗着血，旁边围观的群众敢怒不敢言。

龙云走上前去，询问一个老大爷：“大叔，这是怎么回事？”

老大爷气愤地说道：“这是些当地的小混混儿，非说这个姑娘摆摊挡住了他们的路，还不是想调戏人家？”

“他×的不得了了，还没人管了？”钟国龙眼睛冒出火来。

“管？谁敢管啊？这些是地头蛇，刚才那两个人不过是劝了几句，他们上去就打，咱们老百姓哪惹得起他们啊！”

“呵，没人敢管，我们今天就要管到底。班长？”钟国龙怒火中烧，看向龙云，其他新兵也开始摩拳擦掌。

龙云看了看前面，那个姑娘被小混混儿逼到墙角，眼泪都下来了，龙云满脸愤怒，“怎么不管，我们是解放军，遇到这样的事情当然要见义勇为！光天化日之下调戏妇女，我怕我下手重了，我不上了，这个任务交给你们几个，注意下手不要太狠，制服他们几个就可以！”钟国龙立刻会意：“班长，狠与不狠的尺度是什么？”

龙云瞪了他一眼，咬牙说道：“别死别残就行了，你真是个棒槌！”

“是！”

龙云转身往旁边溜达去了，钟国龙他们放下啤酒和东西，径直往人群中走去。

打架，钟国龙本来就是老本行啊。这时候理所当然地成了这些新兵的领袖人物，钟国龙一直走到姑娘和小混混儿中间，忍着气笑眯眯地看着为首的一个小胡子。旁边围观的群众一看过来一群解放军，顿时来了兴致，人越聚越多。

小胡子看着钟国龙他们身穿军装，心中暗暗吃惊，不过他在这一带是说一不二的人物，倒没有把这群新兵太放在心上。

“大头兵！你来管闲事的吗？”小胡子盯着钟国龙问道。

“管闲事？没有啊！”钟国龙笑容可掬，“我们只是听说，这里出了一群奇怪的东西，特意过来瞧瞧。”

“奇怪的东西，？什么东西？”小胡子顿时来了兴趣。

钟国龙笑道：“也不是什么东西了，这些家伙呀，披着人皮，却经常干一些畜生做的事情，你说奇怪不奇怪？”

钟国龙这么一说，不但新兵们笑了，旁边聪明的群众也跟着笑了起来，小胡子怒吼道：“大头兵，你在说我们吗？”钟国龙走过去，凑近小胡子，大声说道：“你还挺聪明。”

说时迟那时快，钟国龙话音还没落，右手抡起一拳重重砸在小胡子下巴上，小胡子还没反应过来，拳头已经到了，“砰”的一声，小胡子惨叫一声，被钟国龙打倒在地。

旁边陈立华和刘强一见老大出手，立刻心领神会，一左一右地向其他小混混儿扑了过去，其他新兵也各自找到对手，一阵猛干。

在周围群众的喝彩声中，新兵十连集体作战，打了个痛快。那些酒囊饭袋的小混混儿欺负群众还行，哪架得住这帮“生兵”打？一个个被揍得哭爹喊娘，好不凄惨！

钟国龙盯住那小胡子，抓起来，一拳打倒，又抓起来，再一拳过去，嘴里怒吼着：“跟老子打架！老子要不是穿着军装，我撕碎了你信不信？你还敢调戏妇女？我打死你个畜生！”

龙云远远地看着这帮子新兵旗开得胜，心中大大快慰，自己的兵这么能打，他脸上也有光啊！看到钟国龙快把那小胡子给打死了，这才着急地跑了过来，煞有介事地喊：“都住手，都住手！”钟国龙跑过来低声说道：“班长，你怎么这么快就过来了，我还没过瘾呢！”龙云低声说道：“等你小子过了瘾，人都死了！”

龙云对着几个流氓大声吼道：“你们几个浑蛋，光天化日敢调戏妇女，找死是不？”

钟国龙转头看了一下脸涨得通红的龙云，对着几个已经躺在地上的流氓怒吼道：“算你们几个家伙今天走运，要不是我们领导制止，我今天非废了你们！”小胡子倒在地上，挣扎着喊道：“解放军打人，解放军打老百姓！”

钟国龙怒吼道：“大家都看见了，我们为什么打他们？是因为他们调戏妇女，殴打群众，我们打的不是老百姓，是社会渣滓！”

周围群众刚才看了好戏，个个来了精神，大声喊道：“这个小战士说得没错，解放军才不打好人呢，这些小流氓，该打！”小胡子一见群众都向着解放军，再不敢说话了，龙云知道跟这样的人不能讲理，走过去一把抓住小胡子的胳膊，沉着脸厉声道：“打你怎么了？你再咋呼一声我把你的牙齿都敲掉！”

龙云双手加上力道掐住小胡子的胳膊，小胡子被他铁钳似的双手抓得骨头都快断了，惨叫着回答：“哎哟，哎哟！大……大哥饶命！”

龙云笑了笑，心想：他×的，这些流氓都是欺软怕硬，算我龙云现在脾气好了。跟着命令全班新兵把这几个流氓押到派出所。

“啪啪啪！”旁边围观的群众鼓起了掌，“解放军好，解放军是老百姓的保护神！”

回去的路上，龙云问兴高采烈的新兵们，“同志们，这次打架跟你们以前打架有什么不同？”

钟国龙心情舒畅，抢先回答道：“以前打架是胡闹、意气用事，现在打架是为了教训坏人，不一样，完全不一样！还是这样比较好！”

“知道不一样就好！”龙云意味深长地冲大家说道，“打架，也要为了正义！”

# 第三十六章　军中绿花

好久没有动过拳脚了，经过刚才的一场“战斗”，钟国龙是满脸的兴奋，一路上和其他新兵谈笑风生，意气风发。

走在最后面的龙云看着眼前这帮新兵的背影，想着刚才发生的一幕笑了笑，加快速度走到大家中间，说道：“你们几个小子，一遇到打架的事情就像吃了兴奋剂。刚才我若不出来制止，那几个小流氓非被你们打死。”

钟国龙显得很是兴奋，“刚才下手还有点儿轻了，他们几个是找打，他×的，如果在家，我非废了他们几个！”

“是的，几个小流氓太嚣张了，遇到我们几个还牛得不行，真他×的是找残废。”陈立华接着说道。

“是呀，是呀……”旁边其他新兵围绕着这个话题叽里呱啦地调侃开了。

龙云听着脸色沉了下来，心中不由想道：这些新兵都还是一柄柄尚未经过磨炼的刀子，还需要时间去磨砺和教育，才能成为真正的战士。想到这里，龙云感觉随机教育的时候到了。

龙云故意咳了一下，接着对安静下来的新兵们说道：“同志们，刚才我说了，打架也要为了正义，想必大家都知道什么意思。从你们穿上军装的那天起，就意味着你们已经是一名军人，虽然从某种意义上来说，你们还不是一名合格的军人。”

钟国龙看着龙云，不解地问道："班长，再过个把月我们都要下老兵连了，为什么还不能算是一名合格的军人？"

钟国龙刚说完，旁边的新兵也不解地看着龙云，"是呀，班长，我们怎么不算是一名合格的军人？"

龙云看着这10个傻傻望着自己的新兵，提高声音说道："你们现在还是新兵，在新兵下连的各项军事、政治考核合格前，在授衔仪式前，你们都还不算是一名真正的军人。"

"哦，原来是这样，那班长给我们说说什么是军人？军人的意义是什么？"钟国龙突然对班长说的这些很感兴趣。

"什么是军人，军人的意义何在？"龙云自言自语地说着。

"真正的军人是天生的杀手，把一腔豪情压在心中，只等着一声令下，用自己的热血去证明军旗下的誓言。他们是这个世界上一群孤独的人，因为战争或许在他们一生中都不会爆发，也是这个世界上最幸福的人，拥有一起共生死的战友，即使到了晚年也不后悔。无论他们身穿绿的、蓝的、白的，甚至其他颜色的军服，都无悔于自己的誓言！这就是真正的军人！"龙云说到这里眼神变得凌厉起来。新兵们排成一行，在龙云的带领下，边说边往回走。

作为一名当兵10年的老兵，很多体悟龙云也是有感而发，确实，只有亲身经历了才能感受到。"我看过一篇文章，说军人的意义说白了就是4个字——牢记使命，但为了这区区的4个字，他们将付出的是鲜血、躯体，甚至生命。战争年代就不用多说，我们都明白战场上只有你死我活；和平年代，当我们在安乐窝中度过每一天，有谁能想到军人为了这个和平社会仍在流血？抗洪、排爆、击灭穷凶极恶的匪徒、执行其他各种任务，很多人都成了无名英雄，而支撑他们的也仅仅是面对军旗的誓言。

"军人，最厌恶的是当俘虏，无论是演习，还是实战中，都是对军人的侮辱，更是对他所代表的国家的贬损，军人在战场上唯有效忠祖国，即使战死也是对祖国的褒奖。为什么李陵不被时人所认可，因为无论哪种理由，作为军人他都应该战死沙场，而不应该投降敌手。

"军人，属于过去，属于现在，也属于未来，他们或许一生都不会遇到实战，但当他们年老时也不会懊悔，因为他们把最美好的青春留给了那面迎风飘扬的军旗！"

走在队列中，钟国龙听着班长说的话，心情不由变得有些激动，但莫名之中又带着一丝悲凉……

钟国龙转过头问道："班长，你当了这么多年兵，把自己的青春都奉献给了部队，你觉得值得吗？”

“值得！如果有下辈子，我还会来当兵！”龙云的回答十分坚定，浑身上下展现出一种英雄的气概。钟国龙眼中龙云的形象似乎变得更加高大，和班长比起来，自己是多么渺小。

“班长，说句心里话，在我心里一直很敬佩你，我也不知道这是为什么。以前在家，我不服任何人，现在，我只服你！”

“班长就是我们的偶像！”伞立平接着大声说道。

“俺们都服班长！俺们班长说话水平也高。”李大力也嘟嘟地说着。

叽里呱啦的讨论声又开始了。

“行了，你们几个小子，平时少给我添乱子就好了。”

“班长，说实话，其实我知道，到部队这么久，我给你带来的麻烦最多了。我一向都是想说什么就说，想做什么就做，只要自己感觉对就会去做，也不管后果。”钟国龙带着歉意和龙云说道。

“什么话，你是新兵，有一个成长的过程。不过，班长丑话说在前面，如果你钟国龙以后还是这样，我绝对要收拾你。不过人不能只为某个人或者自己活着，只为一个人活着，那是一种卑鄙；只为自己活着，那是莫大的耻辱。”龙云说完这句话，闷声走了很久，一直没说话。

一群人回到军营，开始忙活着晚上的活动了。每个人把偷偷带进来的啤酒全“隐蔽”起来，胡晓静又围着他的五彩祥云大灯笼转了几圈，拿出笔来在下面精心画了一个“八一”军徽的图案，这才叫着钱雷一起把灯笼抬到了营部。

“班长，下午咱干什么？”刘强看着龙云。

“下午？”龙云笑道，“下午全体睡觉。”“睡觉？班长，哪睡得着啊！”钟国龙笑道，“刚刚打了一架，正兴奋着呢！”

“那也得睡！晚上活动还多着呢，别到时候一个个困了，可就影响情绪啦。钟国龙你小子就别睡了，一会儿跟我到医院接虎子去！”龙云站起身。

“好啊！”钟国龙高兴了，他昨天听班长说要接赵黑虎回来，心里正嘀咕呢，一听龙云说去医院，立刻兴奋起来，旁边刘强和陈立华也嚷嚷着要去，龙云全答应了，走出去向侦察连借车。

天色渐渐晚了，军营的气氛开始逐渐升温，各个连队也开始热闹起来，到处都传来战士们的欢声笑语，到处是灯光闪亮，战士们的热情将边疆的严寒都驱散了，外面依旧肆虐的寒风此时都显得无力起来。新兵老兵们大多在下午美美地睡了一觉，这个时候个个精力充沛，就等着晚上热闹了。

龙云驾驶越野车一路狂奔，直接停到了十连门口，屋里面的新兵听见汽车响，全都迎了出来，赵黑虎在钟国龙他们的搀扶下走下汽车，虽然大腿上还打着厚厚的石膏，赵黑虎明显十分兴奋，下车就喊：“兄弟们，我回来了！”

“副班长，你好点儿没有？”

“副班长，可想死你啦！”

阔别几日，新兵们看到赵黑虎，都非常想念，一个个围了上来，亲切地嘘寒问暖。

“都别在外面说了，赶紧把虎子扶进去，伤还没好利索呢，哪能老这么站着？”龙云跳下车，冲新兵们喊。

大家抢着把赵黑虎扶进宿舍，稳稳地安顿在钟国龙的下铺，钟国龙从床底下大包小包地给赵黑虎拿吃的，赵黑虎笑道：“别拿了，拿我也不吃。”

“为什么不吃？都是给你买的。”钟国龙不解地看着赵黑虎。

赵黑虎神秘地笑道：“现在吃太多，晚上可就吃不下饺子了！再说，不是还有酒喝吗？”

“副班长，你怎么知道有酒？”钟国龙奇怪了。

赵黑虎笑道：“有班长在，过年哪能没酒喝？哈哈！”

新兵一阵哄笑，龙云正准备去营部开会，听赵黑虎这么一说，也笑道：“就你小子聪明。不过，你今天晚上也就是沾沾嘴边的事，伤员不能多喝酒。”

“谁说的？那得看受伤的是谁，这点儿伤耽误不了我喝酒。”赵黑虎笑着说道。

龙云拍了他一掌，笑着出去了，这群新兵开始围着赵黑虎调侃。

“副班长，这野战医院里面女护士多不多？”陈立华居然很羡慕。

赵黑虎故意逗他，笑着说道：“多，太多了！整天围着我说，赵班长你好点儿了吗？赵班长你长得好帅啊！赵班长我帮你洗洗脚好不好？烦死了！”

新兵们都笑了，陈立华居然当了真，羡慕地看着赵黑虎，说道：“副班长，那你就没要一个？”

“老四你别发神经了，今天自己又不是没去，你看见几个漂亮的？”钟国龙笑道，“咱这医院，就跟咱军营一样，在医院圈儿里面都是最艰苦的，好看的女护士根本不愿意来。”

赵黑虎瞪了钟国龙一眼，笑骂道：“就你明白！越是艰苦的地方美女就越多！”

“为什么？”新兵们顿时来了兴致。

“因为咱们这地方帅哥多啊！”赵黑虎咧着嘴笑道，“我说你们不问候问候我的腿伤，倒关心起女护士来了，有点儿不像话了！”新兵们大笑，又聊了一会儿，龙云推门进来了。

“大家注意，我说下今天晚上的活动，营部特批，咱们新兵十连跟侦察连编制一起过年，8点整到侦察连小礼堂一起看春节晚会，12点全连放炮包饺子，然后回来再各班联欢，今晚乐他个大通宵！”

龙云话音刚落，这帮新兵欢呼起来，龙云笑道：“马上8点了，大家准备集合，我跟你们说，一会儿回到班里，每个人都得表演节目！”

“班长，我什么都不会怎么表演啊！”钟国龙有些犯愁。

“不会？跑圈会吧？不表演可以，到操场跑个20圈！”龙云笑道，“别废话了，集合！”

新兵们站好队，又扶着赵黑虎一起向侦察连的小礼堂走去。一进到那里，原本不大的小礼堂已经坐满了老兵，精心布置过的小礼堂张灯结彩，很有节日气氛。老兵们前几天才和十连并肩作战，彼此都不陌生，见到新兵们进来，个个都很亲切地鼓起掌来。许多老兵已经站起身围到赵黑虎身边问候起伤势来，赵黑虎有些感动，一群人又把他扶到最中间的位置。战士们重新坐好，连长许风站到台前大声喊道：“同志们，一年一度的大年三十又到了，今年这过年，咱们侦察连有些新变化，刚刚大胜归来，现在经团首长安排，新兵十连的同志们也和大家一起过年了，大家呱唧呱唧！”

“好。欢迎啊！”

侦察连战士们热情有节奏地鼓起掌来，新兵见老大哥们如此热情，一个个也笑逐颜开。100多人的小礼堂里面顿时热闹起来，老兵们发扬风格，执意让新兵坐到前排，新兵们推托不过，只好坐到距离电视更近的位置。

“同志们，距离春节晚会开始还有一段时间，接下来我有个提议，咱们先看看自己的节目怎么样？”许风大声喊道。

“好！”

战士们顿时来了兴致，许风继续喊：“那好，现在以班为单位，每个班出一个节目，就先从一排一班开始吧！”

战士们开始鼓掌起哄，一班长亲自上阵，来了一段快板书，现场找不到竹板，战士们就用手拍桌子给他伴奏，一时间节奏分明，别有一番声势，一班长先来了个开门红。二班也不示弱，全班上台表演了一段二班长亲自教练的“少林伏虎拳”，虽然没有军体拳那么整齐划一，但战士们愣是打得虎虎生威，杀声四起，引得台下的战士们喝彩声不绝。

各班陆续又表演了几个节目，眼看快8点了。

“同志们，咱们欢迎新兵十连给来一个好不好？”

“好啊！十连来一个，龙排长来一个！”

战士们将“矛头”指向了十连，龙云笑着喊道：“我们是新兵，得最后演！”二排长大吼：“龙云，你找什么便宜？都一起出生入死了，谁还拿你们当新兵啊？赶紧吧！”

二排长这么一喊，老兵们纷纷附和，“快来吧！你们全连团嘉奖，活捉ABL，早就名声在外啦！”

老兵们的喊声极大地振奋了新兵们的士气，要知道，这些老兵可是来自全团大名鼎鼎的侦察连啊，能这么认可十连，是给予十连莫高的评价了。

龙云也十分高兴，笑道：“来一个就来一个，十连的，出节目！”

新兵们面面相觑，不知道该表演什么好，李大力小声说：“要不我上去来个胸口碎大石？”

“得了吧！你那套骗术，不丢咱们十连的面子才怪呢！”其他人一起打击他。

胡晓静忽然站了起来，喊道：“班长，我上！”龙云高兴了：“好啊，晓静，上去露两手！”

胡晓静走出队列，一眼看见一排五班长手里的那把破吉他，上前敬礼道：

“班长！能不能借我吉他使使？”

“拿去！”五班长大方地将吉他递给胡晓静，胡晓静回到台上，低头摆弄了几下，居然弹得有模有样，节奏明朗的和弦立刻先引起一片叫好声。胡晓静清了清嗓子，神色忽然凝重起来，“战友们大家好，我演唱一首军营歌曲，歌曲名叫《军中绿花》。”

寒风飘飘落叶

军队是一朵绿花

亲爱的战友你不要想家

不要想妈妈

声声我日夜呼唤

多少句心里话

……

一曲终了，胡晓静在台上已经泪流满面，战士们全都被歌中的情绪感染了，老战士们喝彩不断，叫好声四起，新兵们却是一个个低下头，开始流眼泪。

龙云急得直嘀咕，他老是怕战士们想家，这下可倒好，全被胡晓静的歌给挑上来了！眼看场面不可收拾，龙云索性“以毒攻毒”，从兜里掏出IC电话卡大喊：“都别哭了！我这里有电话卡，十连的全跟我出去，给家里打个电话报平安！”

一帮子新兵低头抹着眼泪，跟龙云跑到侦察连连部外面的IC卡电话亭旁，已经有几个老兵在排队打电话了，见到龙云连忙闪开，纷纷说道：“排长，让新兵们先来吧。”

“谢谢大家。”龙云谢过老兵，将自己的IC卡插进去，故作轻松地说道：“今天我请客打电话。不过每个人不能超过5分钟，得给我留点儿时间。”

李大力抢着过去拨通了家里的电话，“喂，爹？爹啊！我是大力啊……爹，我在部队过年呢，我现在挺好的，刚才听战友唱想家的歌，我就想家了。嘿嘿，现在班长拿电话卡让我们给家里打电话呢……嘿嘿，爹，你和妈都好吧？奶奶好吧……知道了，知道了……”

李大力磨磨蹭蹭地打了五六分钟才算是打完，其他新兵轮流上去，轮到钟国龙的时候，他有些犹豫，把电话让给了刘强和陈立华。

“钟国龙，你小子发扬什么风格，不想家吗？”龙云问道。钟国龙嘴角抽动了一下，低声说道：“不……不怎么想。”

龙云笑道：“想就是想，你还害什么臊啊？你要是不打，我可省钱了！”

这个时候刘强打完电话，把话机塞给钟国龙。钟国龙不是不想打，只是不知道说什么，自己来部队这么长时间，训练上没什么领先的地方，好不容易参加一场战斗，还捅了那么大娄子，心里又开始犯嘀咕。陈立华知道老大的心里想什么，代他拨了电话号码。

钟国龙只好走上前去，电话已经接通了，里面传来钟妈妈略显期待的声音：

“谁呀？”

钟国龙听到母亲的声音，心中一股热流涌了上来，眼泪差点儿没下来：“妈，是我，小龙。”

“小龙啊！哎呀，是小龙！”钟妈妈激动得声音有些发颤了，“小龙，你是在部队上吗？我和你爸爸一晚上都在等你的电话呢！小龙，你在那边冷不冷啊？吃过饭没有？”

“妈，我在部队呢，连里组织看春节晚会，看完还要集体包饺子吃。”钟国龙努力轻松起来，“你们做什么呢，吃饭了吗？”

“还没有呢，我和你爸也在包饺子呢，小龙啊，想家了没有？”

“想……了，妈，你想我没有？”钟国龙不知道该说些什么，他在家的时候整天让父母操心，也从来没有像这样打过电话，心中虽然有千言万语，此时却不知道说些什么。

“想，想，我们都想你呢！小龙啊，你在部队一定要保重好身体，千万可别生病了，还有，冷的东西可不能吃，你胃不好，晚上盖好被子……”钟国龙眼泪流了下来，妈妈永远是这么啰唆，而此时此刻，曾经让钟国龙厌烦的啰唆，是如此的亲切和温暖，又是如此的让他感动，眼泪已经不争气地流了下来。钟国龙机械地应允着，他的心早已经飞过几千里的地域，回到了母亲的怀抱。

“妈，爸爸还好吗？”钟国龙又想起生性耿直内心火热的父亲来。

“你爸爸挺好的，我把电话给他。”钟妈妈把电话给老钟，“老钟，快来，小龙要跟你说话呢！”

早已经按捺不住的钟月民此时还碍着面子，说道：“你和他说不就行了？我这手上全是面！”

话虽这么说，人却不由自主地走了过来。钟妈妈瞪了老头子一眼，把电话递给他，自己到旁边擦眼泪去了。

钟月民接过电话，心情有些激动，但仍板着脸说道：“小龙啊，最近表现怎么样？”

钟国龙听到父亲的声音，也有些激动，说道：“爸，我还好。”

“要好好表现，可不能给我丢人！”

“知道，爸，你最近烟抽得凶不凶？”钟国龙岔开话题。

钟月民心头一热，说道：“还那样，还……还好。”

“少抽点儿吧，酒也别多喝了，你身体不太好……”钟国龙跟父亲说道，“你可得保重身体健康，我回去还要孝敬您呢！”

钟月民被儿子的话感动了，这番话要是别人说出来还好，可出自钟国龙的嘴里就不容易了，这小子在家的时候可没有这个觉悟！钟月民欣喜地感觉到，儿子变了！

“知道了，你也注意身体，要好好表现，在部队不要违反纪律。”钟月民最担心的还是纪律。

“知道，爸，我不多说了，后面还有战友要打电话呢……我有机会就回家看看。”

钟国龙挂掉电话，眼泪再也止不住，又怕被战友笑话，快走几步转到电话亭另外一头去了。

# 第三十七章　思乡情深

新兵们纷纷打完电话，一个个泪流满面，心情都比较沉重，龙云站在那里皱了皱眉头，将新兵集合起来，站在队伍前面感慨地说道：“战友们，兄弟们！我理解你们此刻的心情，我龙云当新兵的时候，比你们强不了多少。就是现在，每当过年过节，我还是和你们一样想家。我父亲去世得早，大哥在外地工作，家里就一个老母亲，已经是70多岁的人了，我也无时无刻不在想家啊！可我还是得说，谁让我们是军人呢？是军人，就得有一种舍小家为大家的精神，我们在这荒凉的戈壁滩上，不是来旅游，也不是来做寻常工作，说心里话，我们这是一种使命！正是因为我们每个战士为了祖国的安定富强奉献出自己的那个小家，甚至是我们的生命，才能换来千千万万个小家的安康与团聚！

“同志们，想想上次战斗中牺牲的那5位边防团的战友，还有我给你们讲过的我的老班长，他们也有家啊，他们也想家啊！谁家里没有父母，谁家里没有兄弟姐妹？可他们为了国家的安宁，已经把自己的生命留在了这千里戈壁滩上，永远留在了这里，再也回不去了！和他们相比，我们这些暂时回不了家的人是多么的幸运！”龙云说到这里，自己也激动了，湿润的眼睛看着这些新兵，动情地说道：“我们其实并不孤单！部队就是你们的家，我、虎子，就是你们的兄长，你们每个战士都是亲兄热弟！

今年是你们第一次在部队过年，我希望大家都高兴起来，咱们就在部队过一个快快乐乐的春节，大家有没有信心？”

“有！”

新兵们听班长这么一说，刚才那股思乡的情绪暂时放开了，龙云满意地点点头，带领着新兵们回到俱乐部，这时春节晚会已经开始了。

钟国龙坐在俱乐部里面，丝毫没有被晚会的精彩节目所吸引，脑子里回味着班长刚才说的那番话，心中始终无法平静。

想家，是每个远离家乡的人都经历过的情绪，钟国龙来到部队，从一个小混混儿成为一名战士，短短3个月不到，转变却显而易见。正是因为这种转变，使钟国龙感觉自己在家的时候对不起父母的地方真是太多了。自己的任性、不上进，不断地惹是生非、游手好闲，不知曾经怎样伤过父母的心啊！此时此刻，钟国龙想的是怎样才能让父母脸上有光，怎样才能让父母放心，怎样才能孝顺自己的父母，这看似简单平凡的问题，要认真想起来却是意义重大啊！

龙云观察到钟国龙神态的变化，没有说话，也没有打扰他，他感觉有必要让这个个性鲜明的新兵好好想一想，铁血的士兵更应当有浓烈的亲情。只有让战士对亲人对战友存有更深的亲情，才能培养出对敌人无情的铁血士兵啊。

晚上12点，新春的钟声敲响了，战士们纷纷起立欢呼，整座军营沸腾了，震天的吼声赶走了寒风，驱散了严寒，振奋了战士的心。

“春节快乐，过年啦！”

龙云站起来，偷偷拍了拍新兵的肩膀，这帮小子立刻会意，背起赵黑虎就溜出了俱乐部。龙云刚要走，身后一把大手把他给抓住了。

龙云一惊，居然是连长许风。

“干什么去？”许风笑嘻嘻地看着龙云。

龙云笑道：“嘿嘿，连长，我带着大伙回宿舍开个会。”

“开个屁会！酒会吧？”许风笑道，“别以为老子不知道你龙云私藏‘军火’。”龙云急了，低声说道：“连长，今天过年，少喝点儿！我这酒量，你又不是不知道，出不了事！”

许风笑道：“谁说不让你喝了？等一会儿连里面组织到食堂集体包饺子，到时候全连都在，就你这新兵连不在，还不露馅儿？”

“那怎么办？”龙云为难了。

许风凑过来小声说道：“先包饺子，吃完再喝，我和指导员也去。我那里还有两瓶好酒呢！”

“好啊！”龙云笑道，“欢迎连长一起违章。”

“什么话！”许风假装生气，恶狠狠地说道，“到时候你小子负责警戒，出了事我饶不了你！”

“放心吧，连长！”

龙云笑嘻嘻地又把新兵们招了回来，大声说道：“接下来到食堂集体包饺子！都会不会？”

“会！”新兵们笑着回答。

“钟国龙，你小子躲什么躲？你会不会？”龙云盯着躲在刘强身后的钟国龙。

钟国龙被班长发现，硬着头皮说道：“会，我可会呢！我包饺子那是湖南一绝！”龙云笑道：“你少给我吹，一会儿我专门检查你的湖南一绝！”

连部食堂，此刻早已经人声鼎沸，炊事班的同志已经为各班准备好了面粉和饺子馅儿，此刻他们倒成了评委和观众，笑逐颜开地看着各班大显神通。

食堂的餐桌两个两个地并在一起，每组餐桌四周都围着一个班的战士，战士们已经忙活上了。

龙云满身都是白面，正拼命地揉着面团儿，边揉边看着这帮大眼瞪小眼的新兵，“都说说吧，都会干什么？”

李大力和伞立平显得比较从容，大声回答：“报告班长，我俩什么都会，擀皮和包饺子都会！”

“其他人呢？”龙云又问。

钱雷、张海涛、赵四方、余忠桥、胡晓静都纷纷表示自己会包，陈立华也说自己可以擀皮，所有人都盯着满脸通红的钟国龙和刘强。

“你们两个会干什么？”龙云问。

钟国龙和刘强对视了一眼，大声喊道：“我们会吃！”

全班一阵哄笑，龙云骂道：“吃还算技术啊？谁不会吃啊！”

“报告班长，我一口可以吃3个！”

“报告班长，我吃一口就能知道是生是熟！”

“滚蛋！”龙云笑道，“我告诉你们，今天我和虎子一个负责和面，一个负责擀皮，剩下的你们，全都给我包饺子，我倒要看看你们都给我包成什么样子！”

“班长，副班长腿有伤，还是我来擀皮吧，我擀皮快着呢！”李大力笑道，“看副班长那形象跟杀猪的似的，别因为擀皮慢影响了大伙儿的进度。”

“呵，你是小看我？”赵黑虎笑道，“要不要跟我比一下？”

“比就比！我们家开过饺子馆，我从小训练，还怕你啊！”李大力异常嚣张。

“好，就比比看！”龙云兴奋地跑到厨房，又借来一个擀面杖，其他人闪开，桌旁只剩下赵黑虎和李大力面对面坐着，每个人面前放了一个揉好的面团。

其他班的战士看这边开始比赛，也纷纷跑过来加油。

“大个子，你可输定了！”一个老兵笑看着李大力。李大力不服气地说道：

“谁输还不一定呢！”

龙云已经把训练中的秒表拿出来了，大声喊道：“准备开始，每个人擀100个饺子皮，大小要一致，不能有薄有厚，先完成者胜利！”

李大力迅速将面团抓在手里，紧张地等着班长发口令，赵黑虎满脸带笑，好像并不着急的样子。

“预备——开始！”龙云发了口令，战士们疯狂地给两个人加油。

李大力还真不含糊，双手使劲将面团猛搓，圆圆的面团顿时成了圆柱形，左手手起刀落，面柱被他切成一个个的小剂子，然后他放下菜刀低头拿起面剂子擀了起来，节奏分明，速度不慢，一个个饺子皮飞快地生产出来。

“副班长，快整啊！”新兵们看着无动于衷的赵黑虎，着急了。

赵黑虎胸有成竹，忽然大吼一声，奇迹出现了：他一不搓面团，二不用菜刀，一双手就在面团上揪，一个个小面剂子像用秤称量好了一般落在案板上，然后他再操起擀面杖，边揪边擀，一个个大小一致的饺子皮像机械生产的一般，纷纷从擀面杖下面旋转着飞出来，直看得众人眼花缭乱，喝彩声也震天般响起。李大力傻眼了，他满头大汗，手都快抽筋了，也赶不上赵黑虎的速度。“够了，够了！”战士们大喊。

“2分38秒！”龙云按下秒表，赵黑虎面前整整堆了100个饺子皮，李大力简直不敢相信自己的眼睛，自己只擀了不到50个！

“副班长，神了！”李大力彻底服了，“你咋练的？”

“不了解了吧？你们副班长当年是我们炊事班的面点大师呢！当年他一个人包全连的饺子，天下无敌呀。”旁边一个炊事班老兵笑道。

新兵们都傻了，他们做梦都没想到，眼前这个侦察连的猛虎居然来自炊事班。

“副班长，你怎么会到炊事班了？”钟国龙也来了兴趣。

赵黑虎笑道：“因为我当初就饺子皮擀得好，别的啥都不行啊！”

人群中一阵哄笑，龙云笑道：“都别愣着了！面和好了，饺子皮也有了，该你们包饺子了！”

“好嘞！”

新兵们一拥而上，各自拿着饺子皮开始包饺子。龙云和赵黑虎趁机跑回自己的原排班，跟老兵们逗乐子去了。

半小时后，10个新兵大喊：“班长，班长，包完了！”

“还是人多力量大哈！”龙云扶着赵黑虎走回来，“我看看你们的成绩。”

10个新兵整齐地站在那里，一个个浑身雪白，跟从面里钻出来一样，特别是钟国龙，连眉毛都被面给盖住了，站在那里傻笑。

龙云走过去，挨个检查：“这是谁包的？李大力果然不错哈！这个呢？嗯，也不错！赵四方这个怎么整这么大？你包包子呢吧？”

赵四方看着自己的蠢饺子，振振有词道：“班长你不知道，这个是俺们东北特色，薄皮大馅儿饺子。”

“哦——东北特色呀！那这个是谁的，怎么跟馄饨似的？”龙云指着一排超小饺子问。

钱雷上前一步，解释道：“班长，这个是我们四川的特色，叫作珍珠饺子！”龙云信以为真，连连夸奖，又上前一步，大喊：“这是谁的？口都没封上，露馅儿了！”刘强大喊：“我的，我的！这叫开口笑水饺！”“开个屁呀！一下锅还不全散了？”龙云笑道：“你赶紧让它把嘴闭上！”

终于，龙云和赵黑虎停在一排歪七扭八的饺子面前，紧皱眉头，只见这批饺子一个个奇形怪状，有的像飞碟，显然是两张皮扣上的，有的像包子，有的还是三角形，一个个可怜巴巴地杵在那里。

龙云苦笑道：“这是谁包的，怎么跟难民似的？”

钟国龙死猪不怕开水烫，大声回答：“报告班长，我包的！”

“说说吧，这是什么特色？”

钟国龙想了想，大吼：“湖南特色！”

“湖南特色，我怎么没听说过湖南有这特色？”赵黑虎笑得腿疼。

钟国龙神秘地笑道：“班长，副班长，你们不知道，我这湖南特色饺子是祖传的秘方，现在全世界就我会了！你看它们挺丑的，其实可好吃呢！”

龙云苦笑着拍了拍他的肩膀，语重心长地说：“兄弟，我猜，你祖上是外星来的吧？这哪是湖南特色呀，整个是外星饺子！你这玩意儿，我当兵10年还真头一次看见。”

龙云这么一说，战士们笑得肚子都疼了，钟国龙也不好意思地低头笑了，这群新兵又围着钟国龙的饺子评价一番。

炊事班的同志们也过来参观学习。炊事班长感慨道："可惜啊可惜！这样的人才，不但当年两把菜刀身手好，连饺子都这么有创意，不来我炊事班真是可惜呀！"

最后钟国龙自己都挂不住了，一个个全都拆掉，龙云又让李大力包了一批正规的，这才开始下锅。

"吃饺子啦！"

战士们端着自己的劳动成果，边吃边笑，连长许风和指导员更是各处巡视，每个班的饺子都尝上几个，评价一番。走到十连这里，龙云大喊："连长指导员你们来晚了，没吃到钟国龙的外星饺子啊！"

许风边吃边笑，"听说了听说了，下次有机会再领教。我说，你们班的饺子怎么不如人家包的多啊？"龙云笑道："我们吃得快，吃得快！""快个屁！"许风低声笑道，"留着肚子呢吧？"

"嘿嘿！连长，还是您了解我！"龙云笑道，"我们先撤啦！您一会儿过去吗？"

"好！"许风痛快地答应。

"带上您的'弹药'。"

龙云嘱咐完连长，冲新兵们使了个眼色，十连全体背着赵黑虎提前撤出了"战场"。

新兵们猛地推开宿舍门，先把赵黑虎安顿在床上，又拉过大桌子，开始乱哄哄地准备新一场战斗了。

"啤酒，啤酒！都拿出来！"

"花生米！"

"钟国龙你兄弟寄来的肉罐头还有多少？"

"还有十几瓶呢！"

"全打开！李大力，你买的火腿烧鸡呢？"

"来了来了，我这里还有炸蚕豆！"

顷刻之间，十连宿舍桌子上堆满摆起了"盛宴"：啤酒、烧鸡、各种肉罐头、花生米、蚕豆、牛肉干、五香片……

"哈哈，蛮丰盛啊！"龙云满意地点点头，起开一罐啤酒，小声说道，"来！一人一罐打开！我说下纪律，喝酒可以，不能大声喧哗，不能喝醉——谁喝醉了我就拽他出去用凉水浇！实在喝多了，睡觉可以，明天照常起床，跟任何人都要保密，都清楚没有？"

“清楚了！”新兵们早按捺不住了，纷纷打开啤酒。

“好！兄弟们，趁连长指导员还没有来，咱们先干一个！”龙云举起啤酒。

“为什么干呢？就为了咱们十连十几个弟兄从五湖四海聚到一起！来！”

“干！”

这帮新兵论喝酒，谁也不是外行，一个个仰起头，一饮而尽。

龙云看着新兵们把酒全干掉，又打开一罐酒，站起身来，神色忽然有些严肃，动情地说道：“兄弟们，这杯酒，是我龙云要敬大家的。你们虽然都是新兵，可是经过上次的任务，在我龙云心目中，咱们已经是一起经历过生死的兄弟了！今天我龙云不谢你们立了功，受了嘉奖，也不谢你们流了血训练第一，我只为了咱们这生死兄弟的感情！咱们从全国各地来的，当朋友不容易，做战友是缘分，一起经历生死考验，就更不容易了！你们没有给我龙云丢脸，就凭这个，干了！”龙云大吼一声，将啤酒一饮而尽，新兵们全被龙云的话感动了，有的人眼睛已经湿润了，看班长干了这杯酒，一个个感慨万千，纷纷拿起酒来，一饮而尽。

龙云又拿起一罐啤酒扔给赵黑虎，端起自己的酒，冲着赵黑虎说道：“虎子，团首长派你来帮我带新兵，你的表现没得说！这酒，是我龙云单独敬你的！理由嘛，就为了你在战斗中救了一个兵！我龙云从小喜欢大英雄，但我看来，真正的大英雄不单单是杀了多少敌人，也不单单是和敌人战斗到底。为了战友的命敢于把自己的命搭进去，可以为战友挡子弹，这才叫战友，才是真英雄！”

赵黑虎感动了，举着酒说道：“班长，别这样说。我跟你说实话，就那种情况下，换了你，你也不会犹豫！我能这样做，也是受你的影响啊！你不是常说，什么叫战友？就是在战场上能为自己挡子弹的人！钟国龙这次是做错了，可想想他为什么冲进去？也是看到班长你被困在里面了不是？人人都是一条命，迟早是死，就看死得值不值，这次我别说是受伤了，就是牺牲了，咱也没白做个老爷们儿，干！”

“班长，副班长！”钟国龙忽然站了起来，激动地说道，“要敬酒，这杯酒算我敬你们俩的！我心里一肚子的话，其实早想说了！我钟国龙活这么大，来军队之前是什么样子你们都听说过了，在部队这几个月时间，我经历了许多第一次。第一次穿上军装来到部队，第一次体验到艰苦的部队生活环境，第一次感受到集体的荣誉是多么重要，也是第一次感觉到自己的生命多么重要。说挡刀挡枪，我不是第一次，以前在家里打架的时候，立华、刘强还有家里的兄弟们，没少替我挡过，我也没少为他们挡过。可现在想起来，我们这行为跟副班长掩护我相比，简直一分钱不值！班长以前教训得对，行动并不难，关键是得想清楚为了什么，我现在终于明白，人活着到底是图个什么了！

“班长、副班长，你们放心，我钟国龙现在已经知道自己几斤几两了，也保证不再让你们失望！要说敬酒，我先敬你们两个。以前感觉做人容易，后来感觉做人难，现在我知道怎么做人了，是你们两个教会我的！我先干了！”钟国龙的眼泪早已流了下来，这是他第一次当着别人的面掉眼泪，此时此刻，这个家人眼中的“逆子”、部队首长眼中的混混儿兵，用和着眼泪的啤酒，告诉大家他的转变。新兵们也感动了，纷纷举起啤酒，互相碰着罐子，喝得异常动情。这些小子在家的时候，都没少经历过喝酒的场面，可从来没有一次像今天这样喝得动情，喝得痛快，喝得豪情万丈！

龙云喝完酒，对钟国龙说道：“钟国龙，我还是那观点，我承认我龙云从一开始就喜欢你小子骨子里那股血性。从你身上，我看到了自己当年的影子，而且，你身上还有好多其他人一辈子都学不来的东西。我说过，是龙你就往天上飞，是虫你就在地里面窝着。这天是什么？天就是国家、责任、荣誉！你要想真正成为一条飞上九天的龙，就时刻别忘了这个天！有了这个天在，你扛着枪才不叫土匪，才可以称得上是一个人民的战士。这个天，就是咱们的兵魂！”

“兄弟们，拿起酒，干杯！”

所有人都站了起来，端起手中的啤酒罐、水杯、牙刷缸，里面盛满了酒，大吼一声，一起喝光。

都说军人有豪情，也都说军人爱喝酒，军人的豪情不是用酒喝出来的，但在喝酒的时候，却最能体现军人的豪情！此时此刻，不是酒逢知己千杯少的惜缘，也不是举杯邀明月，对影成三人的雅兴，没有人喝醉，但这酒喝着痛快，喝着舒心啊！一起经历过生死的人，又一起端起酒杯，这种心情，是无以复加的感慨。军人之间喝酒，酒如水，情却浓如血。

十连的“军火”顷刻之间消灭完毕，每个人喝了四五罐啤酒，都有一种意犹未尽的感觉。

“买少了。”钟国龙晃了晃空啤酒罐子，气恼地说。

赵黑虎笑道：“知足吧！咱也就跟着班长能有这待遇，别的连指不定多别扭呢！”

忽然有人敲门，龙云神秘地笑道：“看看。肯定是连长跟指导员给咱们送‘弹药’来啦！”战士们一阵笑声，连长来得太及时了。

龙云连忙跑过去开门，副团长张国正忽然闯了进来！满地的啤酒罐子，藏已经来不及了，全班都傻了。龙云慌张地敬了个军礼，小声说道：“副团长，我们……少喝了一点儿。”张国正面无表情，看不出在想什么，忽然对着龙云说道：“你小子别解释了，你干什么我还能不知道？”

“副团长，是我组织的大家喝酒，全是我的责任。”龙云大声说道，“我接受处分！”

“处分你个头！”张国正忽然说道，“怎么不喝了，全喝光了？你们这‘弹药’不足啊！这几罐子酒，你龙云一个人喝还差不多！”

龙云不好意思地说道：“副团长，您就别损我了，我知道错了！”

“报告首长！啤酒是我买的，也是我拉着班长和战友喝的，要处分就处分我！”钟国龙忽然站起来大声说道，“部队不准喝酒，我错了！”

张国正上下打量了钟国龙一眼，忽然笑道：“钟国龙！又是你小子！你怎么那么愿意担责任呢？龙云给你吃什么药了，你处处替他担责任？”

“报告首长！什么药都没吃，确实是我买的。”

“报告首长！不光是钟国龙，我们也参与买酒喝酒了！”陈立华和刘强也站了起来。这时候，新兵们全站了起来，纷纷往自己身上揽责任。

“嘿嘿！还没完了是吧？”张国正皱着眉头笑道，“龙云，你小子行啊！带出来一帮肝胆相照的兵哈！”龙云站在那里，不知道该说什么好。

张国正终于忍不住了，冲门外喊道：“许风进来！”

宿舍门开了，连长许风和指导员各拎着两个沉甸甸的大黑塑料袋走了进来。

许风笑道：“龙云，这下你小子可惨啦！”

“连长，我惨什么？”龙云也豁出去了。

许风猛地打开大塑料袋，从里面掏出一罐啤酒来，笑道：“副团长亲自下命令，给你们十连送来了两箱啤酒，还命令你们十连必须喝完，我和指导员奉命协助你的‘工作’。我把自己珍藏的一箱也带来了，你说你任务这么重，不是惨了？”

许风一席话说完，十连全体官兵心口的大石头终于落了地，大家忍不住欢呼起来。

张国正板着脸说道：“许风，你小子扮什么聪明？这酒可全是你们自己搞来的，老子压根儿没看见！要是我看见了，还能不处分你们？不过明天早上我要是再看见啤酒罐子，那可就不一样了！”张国正转身出去了。

这帮人当然心领神会，迅速关上门，一个个笑得跟娶了媳妇一般。

“连长，这到底怎么回事？”龙云笑着把啤酒拿出来。

许风瞪着眼睛说道：“你小子笨啊？副团长说了，新兵十连这次战斗有功，给团里争足了光，也知道你小子有这个爱好，特意秘密给你们破例！”

“原来如此啊，吓死我了！”龙云笑道，“还是副团长了解我啊！”

“还等什么？我和指导员这一来，你们没气氛了是吗？”许风假装震怒。

“不能，不能！”龙云笑道，“兄弟们开喝啊！多敬连长和指导员，别让两位首长感觉咱们十连没人情味不是？”

“好啊！”

“连长，指导员，请吃罐头！”

“吃个屁罐头！少给老子整没用的，喝酒！”

“我告诉你们几个，今天酒可是管够了，一会儿喝完都给我老实趴着睡觉！谁敢耍酒疯，我非灭了他不可！”

新兵们乐开了花，一场新的酒战立刻展开！

# 第三十八章　乐在军营

第二天起床号一响，龙云的大嗓门儿就吼开了，“起床，起床！快点儿起来！”

新兵们纷纷被惊醒，看见龙云已经穿戴完毕了，站在宿舍正中间发威呢。

“班长，你是铁打的吧？这才睡了几个小时啊，我这酒还没醒呢。”陈立华不情愿地从床上坐起来，慢慢悠悠地穿衣服，其他新兵也醒了，一个个眼睛通红，无精打采。

“铁打的？我这也是肉身！”龙云吼道，“昨天不就跟你们说好了，喝归喝，可不能耽误今天的事，你们都学学人家钟国龙！”

“嗯。老大呢？”刘强这才发现睡在钟国龙床上的赵黑虎早就起来了，而赵黑虎的上铺是空的。

赵黑虎笑道：“你们还真得向钟国龙学习，这小子一个小时前就跑操场上负重训练去了。”

“英雄就是这样诞生的！”伞立平打了个哈欠，问道，“班长，今天咱干啥？”

“今天侦察连战备值班，但还是会派一些人代表部队去向孤寡老人拜年，下午还要和当地拥军群众联欢呢。咱们新兵十连参加团军营文化广场活动，上午咱们活动可不少，好多比赛呢，你们几个可别给咱新兵十连丢人啊。这还不算，下午还要组织篮球对抗赛，都给我留好了体力！”龙云笑着说道。

新兵们听说这么多活动，一个个顿时兴奋起来，这个时候钟国龙也跑回来了，气喘吁吁地听龙云在那里介绍。

龙云清了清嗓子，开始介绍“比赛项目”：“这上午啊，先是春节灯展比赛，我去看过了，咱胡晓静那‘八一军魂’，档次基本在其他班之上，所以这就不是咱们的重点了。后面项目就多了，基本上是在军营文化广场进行，什么猜灯谜、军营保龄球、钓鱼、瞎子摸象……多得很。每个项目都自由参加，获胜了都有奖品，得多得少就看你们的了！”

“班长，啥叫军营保龄球？”

“这个嘛，就是拿篮球当保龄球，教练手榴弹当棒槌，按照你打倒手榴弹的多少算成绩。去年大年初一我可是这个项目的绝对冠军！上午10点我创造的纪录，一直到中午也没人能打破！”

龙云眉飞色舞地介绍，立刻调动起新兵们的积极性，一个个摩拳擦掌，再也没有困意。穿戴完毕之后，十连集合，龙云带队，全班高高兴兴地向军营文化广场跑步进发。

军营文化广场设立在营区的操场，操场总面积大概6000平方米。此时的操场上布置得五颜六色，十分漂亮，颇有过节气氛。操场的四周用伪装网围着，插了一圈大彩旗，朝南方向有个简单的木架子开口，上面用彩带缠绕着，上方一面红色的横幅，写着“军营文化广场”6个大字。此时各个新老兵连队一排排整齐的队伍唱着兴奋洪亮的军歌，正向军营文化广场走来。今天是个好日子呀，大年初一，新的一年的开始。部队同样也要欢欢喜喜地过大年。

“班长，想不到部队里过年活动还挺多呀。”张海涛说道。

“那是当然，我敢向你们保证，绝对比你们在家过年要有意思。”

“嗯，完全不一样的感觉，比我们老家年十五赶庙会还要热闹。”胡晓静接话道。

“哈哈……”一阵欢笑声从新兵十连的队伍中传出。

走进大门，里面更是热闹。上千人在参加各种各样的活动，欢笑声、加油声、拍掌声，不断从各个兵群中传出，这是士兵的快乐海洋。

“班长，我真感觉来到了游乐场。”钟国龙的心情受到感染。

“那是当然，这就是我们士兵的游乐场，今天上午你们就开心地去玩吧。里面的各种活动想玩什么就玩什么，每个游戏项目都有具体的负责人，会给你们讲游戏规则和玩法。在玩之前提两点要求：第一，时刻注意形象，不要一放开就不知道自己是谁了。1点准时在门口集合。第二，不管玩什么项目，你们怎么玩，我们新兵十连的人不能落到后面，一定要拿到奖品，等下集合的时候检查你们的战果。大家能不能做到？”

“能！”随之而来的是全班一声兴奋的高吼。这就是十连，沾染了龙云第一精神的新兵十连。

“好，解散！”龙云一声解散，10名新兵兴奋地叫喊着冲向各个游戏地点，围观各个项目，哪个自己喜欢，哪个自己拿手……钟国龙当然是和陈立华、刘强走在一起，每个人脸上都乐开了花。

钟国龙突然脚步一停，脸上露出严肃的神情，说道：“停！”

陈立华和刘强猛然一怔，呆呆地看着他们的老大，说道：“老大，怎么了？”钟国龙将手一背，厉声道：“你们两个首先站好，老大我要说几句话。陈立华同志，刘强同志，我们是什么关系？”

听到老大这么一说，陈立华算是反应过来了，笑了笑和刘强站在一块儿，军姿笔直，两个人大声回答：“我们是兄弟关系！”

“对，是兄弟关系，那我是你们的什么？”钟国龙一脸正经地问道。

“报告老大，在家你是我们的老大，现在你就是我们两个的领导！”陈立华报告回答道。

“哈哈，是领导，就是领导。”刘强这总算是明白过来老大要干什么了。

“不准笑，领导说话下面能笑吗？下面做领导的就给兄弟几个提一个要求：刚才班长说了，集合的时候要检查我们的奖品。我们三兄弟一定不能落在班里其他人后面。要干就干最好的。兄弟两个能不能做到？”钟国龙这一番话倒是有点儿领导风范。

“能，哈哈！”3个人笑着对了一下拳头，搭着肩膀往前走。

3个人首先看到广场东北侧一大群人凑在一起，随即跑过去看，原来这里在搞军营猜谜活动。一条20米的铁丝上贴着很多红色的小纸条，每个小纸条上都有一个谜语。他们先观察了一番，原来谁能猜出谜语，就撕下那个纸条，到旁边的答题官那边回答，答上了就有奖品，没答上就把纸条用胶水粘回去。明白了情况，钟国龙感觉挺有意思，迫不及待地对兄弟两个说道：“兄弟们，我们上！先分开看谜面，10分钟后老位置集合！”

3个人分开仔细地看着一个个谜语，这谜面可还真多呀。

刘强看了半天脑袋都快挠破了，一个也猜不出来。钟国龙一个个仔细地看着想着，看到“公开课”（教派名）和“授课不虚假”（教派名）这两个谜面时，不声不响地把这两张纸条撕了下来。旁边的陈立华尤其夸张，从左至右看了一遍，手上拿了十几张纸条。

10分钟后，刘强郁闷地走了过来看着钟国龙。钟国龙手上拿着4张纸条，问刘强：“老六，你怎么一个都猜不出？”

“我……我真的一个也猜不出。太难了，没办法，书读少了呀！”

“哈哈，你小子屁话，我读的书不也和你一样多？不过没关系，等下其他项目你要好好发挥。”

两个人正说着，陈立华兴冲冲地跑了过来。钟国龙一看，他手里抓着一把纸条，最少有十几张，不禁问道：“你拿了这么多，都会不？等下重新贴回去还是件麻烦事。”

“没问题，老大难道忘记了，我是忠实的文学爱好者，还记得我在家时，兄弟们没事凑在一块聊天吹牛的时候，我老爱问大家谜语吗？哈哈，现在算有用武之地了。”

“嗯，那好，你给老六几张，告诉他谜底，不然他一个奖品都拿不到。”

“嗯，好！”说着，陈立华从手上拿了4张纸条递给刘强，递一张告诉一个谜底，为了怕他忘记，陈立华还重复一遍，叫刘强看着谜面记好。

随后，在拥挤的人群中，3个人说笑着挤到了猜谜答题领奖台旁边。一个老兵坐在一张桌子后，拿着一张所有谜底的纸，桌子下面堆满了奖品，什么洗衣粉、牙刷、牙膏、香皂等，旁边挤满了前来答谜的兵，他笑嘻嘻地注视着前来答谜的兵。

“班长，新年好！我们来答谜。”钟国龙显得很有礼貌，要搁在家里他绝对不可能说出这样的话，看样子两个月的新兵连生活没白过。

“新年好！”这个士官笑着问道，“你们谁先答？”

“班长，我先来。”

钟国龙将手里的一张纸条拿给那个士官。

士官看了看手上的纸条，抬起头笑着问道：“‘公开课’的谜底是什么？”钟国龙毫不犹豫，立马回答道：“明教！”

“回答正确！第二个谜面，‘授课不虚假’？”

“全真教！”钟国龙笑嘻嘻地回答。

“哈哈，小伙子还挺聪明。”

接着士官又问了钟国龙另外两个纸条上的谜底，钟国龙一一利索地回答上。

“回答都对了，来，你自己选上4样奖品。”

钟国龙笑呵呵地在桌子底下拿了两盒牙膏和两袋洗衣粉，“班长真是好人呀，我正好没牙膏和洗衣粉了，谢谢班长的扶贫。”

“你小子油嘴滑舌，好了，下一个。”

陈立华把手上那一把写有谜面的纸条交给士官，士官和旁边准备答谜的士兵瞪着一双大眼睛看着陈立华。旁边的钟国龙看着大家惊讶的表情得意地笑着。

“这位新兵兄弟，这些你都会？”士官问陈立华。

“当然，班长，请出题。我愿意接受所有的考验！”

“好！那我就开始问……”士官拿着纸条发问，陈立华不断地回答着。

“老大，以前没发现你这么聪明呀，你那4个谜语，换上我，我一个都答不出来。”刘强说道。

钟国龙对着刘强的胸口轻轻地打了一拳，“去你小子的，你的意思就是我以前挺傻是不？”

“不是，老大，我不是这个意思，我就是有点儿不明白。”

“有什么不明白的，你没发现我答的那4个谜面都是关于武侠人物的，你老大我以前没什么爱好，就是爱看武侠小说。”

“哦，原来是这样，我说呢。”

这边他们两个高兴地聊着，陈立华答着谜语，那边李大力、胡晓静、钱雷、张海涛4个人正在进行自行车比赛。这比赛不是比快，而是比慢，10米的距离，看谁用时最长到达终点，脚不能点地，脚点着地也算输。

在周围战友的加油呐喊声中，比赛开始了。李大力骑上自行车，尽量慢慢地往前踩着，双手扶着自行车龙头左右直摇晃，李大力一下没把握住平衡，自行车和人一起“啪”的一下直挺挺倒在了地上，自行车还压在了李大力身上。

“兄弟，你没事吧？”旁边负责安全的士官跑过来，移开了压在大力身上的自行车。

李大力听到有人跟他说话，赶紧爬了起来。他拍了拍衣服，笑着回答：“班长，没事，我个子大，经得摔！”旁边观赛的战士看到李大力这个狼狈相，大笑起来。

比赛还在继续进行，张海涛第二个落败，在不断摇晃中脚点了一下地，裁判宣布他下场。钱雷这时到达了终点，回过头一看，胡晓静竟然还在自己身后约5米处的位置玩自行车静止。人骑在自行车上，身体掌握好平衡，双手扶住自行车把左右摇动。一分钟、两分钟，自行车硬是在原地只动车把不前进。

“啪啪……”旁边的战士看着胡晓静这精彩的表演不由得鼓起了掌。

可能裁判也实在服了，对胡晓静招了招手，喊道："好了，兄弟，你下来吧，第一名是你的。"

听到裁判宣布了名次，胡晓静这才依依不舍地下来，好像还没玩够似的。

"你们4个过来领奖品，第一名奖励4样奖品，第二名3样，第三名两样，最后一名当然也给你一个安慰奖。来，你们自己过来挑。"

"我也有，看样子我这一跤没白摔。"李力大高兴地走过去拿了一块香皂。

另外一边，正在进行一场激烈的军营保龄球比赛，旁边站着战士观看。

当然，作为去年纪录的保持者，龙云不会放过今年的比赛。龙云站在发球线上，右手抓住球，他的手掌比一般人都要大，别人玩军营保龄球都要两手抱在怀中朝前扔，龙云一只手就能将球牢牢地抓住。他的眼睛紧紧地盯着眼前10米处用教练手榴弹摆成一个三角形的"棒槌"，嘴巴张开深吸一口气，将气力运于右掌，左脚向前跨出一步，右手将球向前一送，整套动作一气呵成，十分连贯。只见篮球直直地快速滚进第一个"带头"的"棒槌"上，随着球与"棒槌"相撞的声音，12个"棒槌"齐声倒地。龙云漂亮地完成了一次"全垒打"。看到"棒槌"全部倒地，龙云满意地拍了拍手，脸上露出自信的微笑。负责捡球的一名战士将球捡回来交给龙云。龙云接过球说了一声"谢谢"，又开始第二次。"砰！"又是一次漂亮的"全垒打"，旁边的战士脸上都露出了钦佩之情，鼓起了掌。

5次打完，5个完美漂亮的"全垒打"震撼了在场所有战士，龙云脸上维持着那股自信的微笑，低头看了一下左手腕上的手表：9点34分，比去年创造的时间还短。龙云此时此刻可能有一种武林高手孤独求败的寂寞之感，他大声对着军营保龄球场地喊道："战友们，等下看你们的了，希望你们能破掉我的纪录。"

龙云说完转身准备到其他场地转转，身后裁判喊道："龙排长，怎么不过来领奖品？5次全垒打有5样奖品。"

"哦，好好，你不说我差点儿还忘了，这可是我胜利的见证。"

文化广场的另一边，赵四方、伞立平和余忠桥正在进行"瞎子摸象"的游戏。他们3个加上另一个新兵，4个人的眼睛被一块黑布蒙着，每个人手上拿着一根小锣棒，距离出发线约5米处的一根铁丝上挂着4面铜锣。听到裁判敲响手中的锣时，每个人在原地左手抓住右耳朵，右手从左手抓耳朵间的空隙插过去，右手指尖必须挨着地面，以指尖为中心，围着转10圈，而后站起身走到铜锣面前敲响锣鼓就算胜利。这个游戏项目是卡时间的，看谁速度最快，敲得最准，当然，敲到别人的铜锣不算成绩。

"当"的一声敲响，比赛开始了，4名新兵在地上迅速转了起来，虽然说这些新兵在部队也接受过抗眩晕训练，但是10圈一过，4个人一站起身，感觉天旋地转，身体都不是自己的了。

伞立平刚往前歪歪扭扭地走了两步，边走边叫道："我这是在哪儿呀，还在地球上吗？"还没说完，人就摔在了地上。

接着就是赵四方和另外一名新战士摔倒在地，赵四方摔在地上嘴巴里还在叨念着："我的天爷爷呀，活不成了。"

余忠桥虽然没有摔倒，但情况也好不到哪儿去，身子在不由自主地跳着舞，简直就像一个本来只可以喝二两但喝了一斤白酒的醉汉，成神了。

旁边围观的战士看着4个新兵，一个个像无头苍蝇四处乱撞，不断摔倒挣扎，笑得大牙都快掉了。

这就是战士的春节生活片段，一上午，这些新兵老兵们在文化广场玩得不亦乐乎，笑得眼嘴抽筋。

快乐的日子总是过得飞快，转眼1点钟就快到了。军营文化广场门口，十连的新兵也陆陆续续赶过来集合。

龙云第一个站在门口，他点了支烟，手上提了个塑料袋，里面装着洗衣粉、牙刷等十几样奖品。接着，伞立平、李大力、赵四方、余忠桥几人手上拿着数量不等的"战利品"笑呵呵地跑了过来。夸张的一幕出现了，接着他们几个后面小跑过来的是钟国龙、陈立华和刘强3个人，钟国龙手上提了个黑色的大塑料袋，陈立华和刘强两个人抬着一个大蛇皮袋。3个人走到龙云面前，班里其他新兵叽叽喳喳互相问候着，讨论今天上午的游戏。龙云看着笑了笑，没说什么，整队集合。

"先不检查战利品。我先要问问钟国龙、陈立华、刘强你们3个。你们3个人要坦白从宽，你们扛着那蛇皮袋里装的都是什么？"

"班长，是我们3个今天上午的战利品。"

"战利品？不会吧，老实说是不是你们趁人多眼杂，从哪个领奖台上偷的？"龙云的语气变得严厉起来。

"绝对不是，班长这个你放心，你看我们会做那事吗？要做我们也做光明正大的，比如抢劫什么的。"

"哈哈！"龙云和班里其他新兵笑了起来。

"那怎么你们会有那么多奖品？你们给我和班里其他同志解释一下，不然大家都不服，是不是？同志们！"龙云笑着说道。

"是，要给我们讲讲！"

“班长，这可是我们三兄弟今天上午战斗英勇的见证。陈立华参加了一个答谜游戏就拿了30多样奖品，其他的还有……一些游戏我们勇夺第一，是用汗水和勤劳换来的，后来一看拿不完了，我就跑到一个发奖品的班长那里要了一个蛇皮袋。”钟国龙把今天上午参加各项活动和游戏拿奖品的过程讲了一遍，显得有些着急，还真怕班长和其他新兵以为他们这奖品是偷来的。

“哈哈，好样的，对你们3个提出特别表扬，还有班里其他同志都不错，也获得了不少战利品，这体现了我们新兵十连的战斗力。总结大会我就不开了，不检查了，大家只要玩得开心就好。今天上午大家玩得开心吗？”龙云看着队列里一个个笑得脸上开了花的新兵大声问道。

“开心！”

“开心就好，我也很开心。我看这些生活用品也够你们用上一阵子了。”

“报告班长，以后大家不用买了，新兵连全班的生活用品我们包了。”陈立华在队列里大声喊道。

“好，你们包了。对，还有你们副班长的哈，回去由你小子给他准备上一份。”

“是！”

带回的路上，新兵十连一路高歌。

下午两点，新兵十连又集合到一起，龙云站在队伍前看着这群兴高采烈的新兵，有些担心地说道：“兄弟们！上午咱们大家在文化广场玩得开心，战果也非常可观！但这下午的篮球赛，形势可不容乐观。人家都是100多人里面选10个，5个主力5个替补，剩下的全是啦啦队。可咱们十连能上场的一共就11个，还得出一个去做裁判，大家说说看，有什么想法？”

新兵们大眼瞪小眼，半天拿不出个主意来。龙云站在那里，故意喊道：“看来是没戏啊！要是虎子能上还好点儿，这小子篮球技术是得了我的真传的。要不我跟营部说一下，咱十连弃权得了，人少啊，打不过人家啊！”

龙云这么一说，新兵们可不干了，纷纷喊道：“弃权？那可不行！这不符合咱十连性格！”

龙云就等着这句话呢，当下严肃起来，大声吼道：“不弃权就对了，人少不代表咱们弱！我决定，十连除去一个做裁判的，其余10人，5个主力，5个替补！下面大家自我推荐一下！”

新兵们琢磨了一会儿，伞立平先站了出来，说道：“班长，我打球不怎么样，但当裁判可以，以前在我们县高中还得过优秀裁判呢！”

“好，那你去营部找刘干事登记吧！”龙云支走了伞立平，又对新兵说道，“剩下的就咱10个了！我也不谦虚，主力我算一个，剩下4个谁来？”等了一会儿，余忠桥、胡晓静、李大力、张海涛站了出来，龙云很高兴，当场分配了位置。李大力天生的中锋个头儿，他自己打前锋，张海涛做大前锋，胡晓静和余忠桥一个组织后卫，一个进攻后卫。

主力算是分好了，龙云又看着剩下的这几位，“你们几个就是替补了，说说吧，都擅长什么位置？钟国龙，看你挺精神的，你擅长什么位置？”钟国龙红着脸回答道：“随便……哪个位置都行。”

“口气不小啊，都擅长？”龙云一阵惊喜，“那怎么不打主力？”

钟国龙低下头，不好意思地说：“不是都擅长，是根本不会打。班长，我嗓门儿还可以，要不我就专门当啦啦队长吧。”

“你想得美！有什么不会的？一会儿在边儿上看着，看看不就会了。”龙云硬着头皮说道，“还有你们，是不是打哪个位置都可以？”

“是啊，是啊！”刘强他们几个说道。

“立正！向左——转！目标，操场，跑步——走！”

新兵十连的10个兵一起跑步进入操场的时候，顿时引起了不小的轰动！操场上，围着两个篮球场，其他9个新兵连已经集合好了，每个连100多人，有热身的，有准备上场的，有拿着锣鼓家伙做啦啦队的，一时间好不热闹！看着十连这11个人郑重其事地集合整队，都忍不住笑起来。

龙云可不管那一套，集合完毕之后就跑到主席台抽签去了，剩下钟国龙他们，看着别的连热火朝天，不禁有些心痒。钟国龙带着刘强、陈立华跑了一大圈，锣鼓家伙都已经被别的连借光了。

“老大，怎么办？”刘强着急了。

钟国龙想了想，说道：“气势上也不能输！回宿舍，拿脸盆去！”

“敲坏了怎么办？”陈立华担心。

“敲坏了也值啊！”

3个人快速跑回宿舍，拽了6个脸盆，又找了几根木头棍子，拿破衣服缠上，就当鼓槌了。

6个脸盆一到，钟国龙给替补的每个人发了一个，自己拿着两个，鼓足了力气大吼：“十连，加油！加油，十连！”

6个脸盆震天地敲了起来，特殊的声音立刻引来旁边新兵的注意。龙云此时已经在场内热身了，对手抽中了新兵三连，这时候猛地看见钟国龙拿着两个大脸盆扯着脖子喊，不禁笑着跑过去。

“钟国龙！咱不洗脸了？”

“班长，实在找不着锣鼓了，凑合着吧，万一漏了，咱宿舍还有呢！”钟国龙站在那里傻笑。

龙云也没说什么，笑道：“你赶快去医务室把副班长接来呀！这小子也该换完药了，他那大嗓门儿顶仨盆子呢！”

“对呀！”钟国龙跳起来，“怎么把副班长给忘了？老四、老六，跟我走！”

“我来了！”没等钟国龙动地方，赵黑虎已经拄着拐杖在两个侦察连老兵帮助下走了过来，众人连忙给他让座，赵黑虎坐在那里也抄过一个盆子来，问龙云：“班长，咱对几连？”

“淘汰制，对三连！”龙云已经换上了作训服，浑身热气直冒，“虎子，我看三连也没什么，最重要是第二轮，要是你在我就放心了。”

“我只能给你加油了。”赵黑虎苦笑着说道。

“那也好！十连的，喊两嗓子！”龙云又跑回场内，比赛马上开始了。

“十连篮球顶呱呱！连赢10场不算啥！十连十连就是棒，闭眼一投就进筐……”

在赵黑虎带领下，十连这5个新兵变着花样地将口号吼得震天响，直把其他连惊得都忘了打锣鼓，看这6个人脸红脖子粗地表演，心想这几个小子怎么总有新花样呢？裁判哨声响起，双方队员进场。

三连派出了六班长和4个新兵，六班长是雄狮团“攻坚五连”的老兵，身高一米八几，十分魁梧，后面4个新兵也是个个儿身强体壮。和对方比起来，十连除了龙云和李大力还说得过去之外，其他3个人明显瘦小许多。

双方分好场地，龙云把几个人头凑在一起，小声部署道：“别看他们壮，速度不见得快，咱们得靠体力搞垮他们。六班长我见识过，猛归猛，技术一般，脾气还急，一会儿大力你就死扛住他！其他人多跑动，多传球，咱给他来个内外开花！”

“好，1——2——加油！”

新兵们心领神会，各自站好位置，比赛随即开始。

# 第三十九章　野蛮篮球

果然不出龙云所料，六班长只一开始投中一个球之后，就被李大力给拴住了。李大力这小子，身材高大，臂展也长，被龙云一鼓动，不要命地顶六班长，直把六班长顶得哇哇直叫，很难舒服地拿球，其他新兵没了主心骨，加上十连传接速度极快，顿时乱了章法。

这边龙云可真是名不虚传，接球、突破、起跳、上篮，命中率几乎是百分之百，胡晓静和张海涛拼命穿插、传球，加上余忠桥身体灵活，技术也不错，不时地在外线投三分，比分很快拉开。

场下这几个新兵见十连一路领先，可来了劲了，一个个跟打了鸡血一般，玩了命地喊："十连打的球好不好？"

"好！"

"再进上十个八个要不要？"

"要！"

紧接着就是一通猛敲破脸盆的刺耳声，直把三连的新兵们搞得鸦雀无声。三连长急得大吼："喊啊，喊啊！100多个正规锣鼓队干不过那几个敲破脸盆的，你们丢不丢人？"三连的新兵被连长这一通骂，也上了火，顿时锣鼓齐鸣，猛敲了一阵，扯着脖子喊加油，再看十连这几位，喝水的喝水，坐下休息的休息，个个儿面带微笑地看着他们，等他们喊声一停，钟国龙猛地跳起来又大吼。

因为是新兵第一次篮球比赛，新兵们喊什么的都有，大过年的，领导也就没要求那么严格，这可正合了钟国龙他们的心意。一时间，陈立华在下面写，写好一句就递给钟国龙，钟国龙看熟了就带着其他人玩命地喊。

"十连十连加把劲！打得三连上不来气儿！"

"喊完了吧！喊累了吧！输球输得上火了吧！认输了吧！别打了吧！再输不好见人了吧！"主席台上张国正笑骂道："这个钟国龙！这是什么喊法，成小混混儿起哄了！"王干事急忙跑到十连那里，指着钟国龙鼻子就吼："钟国龙！不带这么喊的，按要求加油！副团长盯着你呢！"钟国龙吐了吐舌头，不敢瞎喊了，只好规矩地跟着副班长喊。

场上，六班长快被李大力逼疯了，眼看自己的球队败局已定，涨红着脸冲李大力吼："我说，你小子怎么这么固执呢？都领先我们快30分了，你就不能让我好好进几个面子球？"

李大力喘着粗气，尽量温柔地说道："班长，不行啊。给了你面子，我回我们连可就没面子喽！您就忍忍吧，比赛也快结束了不是？"

六班长急了，这个时候正好一个战士把球传给他，他决定一定要过了李大力，运着球在场上左晃右晃，李大力却并不上当，站在他的运球路线上死活不动，把六班长急得直叫唤。

"班长，您省省吧。我知道我转身慢，所以我轻易不转身！"李大力笑眯眯地说。

六班长气得大吼一声，斜着膀子想把李大力顶开，哪知刚碰上，李大力扑通一声就倒了。

"带球撞人！三连犯规！十连球！"裁判"明察秋毫"。

龙云上去把李大力拽起来，笑逐颜开地说道："没想到你小子还是个宝啊！"

"马马虎虎吧！"李大力站起身，又跑到六班长身前。

就这样，三连大比分输了。经过其他场次连队淘汰赛，5个胜队加上一个战败队中得分最高的，进入大年初二的第二轮淘汰赛，初三的半决赛是3个胜队加一个战败队中得分最高的，一直到初四剩下两个获胜连，进行最后的总决赛。

十连再次创造了奇迹。一共10个人参赛，5个主力愣是连人都没换，一路过关斩将，进入了决赛。场下的几个人也没闲着，嗓子基本上喊哑了，到半决赛的时候，全是锣鼓响，没有了加油声。十连在钟国龙的带领下，搜集了其他淘汰连队的所有锣鼓，基本上一个人一面锣，一个人一面鼓，鸟枪换炮，声势浩大。

初三晚上，5名主力已经快瘫了，龙云和余忠桥、胡晓静还好些，张海涛已经崩溃了，倒在床上腰都直不起来。李大力就更别提了，3天来这小子把所有遇到的连队的主力给防了个遍，得到“碉堡”称号的同时，基本上已经动不了了。

“班长，我恐怕是不行了。”李大力躺在床上，有气无力地哀叹，“咱这赛程，可比NBA紧张多了，我要是再打下去，你给我爹写信，让他准备领骨灰吧。”

“班长，大力确实不容易啊！今天下午九连长跑得跟野牛似的，大力可没少费劲！”张海涛也附和着说道。

龙云也犯愁，这几天也把他给累得够呛，他想了想，发愁地说道：“可谁让咱们班特殊呢？本来一共就12个人，虎子受伤不能上，伞立平当裁判，剩下我们10个人，碰巧另外5个大爷都不会打，前天我把赵四方派上去你们也不是没看见，球儿一来他上去就是一脚。”

“可咱体力不行了呀！”李大力都快哭了，“至少可以派个人替换一下我吧？哪怕让我中间能休息一段时间也行啊！明天咱们遇见的五连，听说有两个以前是体校的，两个人轮番上，3天下来劳逸结合的，就我一个人，肯定顶不住。听说五连也挺黑的，小动作不断……”

“是得让大力休息一下！”龙云点点头，可派谁去呢？

赵黑虎捂着大腿，忽然说道：“班长，我感觉咱得派体力好的，身体素质棒的，不会打也能搅和搅和的，你想想，五连这几天一直以体能好著称，他们也确实体力充沛，尤其是那两个体校的，什么位置都能打，不断替换别人，而且他俩小动作也不少，我想干脆咱以毒攻毒，先把他们两个消耗干净，其他人也就不在话下了！”

“对啊，有道理！”龙云猛地站起来，“这叫田忌赛马呀！反正咱这几个替补也不能打，罚下去也无所谓……可派谁去呢？”

“派体力最好的呀！”李大力居然坐了起来。

刘强在旁边吓得脸色苍白，连连摇头道：“别，我可不行！我上去就得晕头转向！”

“你太不谦虚了！”李大力笑道，“我没说你！”

“那是谁呀？”刘强不明白了。

李大力很严肃地双手抱拳，郑重地说道：“龙哥呀！你们可别小看龙哥，你们看看，这大过年的大家都在休息，他哪天断了早晚出去跑步练体能了？就拿现在来说吧，咱们都躺着呢，龙哥又出去了！”

“嘿嘿，我看行！”赵黑虎也笑了，“钟国龙这小子生猛得很，上去一定有效果，不过这家伙好面子，他知道自己不会打篮球，肯定死也不愿意上去丢人。”龙云忽然一脸坏笑地说道："都别声张，明天我给他下战斗命令！"

大年初四上午10点整，新兵营篮球联赛总决赛在操场正式拉开了战幕。

两个队，新兵五连和新兵十连。双方的啦啦队也体现了极不平衡的局面：由于十连一路走来，场上场下已把各个新兵连"得罪"得够呛，此时，大部分已经被淘汰的连队都成了五连的啦啦队，十连还是钟国龙、赵黑虎他们，每人拿着一堆锣鼓猛砸。

钟国龙威风凛凛地站在中间，左手拿锣，右手拿木槌，这木槌成了两用的，敲一阵锣，又打几下鼓，很是得劲。

但看场上的形势，十连可没有那么威风凛凛了。5个人中，除了龙云仍精神饱满地站在那里之外，其他人都像遭了霜打一般，尤其是李大力，高大的身躯已经直不起来了，弯在那里很痛苦的样子，也就是碰上十连了，每天5公里练着，每周还要测试比赛，所有训练强度全都成倍于其他连，否则打到现在早全趴下了。对面的五连就不一样。两个从体育学院来的新兵人高马大，这次两个人一起上场了，五连三排长和其他两个新兵由于"劳逸结合"，精神十分不错。

双方啦啦队较了一会儿劲之后，裁判宣布比赛开始。由于是最后的决赛，不但张国正来到主席台观战，连团长、政委，还有其他老兵连的战士也陆续来到操场看热闹，一时间操场上热闹非凡，人山人海，加油声锣鼓声不绝于耳。

双方一开始就进入了激烈的对攻阶段，几个回合下来，得分虽然紧紧咬住，但十连这边明显体力不支，跑动也开始慢了起来。要知道，十连前几场赢球的法宝就是靠快节奏的运转，李大力中锋改大前锋，防住对方的主力，再加上龙云和余忠桥一内一外的良好技术与命中率，这才一路杀来，所向披靡。现在大家体能下降，李大力原本体能就已经不行了，再加上对方两个体校新兵精力充沛，技术熟练，左右开弓，李大力顾此失彼，越来越防不住了。

胡晓静和张海涛也被对方步步紧逼传不出球来，十连光靠龙云和余忠桥苦苦支撑，很快就拉开了差距。上半场结束时，十连已经落后了十几分。

休息时间，十连队员回到自己的场边，李大力一屁股坐到地上，喘着粗气说道："班长，我盯不住了！那两个家伙跟驴似的尥着蹶子跑，这球要输啊！"

龙云看了钟国龙一眼，故意说道："输就输吧！咱们又没有替补，能赢到现在不容易了，大不了拿个老二吧！"

钟国龙果然着急了，哑着嗓子喊："不行啊！咱们好不容易坚持到现在，怎么能放弃呢？"

"不放弃又能怎么样？"龙云说道，"要不你上去替替大力？咱体能跟不上啊！"

钟国龙立刻头摇得像拨浪鼓，“我不会啊。我就没打过篮球，要是我会，还用班长你说？我早上了，我这当个啦啦队长也算是做贡献了！”

李大力忽然大声说道：“你得了吧！啦啦队算什么贡献啊？你还能把五连给喊趴下？得便宜卖乖！”

“你说什么呢？你给老子再说一次试试！”钟国龙瞪眼睛了。

“钟国龙！你瞪什么眼睛？有能耐你跟五连瞪去！跟自己战友你横什么？”龙云厉声喝道，“大力说得没错，光靠喊能打败五连吗？”钟国龙憋了一肚子气，还想说话，哨响了，双方再次回到场上。

这下子，两个大个子新兵开始搞小动作了，两个人顶住李大力，不时地用胳膊肘子顶一下他的腰，李大力本来就跑不动了，又被这两个小子顶来顶去的，步伐开始混乱起来。

“裁判，他们犯规！”李大力举手示意。

担任主裁判的正是三连的七班长，早就对李大力“恨之入骨”，看他投诉，也是睁只眼闭只眼。

“不是我们故意顶你，是你体力不好，动作太慢。”五连的新兵笑嘻嘻地看李大力。

这时候，五连已经领先将近20分了，眼看李大力越来越跑不动，那两个大个子新兵干脆一个人继续缠住李大力，并不时绕过他投篮，另外一个开始紧盯龙云，龙云一被盯住，十连的攻击力就更弱了，剩下余忠桥他们3个，也被其他人紧紧防住，场面开始一边倒。正在关键时刻，对方一个三分投篮未中，李大力咬着牙冲上去跳着摘篮板，后面大个子顶了一下他的后腰，李大力“哎哟”一声，重重摔到地上，右脚却正好踩在顶他的那小子脚背上，两个人同时摔倒在地，都受了伤。

“坏了！”

刘强和陈立华赶紧冲到场内扶起李大力，把他搀到场边，对方那个家伙也“废”了，被人背下场。

“大力，还行吗？”赵黑虎也着急了。

“我不行了。”李大力疼得脸色发青，脚已经肿了起来，“五连也太缺德了吧，搞什么黑手啊！”

场上暂停，龙云他们也跑了过来，看李大力确实是不行了。对方虽然也折损了一员大将，但好在有人可换，所以并不着急。

“刘强、钱雷！把大力送卫生队去！”龙云阴沉着脸，“钟国龙，你替他上场！”

“我？”钟国龙愣住了，“我不会啊！”

龙云真急了，大声吼道：“你找什么理由？什么会不会的？假如现在是在战场上，敌人已经杀过来了，杀你的战友，抢占你的阵地，你说你是新兵，不会打仗，敌人就饶了你了？现在虎子受伤，四方昨天上过了，顶不住，就剩你一个人了，你不上谁上？”钟国龙还是有些为难，但语气已经不那么坚决了，“我不会打，上去丢人怎么办？”

“狗屁！”龙云急了，“丢人？你嫌丢人是吧，我问你，咱们输掉比赛就不丢人了？集体荣誉重要还是你丢人重要？”

这时候，裁判跑过来问：“十连长，你们还打不打了？”

“打！凭什么不打，我上！”

在龙云的训斥下，钟国龙终于被激怒了，站起身来，把锣鼓家伙往地下一扔，就要上去。

龙云高兴了，一把拽住钟国龙，小声说道：“上就好，不过有我龙云在，不会让你丢人的，你得给我争气，咱得以牙还牙！你这么办……”

龙云贴着钟国龙的耳朵说了几句，钟国龙顿时高兴了，“这样啊，这个我会！这个我会！”比赛开始，钟国龙大大咧咧地站到场上。

主席台上，团长转头问张国正，“龙云这小子又搞什么鬼呢？”

张国正笑了笑，说道：“嘿嘿，你就看着五连倒霉吧！龙云这小子，天生就不是吃亏的主儿！还有刚上场那个钟国龙，我跟您说过他的事情，这小子，跟龙云是穿一条裤子的！”

“是吗。”团长也笑了，饶有兴致地看了起来。

场上比赛已经开始了！

对方只剩下一个大个子体校的战士，此时被钟国龙像母鸡护小鸡一样地挡在身后。钟国龙很认真，挡着人家还不算，右手还死死拽住那小子的裤边。

“兄弟，你会打球吗？哪有这么防守的？”大个子费解地看着钟国龙。

钟国龙笑得有点儿邪恶，“嘿嘿，打架我在行，打球我是刚学的！”

大个子有些吃惊，这个时候，五连的后卫猛地将篮球传了过来，大个子身手还真不错，飞起身来就在空中接过皮球，还没等落地，钟国龙已经冲了上去，连人带球将大个子扳倒在地上。

大个子大叫一声，重重摔倒在地上，还没等裁判鸣哨，钟国龙已经站了起来，大声喊道：“裁判，裁判！我犯规了，我犯规了！”

说完，他“友好”地将大个子拉起来，还很“殷勤”地帮人家拍了拍身上的土，“关切”地问：“兄弟你没事吧？都怨我，没轻没重的，球一过来我就着急，真不好意思。”

裁判过来训斥钟国龙：“你怎么搞的？打橄榄球呢？犯规！我告诉你，5次犯规可就罚下去了！咱可比NBA还严格！”

“班长，我错了！”钟国龙态度很诚恳。

比赛重新开始，五连发球，钟国龙根本不看球，双眼紧盯着大个子的脚，大个子腿脚灵活，伸手接球，还没拿稳，后腰就被钟国龙猛撞了一下，皮球脱手，正好被龙云抢断，龙云也不客气，单人反攻，篮球应声入网。

“你干什么呢？”大个子急了。

“你叫唤什么？裁判都没说话！”钟国龙这次不客气了，眼睛瞪得血红，大个子还真有些发怵，忍气吞声，跑到别处，钟国龙抬腿就追。

比赛随着钟国龙的上场而变得微妙起来，这小子整个儿一头疯牛，在场上横冲直撞，只要五连拿球，钟国龙疯子一般，上去就抢，抢到就给龙云、余忠桥扔过去，两个人一鼓作气，追了好多分上来。

大个子又拿球了，还没运儿下，钟国龙又到了，一肩膀撞在大个子胳膊上，紧接着一肘子把大个子撂倒了。

“钟国龙！3次犯规！”裁判生气了，“你注意点儿！”

“注意什么？不是还有两次呢吗？我又不是故意的！”钟国龙理直气壮地大吼。

大个子爬起来，直接冲到钟国龙面前，大声咆哮：“你会不会打球？你故意捣乱呢吧？”

“我说这位同志，这篮球场上犯规是常有的事情，你犯得着侮辱人吗？会不会打球跟你有关系吗？”龙云跑过来瞪着眼睛训大个子。

大个子一看对方连长说话了，毕竟是新兵，也不敢再说话，龙云强忍住笑，拍了拍钟国龙的肩膀，故意说道：“第一次上场，打得不错啊！”

钟国龙心中大笑，嘴上说道：“谢谢班长鼓励！革命尚未成功，同志仍在努力！”

“我说龙云，你小子玩什么呢？正大光明点儿好不好？”五连长在场边看不过去了。

龙云眼睛一瞪：“老费，你别只许州官放火，不许百姓点灯！我那兄弟不是你们黑下去的？”

五连长心里有鬼，也不好说什么，他也知道龙云的脾气，这家伙平时训练、活动、比赛全跟在战场上一样，六亲不认，毕竟是侦察连的精英，团首长的“红人”，况且是自己“不仗义”在先，这时候被龙云一抢白，反而无话可说了。

场上的形势急转直下，大个子在钟国龙的“严密防守”之下，一拿球先想到钟国龙会扑过来，结果方寸大乱，状态全无，离钟国龙还有一米就赶紧跳开，生怕又被这祖宗撞倒。

忽然，场边锣鼓喧天，喝彩声响彻云天！龙云他们抬眼望去，原来是侦察连外出执行任务归来，在连长许风带领下，给龙云他们加油呢！100多号侦察连战士，齐齐站在场边，叫好声、加油声一下子盖过了所有啦啦队！

这边龙云可是来了精神，趁着对方人心惶惶，龙云最后爆发了，连投带罚，迅速赶超五连，余忠桥他们3个一看班长发威了，也拼尽最后一点儿力气，十连完成了大逆转。

85：78，十连胜！

钟国龙刚好5次犯规，被裁判“恶狠狠”地轰了下来，可此时的他才不在意呢，十连又赢了！胜利，才是十连的性格！

主席台上，团首长快笑翻了，张国正指着龙云和钟国龙笑骂：“这两个活宝！一大一小！一老一新！”

据说，赛后龙云被其他9个新兵连长狠狠“宰”了一顿饭。9个连长一致声明，以后只要是跟十连打篮球，只要钟国龙上场，一律罢赛。

# 第四十章　格斗训练

大年初五，侦察连格斗训练场，天气还是冷得让人难以忍受，风不是很大，但天气有些阴沉，显得格外阴冷。训练场上的单杠、双杠、沙袋、木人等训练工具，此时上面都结着一层冰霜，已经被磨得锃光瓦亮的铁棍上，发出惨白的光亮。

其他新兵连还在春节放假休息，十连已经刚刚完成了5公里徒手越野回来。龙云站在气喘吁吁的队伍面前，挨个儿观察着新兵的表情。

“怎么样，看到差距了吧？”龙云大声说道，“4天，就4天没练，钟国龙进步很大！你们还能想起两个多月前钟国龙的样子吗？想不起来了吧，这就是差距！这证明钟国龙每天的加练没有白费，也证明只要肯练，是可以提高的！”钟国龙站在队列中间，听龙云这么一说，有些不好意思，但心中火热兴奋。他每天早起1个小时，带着沙袋跑步，晚上又是先跑再练力量，两个月下来，没有一天间断过，现在努力终于得到了回报。他钟国龙再也不是以前那个要龙云用树枝赶着跑的弱者了，钟国龙天生不喜欢当弱者。

龙云接着说：“同志们，按新兵营作息时间安排，新兵的休息时间是到初五，比老兵要多一天，可我经过考虑，我们十连还是要跟老兵一样的要求。我们的训练标准一直比别的连高一大截，甚至和一些老兵连差不多，但是和侦察连的训练强度比起来还是有很大差距的，其实不是我龙云想出风头，也不是我故意折磨大家非得找个理由，而是我龙云要争一口气，十连要争一口气，也为你们每个人争一口气！刚分连队的时候，不是都感觉咱们十连全是混混儿兵吗？现在大家再看看。整个威猛雄狮团从新兵到老兵，哪个还敢把咱们十连当混混儿兵？这就是咱争气的结果！我们不能松懈，要坚持下去！所以，我决定从今天开始，正常训练，不但要把前段时间执行任务落下的训练补上，还要赶超其他连队，提前完成常规新兵训练！大家有没有信心？”

“有！”新兵们一个个精神抖擞，杀气腾腾。

龙云很满意，继续说道：“从今天开始，我们就要进行你们最期盼的格斗基础训练！”

“啊哈！”

新兵们一听说是要进行格斗训练，一个个兴奋起来，尤其是钟国龙，这可是他盼望已久的事情啊。想想当兵前兄弟几个被龙云一个人“灭”掉，钟国龙就憋着一股子劲呢！此时终于盼到这一天，这心里真像吃了蜜一样甜！钟国龙高兴得恨不能跳起来。

提前训练的怨气早就荡然无存，新兵们个个摩拳擦掌，等待龙云进一步讲解。

龙云早料到这帮家伙的心思，当下不动声色，严肃地说道：“在开始进行训练之前，我也得给大家提几个要求：第一，格斗训练其实是很艰苦的事情，希望大家有一个思想准备，不许嫌烦，谁感觉累了烦了，就趁早声明。第二，格斗训练是战场上实战的需要，不是打架需要，训练的结果，很可能关系到你将来某一天的生死！希望你们认真对待！这两点，能不能做到？”

“能！”

钟国龙笑嘻嘻地说道：“班长你就放心吧！这格斗训练，我们累死也不会说的！”

“那就好！”龙云笑道，“这可是你们自己说的。下面，我先介绍一下我们即将训练的科目概况。我们十连将要训练的格斗，和其他新兵连是有区别的。我们训练的格斗科目，不是常规擒敌拳，而是特种部队格斗术。首先说明，这种格斗术很不好看，没有任何美观性。所以，大家不会看到像武侠小说里那样的招数，当然，也不会看到电视里面演的现代格斗场景。

“特种格斗术不是体育项目，所以有个很奇怪的现象，一个格斗技术高超的特种兵，假如去参加什么散打比赛，估计不出3个回合就会被打败，要想拿个名次是很难的。但反过来，假如一个特种兵和一个全国散打冠军在赛场下生死较量而不必考虑后果，我敢保证，特种兵输的可能性同样很小！

“就是这样的！因为体育赛场的比赛是有很多限制的，比如不能打腰带以下，不能打后脑等，然而这些规则限制，对一个特种兵来说是致命的。特种格斗术是军队在实战基础上根据战场情况改造编排的，我们要的不是好看，而是实用！它的要求很简单，是要在最短的时间内，以最合理的手段，迅速干脆地置敌人于死地，务求一招制敌！是杀人，不是赢得比赛！什么高鞭腿、什么披挂腿，都不可能出现，甚至，也许直到退役，你可能曾经徒手格杀了无数的敌人，但却很难演练出什么招式来，明白我的意思吗？”

“班长，没有招式，那我们学什么呢？”钟国龙有些费解地看着龙云。

“钟国龙，你在老家的时候，是不是经常打架？”龙云忽然问道。钟国龙有些不好意思了，低头说道：“那是……几乎天天都打。”

“那你打架的时候，对手的屁股和腹部都摆在你面前，你选择打哪里？”

“当然是打肚子了！”钟国龙问道，“打屁股能解决问题吗？屁股肉那么厚，打上去都没什么反应。”

龙云说道：“说得对！特种格斗术的精髓，就是要求我们最大限度地击中对方最解决问题的部位。我们要学的所谓招数，也是告诉大家哪里是敌人最关键的部位，以及究竟如何能最大限度地击中这些部位。战场不是擂台，没有正好的平地可以让你很漂亮地起个高腿来击毙敌人，实战中战士身上背着很多装备，你总不能怕影响你的动作先脱下装备再打吧？还有，战场形势瞬息万变，你没那个精力反复用大幅度漂亮的动作来消耗体能和时间！”

龙云又从旁边找到一块砖头，问：“胡晓静，你在少林寺看见过和尚劈砖吗？”

胡晓静笑道：“当然看见过啦，我就会！不过不能劈太多。”

“那好，你出列，给大家表演一下，注意，要用最快最有效的办法把砖劈碎！”

“是！”

胡晓静出列，接过砖，左手将砖平放在腰前，双腿叉开，运足力气，右手用力，大吼一声，右掌冲砖的半腰砍去，红砖一个闷响，应声而断。新兵们看得目瞪口呆，都忍不住鼓起掌来。

胡晓静得意地看着龙云，龙云笑道：“不错。但不是最快最有效的！”

说完，龙云又拿起一个砖头来，使劲往地上一摔，砖头“啪”的一声摔了个粉碎。龙云大声说道：“这，才是最实用的碎砖方法！”

新兵们恍然大悟，兴趣更大了，恨不得马上开始练习。

“大家不要急，我再和大家讲解一下特种格斗的招数，让大家明白到底在何种情况下采用何种招数。胡晓静出列，和我配合动作，我边讲解边做，给大家一个全面直观的印象。

“第一式，战场上由后捕俘。特种兵时刻活动在敌人眼皮下，时刻面对危险，在血的洗礼下，总结了战场上对敌的各种情况。当我绕到敌后实施捕俘获取情报时，要注意观察敌的左右、与敌的距离、路程中要通过的一些障碍物等，这些将决定如何采取动作。若敌离我较近时，我悄悄靠近敌人；如敌离我较远时，我在采取上述方法接近敌三分之二距离时，可快速跃起快跑至敌后擒敌；如果在这个过程中有杂草等一些植物时，我注意脚跟不动，脚外侧向外展压住杂草，防止其钩挂衣服发出声响而被对方发现。上述情况解决之后，我对敌实施抱双腿动作——我跃至敌后，右脚在前，双手抓住敌人脚踝，右肩顶住其臀部，双手合力向后、向上拉起，同时右肩用力向前顶其臀部，两者合力将敌摔倒在地。然后迅速跃起骑在敌背，双手合力向下迫击敌头部，令其面部着地而被重创，敌人的本能势必要努力抬起，我借机左手抓握右手腕部用力锁压敌喉，其势必被我擒拿住。或抱单腿动作——我跃至敌后，右脚在前，左手迅速抓握敌人腰部的腰带或裤子上端，同时左脚由其两脚开立缝隙处绕至敌人左腿前，用力向后扫击，敌必被我擒拿，后面动作同抱双腿。

“第二式，武术中的踹腿肘膝连击。在中国特种兵的格斗术发展过程中不可避免地闪现着当代武学的影子。

“敌我相遇，分别以格斗式对峙。敌抢先攻击，挥右拳向我面部或头部攻来，我迅速反应以左手向外格挡。格挡后速起右脚踹其裆部或心脏要害处，化解对方凶狠攻势，同时迫使对手上体前倾，为我进行下一步动作打好基础。在脚落地的同时，身体左转，突然一记凶狠的右横击肘重击敌方头部，令其丧失战斗力，随之右手下滑抓住其左手腕，右手顺势至其左肩处，右手前拉，左手向下、向前拉按敌头，合力将对手拉至我体前，然后速起左膝猛顶其肋部或头部等致命要害。实施时要准确到位，一气呵成，不给对手喘息之机。

“第三式徒手对短棍。与敌格斗时，敌持棍抢先向我头部劈击，沉猛凶狠。我迅速向左前方滑步闪身避其锋芒，同时观察对方的站位、姿势及重心，因其用力较大，手臂要全部伸展，我应抓住他动作攻击的瞬间，双手迅速控制其手臂，防止其回抽或转身用力换招再度攻击我。在控制其手臂的同时，我用力旋转将其肘尖向上，让其感到无力再战，我两手合力下按，用膝力顶其肘，使其肘受挫。我将短棍拿到手中的同时，左手顺势上扬攻其面部，其只有后扬头部，我旋转手臂由敌左侧将敌颈部缠住，右手持棍重重击打敌左肋部，将敌制伏。面对持械的对手，最重要的是保持必胜的信心和自身情绪的稳定，千万不能因为对手持利器便胆怯生畏，那将不战自败。

“第四式，防守反击中的拳腿结合击敌。无论多么厉害的格斗者，都有可能被对手占得先机。敌抓住我的前胸欲用拳击打我的面部，这时有两种选择：一是快速后退撤到敌攻击范围之外，二是以攻为守，迅速用右手抓住敌攻来手臂的腕部，阻止其攻击，随即右腿置于敌右腿后，左手抱握其颈部，右手拉其右手腕，三力合成，将对手摔倒在地。”

龙云先将这些动作与胡晓静做分步讲解，后来又连续做了一遍快动作，这可让胡晓静吃了不少苦头。下面的新兵是看得目瞪口呆，使劲鼓掌。

“班长，我们要学！”新兵们都急眼了。

龙云不慌不忙地说道：“同志们不要急，心急吃不了热豆腐，现在大家已经清楚了特种格斗术最基本的概念，也对特种格斗有了一个直观的印象。但是现在我们先要打好基础，俗话说，基础不牢，地动山摇。如果不打牢基础，刚才我给你们示范的那些动作也就只能是花架子，没有实用性，对敌人也起不到杀伤作用。今天上午的训练内容比较简单，就是蹲马步。这个胡晓静在少林寺肯定没少练，比我专业，胡晓静出列！首先我讲解动作要领，胡晓静配合动作当示范兵，大家注意观看。”

随着龙云的口令，新兵们成两排，前后左右留出两臂的距离，立正姿势站在那里，等待示范。

龙云将蹲马步的动作要领讲解完，开始训练。

新兵们按照示范，迅速摆出了姿势。龙云站在队列前，皱着眉头喝道：“保持现在这个姿势，都不要动！”说完挨个儿检查新兵的姿势，“余忠桥、钱雷、赵四方、伞立平！你们4个互相看看，这是刚才的姿势吗？”

4个人相互看了看，自己都觉得别扭，尤其是钱雷，身体似蹲非蹲，腰部绷得很直，肩膀却向前弯着，整个姿势就像是被冻住一样，不伦不类。

“钟国龙、陈立华、刘强、胡晓静、余忠桥，姿势对了，保持别动！”龙云走过去，一个个又帮他们矫正了一下。

“班长，我的对不对？”李大力发现班长没说他，有些迫不及待。

“李大力，你也在摆姿势？”龙云明知故问。

“是啊，您看……”李大力看了看别人，心里不是很有底。

“我还以为你憋不住屎了呢！”龙云大骂，“就你那也敢说在摆姿势？倒是有一个效果，敌人见了你未必敢上来，看不出你什么套路啊！”

龙云这么一说，全班都笑了。李大力那姿势果然像是在拉屎，屁股撅着，左右手全弄反了。李大力自己也不好意思了，龙云上前帮他摆好姿势，又回到队列前面。

“现在姿势都对了，保持住！”龙云大声吼道，“姿势很对。尤其是晓静，很优美，很协调，但是你们忘了你们是干什么的了！你们是在格斗，是在杀人！你们的面前不是观众，你们也没在舞台上。你们的面前是穷凶极恶的敌人和匪徒！有你们这样的眼神吗？交朋友吗？以武会友是不是？浑蛋！”龙云吼完，自己摆出姿势，怒目圆睁，杀气腾腾，大吼一声，“杀！”

新兵们看龙云做出示范，一个个全明白过来，拼尽全力，学着龙云的样子，大吼一声：“杀！”果然是气势非凡，和刚才相比有了天壤之别。

“对，就这样！”龙云站起身，看着新兵们瞪着眼睛站在面前，大声喊道，“你们现在每个人心里都想着一个你们平生最痛恨的人，没有实际对象就想想前几天的那群恐怖分子。想想不断制造恐怖袭击，危害人民群众安全的浑蛋ABL，想想那些时刻妄想着分裂我国的浑蛋们!

“格斗，首先在气势上要先压倒敌人，就像是恶狼。狼的战斗力其实比不上狗，为什么好多狗见到狼会害怕？就是因为狼拥有凶残的眼神和勇猛的气势！对敌人，我们要比狼还凶残!

龙云此时就像是一匹恶狼，在队伍前面恶狠狠地吼叫着，吼得新兵一个个热血沸腾，杀机四起，吼得新兵们忘记了不变姿势站立一个小时的劳累，一个个瞪大了血红的眼睛，目视前方，一动不动，远远望去，就像是10匹恶狼，10个死神!

如果说在酷暑烈日中站立是一种煎熬的话，那么在零下十几度的训练场几个小时站立不动的滋味简直无法形容。冷，出奇地冷。寒气从四面八方侵袭过来，从皮肤渗透到血液，从血液渗透到肌肉，再一直冻到骨髓里。先是冷，然后是麻，到最后，是痛彻心扉的疼。

十连的新兵们没有一个放弃的，前些日子的高原作战已经考验了他们，也使他们多少适应了这样恶劣的环境，人没有不能忍受的，只有是否适应。感觉自己快冻僵的时候，就瞪大眼睛，怒吼一声：“杀！”想想龙云刚才的话，新兵们就会热血沸腾，只要心是热的，人就永远冻不僵。

中午的时候，新兵们来到食堂，一个个腿脚僵硬地坐到食堂凳子上，大碗辣椒汤喝下去，这才逐渐缓和了一下。“感觉怎么样？早上说格斗训练的时候一个个不还都兴高采烈的吗，怎么现在都蔫了？”龙云笑着看这群兵。

“班长，你说咱们练这格斗姿势有什么用？你上午不是还说，格斗不是表演，不需要什么固定规律吗？”李大力挺着个腰痛苦地问。

“说实在话，姿势本身是没什么用的，毕竟这特种格斗术不是体操表演。上午不是说过吗，这个姿势凭你们的悟性，有5分钟就练会了。但是，之所以我们要这么辛苦地练习，练的不是这个姿势，咱们练的是耐力，是气势，是精神！”龙云激情十足地说道，“作为战士，咱们对人民群众，应该是微笑的使者，应该是保护神，但是面对敌人，我们可不能有丝毫怜悯，要知道，越是在和平年代，我们面对的敌人越是凶残！那么，我们就要比他还凶残，还恐怖！只有这样，我们才有可能战胜他们。”

新兵们听龙云说着，心中十分激动，也明白龙云拿出一上午时间让他们站在冰天雪地中的真正意义了。

龙云又笑着说道：“上午让你们一动不动练意志，下午，咱们就开始练点儿有用的！”

“哈哈，看来下午要练招式啦！”

下午，新兵们顿时来了精神，疲惫一扫而光，几乎是催着龙云赶快回到训练场上。龙云笑着不说话，任由他们一个个地摩拳擦掌。重回训练场的新兵们，眼中满是期待，精神抖擞。龙云看了看他们，忽然说道：“钟国龙，你出列！”

钟国龙不明就里，出列，站到龙云对面。龙云笑眯眯地说道：“钟国龙，你上来打我！”

“我不打！”钟国龙喊道，“我打不过你，白费劲！”

龙云哈哈大笑道：“上次在你们县医院，是因为我还手了，现在我不还手，你尽管上来。”

“不还手？”钟国龙不明白了。

“你就说你敢不敢打吧！”龙云激他。

钟国龙眼睛一瞪，说道：“有什么不敢的？”

说完，钟国龙使足力气，上去一拳就冲龙云打过去，龙云果然没还手，身体一转，一个左横移步，钟国龙的拳头擦着龙云的胳膊一下子落空了。钟国龙大吃一惊，抬起一脚又踹过去，龙云还是不还手，后撤一步，快速躲开，钟国龙再次打空。

新兵们看龙云前后左右不断变换步伐，钟国龙始终打不到他，不禁叫起好来，越叫好钟国龙越着急，一阵拳打脚踢，龙云灵活闪躲，双方胶着起来。

“停！”龙云大喊一声，钟国龙不甘心地回到队列中去。龙云说道：“刚才大家都看到了，这就是我们下午到明天训练的内容：前进步、后垫步、左横移步、右横移步。动作要领很简单，大家刚才也都看过了，需要注意的有两点：第一，动作要快，要赶在对手攻击之前迅速行动。第二，不能僵化，要随机应变，没有什么套路，敌人打左边，你就往右边挪，敌人攻右边，你就往左边挪，前进步和后垫步也是这个道理。”

龙云又详细讲解了各个步法的动作要领，并亲自示范了一下，由于实在没什么难度，新兵们很快全部掌握了。龙云站在队伍前说道：“下面我要喊前后左右的口令，你们按照我的口令操作，但是要注意，这不是表演操，不要求整齐。你反应有多快，就行动多快，越快越好！”

“前！”“后！”“左！”

龙云大声喊着口令，忽然停顿，等了几秒钟，大吼一声：“前！”

果然出了问题，李大力听龙云喊前、后、左，以为龙云一定是要喊“右”了，动作倒是很迅速，龙云刚一张嘴，他就迅速向右边移去，现在傻愣着站在那里，十分尴尬。

龙云骂道：“李大力，亏你小子还是从军人世家里出来的！我刚才说随机应变，你在那里按习惯走了是不是？见了敌人你也前后左右地按规律跳大神儿是不是？出列，稍息，立正！俯卧撑准备，200个，预备——开始！”李大力咧了咧嘴，趴在地上做俯卧撑。

“其他人也一样！按我的口令，只要出错，就老老实实做200个俯卧撑！清楚没有？”

“清楚！”

面对李大力的“悲惨遭遇”，新兵们再也不敢马虎，前后左右跳了两个多小时。一个个累得汗流浃背，再也感觉不到冷了。

“休息10分钟！”

龙云命令一下，10个人一下子全坐到了地上，李大力喘着粗气，几乎是躺下了。

“这可比跑步累多了。”伞立平边喘边说，“我以后再也不吃兔子肉了！人家一跳就是多少年，太不容易了！”

“你知足吧，我还比你们多200个俯卧撑呢！”李大力苦着脸说道。

“班长，接下来是不是可以练点儿招数了？”钟国龙也有些吃不消，期待地问龙云。

“招数？早着呢！”龙云笑道，“招数并不重要，这些才是基础。基础练不好，多好的招数也是花拳绣腿。特种格斗中的招数，没什么特别复杂的，都是实战需要，这里面基础比招数重要多了！一个优秀的特种兵在格斗方面，除了需要平时练就的体能和力量，关键就是看这些基础的了。”

10分钟很快过去了，龙云再次集合，站在队伍前面说道：“经过刚才两个多小时的训练，到最后大家基本上都已经掌握步法了，以后这还是我们格斗基础训练的主要内容之一。下面咱们换一种方式继续训练，每两个人一组，一个只负责打，一个只负责躲，1个小时为一阶段，休息10分钟，两个人互换，再来1小时！”

“啊？”新兵们傻眼了！

“啊什么啊？”龙云吼道，“现在不艰苦训练，你们还指望着将来到战场上跟恐怖分子练步法去吗？我告诉你们，打就要真打，往死里打。你爱躲不躲！开始！”

新兵们只好自由结组，李大力和伞立平，钟国龙和刘强，陈立华和胡晓静，钱雷和余忠桥，赵四方和张海涛。

场面顿时“惨烈”起来，这帮人怕被龙云骂，谁也不敢对付了事，连钟国龙都憋足了力气往刘强身上招呼，一时间打声杀声四起，不断有人因为移动慢被打中，疼得哇哇乱叫。

“打，打！往死里打！”龙云瞪着眼睛，好像和这帮新兵有仇一样，喊打声震耳欲聋。

旁边侦察连的老兵们拉练回来，被训练场上的新兵们吸引了，不禁议论纷纷。

“这帮子新兵这是要干什么呀？比咱们训练强度还大？”

“龙排长训练方法就是怪呀。拳法和腿法还没练，这就对练起来。”

“真得佩服他们。”一个老兵由衷地说道，“还真打呀，你看有几个嘴角都出血了。”

三排的一个战士笑道：“正常！赶上我们排长，就得准备扒一层皮下来。”

“就是，三排长带兵就是有一套。看这些新兵，一个个跟狼似的！”

训练场上的龙云，丝毫没被老兵们的议论吸引，瞪着眼睛大喊：“停，伞立平！你练太极拳呢？李大力现在是你的敌人！敌人你知道吗？钟国龙，你过来打李大力，伞立平到刘强那边。”

“是！”钟国龙和伞立平换了位置。李大力鸡皮疙瘩都起来了，恐惧地看着红着眼睛的钟国龙。

“钟国龙你相面呢？给老子打！”龙云大骂。

“杀！”

钟国龙上去就是一拳，一下子闷在李大力胸口上，李大力惨叫一声倒在地上，疼得冷汗都下来了，趴在地上不敢起来。

“你没事吧？”钟国龙有些不好意思了。

“浑蛋！死没死？没死就赶紧起来！”龙云冲李大力咆哮，“反应慢就得挨打！钟国龙打得好！李大力你要是不服一会儿再打他！格斗场上你就得忘记一切！什么战友兄弟感情这时候先放放，现在你们对面的战友就是假想敌。”李大力勇敢地爬了起来，刚站好位置，钟国龙拳头又到了，这次打在了后腰上。

钟国龙从小打架“出身”，这时候显出优势来了，李大力拼命闪躲，十拳也躲不过去两三拳，一时间连连中招，疼得哇哇乱叫。

1个小时过去了，新兵们瘫了10分钟，又被龙云喊起来，换位置接着打，又1个小时过去，这10个家伙全部遍体鳞伤，看看李大力和钟国龙这组，钟国龙没什么大事，李大力快被他打哭了。

“停！”

龙云终于喊停了，把队伍集合到一起，笑眯眯地说道：“今天的训练就到这里，明天早起继续5公里徒手越野，全天还是格斗基础训练。解散以后可以叙叙兄弟感情啦。解散！”

“钟国龙！你姥姥的，晚上给老子按摩！”李大力带着哭腔说道，“一开始差点儿被你打死，后来轮到我，我都抡不动拳头了，你占了大便宜了！”

钟国龙扶着他，笑嘻嘻地说道：“明天你先打，明天你先打！还有晚上买瓶红花油我给你擦擦！”新兵们一阵大笑。

龙云看着这群可爱的新兵，心里由衷地感慨，这群兵正如副团长说的那样，有他们自身的优点和特点，只要带兵得当，这群没人愿意要的混混儿兵，早晚有一天会成为部队的精英，真正的铁血战士！